U0584554

# 左手爱

李子燕 ◎ 著

长春出版社

全国百佳图书出版单位

图书在版编目（CIP）数据

左手爱 / 李子燕著. -- 长春：长春出版社，2025.

Ⅰ. -- ISBN 978-7-5445-7640-6

Ⅰ. I247.5

中国国家版本馆CIP数据核字第2024637NF2号

# 左手爱

著　　者　李子燕

责任编辑　吴冠宇　陈晓雷

封面设计　宁荣刚

出版发行　长春出版社

总 编 室　0431-88563443

市场营销　0431-88561180

网络营销　0431-88587345

地　　址　吉林省长春市南关区长春大街309号

邮　　编　130041

网　　址　www.cccbs.net

制　　版　长春出版社美术设计制作中心

印　　刷　长春天行健印刷有限公司

开　　本　880mm×1230mm　1/32

字　　数　295千字

印　　张　13.5

版　　次　2025年1月第1版

印　　次　2025年1月第1次印刷

定　　价　69.80元

版权所有　盗版必究

如有图书质量问题，请联系印厂调换　　联系电话：0431-84485611

# 目　录

# 第一部分　订婚伊始

时间往前走，时间也往后走，望不断来时的路，只留下一串脚印，深深浅浅。

## 第一章　焦急等待

东北的春天总是姗姗来迟，微风温柔地抚摸着树木，浅浅的鹅黄色嫩芽跟星星点点的花蕾相互辉映，显出朦胧的春意。佟雪燕安静地坐在轮椅上，偶尔几只燕子"唧"的一声掠过，流动的燕影划过眼前，搅得心海七七八八，波澜起伏。

原本平静的生活，因为那次重逢而泛起层层涟漪。就在那天，在姐姐家的客厅，内敛的林枫反复对她的父母讲一句话："你们把燕子交给我，你们就放心吧！"就在那天，林枫握着她的手，许下了一生不改的誓言："死生契阔，与子成说，执子之手，与子偕老……"

突然，佟雪燕的笑容消失了，低头看着自己的腿，眉头又紧紧锁住。今天的订婚仪式能顺利吗？佟雪燕时而兴奋、时而忐忑。她不知道，选择婚姻是对是错；但她知道，自己喜欢这种选择。她不敢奢望未来，却强烈地渴望在追求爱情的过程中，离心爱的男孩近一些，再近一些。

抿抿嘴，右颊的单酒窝儿里，盛满忧郁和矛盾。没有健康的体魄，等于失去追求爱情的权利，她跟林枫的爱情，会在1995年的这个春天，开出花儿吗？就算真的开出花，那么随着盛夏的疾风骤雨，秋天的萧瑟凄冷，最终能否结出果呢？即使真的结出果，谁又能知道，是苦涩，还是甘甜呢？以后的日子如果有人相伴也许会好很多，但世事无情，如东北凛冽的寒风吹过肌肤时带来的阵阵刺痛，有些事情发生了就没有办法去改变逆转。雪燕望着窗外出了神，她在等待着，等待着一场严峻的考验……

"燕子，茶沏好了，你先喝一杯，暖暖胃。"姐姐佟雪梅端着热茶轻轻走过来。从大清早忙碌到现在，佟雪梅把水果洗好了，菜切好了，瓜子糖果摆好了，房间打扫好了，茶也泡好了，只等着林枫一家人的到来。

"不喝了，总上厕所，怪难堪的。"佟雪燕摇摇头，回眸冲姐姐淡淡地笑笑。如果可以的话，她宁愿这个笑容永远僵在脸上，这样大家就不会发现她的忧伤，不会担心了。

"没事儿，燕子，放松点儿。"佟雪梅嘴上这样劝着，其实心里更紧张。几天前，林枫捎信说，父母同意在"五·一"节相亲，佟雪梅的心情跟妹妹一样，喜忧参半。

若说起林枫对雪燕的好，没有任何怀疑。三年多了，林枫问遍佟家所有亲戚，都没有准确消息，因为佟雪燕不愿意跟任何人接触，自然也包括林枫。直到今年春天，父母带佟雪燕重返吉林省榆恩县探亲，林枫意外得到消息，二人才得以重逢。大家都很佩服林枫对爱情的执着与勇气，也都为他俩祝福着。

"姐，我没事。"佟雪燕带着习惯性的微笑，不想让家人看出心中的不安。

佟雪燕心里明镜儿似的，将心比心，没有哪位父母愿意娶个残疾媳妇进门的，今天所谓的相亲仪式，应该也是迫于林枫的固执罢了。眼角的余光，瞄到时钟的指针，佟雪燕的眉心微微蹙了蹙。每次林枫从乡下坐汽车来，最迟八点半到，如今九点整，门铃还没有响。佟雪燕下意识地摆弄着衣襟，一切仿佛在意料之中，但仍然有些失望。为了给林枫父母留下好印象，佟雪燕选择一件粉红色高领毛衫，和一条黑色弹力裤，乌黑发亮的长发听话地束在脑后，白皙的脸颊也尽量漾着微笑。看上去，像个等待老师教训的高中生。

顺着妹妹的目光，姐姐佟雪梅也下意识地看看时间，该不会是真的出岔子了吧？帮妹妹捋了捋长发，又整理整理衣服，佟雪梅不知如何安慰才好，最后只好把目光投向母亲。

母亲李美贞的心情何尝平静过？为这个相亲仪式，小女儿几天来一直控制饮食，生怕吃坏肚子，在未来公婆面前出丑。李美贞看在眼里，忧在心上，婆婆永远不是妈，自己的孩子身体又是这个样子，就算结婚了，孩子能幸福吗？当妈的一颗心始终悬着放不下来，纠结着。三年多了，每每望着镜子里几乎全白的头发，李美贞的焦虑和担忧便日益加重，前所未有的担心自己得什么病，担心扔下可怜的小女儿没人照顾。不过，这些担忧都隐藏在心里，来到小女儿面前，李美贞尽量让自己保持微笑。

"宝宝，把草莓给小姨吃，好不好？"李美贞抱起小外孙拿起一颗草莓，然后笑呵呵地走到两个女儿身边。她希望孩子的天真可爱，能让小女儿暂时忘掉烦恼。

草莓映红美丽的单酒窝儿，忽然，佟雪燕好羡慕八个月大的小外甥，若能做个无忧无虑的婴儿，永远依偎在母亲温暖的避风港，该多好啊！可惜她，身体像婴儿一样需要照顾，而心里却盛满沉甸甸的哀伤；甚至有时候会无比气馁地想，即便做个智障人士，在简简单单的日子里快乐着，也比有腿不能行走的自己，幸运得多。佟雪燕比谁都清楚，未来对于她是个未知数，变幻莫测。母亲把她当作手心里的宝，那是血肉相连；而其他人，没有义务对她怎样，包括林枫，更包括林枫的家人……

"丁零零……"一阵急促的门铃声骤然响起，佟雪燕一激灵，紧张地望向门口，相亲的队伍——终于来了?!

## 第二章　初次相见

五月暖阳透过二楼玻璃窗挤进来，屋子里顿时亮堂许多。而客厅里的气氛，并没有被照亮，相反更显压抑。谁也不愿意先打破沉默，怕只怕一不小心，有些东西就会像花瓶一样四分五裂，再难回到初始模样。

佟雪燕坐在轮椅上，低头也不是，抬头也不是，目光望向谁也不是，不望向谁，似乎也不是。暗地里，不知道做了多少次深呼吸，反复搓着双手，像要把手心里的冷汗搓干，结果越搓越多。她提前好几天就开始做准备，但现在见面了，心里更不知所措了。

男方来的人少，是意料中的事。关于林枫与佟雪燕谈恋爱的事，十里八村早就传开了，人们说林枫太傻，干吗非得相中个瘫子？沾点亲带点故的乡亲更是不理解，多次跟林枫的父母讨论，说儿子糊涂，做老子的可不能糊涂，终身大事岂能儿戏？这不单单是林枫一个人的事，也不单单是一个林家的事，会连累所有亲朋好友抬不起头……

只是，谁不来都可以理解，但男主角怎么能缺席呢？这实在是个大意外！

不知道发生了什么状况，佟雪燕想问问清楚，可是面对三张陌生的面孔，嘴唇动两下，像有什么东西卡在喉咙，根本发不出一丝声响。心跳在加速，几天前就开始做心理准备，如今真正要面对，不安的情绪依然占上风。手已经搓得麻木了，佟雪燕还是不敢抬头，因为她感觉对方的眼神里，有针尖一样的东西，要穿透她的五脏六腑。先前，对于爱情，对于婚姻的期待，正逐渐被降温，冰冻着她的思维。

林枫若是在身边，或许会好些——可是今天这样重要的场合，林枫为什么会缺席呢？

“雪燕，如果坐着累，就躺一会儿吧。”看到佟雪燕可怜兮兮地坐在轮椅上，一动也不敢动，林枫的姐姐林慧有点儿同情。

林慧人如其名，是个贤惠善良的人，她曾经这样劝过弟弟——"也许，佟雪燕根本不适合婚姻生活，娶她，其实等于害她。如果实在放不下，可以认她做妹妹，照顾她，不也挺好吗？到时我会和你一样善待她的。"可是林枫执拗地说，他想给佟雪燕一个完整的人生，而不仅仅是妹妹。如今，终于见到佟雪燕，林慧感觉像在做梦。不可否认，她对佟雪燕的第一印象非常好，一颦一笑，都很符合弟弟的审美观。只是那讨厌的轮椅，将会给弟弟带来一生的负累，怎么办？到底要如何抉择？

"没事，我不累。"心头蓦地一暖，至少林枫的姐姐很友善，佟雪燕一厢情愿地想。

"累？将来真的结婚了，难道天天躺着吗？"林枫的母亲邢巧云一脸严肃，听自己的闺女不分里外，便忍不住开口说话了。

闻听此言，佟雪燕脸一下子红了。早做好"丑媳妇难免见公婆"的准备，却还是被邢巧云的直接给骇住了。咬咬下唇，抿抿嘴，手指被揉搓得有点儿疼，佟雪燕只觉大脑短路，不知用什么言语去回应邢巧云。

"结婚不是小孩过家家，放下这活儿就是那活儿，你这身体，连自己都……咳！"邢巧云瞅了一眼林振远，见老伴没有阻止，便又大胆地继续下去："你什么也干不了，林枫既要挣钱还得伺候你，会被活活累死的！"

归根究底，邢巧云如此言语刻薄，完全是因为心疼儿子。说心里话，人心都是肉长的，如果不涉及谈婚论嫁，邢巧云也会同情佟雪燕，至少不会刻意伤害。可是现实很残酷，容不得丝毫心软和博爱，因为对佟雪燕博爱，就等于对自己儿子残忍。

一路上，邢巧云不断扪心自问：傻儿子吃了迷魂药，眼睁着一辈子毁在佟雪燕的轮椅上，自己作为亲妈，拼了命也要把他拉出火坑。保护孩子是母亲的天性，她邢巧云，必须这么做！

"嗯，阿姨，我明白。林枫和我都想好了，我们……我们会好好过日子的。"佟雪燕艰难地回答着，同时礼貌性地冲邢巧云微笑了一下。

林振远把茶杯重重地放到茶几上，眼睛瞪得斗大，口气比邢巧云更冲："什么，想好了？我们土埋半截的人都没想明白，你小小年纪就想好了？结婚容易过日子难，以为上嘴唇一碰下嘴唇，就能过日子吗？真是不知天高地厚！"

林枫的父亲林振远今年五十三岁，长年被疾病折磨着，看上去比实际年龄要苍老一些。从三年前，林枫疯狂寻找佟雪燕那天起，林振远就不止一次地训斥过儿子："为什么要这样？你是一个健全人，为什么非要找个瘫子？你是疯了，还是傻了？"

在打过、骂过都不起作用之后，林振远没办法，和老伴商量出相亲战术，多方托媒为儿子物色对象，希望能让儿子收收心。可惜，一切都是徒劳，"千家女再好，也不如一个轮椅上的佟雪燕"——这是林振远不愿意接受，却又不得不接受的结论了。

林振远年轻时是电工，会修理家电，经常热心地帮助乡邻，因此在十里八村挺有地位的。可是如今，林振远觉得抬不起头，想不到老了老了，却输在了儿子的倔强上，怎么寻思怎么窝囊，心脏病气犯了好几次。然而病愈后，林枫还是那句话：非佟雪燕不娶……

今天，终于看到"罪魁祸首"佟雪燕，林振远的心脏愈发跳得厉害。他在心里反复掂量：单凭长相，文静秀气的佟雪燕配自己的儿子，那真的没啥异议。可是，一辆轮椅就是最不平等的条款，即使是仙女下凡，又如何配得上自己的儿子？如果不是担心儿子再绝食，或者落下个精神病、抑郁症啥的，林振远绝不会登佟家的门。

"我说的没错吧？人活着最起码的，得吃饭，那饭哪来？就得有钱。你佟雪燕有钱吗？如果没有，那你就得挣钱。你佟雪燕能挣钱吗？如果自己都养活不了自己，那还结个什么婚？我看最后，就得发昏！"林振远自认不是恶人，却被儿子逼得，不得不黑起脸来当恶人。唉，可怜天下父母心，孽子啊孽子，什么时候能懂这个理儿，不再让父母操心？

佟雪燕紧紧握住拳头，好像只有这样，自尊心才不会七零八落。指甲深深陷到掌心里，也感觉不到疼。或许真的是自己错了，自始至终就不应该奢望爱情，更何况是婚姻？不平等的外在条件，注定不会有平等的结局。

如果有足够的勇气，佟雪燕一定会说：希望为人父母的能试着给他们个机会；她甚至可以真心向未来公婆承诺，一定像孝顺亲生父母那样孝顺他们，会与大姑小姑像亲姐妹般相处。只是如今，被硬生生地禁锢在轮椅上，还有资格承诺吗？即便一切都是发自肺腑，林枫的父母会理解吗？爱情，在她跟林枫之间，已经不再只是两个人的事，轮椅的存在像 道深深的沟壑，不可逾越，她，连孝顺公婆的机会都被剥夺了！

"林枫说，我们年轻，一定有办法生存的。而且他，并不是为了钱，如果……我如果真有钱，他或许会离我远远的……默默祝福我……"纠结中，脱口而出的，却是为卑微的爱情辩护，让佟雪燕自己都吓了一跳。

"活着都成问题，还谈什么情、说什么爱、结什么婚？我看你这就是活坑人！哼！"林振远直犯嘀咕，看上去单薄柔弱的佟雪燕，说出话来竟然不卑不亢的。因此又狠了狠心，把自己的态度表达得更明确些，绝不能留丝毫余地。

佟雪燕果然被震住了，不知如何应答。

## 第三章　格格不入

面对如此人单势强的相亲队伍，佟家其他人也都是措手不及，面面相觑，空气在那一瞬间仿佛凝固了，静寂得可怕。

佟雪燕的父亲名叫佟志国，坐在离女儿不远的椅子上，心疼地瞅着小女儿，眉心拧在一起。从大清早，他就一直保持沉默，小女儿紧张地梳妆打扮，大女儿屋里屋外忙碌，相亲队伍到来，邢巧云冰冷的话语，他都采取一种淡然的态度。

佟志国因为多年来操心劳神，头发已经花白了，坐在沙发上一支接一支地抽着烟，内心乱作一团。其实，他是不同意这门婚事的。小女儿身体不好，能找到林枫这样的爱人，那简直是上天的恩赐。可是这种幸福来得太突然，建立在不平等的基础上，只怕不会长久。

佟志国这么多年，一直在村里做会计工作，头脑很清醒很理智。他觉得生活，就像在算盘上计算，一个珠子也不能拨错，否则到最后错得只能更惨。对于林枫来来去去看望雪燕的事，佟志国也早就听大女儿说过，只是他一直像对待普通同学那样看待，根本没放在心上。谁知两人竟然到了谈婚论嫁的程度，这根本不是佟志国想见到的，也是他最担心的。都说幸福跟痛苦是双生子，做父亲的最担心小女儿感情受到伤害，那会比身体的病痛还要残酷。

过分的担心，使佟志国无法平静。他甚至希望这场订婚仪式，像玩笑一样结束算了。对女儿雪燕来说，会暂时痛苦，但长痛不如短痛嘛，时间长了就慢慢治愈。因此佟志国的态度很不积极，不想去争取或者去恳求对方，那种乞求来的婚姻，对小女儿更是一种风险。

"听天由命吧。"佟志国默默说服自己。自家也是农村人，汗珠子摔八瓣儿的苦日子感同身受，因此对方张口闭口以金钱为主也可以理解。面对邢巧云的刻薄，面对林振远的无礼，佟志国都忍了。同时瞅了老伴李美贞一眼，示意她沉住气，无论如何都不要冲动。

看到岳父岳母一忍再忍，佟雪燕的姐夫季平有点儿坐不住了。季平年轻气盛，性子烈，胸中有十分话，绝不会只讲九分。今天的情况很清楚，林家父母根本不怀好意，因此佟家也不能再忍气吞声，任人家侮辱。未征得岳父母的同意，季平冷冷地回敬林振远："人家两个人愿意，怎么能说是坑人呢？再说了，天下的事不是绝对的，只要有头脑，即使不动体力，日子一样过得好！"

"她姐夫说得是个理儿。不过，这房梁上不会掉馅饼！我虽然是个农村家庭妇女，但也知道，这个社会可不是好混的，一没门路，二没钱，三没个好体格儿，只能喝西北风！"邢巧云找到了回击的对象，季平的出现真是太及时，只要两家发生争吵，这婚事不泡汤都难了。

季平胸中的火气往上蹿！对方开口闭口"钱、钱、钱"，就像钻进了钱眼里。真难以想象：林枫那样重感情的孩子，竟然有如此看重金钱的父母！今天不给他们一个"下马威"，将来佟雪燕嫁过去，肯定也得受窝囊气！

想到这里，季平不顾妻子佟雪梅阻止的目光，与邢巧云争辩起来："你们……是娶媳妇还是想娶钱？我们佟雪燕就摆在这儿呢，没藏着也没掖着，你们可要看清楚：一没钱，二没门路，三没健康。要是相中了，两家一拍即合，婚事就算订下来了；要是没相中，请坦白地告诉我们，事情差在哪儿？等有一天再相亲时，我们也好早做准备，省得有人挑三拣四的，丢人现眼！"

季平的话说得有点重了，邢巧云听后很刺耳。什么意思嘛？佟雪燕本来就是个残疾人，难道还不许人家说？难道不说，就不是残疾人了吗？你们佟家当个宝贝似的供着，别人可没那个义务！又不是我生的，凭什么养活她？邢巧云的气直往上涌，可是转念想想，季平后边的话也没说错——相中就订，不相中就算了，人家也没求咱们。唉！说来说去，还是自己的儿子不争气啊，丢人现眼的，是林家啊！邢巧云思绪翻腾，最后"哼"了一声，扭过身子看着林振远，希望老伴帮着出出这口恶气。

林振远太了解自己的老伴了，一辈子就是这样，往往一些纷争她都是导火索，关键的时候又没辙，结果弄得自己一身灰。讨论问题，那要找主要人物，季平只是佟家的大姑爷，能解决问题吗？因此，没必要跟他纠缠，症结在佟雪燕那里，解决掉她，一切便迎刃而解。

清了清嗓子，林振远再次向佟雪燕发问："刚才你姐夫说，你什么也没有，而且说得理直气壮的。那我倒想知道，你能给我儿子什么呢？你认为，能让他幸福吗？"

佟雪燕愣了一下，是啊，除了拖累，还能带给林枫什么呢？她无数次捶打毫无知觉的双腿，恨自己不能站立，恨自己不能跑、跳、行、走，恨自己不能牵手陪林枫散步，恨自己不能跟林枫站在同一高度看世界。对爱情，既向往又胆怯，每天在想爱而不敢爱的痛苦中彷徨、挣扎、矛盾。可是想到林枫，佟雪燕又万分不舍。

林枫的姐姐林慧见她不吭声，便有些担忧地问道："雪燕，你是因为爱林枫，还是为了找个依靠？这一点，对我弟弟很重要……他太傻了，你必须得对他公平点儿……"

佟雪燕终于回过神来，有些羞涩地说："姐姐，我感谢林枫的爱护，更喜欢跟他在一起时的感觉。他让我知道，什么是平等和尊重，我——爱——他！"

简短几句话，林慧懂了，即使全天下人都不理解不支持，恐怕也阻挡不住两颗相爱的心。蓦地，林慧悲喜交加，不知道是应该反对，还是应该祝福。

"你想过将来吗？时间会改变很多东西，天长日久的，谁又能保证林枫不改变呢？如果他将来……变心了，你怎么办？"林慧郑重地问。

所有关切的目光，此刻都投向佟雪燕，佟家人更担心这个敏感话题。

其实佟雪燕也扪心自问过，自己何德何能，得到林枫如此厚重的爱？很多时候，两个人可以共同守望日升日落，守望月圆月缺，却很难守望一生的幸福。在如此浮躁的社会，谁爱上谁似乎都不奇怪；谁离开谁，更是习以为常。这就是选择容易，坚守难啊！

不过，想起林枫的话，佟雪燕就感到莫大的力量。她微笑着回答林慧，也像在鼓励自己："未来对每个人来说都是未知数，只有珍惜拥有的现在，才是幸福。我会和林枫牵彼此的手，风风雨雨走完这一程，荆棘坎坷，也不回头！"

## 第四章　订婚礼金

话题无法继续，林家三口来到外面，决定好好商量一下。

时近中午，阳光很明媚；然而再明媚，也无法照亮邢巧云的心。她觉得没有商量的必要，不如直接回家算了。

林振远紧皱眉头，心跳得厉害，赶紧从兜里掏出一粒救心丸服下。唉，做恶人的滋味并不好受啊，可是无论怎么刁难，佟雪燕都是不卑不亢，真不好处理。不过，话说回来，目的也不是完全没达到，至少让佟志国夫妇知道：若他们死乞白赖非要嫁女,将来也不会有好果子吃!但愿佟氏夫妇能换个角度想想，天下父母都一样,换做他们,也不会眼睁睁瞅着子女往火坑里跳。

此时此刻，林慧才明白父母的真正用意，原来自己一次次苦口婆心地劝说，对弟弟没起作用，对父母同样也不起作用。

"爸，妈，到现在你们弄不清状况吗？其实谁都阻止不了，林枫只是因为尊重你们，才一定要征得你们同意的。否则人家把结婚证一领，或者不领证干脆同居，你们只能是干瞪眼。"

"他敢?! 如果他真那么做，我就跟他断绝关系！"林振远急了，家长的地位怎么可以被颠覆？

"好，就算断绝关系，也断不了血缘，到啥时候还都是你儿子。再说了，比这狠的话您都说过，也没改变得了他。三年多，他绝食、逃婚，几天几天一言不发，你们都忘了吗？反正我的意见，既然答应林枫来相亲，就认真对待，否则真出个什么后果，肠子悔青了，恐怕也来不及……"林慧把事情掰开来分析，希望让父母明白，娶个轮椅媳妇是有遗憾，总比失去儿子强。

大女儿的话，让老两口面面相觑，一下子蔫儿了。过去的三年简直就是一场噩梦，谁能忘记呢？

"我的命咋这么苦呢？一辈子，照顾完老的，照顾小的；老了老了该享福了，又弄来个残疾媳妇，老天爷咋就不开眼啊！上辈子，我到底做了什么孽啊？"邢巧云的泪水都要哭干了，也没有挽回儿子的心。

听了老伴的数落，林振远更加心烦，心跳也骤然加快。手抚胸口，瞪了一眼邢巧云，气急败坏地说："别嘟囔了！自己没管好儿子，怨老天爷有用，谁让你生那个败家子呢？真要是急出个精神病来，更操心……听大闺女的吧……这久病床前还无孝子呢，让他整天对着个瘫子，自己就该悔婚了……"

邢巧云忍不住又嘟囔了一句："说是这么说，万一他就死心眼儿，怎么办？"

"怎么办？还能怎么办？走一步说一步吧，到时候活不起，都死去！"阳光很足，照得林振远心焦气躁，快喘不上气来，只想赶紧躲回房间凉快凉快。

三个人心情沉重地回到屋里，佟雪梅礼貌地端过来茶水，请他们坐下。

林振远开门见山地对佟志国说："大兄弟，事情到这种程度，我们当父母的，也没什么好说的。既然来了，就把事儿定下吧，你看怎么样？"

佟志国闻听此言，愣了愣，本以为林家人走出房间便不会再回来了；谁料，现在事态竟然一百八十度大转弯，让人摸不着头脑。但佟志国知道，事情并不容乐观，淡淡地应了一句："嗯，我没意见，你们安排吧。"

佟志国不冷不热的态度，让林振远有点生气。他转向邢巧云："你这当婆婆的，是不是应该给点儿见面礼？"然后向邢巧云使了个眼色。

邢巧云心领神会，阴沉着脸走过来，掏出钱扔到佟雪燕的腿上："咱讨个吉利数，888块钱吧。你整天瘫在床上，需要啥东西，我们也买不明白，你自己买吧！"

钱砸到腿上，带着一股劲风，足有千钧之重，可惜佟雪燕的双腿毫无知觉，即使疼——也是心疼吧？一时间，雪燕百感交集，木木地不知所措。

"怎么，眼泪汪汪地给谁看？嫌少？嫌少就算了，很多姑娘想倒贴呢，不订拉倒！"邢巧云说着，就想伸手把钱拿回来。她多么希望听到佟雪燕说嫌少，然后顺理成章地取消订婚了。

季平又看不下去了，质问邢巧云："您这话有点儿难听了。倒贴不倒贴的跟我们没关系，不过你们的见面礼确实少了点。现在订婚，男方至少要给万儿八千的礼金，还要有金项链金戒指金耳环；彩电冰箱洗衣机录像机样样齐全；条件好点的，还有摩托车呢。"

邢巧云眉头一皱："他大姐夫，你这是跟我们争彩礼啊？俗话说，相女配夫。人家好胳膊好腿的，要多少都行，这佟雪燕……"

林慧听母亲越来越过分，赶紧打断母亲的话，然后对佟家人解释说，这些钱只是见面礼，其他东西结婚的时候再买。

邢巧云很生气，埋怨不应该私自做主。林慧低声提醒母亲，别忘记刚刚在外面说的话，答应林枫的，就得办到。邢巧云想到自己的傻儿子，一时气短，不再言语。林振远只想快些把事情解决，也懒得再争辩。

季平见此情景，话语也缓和了许多："嗯，佟家人也不是贪财的人，见面礼不在多少，是个心意就行。不过丑话说在前面，正式结婚的时候，该买的你们都得给买，不能委屈了佟雪燕。"

林振远略带讽刺地问："给她摩托车，她能骑走吗？给她金银首饰，她有机会戴咋的？"

季平很不理解："能不能是她的事，给不给是你们的态度问题。再说了，林枫能骑，你们给自己儿子买辆摩托车，有什么心疼的！"

李美贞不想让局面闹僵，想了想说："什么三金一端的，那倒不必。不过彩电和洗衣机应该有。一来雪燕能打发时间，二来为林枫减轻负担……"

林振远有些不耐烦："行了行了，那都远着呢。就说眼前这个见面礼，佟雪燕收不收得了。不收，婚事取消，我们对林枫也有个交代。"

佟雪燕听明白了：这888元，很昂贵，证明自己和林枫确立了订婚关系，可以试着牵手走下去，直到结婚、直到天荒地老；而这888元，又很廉价，说明她在未来公婆心目中的地位，简直太微不足道了！心里升起一阵悲哀。佟雪燕想把这钱送回去，以显示自己的清高。可是林振远说，拒绝礼金等于拒绝婚事，雪燕舍不得林枫。

怎么办，到底要怎么办，才能对得起卑微的自尊心，才能对得起林枫沉甸甸的爱情？难怪啊，林枫之前在电话里反复叮嘱，无论他父母说什么，都要忍着，为了他，忍受；为了他们的爱情，忍受。无论如何要把婚事先订下来，一定要忍。

原来，林枫早就预见了此情此景。不用问也能想象出来，林枫受了多少委屈，才求得父母来相亲的！对不起，林枫，对不起，是我拖累了你，对不起！告诉我，到底我要如何做，才是正确的？林枫啊林枫，我是该抓紧你，还是就此给你自由？

佟雪燕咬紧下唇，接受了888元礼金。只要能跟林枫在一起，什么都不重要的，侮辱也罢，金钱也罢，自尊也罢，什么都不重要，真的。

看到妹妹无奈地把钱收下，佟雪梅的眼泪掉了下来。她不想让人看见，赶紧拉季平进厨房张罗开饭。可是雪梅的心里不停在追问：这算订的什么婚呢？对方看不起儿媳妇，难道还看不起自己的儿子吗？妹妹嫁到这样的家庭，到底会有怎样的将来啊？

订婚宴席上摆齐十道菜，杯中斟满香甜的美酒，据说这代表着"十全十美"，代表着"天长地久"。可是，人家的心中都压着一个大大的问号：这样离奇的爱情，能算是十全十美吗？这样不平等的婚姻，会天长地久吗？

## 第五章　追忆情缘

订婚的局面如此尴尬，林枫同样没想到。

清晨，通往城里的汽车停在路边，父母突然变卦，勒令林枫守在家里等消息，否则取消相亲！司机鸣了几次车笛，乘客不断催促，根本不给林枫质疑和争辩的机会。最后，林枫无奈，只能望着汽车渐行渐远。

一个人在家，林枫很想用家务活来分散注意力，然而根本什么也干不进去，最后干脆躺到炕上，望着天棚想心事。他猜不透父母为何不让他去，更不敢想象相亲的结果。

眼前浮现着佟雪燕可爱的单酒窝，和无比期盼的目光，那里承载的，是让林枫无法释怀的千言万语啊！还记得久别重逢的瞬间，佟雪燕淡淡一笑，林枫却读懂那笑容背后的泪光，那坚强外表下，脆弱得不能再脆弱的忧伤。如果时光能够倒流，能够还给他一个健康开朗的燕子，他愿意倾其所有，包括他的健康，甚至生命！

自从开始寻找佟雪燕，林枫一直和父母谈判、讨论，可是始终没有结果。父母想来想去，给他来了个相亲战术，四处托媒,把南北二屯好胳膊好腿的姑娘介绍遍了,希望能拴住他的心。然而哪个也入不了林枫的眼,确切地说,林枫根本不正眼看人家,可把老两口愁坏了。后来,一个女孩自告奋勇来到林家,让老两口看到了大救星。

这个女孩叫池影,是林枫的高中同学,要模样有模样,小嘴特别甜,"叔叔长阿姨短"地叫着,把林家老两口哄得合不拢嘴。更让老两口儿满意的,是池影的父亲在镇里工作,池影话里话外透露,如果婚事能成,她父亲会在镇上给盖四间全新大瓦房;同时还会给林枫安排个工作。

说到工作,可是老两口的心病。林枫本来成绩也很优异,但为了寻找佟雪燕,影响了学业,高考落榜。后来回到农村,边务农边办了个养鸡场。虽说生活条件在村子里数一数二的,但老两口总有抹不去的遗憾,看着那些上班吃"红本"的年轻人,直眼馋,因此对佟雪燕的怨恨,就更深一层。现在池影从天而降,若不紧紧抓牢,过这村可就没这店了。于是,商量来商量去,邢巧云最后使出"苦肉计",把满瓶的敌敌畏放到嘴边,威胁林枫就范。

林枫心如死灰,他不能成为杀害母亲的凶手啊。失望地扔给父母一句话:"我成全你们,娶个身强力壮的儿媳妇陪你们过吧,后果,你们自负!"

老两口儿心花怒放,认为只要入了洞房,生了孩子,林枫的心也就收回来了。然而,订婚酒宴即将开始,林枫却哭得一塌糊涂,对池影说句"对不起"后就仓皇而逃。那次事件的后果,池影对林枫恨之入骨,媒婆也对林家望而却步。而林枫呢,任由父母打骂，父母骂累了，他就一个人躲进角落里抽烟，一支接一支地抽，一盒接一盒地抽，什么也不说……

其实林枫自己有时候也扪心自问：整个学生时代，自己也相当优秀，身边不乏追求者。她们有比佟雪燕漂亮的，有比佟雪燕活泼的，可谁也无法代替佟雪燕这张笑脸。即使在佟雪燕消失后的几年时光里，这张笑脸上的"欲语还休"，仍然装饰着林枫整个的梦境。

记得重逢的那一刻，林枫哽咽着唱起歌曲《笑脸》："书上说／有情人／千里能共婵娟／可是我现在只／想把你手儿牵／听说过许多／山盟海誓的表演／突然想看看你／曾经纯真的笑脸……"林枫是个性格内敛的男生，歌声流淌着分别的辛酸和重逢的喜悦，四目相对，一切尽在不言中。

后来，林枫经常来姐姐家看她，有一次红着脸，朗诵了罗伊·克里夫特的诗歌《爱》："我爱你／不光因为你的样子／还因为／和你在一起时／我的样子／我爱你／不光因为你为我而做的事／还因为／为了你／我能做成的事……"佟雪燕明白林枫的心意，但是，爱情那么美好，她还有资格接受吗？

牵起佟雪燕的左手，林枫曾经说过，希望有一天为她戴上定情戒指，一辈子也不允许她摘下来。走在马路上，偶尔要停下来，林枫总是守在轮椅左边，这样如果有车辆驶过来，他的身体就会成为她的盾牌。林枫不止一次温柔地蹲在佟雪燕身边，跟她的视线处在同一高度，他觉得，130厘米跟170厘米的视野，真的没有分别；如果非要说有分别，只不过是在其他人的视线里不同罢了，但这绝不影响他们的感情。

一向不善言谈的林枫，在佟雪燕面前，变成快乐的歌者、诗人、心理学家和哲人，但他最喜欢的，是做佟雪燕的"专职爱人"，做她的一片"天"！而和佟雪燕在一起，林枫说自己就像栖息在宁静的湖面，世界充满平和安详，心灵得到满足、休憩、共鸣与洗涤。林枫没有别的要求，只要能天天见到她，看着她开心地活好每一天，就够了！甚至在被佟雪燕拒绝后，林枫还反过来问是不是担心他养不了家？佟雪燕望着林枫固执而又可爱的脸庞，除了含泪微笑，能做的，就是接受……

"唉，如果没有那次意外……"

这个念头一出现，林枫就不愿再想下去，两滴热泪悄悄滑落。

回忆，突然如一丛丛荒草，在心头摇曳，摇一下，就"嗞啦啦"地疼一下，流着血的疼。林枫皱皱眉，刚刚还那么甜蜜，为什么会突然这样疼啊？或许闭上眼睛睡一会儿，时光就会走得快些，疼痛就会轻些。可是他又固执地不敢眨眼睛，像是怕眨一下，那美丽的单酒窝儿，又会消失不见……

## 第六章　痛苦回忆

订婚仪式有惊无险结束，佟雪燕暂时松口气。晚上躺在床上，久久难以平静，千头万绪郁结在心，又不能跟父母讲。最后，悄悄拿出纸笔，决定给好朋友叶小白写信，诉说心事。这是佟雪燕选择"自闭式"生活后，第一次联络朋友；或许，这也将是她回归现实生活的开始吧？

百感交集，一丝叹息悄然划过，把日子拉回到从前的时光——

可以说，十八岁以前的佟雪燕，拥有着宝贵的青春、健康的身体和美好的梦想。然而，那个十八岁最终却变成人生的转折，"天有不测风云"六个字，无情地应验到佟雪燕的身上，北大清华梦被一场意外，定格在十八岁的天空。

神经外科手术室里，昏迷中的佟雪燕毫无知觉，锋利的手术刀在嫩滑的后背上，剪开一尺多长的伤口，她，不知道疼；碎骨连着血肉被取出，再用钢板和螺丝钉把脊柱固定，用针缝上二十多个来回，她，也不知道疼；最后，两根小指粗细的引流管插进双肺，她，还是不知道疼。自始至终，她就像是植物人一样，没有任何反应。

长达九个多小时的脊椎手术后，保住生命却保不了健康；截瘫一级的诊断书，让一切都成为奢望。佟雪燕不知道，父母怀着怎样的悲痛心情，从乡下奔往县城再辗转到省城最好的医院；如何颤抖着双手，在手术协议书上，签写沉甸甸的名字；如何一次次跪求医生，哪怕是砸锅卖铁，也要救救可怜的女儿。后来，每每回忆起当时的情景，姐姐佟雪梅总是忍不住落泪，说母亲听到消息就晕了过去，抢救半天才醒过来；一向坚强的父亲，则老泪纵横，蹲在手术室门外默默流泪。

二十四个小时后，父母的哭泣把她从昏迷中唤醒，闻到的是刺鼻的消毒药水味道，看到的是白刷刷的病床，还有围绕在四周的氧气管、输液管、输血管、导尿管以及七八根引流管……

最初，家人一直对佟雪燕隐瞒病情，可当麻醉药力完全消失后，她感觉到胸部以下没有任何知觉！父母骗她说，这是手术后的正常反应,过几天就好了。她将信将疑。但半个月过去了,佟雪燕躲在被子里掐自己的双腿,没有感觉。正在这时,走廊里隐约传来母亲李美贞央求医生的声音:求求您别让她出院,求求您帮她站起来吧,我给您跪下了……我们家会感激您一辈子的……

医生说:"高位截瘫是肢体残疾中最痛苦的病症,现在国际上还没有更好的治疗办法。不仅双下肢无知觉肌肉萎缩,失去最基本的跑、跳、行、走等功能,还会伴随着泌尿系统、消化系统等并发症。面对现实吧。她的脊柱必须靠两根一尺多长的钢板支撑,背部的肌肉也会萎缩的,你们一定要帮助她进行康复锻炼,将来如果能坐起来好好吃顿饭,就是奇迹了……"

仿佛晴天霹雳,佟雪燕的世界瞬间塌了!

瘫痪、轮椅,这样的词汇曾经是那么遥远和陌生;而如今,她却被禁锢在病床上,眼睁睁看着命运在这一刻改道而行!

她的十八岁啊,那么多美好的梦想和愿望,难道就这样完了吗?佟雪燕不相信,疯狂地用双手掐自己的双腿,直到指甲刺破皮肤,依然没有任何感觉。望着指甲里的斑斑血迹,她心如刀割——完了,自己的人生,竟然真的完了!

佟雪燕失声痛哭。李美贞闻声跑进病房,自己的眼泪还没擦干,却换成笑脸紧紧搂住佟雪燕说:"闺女别哭,有爸妈在呢,啥也不怕,没事……别哭啊,我的孩子,只要活着就好……活着就有希望……"

活着就有希望吗?有父母在,就不用害怕吗?可是心底,有个声音一直在喊怕!佟雪燕不敢想象,再也站不起来的日子,将如何度过？她不敢想象，连翻身和坐起来吃饭都是奢望，活着还有什么价值？

看到她情绪低落，父母鼓励她要坚强，变着花样儿给她做好吃的；哥哥姐姐则悄悄把励志书籍放在她的枕边；然而"坚强"这两个字写起来容易，做起来难啊！谁能知道，多少个夜晚她反复捶打毫无知觉的双腿，抱着枕头流泪；谁能知道，多少个清晨她又强颜欢笑，怕只怕惹亲人伤心难过？佟雪燕不知道，其他残疾人是不是曾经跟她一样脆弱，还是只有我不争气？她不知道，那些励志的经典，是不是也曾经像她一样迷茫过？那种从荆棘上爬起来，流着血都不知道疼痛的感觉，她是否能讲给别人听？讲出来后，听者能懂吗？佟雪燕甚至无比气馁地想，榜样和偶像只能用来膜拜，而对于弱势群体来说，生存才是最关键的。她甚至想到过死——如果连自己都养活不了，再完美的梦想，也只能放在心底，像双腿的肌肉一样、慢慢萎缩……

意外发生后，父母哭得死去活来；而出院后，父母第一时间调整好心情，然后像照顾婴儿一样照顾佟雪燕。李美贞属于典型的中国式贤妻良母，把全部心思投在小女儿身上，从吃喝拉撒睡，到四处求医，甚至还找所谓的"大仙"，去庙上烧香求神灵保佑。李美贞没读过一天书，却清楚地认识到，她现在是小女儿的天，如果自己倒下了，小女儿会更悲惨；她听不太懂医生的专业理论，不肯接受那纸"终生瘫痪"的宣判，甚至无比固执地相信：冥冥中肯定有那么一种神力，会扶着小女儿重新"站"起来，肯定会的，她拼尽所有，也要帮小女儿找到！

就这样，佟志国每天早晚帮佟雪燕按摩两个小时，防止肌肉继续萎缩；李美贞买来大澡盆，坚持每天晚上烧三大锅热水为她泡澡，促进双腿的血液循环。父母充满信心地说："三翻六坐七爬十走路，我们的燕子还会飞起来的！"而佟雪燕则像在听别人的故事，不为所动，每天被动地翻身，被动地吃喝拉撒睡，被动地混日子。就这样，三个月过去了，她还是不能翻身；六个月过去后，她还是不能坐；七个月过去了，她不能爬；十个月后，她不能走更不能飞……

为了给佟雪燕治病，家里不仅卖掉了房子，还债台高筑，佟雪燕曾经劝过父母放弃吧，可是父母依然坚持着。买不起昂贵的康复器械，佟志国就把旧自行车拆了，对中间的大轴承进行改良，然后把佟雪燕的双脚绑在脚蹬上，这样躺在床上她也能"骑自行车"了。不忍心打击父亲，佟雪燕每次都假装很用力在骑车，但她非常清楚，车轮的转动，完全凭借的是父亲的力量……

看到佟雪燕能积极配合，佟志国非常高兴，又借来木匠工具，制作了一个类似体育课上的双杠，然后每天把她抱到支架里学站立。可是由于长期躺着，突然采取站立的姿势，佟雪燕竟然头晕目眩，眼前直冒金星。佟志国赶紧把她抱回到床上。李美贞端来水让女儿压压惊，然后鼓励她说没事，缓缓神就好了，所以不能总躺着啊。

佟雪燕本来不想再站了，但父母根本不听她的，再次把她抱进支架里。头倒是不晕了，但双腿软绵绵的，脚也无法放平，脚脖子歪着也不知道，摇晃着就要瘫倒在地。佟志国立刻用力架住她的胳膊，李美贞则蹲在地上扶住她的脚，鼓励她用双手扶住支架。佟雪燕说不行，要摔倒。父母说一定行的，燕子，你的双手是健康的，一定行！

记不清，膝盖在支架上撞了多少次，青青紫紫的；不知道父母流过多少汗，淌过多少泪。总之，术后一年的佟雪燕，终于能勉强以"站立"的姿势呼吸了！那一刻泪水夺眶而出。佟雪燕非常庆幸，在这浮浮沉沉的日子里，始终有一种鼓舞的力量，它推着她努力向前；甚至在转身想逃跑的时候，它稳稳地托起她，蹚过激流，越过瓦砾，一点一点迎向光明。那么，佟雪燕问自己：还有什么理由不坚强？即使一辈子与轮椅为伴，也要让心灵重新"站"起来……

睡在另一张床上的佟志国，听见打开手电筒的声音，以为小女儿在悄悄写日记，忍不住鼻子发酸。三年多了，佟雪燕把所有的苦痛都尘封在日记里，从未开心过，那么林枫，会让她快乐吗？在感情上，选择无条件信任林枫，到底是对是错？佟志国没有惊扰雪燕，思前想后一整夜，也没理出头绪。

## 第七章　心已靠岸

"田家无闲月，五月人倍忙"。此时正是春耕大忙时节，家家户户把一年的希望播撒在肥沃的土地，盼望在金秋收获粮豆满仓。林枫开着四轮车，和妹妹林茹来到自己家的责任田，一望无际的黑土地，让林枫产生前所未有的干劲。婚事订下来，他感觉瞬间有了寄托，有了希望。

不过，父母从县城回来后，脸色一直没开晴。林振远的心脏因为受到强烈刺激，特别不舒服，这两天正滴着吊瓶；邢巧云是那种身强体壮的女人，所有的心事都堆积在脸上，显得阴云密布，看了让人发怵。林枫知道是自己给父母出了个大难题，心中很是愧疚。父母一下子苍老了许多，他虽然心疼，可是却无能为力。因为他太爱佟雪燕了，他无法选择放弃。

望着眼前的黑土地，林枫何尝不理解父母的心情？农活是要用体力去干的，所以父母选媳妇的条件，第一个就是要身体好。而林枫选择的佟雪燕——正好相反，这放在谁的身上，都无法接受的。想起这些，林枫的鼻子有点儿酸酸的。爸爸病了，妈妈气愤，因此他和妹妹再一次承担起所有的家务，就连种地也没让妈妈跟来。林枫觉得这样，心里才会好过些。林枫传统孝顺，同时又敢作敢当，这样让他的性格看起来有点儿矛盾：勇敢地选择爱情，但绝不想以牺牲亲情为代价。在林枫的内心，实际上追求着一种完美：希望全家人能其乐融融，尽享天伦之乐……

几只燕子"唧"的一声从身边掠过，自由自在地飞远了。林枫不由得又想起佟雪燕，想起飞翔在自己心灵天空的燕子，他的心里就盛满了温暖。在这张充满微笑的脸庞上，写着多少纯真多少梦想？系着多少爱意多少期盼？

说起来，林枫第一次听到佟雪燕的名字，应该追溯到小学四年级。记得那是全乡第一次数学竞赛，林枫不负众望取得全乡第二名。一开始，老师说能够取得全乡第二，是学校历史上最好的成绩了，值得祝贺和嘉奖！林枫不禁沾沾自喜，同时又很好奇，全乡第一名是谁？老师说是外校的女生佟雪燕，成绩是满分，林枫你还要继续努力啊。林枫当时的兴奋劲儿瞬间跑到九霄云外，随之而来的，则是一种挫败感。

小小的林枫不明白，明明那些题目并不轻松，自己冥思苦想费了九牛二虎之力才考了 85 分，那个佟雪燕是如何考到满分的？虽然未曾谋面，林枫深深记住这个名字，把超越佟雪燕定为学习目标。

可是接下来，每次竞赛的结果都如出一辙：佟雪燕第一！林枫第二！有同学取笑他是"林老二"，预言佟雪燕将是他此生无法逾越的目标。林枫气得攥紧拳头，发誓一定要会会佟雪燕，看看她到底是何方神圣？

机会终于来了！

那是六年级的秋季竞赛，林枫与佟雪燕竟然前后座。至今林枫也无法忘记初相遇的感觉：他不认识她，但非常确定，闯入眼帘的女生，就是佟雪燕！她，完全是林枫想象中的样子：高挑的身材，白皙的脸颊，右颊一个深深的单酒窝儿；不是那种夺目的惊艳，却散发着独特的气质，安静中略带一丝腼腆，又不卑不亢。

佟雪燕径直走过来，小林枫紧张得脸都红了，赶紧把头深深地低下；然后，一股淡淡的清香，她缓缓地坐在他前边，动作中透着一个女孩特有的轻柔；一袭粉红色的秋装，晃得林枫的眼睛晕晕的，像极了盛开在夏末粉红色的莲花，彰显着别样的灿烂。齐耳的学生发，黑亮又有光泽，如果是长发，那应该就是一袭黑色的瀑布吧？小小少年的心里，竟然情不自禁有些浮想联翩。

考试的时候，小林枫一时间无法静心答卷，急切地想证明对方的身份。这时，监考老师走过来，笑呵呵地问道："雪燕，这次有没有把握拿第一啊？"小林枫没来由地一阵窃喜，关于之前的各种不服气和竞争念头，仿佛都变成这个秋天的粉红色，还有粉红色上面跳跃着的如瀑黑发……

笑意在眼角荡漾，林枫点燃一支烟，深吸一口，回忆令他的心里充满了温馨。几年后，他们以优异的成绩考入同一所高中；虽然不在同一个班级，却有相同的职务：团支部书记。记得第一次校团支部会议，他根本不敢看佟雪燕，虽然他知道她并不认识自己，但就是莫名其妙地紧张。会议结束后，他才发现自己真的很笨，竟然没有注意佟雪燕穿什么颜色的衣服，梳什么样的发型；甚至不知道，佟雪燕有没有看自己一眼？

而在接下来的考试中，小林枫依然无法超越佟雪燕，每次发校榜的时候，总是佟雪燕第一名，林枫第二名！小林枫有些相信：一定是上天注定的缘分，才让彼此的名字如此紧紧相依！

有一种期待，在此时悄无声息地萌芽：他开始期待校团委多开几次会议，让他有机会与她在一起；开始期待年级多几次考试，让两个名字离得更近；开始期待课间或者午休，佟雪燕去教师备课室送学生作业，安静而美丽，优雅而轻灵，他就那样远远地注视，任心中荡起一层又一层涟漪。

小林枫甚至幻想，再开会的时候，一定和她打个招呼；或者看校榜的时候，由衷地向她表达敬佩；或者紧随其后，也去送自己班级的作业，创造一个偶遇的机会。不过最后，这些都只是幻想，小林枫就那样静静地守望着佟雪燕的身影，远远地捕捉她的一颦一笑，举手投足。终于有一天，林枫鼓足勇气写了一首情诗，请佟雪燕的好友叶小白转交：

## 倾听缘分的回声

何处飘来五百年的晨钟暮鼓
轻轻唤醒情窦初开的心跳
小心抚摸那些迷茫的过往
然后迎向阳光　粲然一笑

我幻化成一只鸟
载着儿时的童真飞向天空
驮着少年的芳华越过海洋
滑落洁白的羽毛和清脆的啼叫

也许有情不必终老
暗香浮动恰好
美丽的梦和着美丽的诗行
在不经意间记下心动的美妙

倾听缘分的回声
茬灯火阑珊处祈祷
如果相知是上天给予我的恩典
我希望这份美丽能够长久萦绕

　　林枫很喜欢这种暗香浮动的感觉，在他的心目中，佟雪燕就像高空中飞翔的紫燕，他多么希望自己也能幻化成鸟儿，陪伴她自由飞翔。接下来的日子，林枫是在忐忑不安中度过的，不知道佟雪燕看到诗歌后，会是如何想法？直到数日后，叶小白送来佟雪燕的和诗，林枫的心情瞬间兴奋到极致：

**红尘最深处的相遇**

修行千年
这一刻　轻展笑颜
开成离你最近
也是最温婉的那朵莲
等你含笑走过我的面前

是谁　烟雨巷擎一把纸伞
古老的渡口　伫立千年
是谁　款款走进凝望的双眼
在我的莲心滴下一丝惊叹
庄生晓梦的那只蝴蝶
在谁的花前翩跹
那一蓑烟雨
潮了谁的翅湿了谁的眼

漫卷一捧纱帘

跌落几声飞鸟的啼啭

晓风残月映衬如莲的心事

流年里蔓延着谁与谁的眷恋


舀起一水夜色

在我的莲心植下你的容颜

只为杏花雨中那千年一遇

只为红尘深处这短暂的擦肩


佟雪燕在诗中以莲自喻，这让林枫感到异常亲切。还记得第一次见到佟雪燕时，他就已把她当成那朵粉红色的莲；而这首诗歌，必将成为他一生放不下的牵绊。林枫原本是无神论者，但此刻再次相信：这一定是前世今生的夙愿，才让两颗心灵犀相通。生命仿佛幻化为一个圆，圈住的是那颗漂泊的心；如今心已靠岸，林枫只愿在圆上的每一个点，为了爱——而旋转……

突然一个身影出现了。林枫收回思绪，仔细一看，竟然是之前被他逃婚的池影。望着对方深情而又幽怨的目光，林枫感到有点儿惭愧："你……怎么找到这儿来了？"

其实不用问也知道，一定是池影跑到林家，然后被邢巧云领到责任田的。但池影没心思解释那么多，而是郑重其事地问林枫："你真的要娶佟雪燕吗？你真的爱她吗？"

林枫毫不犹豫地说是，希望池影忘掉自己，开始新的生活。池影定定地望着林枫，欲言又止，然后走出黑土地，走出了林枫的视线。

## 第八章　另种无奈

佟志国早晨起来，隐约听见季平在卧室里吵嚷；后来看到雪梅出来，明显哭过。佟志国的一颗心，不由得七上八下。

大女儿佟雪梅是个传统型的女性，具有一种古典美。中学毕业后，佟志国托人给她安排到粮库工作，终于脱离了农村的庄稼地。结婚那年，佟雪梅刚刚二十岁，跟母亲李美贞一样贤惠能干，小日子过得像模像样。让佟志国操心的，是大姑爷的性格。季平，肯定是个好人，但脾气暴躁，性子急，发脾气时不管不顾的，偶尔雪梅争辩两句，他的手就上来了；而佟雪梅嫁夫从夫，总是一忍再忍，喜欢着季平的优点，同时也包容着他的一切缺点。

做老丈人的佟志国质问季平："打女人，算什么出息？"二十岁的季平年轻气盛，说佟志国偏向女儿。于是，四十岁的佟志国血气方刚，严厉地罚季平做"立正、稍息"。季平虽然不愿意被罚，不过最后还是以军人的姿态，做了标准的"立正、稍息"等动作。多年后翁婿提及此事，季平夸老丈人虽然没当过将军，口号喊得却很像样；而佟志国则夸姑爷军容仪表还算过关，没给军人丢脸。

话又说回来，结婚几年来小夫妻俩吵架是常事了，不过佟志国今天有点儿发愁。订婚前林枫说，不希望让雪燕再跟他们回黑龙江。但如今雪燕已经订婚，如果长时间住姐姐家，似乎不太合适了。"手心手背都是肉"，如果因为小女儿而令大女儿左右为难，就不好了。思来想去，佟志国跟佟雪燕商量，决定还是先带她回黑龙江，结婚的时候再回来。

佟雪燕沉默了，其实她也一直担心姐姐。按说，现在姐家的日子算是"小康"了：从白手起家到住进宽敞明亮的楼房，摩托车、各种电器齐全，事业也相当顺利；而且，为了有"接户口本"的，佟雪梅忍痛做了两次引产，终于在去年生了个宝贝儿子。在外人眼中，儿女双全，生活富足，还吵什么呢？

看雪燕不语，佟志国催促她给林枫打个电话，说咱们明天就走。其实之前，佟志国隐约听季平说"残疾妹妹我都帮你养着呢，还折腾个什么劲儿？"之类的话，但这些话不能讲给雪燕听。佟志国了解大姑爷的脾气，属于有口无心，并不是针对佟雪燕。若算起来，季平对佟雪燕真的像亲哥哥对待亲妹妹，没的说。但亲戚远来香，佟志国深深明白这个道理。

可是佟雪燕不知道这些原因，一想到要和林枫分开，她的心有种被掏空的感觉。很奇怪的是，如今订婚了，突然有种"寄人篱下"的感觉，言行举止的，不再像没订婚前那样无拘无束。

这次回榆恩县，佟雪燕是随母亲过来帮姐姐雪梅带孩子的。雪梅的婆婆侯贵芝嘴上说爱孙子，却不肯照顾孙子，没办法，为了工作，佟雪梅只好让母亲帮忙。如今"五·一"已过，粮库的工作进入淡季，工人大部分都放假，佟雪梅也不用上班了。只是佟雪燕舍不得林枫，莫名其妙有种不祥的预感，怕林枫无法说服他父母，那婚期也就遥遥无期了。路无限延伸，佟雪燕对未来，越发迷茫——林枫啊林枫，你现在在做什么？知道我在想你吗？我就要回黑龙江的哥哥家了，你能再来看看我吗？

雪燕父女俩儿商量的同时，佟雪梅也正闹心呢。雪梅请母亲李美贞哄孩子玩，自己则躺在床上闷闷不乐。一时间想不明白，国家提倡计划生育，自己非要生这么多孩子干什么？想当初，因为生了女儿季心语，婆婆鼻子不是鼻子脸不是脸的，弄得季平也跟着起哄，非得再要个儿子。后来盼星星盼月亮的，终于盼来了宝贝儿子季宏宇，本以为好日子从此开始了，可谁知孩子刚刚九个多月，季平的新鲜劲儿就过去了，家务活儿一手也不伸。

佟雪梅每天除了做家务，还要接送季心语上学。女儿上小学快一年了，季平一次也没有接送过。每当佟雪梅让季平接女儿时，季平总会理由相当充分："都七八岁了，还用接吗？咱们小时候，没人接送，也长这么大！"有时佟雪梅和他理论两句："咱们小时候在农村，路上哪有这么多车？"有时，她干脆懒得再提；而季平呢，也就心安理得不管孩子了。

今天早上，季平又动手打了雪梅一巴掌。佟雪梅当时也很生气，真想痛痛快快打一仗，但考虑到父母和妹妹在，她又忍下去了。架吵多了，可能就麻木了，佟雪梅不知道如何能改变现状。

对于季平的坏脾气，佟雪梅其实做到了最大限度的容忍。爱他就要包容他的缺点，佟雪梅常常这么想。可是自从季平升职科长以后，应酬多了，不知不觉染上了赌博的坏毛病。佟雪梅特别反对赌博，觉得这就是不务正业。

季平倒是理由相当充分，说自己不会喝酒，和大家沟通的机会特别少，偶尔玩几次，输赢也不大，朋友聚在一起，图个乐而已。佟雪梅不同意这种说法，她认为喝酒喝厚了，赌钱赌薄了，如果用赌钱拉拢感情，那除非是为了给对方送礼。季平就辩解说，自己打麻将轻易不输，这种不赔钱的娱乐没有什么不好的。佟雪梅则认为，赌场没有赢家，节省下时间和金钱，多与孩子培养培养感情，才是正常的家庭生活。

偶尔争论过后，季平能改正几天，帮着佟雪梅做做饭。雪梅也不得不承认，季平做的菜非常好吃，尤其做的糖醋鲤鱼和排骨，真是令人唇齿留香。还有两次，季平帮着佟雪梅洗碗筷，雪燕觉得非常幸福，当时非常想走到季平身后，像电视里演的那样，轻轻用双手环住他的腰说句"老公，我爱你"。不过遗憾的是，雪梅性格比较内向，心里装满爱意却不好意思表达，更不要说撒娇要嗲了，因此错失与季平进行情感互动的良机，也错失很多浪漫的时光……

小季宏宇今天特别乖，跟姥姥玩了一会儿，又爬到佟雪梅的面前，歪着小脑袋瞅着她，嘴里"咿呀咿呀"不知说着什么，还甜甜地笑着。看着儿子这可爱的小模样，佟雪梅的心里又亮堂了许多，情不自禁在那粉嘟嘟的小脸蛋上亲了一口。母爱有时候就是这般简单纯粹，孩子的存在，能化解一切阴霾和烦恼。

# 第二部分　夜长梦多

## 第一章　忆苦思甜

林枫把家里的活儿都忙完，一大早就迫不及待地来看佟雪燕，正巧叶小白也来了。

叶小白今年二十四岁，是北方医学院临床医学系大三学生。几年不见，还是喜欢穿一袭紫衣，还是那样活泼开朗，青春洋溢的脸上，增添了一份成熟美。多少时光已溜走，多少岁月不回头？姐妹俩在拥抱过后，用泪水慨叹着时间的飞逝，青春的短暂。

叶小白埋怨佟雪燕太狠心，这么多年，她一直坚持按佟雪燕原来的地址写信，可是都石沉大海；叶小白甚至怀疑，佟雪燕是不是自杀了？不然怎么会没有回音？她们俩可是许诺"不离不弃"的啊！

林枫笑着调侃了一句："人家燕子有个性，和咱们玩儿失踪呢。"

叶小白听林枫这么一说,觉得很奇怪:"跟你也没联络?我还以为燕子重色轻友呢。"

回忆过往,林枫不禁感慨起来:"燕子的亲戚们守口如瓶,怎么问也不告诉我。"

自从佟雪燕悄悄离开后,林枫一直在苦苦寻觅,可是因为得到佟雪燕的"授权",所有亲戚朋友都像统一口供似的,都说不知道。林枫急坏了。他明白,佟雪燕一定很自卑很难过,才隐藏起来了。他最担心佟雪燕想不开,做出什么傻事。太多的牵挂太多的思念太多的担心,让正读高三的林枫一下子憔悴了,从此再也无法安心学习;后来,学会了吸烟解忧,甚至还把自己封闭起来,除了寻找佟雪燕,不再愿意与任何人接触。结果高考时,落榜了……

后来,林枫从一位乡邻口里,得知一些似是而非的讯息。那个人说,佟家搬到黑龙江了,好像雪燕的哥哥在黑龙江教书。林枫赶紧打听雪燕哥哥叫什么名字,在哪所学校?对方冥思苦想了良久,最后给出一个含糊不清的地址及一个模棱两可的人名。然而就是这样的信息,瞬间带给林枫莫大的希望,他在信封上写下"黑龙江省某小学佟雪燕的哥哥收"的字样,然后一股脑寄了出去。林枫幻想它们像漂流瓶一样,能有一封漂流到佟雪燕的手里。但是,时间一天天过去了,所有的信笺都石沉大海,没有收到任何回应。

直到去年冬天,林枫再一次找到佟雪燕三姨家。佟雪燕有个表妹叫甄真,姐妹俩关系特别好。甄真此时正在读高中,对爱情有自己的理论：真爱不应该存在年龄、身份、地位的差异；只要是真爱，就要勇敢去追求。一次次看到林枫满怀希望地来，又无限失望地走，甄真不忍心让林枫如此痛苦下去了，但是雪燕的三姨警告她不许说。甄真不理解。雪燕的三姨李美慧说，佟雪燕和林枫注定不能走到一起，长痛不如短痛啊。甄真不信这个邪，反问李美慧：你怎么就知道一定会痛？你怎么就断定他们不幸福？李美慧说，正是因为无法断定，所以才不能让雪燕受到伤害。

偏巧今年佟雪燕回到榆恩县，不久林枫又来打听消息，李美慧的回答如出一辙——不知道！林枫反复央求，李美慧的态度都异常坚决。甄真灵机一动，假装写作业，然后匆匆画了张简易的地图，趁李美慧不注意的时候悄悄交给林枫。林枫如获至宝，千恩万谢，那一刻，甄真觉得自己做了件功德无量的大事。

匆匆骑车赶到邻村唯一的汽车站，然而去县城的汽车已经开走了，如果坐汽车，只能等明天。林枫无法等到第二天，他只想第一时间见到佟雪燕，真恨不能长出翅膀，飞到她身边。乡村傍晚四点左右正是万家炊烟时，他来不及回家向父母打招呼，直接骑车前往梅阳县城。

北方的冬天滴水成冰，冻手冻脚不说，单单是道路上的冰如镜面，一不小心就会滑倒。但林枫顾不了这许多，骑上自行车就往榆恩县城赶，七十里公路，不知道摔了多少跟头，摔倒再爬起来，继续往前走。就这样，将近九点，林枫终于找到佟雪梅家，见到日思夜想的佟雪燕……

听着林枫的讲述，佟雪燕的心也不平静。一边感动于林枫的执着，一边含笑抹眼泪："其实，我真的奇迹般地，收到过一封林枫的来信。"

林枫震惊："燕子，你既然收到过，为什么不给我回信？"

佟雪燕摇了摇头。过去的几年，由于自卑感作怪，她拒绝了爱情也拒绝了友情，躲在黑龙江哥哥家浑浑噩噩地混日子。她以为自己已经被所有人忘记了，以为自己的存在只是为了等死。直到1993年12月1日，才知道有一个人一直在牵挂她。那天，哥哥下班后递给她一封被磨得破烂不堪的信，只有一页信纸："燕子：你在哪里？你还好吗？我打听了你所有的亲戚，可他们都说不知道……大家传说，你已经不在了……可是我相信你还在！如果收到信，一定给我回信，好吗？让我知道你还活着……给我回信啊，一定给我回信啊！"简单的几句话下面，是两个大大的繁体字——"腾飞"！

望着这两个字，佟雪燕泪如雨下，她知道这两个简单的字，饱含着林枫深深的牵挂和鼓励，他一定希望她做一个坚强的人，重新找到生存的价值。泪水模糊了字迹，积压在心头的悲伤和酸楚，瞬间涌上心头，她边流泪边给林枫回信。她想告诉他自己还活着，只是不知道为什么活着。她很想念同学怀念过去的时光，可是她不敢回头张望……

然而，当清晨刺目的阳光从窗帘挤进来时，佟雪燕清醒了——自己凭什么给林枫回信？连轮椅都坐不了的她，还有什么资格去打扰别人的生活？或许让信永远石沉大海，对林枫才是最公平的。于是，佟雪燕把那本信纸用胶带封存起来，连同林枫的来信，一起埋到了抽屉的最底层，就像埋葬那段凄美的青春。只是佟雪燕并不知道，当那封信辗转到她手上的时候，林枫已经被父母强制回家办了养鸡场，同时被迫接受父母安排的相亲战术，目的是希望林枫能早点忘记她佟雪燕，过正常人最正常的生活……

听完两个人的诉说，叶小白感动得一塌糊涂："林枫，我以为你早和别人好了呢，没想到竟然如此痴情！看来当年，我是错怪你了，对不起！"

之所以说对不起，是因为佟雪燕消失后，叶小白听说，林枫的同学池影曾经疯狂地追求他。叶小白特意跑去把林枫痛骂了一顿，抛下一句"简直就是现代版的陈世美，算燕子瞎了眼！"然后就不负责任地走了。后来隐约听说，林枫跟池影订婚了。再后来，叶小白也懒得打听林枫的消息。因此，今天真相大白，实在令叶小白刮目相看。

"干吗说对不起？小白，你对林枫做了什么？"佟雪燕不解。

叶小白怕林枫难堪，便转移话题："没什么，呵呵，是我不好。什么时候结婚啊？到时候我把同学们都叫来，给你们庆祝庆祝！"

提到结婚，林枫沉默了。本来以为订了婚，就可以永远守护着佟雪燕，今早见面后，却听说佟雪燕要离开，林枫的心又开始七上八下，真怕分开后发生什么意外，他们的爱情再也经受不起折磨了！林枫一天也不想离开佟雪燕，所以现在他决定立刻回去和父母商量，也许结婚是最好的解决办法。

叶小白也觉得婚事还是早办为好，因为她隐隐担心着——这场爱情来得突然，似乎不仅仅是"好事多磨"，弄不好只怕会"夜长梦多"啊！拉着好朋友的手，叶小白心里默默祈祷着：但愿这奇迹般的幸福，能围绕雪燕一生！

## 第二章　世俗之力

"不行！绝不能结婚！"林振远愤怒地把水杯砸向林枫，林枫闪身一躲，水杯落在光滑的水泥地上，"乒乓"作响，杯里的热水泼洒了一地，微微冒着热气。

本来订婚只是缓兵之计，林振远希望把儿子的热情耗尽，自动与佟雪燕分手。可是没想到，儿子去了一趟县城，回来提出尽快结婚，这是他始料不及的。

"真是个没出息的东西，林家的脸都让你给丢光啦！"林振远恨恨地骂儿子。

"难道你还看不出来吗？佟家那么急着结婚，就是担心女儿嫁不出去！你怎么就鬼迷了心窍啊！"邢巧云哭了。

林枫一句话也不争辩，扑通一声给父母跪下了。他理解父母的心情，但说服不了自己的心，唯一能做的，就是希望父母发泄完怨气，然后回过头来，试着理解理解做儿子的感受。

正在这时，林枫的爷爷闯了进来，身后跟着叔叔和姑姑。林振远和邢巧云一时愣住了，看老爷子怒气冲冲的样子，肯定也是冲林枫的婚事来的。

俗话说"好事不出门，坏事传千里"，虽然林家去县城相亲没有惊动亲朋好友，但村子里还是传得沸沸扬扬：有的说林家怎么这样冒傻气，八辈子娶不到媳妇了还是咋的？有的说有钱能使鬼推磨，一定是女方家有钱呗。还有人色眯眯地说，一定是那个佟雪燕长得漂亮，英雄难过美人关嘛……

如此风言风语，林老爷子自然也有所耳闻，因此才会来兴师问罪。林枫的爷爷是位老学究，封建家长意识特别重，张口就把林枫骂得体无完肤，然后指责林振远夫妇没正经事儿。林振远赶紧劝老爷子别生气，听自己慢慢解释。老爷子冷哼一声，说道："解释什么？这么大个事儿，事先为什么不跟我商量商量？娶个残疾媳妇不是给林家祖坟抹黑吗？这让林氏家族还怎么抬起头来？"

邢巧云觉得老爷子的话有点重了，忍不住分辩说，这跟林家祖坟没啥关系，跟其他人也没啥关系……今后天天活受罪的，是林枫。

林老爷子更生气了，责备邢巧云不懂事没文化，头发长见识短，只知道护犊子，不知道教育他。最后长叹一句，"真是慈母多败儿，家门不幸啊！"

林振远呵斥邢巧云不要再说话。因为儿子的事，而害得老父亲也跟着抬不起头来，林振远心中充满自责。邢巧云瞅瞅自己的老伴，再瞅瞅火冒三丈的林老爷子，把嘴边的话硬生生地咽了回去。

其实她真想跟老爷子讨论讨论：首先自己没上过学，那是因为小时候家里穷，女孩子根本没有读书的机会；但就是这样，她凭着吃苦耐劳的精神，十八岁的时候，成为乡里唯一一名女拖拉机手，还戴过大红花呢；那拖拉机不是什么人都能开的，因此没上过学不等于没文化。其次，母亲护犊子是人之常情，十月怀胎一朝分娩，孩子是娘身上掉下的肉，那份血脉相连比父亲来得更真切更实在；所以护犊子没有错。最后就是教育问题，自己从小就教育孩子要孝顺，自力更生，再穷也要做一个有德行的人；儿子也特别懂事，除了在感情上误入歧途，其他方面哪样也没让父母操心过；这怎么就慈母多败儿了？

想归想，最后邢巧云把话咽回肚子里了。说一千道一万，婚姻大事才是人生最重要的事情，儿子在这步上走错了，那么其他方面再优秀，也是"一丑遮百俊"，永远让别人瞧不起啊！傻儿子啊傻儿子，怎么就迷了这一窍呢？

许是骂累了，林老爷子把难听的话讲了一箩筐，最后留下一句狠话：如果林枫敢和佟雪燕结婚，林氏家谱上就再也没有林枫这个人！！！

……

亲戚们走了，却把更大的压力留给了林振远和邢巧云。

林振远一边吃救心丸一边骂；邢巧云一边骂一边哭；林茹吓得躲到里屋；林慧夫妻听到消息赶来，也不知道应该如何劝解。

林枫的心都碎了。他真的弄不懂：是自己要和佟雪燕结婚，是自己要和佟雪燕过一辈子，不论吃苦受罪那都是自己的事，与林氏家谱有什么关系呢？以前自己家遇到那么多难事，他们都不闻不问，甚至父亲心脏病最重的时候，也没人来看望过。可如今，怎么都跑来兴师问罪了呢？这日子，到底是给自己过的，还是给别人过的？林枫一时觉得很可悲可笑。

经老爷子刚刚这么一闹，林振远的火气直往上冲，便把当初订婚的意图和盘托出，希望儿子能彻底死心。

林枫一听，当时就傻了，父母竟然不顾自己和佟雪燕的感受,来了个缓兵之计,这怎么可能呢?林枫不敢相信这会是真的,一直最信任的父母竟然实施了欺骗!而这样的后果,很可能导致佟雪燕再次对生活失去信心,甚至走向绝路……

"你就彻底断了这个念想吧!她佟雪燕愿意去哪儿去哪儿,走了更省心!那888就当给她的路费!"林振远气势汹汹,一点儿商量的余地也没有。

林枫绝望地瘫坐在地上。难道上天注定要分开他们吗?他们的婚姻就这么不能让大家接受吗?世俗的力量,真的要吞噬他们的爱情吗?

"你别再有什么幻想了,刚才爷爷的话你也听到了,我再和你重复一遍:如果你敢和佟雪燕结婚,我就不认你这个儿子!"林振远也下了最后通牒!

## 第三章　豁然开朗

"原来一切都是骗局,原来一切都是骗局!"林枫在心里反复叨念着。

他不知如何向佟雪燕交代。眼前浮现着佟雪燕痛苦绝望的眼神,也许佟雪燕从此就失去了一切生的希望,而凶手正是他林枫!是他,刚刚带给佟雪燕无比幸福,然后一转眼就把这幸福变成利刃,毁掉佟雪燕可怜的生命!林枫接受不了这个残酷的事实,伤心欲绝地冲出家门,消失在夜色中,身后传来姐姐林慧的喊声,但是林枫不愿意停下来。

月亮从东山上升起来,把清辉洒向大地。这本是春天里美丽的夜景，而在林枫的眼里，一切都显得那么地凄冷，这个世界无法让他感到一丝暖意。如果春天另有一站，他宁愿是一个拓荒者，与野草一起说笑。而此刻，他只能一路奔跑，感觉心中特别愤怒、特别压抑，除了绝望还是绝望。想想这些年来，自己和佟雪燕的爱情之路竟然如此艰难。现在终于有了盼头，父母却又翻脸了。

林枫自认是一个孝顺的孩子，父亲患心脏病多年，他很小就担起小男子汉的角色：跟母亲一起去种地施肥除草，像模像样；稍大点儿，就学会了开农用车。他不仅吃苦耐劳，还心思细腻，每当父亲生病躺在炕上，他都会守在枕边，学医生那样给父亲诊脉，观察并记录脉搏跳的次数是否正常，是否有偷停。父亲也常常夸他懂事，说自己即使哪天真去了，也安心了。

高中毕业后，林枫寻找佟雪燕的同时，也担当起家庭的重任。除自己家的责任田外，还承包了一些田地，并用家里的农用车揽了一些农活儿。经过几年的付出，家里的日子也一天好似一天。虽然钱财和账本一直是父母保管，但林枫心中有数，正如母亲邢巧云所言：在村里，小日子也算数一数二的。父母吵吵闹闹的半辈子，林振远脾气上来，把饭桌掀翻是经常事，因此林枫特别向往温馨平静的家庭生活。而佟雪燕，是唯一能让他心灵得到休憩的人。和佟雪燕的婚事，林枫非常希望得到父母的祝福，因为骨子里他是个追求完美的人，爱情和亲情都不想放弃。

几十里公路，林枫跑跑停停，天空中清冷的明月，仿佛也感受到他的孤独无助。光滑的柏油路，风声在耳边掠过，道路无限延伸，幸福与不幸，一切都是未知。但是林枫还是坚持向前行进着，一个小时，两个小时，三个小时，如果不是想到佟雪燕的笑脸，林枫连自杀的念头都有过。疯狂地奔跑过后，林枫逐渐清醒：自己至少现在不能选择死亡。父母否定了自己，但佟雪燕需要他，还在盼望他的出现。有人需要的感觉是自豪的，为了佟雪燕，自己一定要选择坚强……

再次来到熟悉而又陌生的榆恩县城，林枫已经累得筋疲力尽了。在季平家的楼下，他犹豫着，最后还是没有按门铃。要如何向佟家人解释？说父母订婚是骗局，还是对雪燕说对不起？第一次，林枫对自己如此不自信。不行，不能这样进去，否则佟家人肯定会借此机会，取消婚约，那么佟雪燕就要被他们带走了。不行！好不容易把雪燕找回来，怎么能再失去她呢？一定得想个办法，保护好自己和雪燕艰难拼来的爱情……

主意已定，林枫又离开了季平家的小区，在大街上彷徨着。可是双腿发软，肚子也"咕噜噜……"地叫，林枫这才想起自己一天滴水未进。人其实就是这样奇怪，一旦"生"的意识占了上风，便会有饥饿感接踵而来。

林枫来到附近的一家食杂店，民以食为天，先解决温饱问题再说吧。店主不失时机地推荐了一款新面包，同时还有食品厂新开发的汽水，据说比易拉罐饮料的味道还要好。林枫尝了一口，饥渴的感觉令他感觉一切都是美味。店主人又起开了一瓶汽水递过来，说这个汽水现在是供不应求，昨天去进货，看到那里又在招临时工，这厂子可要挣大钱啦。

听着店主人羡慕地唠叨着，林枫不禁皱了皱眉头："这汽水，从包装到味道，也没你说得那么完美啊。"

店主人笑了："小伙子，完美即缺陷，缺陷即完美，这个世界上哪有十全十美的？正因为有缺陷，人们才追求完美呢。"

林枫思考着店主人的话，咬了口面包："追求，就能得到吗？"

店主人以为林枫没懂，继续解释："完美只是一种美好的愿望，如果过分地追求，将会成为一种心理负担。其实人啊，只要尽力做到更好，真心对待身边的人和事，问心无愧就行，完不完美的，无所谓……"

店主人的话还没停，林枫却仿佛豁然开朗了：没错，只要真心对待身边的人和事，完不完美无所谓。那么这次，自己给自己做主！

## 第四章　相对无言

爱情是让人向往的，目睹了佟雪燕和林枫如此炽烈的爱情，叶小白孤独地坐在返校的列车上，不禁有点儿浮想联翩。车窗外渐浓的夜景，一轮明月划破天际，云翳遮不住视线，脑海中跳跃着米斯特拉尔的爱情诗——

"它在田野自由漫步 / 它在清风中展动翅膀 / 它在丽日下纵情欢跳 / 它把松林点缀得辉煌……它说钟的语言 / 它讲鸟的话腔 / 羞答答的恳求 / 海洋般的命令……你神魂颠倒地尾随 / 尽管你发现 / 你必须追随它 / 直到死亡……"

　　带着淡淡的感慨，叶小白不自觉地想到自己。同寝室的姐妹陆续坠入了爱河，八个人中只有她还孑然一身。以前并没有什么感觉，而此时却陡增一丝落寞。谁不渴望心灵的共鸣？谁不期盼心与心的牵手？一条平行的车轨无限延伸，叶小白感觉自己的梦想就在这路上，她从来没有像今天这样渴望坠入爱河，与另一颗心即刻融合在一起……

　　火车到站，走出站台，望着熙熙攘攘的人群，叶小白不知道自己的心应该在何处靠岸。突然听到一声亲切而又熟悉的呼唤。循声望去，班长陈钊正站在不远处招手。陈钊中等身材，身着淡灰色的运动装，充满朝气而又不失稳重。一身正气，说话办事井井有条，给人以安全感，这也是他被评为班长的原因之一。

　　"怎么是你？"叶小白感觉很意外，因为此时正是晚自习时间。

　　"我向自己请了个假，呵呵，那个……天太晚了，我有点儿不放心。"陈钊平时大大方方的，很有魄力，可是与叶小白在一起总有点儿不自然。

　　叶小白真诚地说了句感谢，陈钊的话，听起来让人感觉很温暖。

　　此刻，遥远的夜空偶尔有一两颗流星划过，拖着长长的尾巴，留下瞬间的美丽，久久仰望，终是望不穿苍穹无尽的深邃。远处，辽远而空旷；近处，众人行色匆匆。叶小白的目光中竟然有点儿湿湿的，她一直清楚陈钊的心意。可是她也相当明白自己的心意，对陈钊只是一种感动，抑或是一种友情，反正绝不是爱情。爱情应该是相见时的怦然心动，是分离时的刻骨想念，是印在血液里的情有独钟。可是对陈钊，叶小白无论如何找不到这些感觉。

陈钊是个很体贴的人，望着叶小白风尘仆仆的样子，心生爱怜。小心翼翼地接过叶小白的背包，然后伸出手，他本来是想牵着叶小白，可是又怕被拒绝，所以只好犹豫着把手放下。背起包，走向附近的一家餐馆："小白，你一定饿了。先吃东西，再回学校。"

叶小白怔了怔，跟着进了餐馆。

陈钊叫了两碗特色面条，外加两盘炝拌菜。叶小白还真饿了，二话没说就吃了起来。陈钊定定地望着，眼神中充满了喜爱之情。

叶小白抬头瞅瞅他："怎么不吃？"

陈钊赶紧掩饰道："你的朋友还好吧？可不可以给我讲讲？"

提到佟雪燕，叶小白立刻来了兴致："还好。几年没见，真的想死我了，还好燕子还活着，而且订婚了，那个男孩对她真好，肯定能让燕子幸福。"

陈钊虽然不认识佟雪燕，但经常听叶小白念叨佟雪燕的名字，非常思念的样子。因此他非常想了解，到底是什么样的一个女孩，令叶小白牵肠挂肚？

提起佟雪燕和叶小白的友情，真是叫人羡慕。记得有位诗人这样写道："友谊，是一把雨伞下的两个身影，是一张课桌上的两对明眸；是理想土壤中的小花，是宏伟乐章上的两个音符。没有友谊，生命之树就会在时间的涛声中枯萎；心灵之壤就会在季节的变奏里荒芜……"现在，就从她俩的初遇开始说起。

告别农村中学，升入全县最有名的高中，佟雪燕感觉一切都是那么陌生而又新奇。以前只是参加竞赛的时候，才有机会走进城里的学校；今后，就要在这宽敞明亮的教学楼里开始新的生活了，她感觉抑制不住的激动。

跟随着大家的脚步，佟雪燕踩着一节节向上的楼梯，仿佛正向学习的最高峰一步步迈进。正在这时，走在她前面的一个女孩，被拥挤的人群撞了一下，闹了个趔趄。佟雪燕眼疾手快，赶紧伸手扶了一把。

女孩站稳了，回头对佟雪燕说了句"谢谢"！佟雪燕这才认真打量，好一个惹人喜爱的女孩子：一袭淡紫色的连衣裙，映衬着一张惊魂未定的脸庞，看起来是那么的楚楚动人。再加上弱不禁风的身段，让佟雪燕顿生"我见犹怜"之感。

这个紫衣女孩就是叶小白。她也上下打量着佟雪燕：白皙的脸庞上挂着盈盈笑意，右侧脸颊上迷人的单酒窝，装满令人陶醉的温暖。一件纯白色的短衫，显示着少女特有的纯洁美丽。如此有气质的女孩子，叶小白短短的生命中还是第一次见过，忍不住在心里发出了一丝惊叹！

四目对视的瞬间，两人同时善意地一笑。如果说世间有一种感情叫"一见钟情"，那么友情也应该归于其中。更让人惊喜的是，她们竟然在同一个班级！接下来的学习中，两人非常默契了。叶小白个子矮，坐在最前排。可是每当老师不注意的时候，她就会忍不住回头张望；而更多的时候，都会迎合到佟雪燕关心的目光。然后两人又相视一笑，继续学习。

课间的时候，是两人最开心的时间了。她们有时跑到对方的座位边聊一会儿，有时牵手来到室外，一起望望天边的云，一起吹吹凉爽的风。叶小白最喜欢电视剧《红楼梦》里的歌曲，学习之余，就会给佟雪燕演唱，一首《葬花吟》如泣如诉，让人心恸；佟雪燕最喜欢诗词，她会把自己的许多情愫融入文字中，请叶小白欣赏。叶小白如果情绪上来了，偶尔会学和一首。当时她们互相雅和的那首词《巫山一段云》，曾一度被同学们传阅——

### 巫山一段云　北风吹

秋尽孤云远，寒鸦啼露霜。
重帘半卷倚西窗，处处话凄凉。
酒醉空吟月，冬来疏影长。
北风吹雪落梅香，片片舞成殇。

### 巫山一段云　秋浓

纸伞难遮雾，明眸映水流。
雨声悄叩泪妆楼，追忆梦无忧。
晚风轻还重，昙花绽亦休。
情湖放棹任孤舟，无语自消愁。

佟雪燕那句"北风吹雪落梅香"有着李清照的婉约，叶小白的"无语自消愁"浸透李清照的感伤。两个如水般的女孩用充满灵性的文字，在班级掀起了一股"诗词歌赋热"……

这样的友情纯净而美好，陈钊由衷地羡慕："我真希望自己是佟雪燕，也能跟你一起看云看月，享受美好和幸福。"

叶小白瞅了陈钊一眼，欲言又止，低头吃面。

## 第五章　抓住机会

早晨上班时，季平得意地对雪梅说晚上多做几个菜。雪梅说是为了庆祝妹妹订婚吗？季平说这是其一，其二是他升职了。全家人都非常开心。

晚上，一家人等着季平下班吃饭，可左等右等季平就是没有出现。雪梅往单位打电话，说季平早就下班了。正疑惑间，婆婆侯贵芝来串门，看到满桌子丰盛的饭菜，就开始冷嘲热讽，最后目标又针对到雪燕身上，说你佟雪燕真有能耐啊，把林疯子迷得晕头转向，那干吗还赖在我儿子家不走？

佟雪梅气得浑身直哆嗦，说自己和季平都上班，雪燕是在家帮着看孩子的。侯贵芝认为佟雪燕吃喝拉撒睡都得别人伺候，根本不可能带孩子。佟雪梅说，让你帮看孩子，你嫌累，那不请我妹妹，请谁？侯贵芝自知理亏，干脆不再跟雪梅争论，一屁股坐在椅子上，说你们全家人霸占我儿子的家，趁他不在家时偷吃好吃的，太不像话了。这都花的我儿子的钱，哼，活不起死了算了！佟家人面面相觑，难堪至极。佟雪梅想跟侯贵芝分辩，被佟志国制止了。

这时季平笑容满面地回来了，手里还拎着一只烤鸡。看到侯贵芝碗里还剩下最后一口饭，而其他人都没动筷子，季平感觉有点儿不对劲儿。侯贵芝瞅了一眼烤鸡，说傻儿子你就给他们佟家人拼命吧，傻死了！说完，抹抹嘴摔上门走了。

季平了解自己母亲的脾气，但自己毕竟是做儿子的，也不好当着老丈人的面说什么。于是打了个哈哈，让佟雪梅动手把烤鸡撕成块装到盘子里。看到季平有说有笑，大家的心情都跟着愉快起来，压抑着的气氛也缓和了许多。

季平给佟志国倒了二两白酒，自己则倒了杯啤酒。季平不胜酒力，平时从来不喝酒，遇到极高兴的事，才能顶多喝一杯啤酒。

"雪梅你不知道，我今天手气非常好，太顺了，抓啥牌都能和，把那三个人都赢了！"看到佟雪梅不高兴，季平知道一定是自己的妈又说难听的话了，因此故意没话找话调节气氛。

"在单位玩的？"看佟雪梅都没吭声，李美贞关心地问了一句。

季平说不是，就在前边那家食杂店。然后说店主老两口被儿子接南方养老去，现在正张罗出兑呢。如果一时半会儿兑不出去，他们只能重新找地方打麻将了。

佟雪梅一边喂儿子吃饭，一边寻思，没地方打麻将才好啊，这样也能在家多陪陪两个孩子了。不过，她只是心里琢磨，没愿意搭理季平。

说者无心，听者有意。佟雪燕听到"出兑"两个字，忽然产生了浓厚的兴趣。订婚那天，公婆以钱为由吵来吵去的，佟雪燕一直很难过。她暗中琢磨，一定得想办法挣点儿钱，绝不能让婆家一辈子瞧不起自己！但又想不出挣钱的办法，心情也一直很沉重。

"姐夫，那个店房租多少钱？生意怎么样啊？"佟雪燕关心地问道。

"嗯，听说好像是一千多吧。生意蛮不错的，顾客非常多。而且现在都是送货上门，一个电话，要什么给送什么，最适合老年人干了。"这样说的目的，季平其实希望佟志国夫妇能把店兑下来。

佟志国当然明白季平的意思。不过考虑到小孙女刚刚过百天，儿子媳妇都上班，老伴李美贞必须回去照顾孙女啊。佟志国还是低头吃饭，没吭声。

佟雪燕却开始在心里盘算开了：手里有这订婚的 888 元，如果再向大家借点儿，房租就差不多了。最满意的是这个送货上门，简直太适合自己了。如果真的把店兑下来，自己不但有事做，也有房子住，这样既有了收入又不用离开榆恩县，简直是四全其美！

想想生病以后，佟雪燕一直选择的是自闭式的生活，不仅断绝了和林枫的来往，也拒绝和其他亲戚接触。因为从大家关切的目光里，佟雪燕读到的都是惋惜和心痛，还有小心翼翼，好像他们不慎说错了话，就会伤害到佟雪燕似的。几个阿姨一直对她非常好，生病后不但没有嫌弃她，相反地把她当作小孩子一样来疼爱。如果是健全人，被这样宠着，不知道会骄傲到什么程度呢。可是现在情况不同，大家愈是这样特殊，她就愈自卑，愈感觉到自己是所有人的负担。亲人的爱带给佟雪燕更重的心理压力，让她无法快乐轻松地面对任何人。

现在，林枫再一次回到自己身边，用真诚的爱情让她重新燃起面对生活的勇气。佟雪燕真的好想告诉大家：不要再用特殊的眼光看我，爱我，就给我平等吧！

如今，这个食杂店是一个多么好的机会呀！不过佟雪燕也非常清楚，父母肯定不会同意的，也绝对不会放心。那么只有先说服林枫了。佟雪燕仿佛看到了希望。为了林枫，为了父母，佟雪燕必须走出去，走在温暖的阳光下，走进大家的视线里。

下午，林枫调整好心情，拎着水果来看雪燕。两人几乎是异口同声地说："我想和你商量点儿事。"

佟雪燕以为是结婚的事，让林枫先说。然而林枫说的却是工作的事，原来他已经去食品厂报名了，条件还不错，而且有宿舍。林枫说这样他就能住到县城，随时来看望雪燕了。佟雪燕何其敏感，不用问也清楚了，一定是林枫的父母不同意他们结婚。既然林枫不说，雪燕也没有追问，然后开心地祝贺林枫有了工作，并把自己想租兑食杂店的事讲了出来。

林枫第一个反应就是不行！食杂店要起早贪黑照看，有没有顾客都要在那里守着，林枫担心佟雪燕的身体吃不消。佟雪燕知道林枫这是心疼她，但是她不想放弃这个机会，央求道："就让我试试吧，让我感觉自己有价值。你知道，这对我很重要。帮我，好吗？"

短短的几句话，撞击着林枫的内心。他怎么能不懂佟雪燕的用心呢？一个心强命不随的女孩，即使在这么大的挫折面前，也不想让别人看低自己。两个人之间，不需要更多的言语去解释，林枫知道自己能做的，不只是一味地照顾她，更重要的是帮她树立生活的信心，这样她才会真正地快乐。现在佟雪燕正在这么做，那么自己有什么理由不支持呢？

就这样，林枫和佟雪燕建立了统一战线，一起做通了佟志国和李美贞的思想工作。最后大家商定，林枫先去向父母做个交代，然后在单位上岗前，把佟雪燕的小店张罗起来，开始全新的独立生活。

## 第六章　静静守望

"别在这儿瞎掺和了，净帮倒忙！"林振远没好气地吼了一句。

邢巧云站起身，气愤地瞪了老伴一眼，自己真是费力不讨好！本来想顶他几句，想想又忍住了。老伴这是心里烦啊，今天就别和他一般见识了。结婚二十多年来，邢巧云第一次试着理解林振远的心情，默默地回屋做饭去了。

林振远直直腰，抬头望了望日头，阳光咋这么刺眼，生怕别人不知道它存在似的。心情不顺，看什么都来气。可是太阳偏偏和他过不去，使劲地照着，弄得人浑身是汗。

"倒霉的笨猪，看你以后还敢不敢拱倒这堵墙了？再拱，过年就杀了你！"林振远嘟囔着骂了一句，又拿起一块砖，开始砌猪圈的墙。

林振远之所以火气这么大，也是有原因的。自从林枫毕业后，家里的大事小情都是林枫张罗。林振远每天除了看看电视，就是到人多的地方凑个热闹，东扯几句、西聊几声，清闲得让村里人羡慕得不得了，大家都夸他有福气，养了个懂事又有能力的儿子。为此，林振远腰板也挺得更直了。都说前三十年看父敬子，后三十年看子敬父，儿子受到夸奖，那高兴劲儿比夸奖自己来得更强烈。

可是，偏偏林枫不争气，死活要和佟雪燕订婚，像头犟牛似的，怎么也拉不回来。现在，林枫创造了十里八屯最爆炸性的新闻，各种流言蜚语接踵而来，让林振远不敢出屋。俗话说"唾沫星也能淹死人"，林振远真正体会到了。

想起儿子，林振远不只是生气，更有深深地心疼。唉，邢巧云有时候骂得也挺对，儿子的倔脾气确实随自己，甚至比自己来得更执着。但是倔强不仅让自己受伤，在社会上也吃不开啊。想想自己年轻时，因为性子太直太偏，不擅长溜须拍马，才会和领导层格格不入。否则，凭借对电学的知识和经验，别说在村里做电工了，就是乡农电所，当年不也曾经请自己帮过忙吗？

唉！林振远又长叹了一口气！

好汉不提当年勇，自己的前途其实就毁在性格上了！如果当年也学着送点儿礼，走走关系，现在不一定是什么角色了呢。想想自己最瞧不起的徒弟，如今已然当上了乡农电所所长，林振远心里很不是滋味！好人出在嘴上，好马出在腿上，不服气不行。

林振远也只能是长叹了！尤其是老爷子来闹腾一场后，林振远更感觉"无颜再见江东父老"，干脆大门不出、二门不进，整天闷在家里，电视看厌了就和邢巧云吵两嘴，吵够了再接着看电视。日子在怨恨、气恼、无聊、痛苦中溜走了，可是事情还是一团乱麻，没个头绪！

前几天林枫回来说，在城里食品厂做了临时工，佟雪燕也开了食杂店——两个人竟然这样过上日子了！林振远心里直翻腾：这小子看来是反了，根本没把当父母的话放在心里，唉，养了这么个孽子！那个小丫头片子更可恶，竟然玩逼婚？我可不吃那一套！愿意住你们就住在一起呗，反正我家是儿子，我怕啥？

本来，林振远想去城里给搅黄的，可是邢巧云却有了私心。因为林枫说他住在单位，但是邢巧云不相信。俗话说干柴遇烈火，不出事才怪。如果她和老伴去搅和，那佟家不正好有了把柄，非逼着结婚不可。因此，假装不知道，过就过呗，反正自己家是儿子，啥也没赔上，哼！

林振远听完老伴这话，也没了主意。只求天长日久的，林枫认清生活的劳累和艰苦，主动甩掉佟雪燕。砌完最后一块砖，林振远也把一团烦恼砌在了墙里……

其实邢巧云还真不了解自己的儿子，林枫是一个执拗而又传统的男人，他不愿不清不楚地和佟雪燕生活在一起，一心想给佟雪燕一个光明正大的婚姻。他每天早上骑车从宿舍过来，帮忙佟雪燕把小店里的一切打理好，接着简单弄点早餐，陪佟雪燕吃完后，又匆匆忙忙赶回单位上班。

佟雪燕倒是精神振奋，终于可以自食其力，让她感到前所未有的充实。有了寄托的日子，一切就都有了希望，有了光彩。

小店位于姐姐家所住的小区里，是人们进进出出必经的通道。也许是因为封闭太久的缘故吧，佟雪燕很享受这样静坐在窗口前的感觉。看着来来往往的人们从面前经过，他们或者行色匆匆，或者悠闲自得，有的面带愁容，有的喜气洋洋。佟雪燕就这样看着他们，然后透过他们的表情想象着他们的生活。

偶尔有人来买东西，佟雪燕都很热情地打招呼，然后又礼貌地说声再见！日子久了，大家都认识了这个坐在轮椅上的女孩，顾客也渐渐地增多。有时好奇的顾客还会询问她的身体情况，佟雪燕都会很坦然地回答，而不再像从前那样躲躲闪闪。

店里没有电视机，无聊的时候，读书便是最大的乐趣；偶尔也听听收音机，放松一下心情。而更多的时候，她都在盼望时间快点儿过去，盼望林枫早点下班回来。想念的时候，佟雪燕就提笔变成文字，藏在属于她和林枫的那个日记本里。每天晚上林枫走的时候，佟雪燕把这个日记本交给林枫，希望林枫带着她的守望入梦；而第二天早上，林枫又把自己的思念铭刻在日记本里，让它留下来陪伴佟雪燕新一天的等待。

"只想静静地守望你

每颗星星都有自己的轨迹

只有经历长久的孤独运行

才能形成守望千年的短暂交集

只想静静地守望你

牵着红尘的衣襟踟蹰在此岸

在梦里撒落漫天飞舞的花瓣

执着地把你的名字深藏在心底……"

每当读着佟雪燕用心书写的文字，再想想自己从年少积累的几本日记，林枫眼睛总忍不住湿湿的，"燕子，静静守望的，又岂止是你一个人啊……"

来到这座陌生县城，他只是为了佟雪燕。每次从小店里出来，林枫不知道自己还要去向何方。有时他会在大街上徘徊好久，有时又返回到佟雪燕的小店门前，静静地守护着佟雪燕，甚至一守就是一夜。当黑暗中只剩下他一个人的时候，林枫也放声哭过，他不明白自己的爱情为什么这么难?他不明白世俗的眼光，怎么就容不下他们?

都说真爱无价，可是为什么众人的眼里——他们的爱，像是个错误呢?!

## 第七章　同居之争

两个人的日子是甜蜜的，虽然没有肌肤相亲，却在暗香浮动中让感情得到了升华。如果说学生时代的情愫，带着最浪漫的梦幻色彩，那么此时的林枫和佟雪燕，却是在现实的磨砺中，用爱温暖着爱。

这天早饭后，林枫拥住佟雪燕说："我的小燕子，乖乖在家等我回来，今天要发工资了，回来给你买好吃的。"

目送林枫远去的身影，佟雪燕不禁慨叹时间的飞逝，不知不觉一个月过去了，佟雪燕在这段时间里，有很多全新的生活体验，也收获了许多前所未有的欢乐。听林枫要发工资了，佟雪燕便给姐姐打电话，她也想清点一下货物，看看自己一个月能收入多少钱。

很快，佟雪梅抱着儿子过来了。姐妹俩一边哄孩子，一边清点货物，一上午总算理清了。佟雪燕惊喜地发现，净收入六百多块！这个数目让佟雪燕很惊喜，因为林枫的基本工资才二百块。因为底子薄，她总是卖出钱来再进货，这样一点点地积累，虽然钱没见到太多，物品却比原来丰富多了。

"姐姐，晚上林枫说请你们吃饭，一会儿给姐夫打个电话，让他早点回来。"佟雪燕抑制不住喜悦之情。

看到妹妹这样开心，佟雪梅也跟着高兴。不过，雪梅一直担心他们的婚事。季平也经常唠叨，说两个孩子安定下来这么长时间了，林家谁也没有来过，这很不正常。想了想，佟雪梅小心翼翼地打听了一句："雪燕，林枫说没说过什么时候结婚？"

"没有。上次他回来后什么也没说，我想短时间内，怕是结不了了。"佟雪燕提起这个，又不免有些闷闷的。

"林家也真莫名其妙，既然同意订婚，为什么不同意结婚？"佟雪梅还是很担忧，总感觉要出岔子。

佟雪燕不想再继续这个话题。其实她比谁都着急，每天晚上林枫恋恋不舍地离开，第二天一大早又匆匆跑来，佟雪燕比谁都心疼。可是没办法呀！佟雪燕转移了话题："说说你吧，姐，最近你和姐夫还吵吗？"

"吵不起了，我也不管了。"佟雪梅故作轻松地说。其实前两天他们刚吵了一架，季平又动手了。佟雪梅因为眼睛哭肿，怕雪燕担心，所以一直没露面，只派女儿季心语偶尔来帮忙。

"你们俩为什么总吵呀？姐，是不是有什么事？"姐俩虽然一直关系非常亲密，但是谈这样的话题还是第一次。

"没有，你别瞎猜了，能有什么事？男人不就是那么回事。没结婚时对你千依百顺，可是天长日久就露出本来面目了。"第一次听到佟雪梅如此抱怨。

"姐姐，男人真的都这样吗？"佟雪燕听姐姐这么一说，马上想到了林枫，脸色有些伤感和忧虑。

"你家林枫和别人不一样，上哪找他这样专情的男人？别胡思乱想啊。我现在也不想那么多，每天心思放在两个孩子身上，日子过得挺好。"佟雪梅立刻意识到自己说错了话，赶紧安慰妹妹。其实佟雪梅没说实话，季平如今赌博成瘾，每天不玩几把就坐卧不安的。佟雪梅也想改变他，但坏习惯养成容易，戒掉难啊，她发现自己根本无能为力。

听姐姐这么说，佟雪燕便相信了，不再追问。佟雪梅也适时转移话题，问妹妹晚上想吃什么，她去买。雪燕说只要能跟亲人在一起，吃什么都开心。这是她的心里话，尤其是林枫出现以后，雪燕心中充满了感恩之念，她曾经在日记中写道："也许，应该感谢岁月和生活赋予的坚忍和成熟。岁月是碗中的三餐，我们可以抛弃高贵的一切，但不可以抛弃它；把日子一段段切开，煎炒烹炸，便可以品尝多味的人生……"

晚饭，林枫准备得很丰盛，特意准备了佟雪燕爱吃的排骨，还有季平爱吃的糖醋鱼，再加上几个小炒，色香味俱全。季平心情不错，张罗着跟林枫喝点儿。林枫很高兴，给季平、雪梅和雪燕各倒了一杯啤酒。

"发工资了，这一个月下来，开了多少钱？"季平开门见山问林枫。

林枫疼爱地看着佟雪燕,目光中隐藏着鼓励:"我风里雨里一阵忙活,还没有雪燕几天挣得多呢。"

"挣多挣少无所谓,都是你们俩努力的结果!继续吧,为你们的小日子越来越红火,干一杯!"季平端起酒杯,真诚地祝福。

刚刚八岁的季心语也举起杯来,学着大人的语气说:"我也敬一杯,希望小姨你们早点结婚。"

这一句祝福,勾起了大家的心事。林枫喝了一大口酒,却掩饰不住轻轻的叹息。季平也正琢磨这个问题,忍不住问林枫怎么了,是不是遇到麻烦了?林枫又喝了一口酒,还是没说话。

看到林枫默不作声,季平的直性子又来了:"你们应该把婚事早点办了,省得天天这样跑来跑去的。真不明白,还磨叽个什么劲?如果家里没准备好,你们俩就先搬一起住,何苦雪燕自己住这个店里,咱们都跟着担心?早晚的事,还这样别别扭扭的有用吗?"

佟雪梅边吃饭边哄着儿子季宏宇,听季平说要搬一起住,有点儿生气了。妹妹本来就不受人家重视,如果真的先住在一起,岂不更遭婆家白眼?佟雪梅没好气地瞪了季平一眼:"说什么呢你?亏你想得出来!"

"住一起怎么了?就你思想封建,还老脑筋看问题。现在是改革开放的社会,谁还在乎这个?"季平因为和佟雪梅正在怄气,所以声调也高了八度。

"改革开放怎么了?人要脸、树要皮,我们佟家闺女可不能让人瞧不起!"佟雪梅特别激动,脸涨得通红,有点儿义愤填膺。

"你这死脑筋,一辈子就是个受穷的命!跟你讲不出个理来!"季平把筷子一摔，走人了。林枫起身拦也没拦住。

"我说不行就不行，听见没有，雪燕？"佟雪梅端起酒杯一饮而尽，只觉得难堪极了。自己的妹妹倒无所谓；可林枫毕竟是未来的妹夫，季平的态度实在太过分了。

林枫和佟雪燕面面相觑，怎么也没想到会不欢而散。同居不同居，确实是个难题；而姐姐姐夫之间，似乎也存在着问题啊，这令佟雪燕和林枫都很担忧。

## 第八章　在不在乎

没有经历过爱情失败、情路曲折的人，是不会深刻晓得：真爱你的人，他对你呵护的爱，是用心而不是用嘴来泛泛表达的。林枫就是这样一个人，无微不至地关心着佟雪燕，但并不轻易说出"爱"字。每一个眼神、每一个动作，爱无处不在，佟雪燕时刻能感受得到，因此心里被幸福填得满满的。

那天季平关于同居的话，一直影响着佟雪燕的心情。她开始思考，名分有那么重要吗？林枫为了自己，失去的何止是一个名分？他几乎失去了所有亲人和朋友，失去了一个男人应得的尊重！无论是陌生的还是熟悉的，大家都在用异样的眼光看着他，议论他，嘲笑他。可是林枫从来没有低过头，还是镇定从容地在大庭广众之下，把佟雪燕抱过来背过去。其实确切地说，林枫受到的委屈比自己要多得多。

也许，无须放大自己的情感，自己的痛苦，其实每个人都是浩瀚大海中的一粒砂，普通而渺小。缘来缘去，缘多缘少，谁也不知道。只是在缘来时要知道珍惜，在缘去时要懂得放手，只为多年后的一句"值得"。想通了这些，佟雪燕觉得压在心头的重担放下了，为了林枫的执着，自己做什么都值得！

终于一天晚上，佟雪燕鼓足勇气拉住林枫的手，眼神中充满了深情："我们不要在乎那么多了，住在一起吧。"

看到佟雪燕异常的举动，林枫也有些动摇。每天从小店离开，独自走在回宿舍的路上，林枫的心都会感觉空落落的，其实他也不想走啊！

佟雪燕说出了自己的心里话："我知道你父母那里，一定又出了问题，你不说我也知道。我不想再让你左右为难，也不想看着你这么辛苦，只要我们在一起，我不在乎有没有婚礼。真的！我不在乎！"

轻轻地拥住佟雪燕，林枫的心里感觉好温暖。能听到佟雪燕这样的话，林枫觉得自己所做的一切都值了！他动情地亲吻着佟雪燕，亲吻着这个让自己放弃了一切的女孩。这一瞬间，所有的压力所有的委屈都仿佛不曾存在过，世界依然美好，一切都那么充满神奇。可是蓦然间，耳边又回响起父亲的最后通牒："如果你敢和佟雪燕结婚，我就不认你这个儿子！"林枫瞬间清醒，回到残酷的现实。

"燕子，听话，早点儿睡吧，我也回去了。"林枫真的不忍心说出这句话，但必须说。

佟雪燕牢牢地搂住林枫不放。林枫没办法，只好把她抱到床上，"小燕子，听话好吗？必须征得父母的同意和祝福，我们才安心，明白吗？"

"可是我真的不在乎，真的。"佟雪燕还在坚持。

林枫眼里闪着泪光，第一次向佟雪燕说出心中的烦恼："但是我在乎，燕子，我在乎。咱们的婚事，已经让他们很为难了，如果我们偷偷地结婚了，他们该有多难过？其实，他们都是善良的人，只是一时别不过这个弯。燕子，你千万不要怪他们……相信我，过几天我再回去和父母商量商量，然后我们就结婚。也许你会说我懦弱，可是我真的不想伤父母的心，对不起，燕子……"

"嗯，听你的。不管能不能结婚，只要能天天看到你就行了。"佟雪燕轻轻搂住林枫，她理解他，更心疼他。如此执拗的一个男人，如此孝顺的一个男人，却因为自己而伤痕累累，自己到底应该怎么做呢？

林枫再一次深深地吻了佟雪燕，然后逃也似的离开了小店。他恨不能现在就回家和父母商量，告诉他们，自己真的想结婚了……

## 第九章　痛的抉择

一上午，林振远就这样蜷缩在炕头上，用脊背对着大家，一动不动地躺着。老伴邢巧云知趣地沉默着，这些日子眼泪差不多哭干了，今天事情到了关键时候，反倒没有了泪水。

"才六月的天气怎么就这么热？"此时，正午的太阳从窗户射进来，直直地照在身上，让林振远有点儿烦躁。这段日子，他没来由地特别讨厌太阳，于是他闭起眼睛，可是根本睡不着。

唉，儿子今天一反常态，天还没亮就回来了，进门就是一跪，然后什么也不说。这一跪，把老人的心跪得酸疼酸疼的，想责骂都不知道从哪里开口。表面上看着没什么动静，其实林振远的脑海里像一团乱麻，理不出个头绪。儿子对爱情的执着，既让他气愤又让他羡慕。往事就像一部电影，不知不觉打开林振远尘封已久的记忆——

在林振远的少年时代，也有一个姑娘的身影挥之不去。那是一个和他青梅竹马的女孩，叫刘亚芹。当时他俩都是学校的骨干，唯一不同的是，林振远家的条件优越，林老爷子是小学校长；而刘亚芹家兄弟姐妹多，父母都是普通百姓，几乎难以糊口。后来要读中学了，刘亚芹因家里负担不起学费，被迫放弃学业。

林老爷子虽然贵为校长，但是封建家长意识特别重。他一直看好这个刘亚芹，觉得她将来一定有出息。后来林老爷子想到一个好主意，他问儿子林振远，如果娶刘亚芹做媳妇，愿不愿意？少年林振远正是情窦初开，一直暗恋既漂亮又优秀的刘亚芹，当即答应。

于是，林老爷子带上媒人来到刘家，承诺供刘亚芹完成学业，在年龄合适的时候就让他们完婚。刘家父母遇到这等美事，自然满口应承，婚事就这么订下了。接下来的日子，两个十四五岁的孩子，除了尚未圆房外，出出进进的，俨然成了一对小夫妻。再后来，刘亚芹以优异的成绩考到外地院校。没想到的是，刚一上学不久，刘亚芹就在信中提出分手，并说大家都是有文化有教养的人，希望林振远不要恨她；同时把这些年的学费和利息一起寄给了林家。

少年林振远是重感情之人，刘亚芹抛弃了他，这种打击让他心痛欲裂。但是，林振远更是有尊严之人，根本不屑向刘亚芹乞求怜悯。就这样，两个人平静中分手；分手的后果，是林振远讨厌所有"文化人"，自己也不愿意再做所谓的"文化人"，于是瞒着父亲，跑去当了兵……每当想到这些，林振远其实是后悔不迭。当时如果不那么冲动，为了一个女人而毁掉前程，那么现在应该也和刘亚芹一样，成为一名国家干部了，何苦过着这面朝黄土背朝天的日子？

初恋输得很惨，再想想自己的第一次婚姻，林振远更有点儿埋怨自己的老爹。

由于刘家退婚，让林老爷子颜面无光，所以以最快的速度又给儿子包办了一门亲事。那是一个叫王芳的姑娘，长相漂亮，家境富裕。当林振远在部队接到家书时，离结婚的日子只差一星期了。林老爷子命令他必须回去完婚，林振远就这样稀里糊涂地做了新郎。十个月后，林老爷子来信说王芳生了个儿子，名字已经取好了，叫林树。

不料林树三岁的时候，王芳得乳腺癌去世了。林老爷子又一纸家书，让林振远回来照管孩子，说没娘了不能再没爹吧？林振远不得不放弃了自己喜欢的军旅生涯，回家务农。

再后来，就是如今的婚姻了。林老爷子说男人身边没个女人，不像个家样儿，便又四处托媒人给林振远介绍了邢巧云。说来也算是缘分，邢巧云身为大龄未婚女子，不但不嫌弃林振远是二婚，还对小林树非常好。林振远觉得自己也没资格挑剔了，几天后两人就领了结婚证。可是过日子真不是简单的事，想到邢巧云，林振远更窝火，常常慨叹自己心强命不随，一辈子折腾来折腾去，还是没有遇到让自己称心如意的女人。

因此，林枫和佟雪燕的爱情，让林振远既愤怒又羡慕。儿子今天勇敢地选择了爱情，直挺挺地跪在地上。自己到底应不应该阻止呢？如果换成了自己，是不是也会和儿子一样？如果自己的婚姻也是自己选择的，会不会比现在幸福得多呢？

林振远的眼前竟然又浮现出刘亚芹的模样，林振远不但没有恨意，反而感觉到一种温暖。这些年来，每次和邢巧云争吵后，他都会幻想：自己如果当初和刘亚芹结婚了，一定不会是这个样子。刘亚芹是个有素质的姑娘，也特别善解人意，哪会像邢巧云这样无知粗鲁？这心灵的痛苦，远比身体上的痛苦更煎熬人。如果婚姻一定要选择一种痛，林振远宁愿刘亚芹像佟雪燕一样残疾了，也不愿意和邢巧云过这种相互折磨的日子！

这个想法一出现，林振远的心脏一阵难受，赶紧掏出"速效救心丸"。这阵心痛，让林振远终于想通一个道理：自己痛就痛了，不能再让儿子痛！

平稳了一下心绪，林振远睁开眼睛坐了起来，仿佛是自言自语地说："就这么定吧，'八·一'的时候，把婚事办了。"

邢巧云听了此话愣了神："老东西，你疯了还是傻了？"

林振远没有理会邢巧云，目光望向窗外，阳光好像也不再那么刺眼了。或许，人就应该换个角度、换种心态看事情，那感觉也会不一样。林振远这样对自己说。

# 第三部分　地狱天堂

## 第一章　新婚之喜

一个月后的八月一日，是佟雪燕和林枫的新婚之喜。

因为雪燕家的房子早卖掉了，只好在雪燕的三姨家办喜事。三姨和三姨夫像嫁亲闺女一样，把房间装扮得喜庆而温馨。而佟雪燕则安静地坐在喜被上，静静地等待成为林枫的妻子，然后与他风雨同舟，白头偕老。

想到林枫，佟雪燕的思绪就又飘得很远。记得重逢的那天晚上，狼狈不堪的林枫出现在姐姐家的门口，佟雪燕也像此刻这般，怀疑自己在梦中。曾经那个开朗帅气的男孩，为何变成一个蓄着胡须、梳着长发的沧桑小老头儿？而林枫激动地冲到佟雪燕身边，一把攥住了她的手，努力冲她微笑，而声音却颤抖得让人心碎："燕子，我终于找到你了，终于找到了……"

当时，佟雪燕感觉心脏被尖尖的东西捅了一下，不敢与林枫对视。就那样安静地坐着，心里却波澜壮阔，思潮起伏，很多话想说，不知道从何说起。

后来，不善于表达的林枫深情唱起了那首歌曲《笑脸》，歌曲没唱完，两个人都哭了。把手从林枫宽大的掌心里抽出来，佟雪燕知道这首歌是他的心声，是想鼓励自己坚强，是想牵自己的手走下去——可是，自己有资格接受吗？自己的笑脸，还能重新在荆棘上绽放吗？然而，林枫立刻又把她的手紧紧攥了回去，含泪的双眼一往情深，容不得她拒绝和退缩……

还是那天晚上，林枫反复央求佟雪燕的父母，不要带她回黑龙江。佟志国和李美贞被深深打动，但他们不敢相信，除了自己，这个世界上还会有第二个人能心甘情愿照顾佟雪燕。于是佟志国给林枫摆出种种困难，想吓退林枫：一小时翻一次身、每天按摩两小时、吃喝拉撒都得照顾，更严重的是不适合结婚，即使结了，也不能生孩子……

而林枫的回答只有一个，那就是照顾佟雪燕一辈子。在大家不知所措的时候，林枫已经端来一盆热水，为佟雪燕泡脚并细心按摩。佟雪燕的脚，被他强大有力的大手小心翼翼地捧在掌心，虽然双脚没有知觉，但她的心有知觉啊——那每一个指尖划过的温柔，都是在抚慰伤痕累累的灵魂。这样一个高高大大的男孩，之前没有说过话、没有碰过手的男孩，竟然像妈妈那样自然亲切。那一刻，泪水在眼眶里打转，佟雪燕知道自己的心里，多么渴望这份温暖和呵护……

接下来的三天，林枫接替了佟雪燕父母的工作，每天为佟雪燕翻身、洗脚按摩，伺候她吃饭吃药，抱她出去晒太阳。这样有力而温暖的怀抱，可以永远搂在胸口吗？真的可以吗？三天里，佟雪燕矛盾极了，爱情就在身边，可是接受了，就等于拖累他一辈子啊！思前想后，佟雪燕告诉自己不能拖累他，必须想个办法让林枫主动放弃。

最后父母出了个主意，假装接受林枫的求婚，但前提必须得到他父母的同意。其实大家心里明镜儿似的，没有哪位父母愿意把高位截瘫病人娶进家门的，因此这样的条件——等于变相拒绝林枫的求婚。而林枫也提出一个条件，就是在他回来之前，佟雪燕绝对不许离开姐姐家。佟雪燕使劲点头，心里却在流泪说再见了，做好了回黑龙江的准备……

"乒！乒！"突然两声脆响，紧接着又是一阵噼里啪啦的鞭炮声，大家都高兴地喊："迎亲车到了，迎亲车到了，雪燕赶紧准备上车了！"

佟雪燕收回思绪，看到窗外身着洁白衬衫的林枫款款走来，手里捧着一束火红的玫瑰花。林枫的身后，跟着一个帅气的伴郎，还有林枫的妹妹林茹。

按北方的结婚风俗，男方既要有伴郎，还要有一个未婚女孩前去迎亲。林家不想惊动别人，就让林茹去了。不过林茹非常不开心，她心目中的嫂子应该是池影才对。姐姐林慧看出林茹的反常情绪，叮嘱她今天是林枫的大喜日子，不许惹大家不高兴。林茹冷哼一声，什么也不愿意说，跟着迎亲车来到雪燕的三姨家。

在"支客司"的主持下，林枫首先向佟志国和李美贞改了口，并说把雪燕交给他，二老放心吧。佟志国夫妇眼含泪花，说放心放心，祝福你们俩儿永远幸福。佟雪燕羞涩地望着林枫，林枫则开心地给雪燕穿鞋，整理装束。

甄真作为伴娘，一直忙前忙后；而林茹自始至终一直远远地站在门口，冷冷地盯着佟雪燕，既不帮忙也不言语。后来在甄真经过身边的时候，林茹竟然故意伸出脚绊了一下，甄真毫无防备，扑通一声摔倒在地。

忍住疼痛站起身，甄真质问林茹想干什么？林茹说你嘚瑟个啥劲儿，像你自己要嫁人似的，如果不是你瞎掺和，我哥怎么能娶个瘫子？甄真听对方侮辱佟雪燕，气得想扇林茹耳光，被李美慧及时攥住了胳膊。甄真不服气，质问妈妈为何要忍气吞声？李美慧说必须顾全大局，千万不要让林枫和雪燕不开心。甄真只能恨恨地瞪了林茹一眼，警告她不要太过分。结果林茹却说，走着瞧吧，结婚只是佟雪燕痛苦的开始——自己这个恶小姑子，当定了；忍不了，她就走人！不过这个小插曲，其他人并没看到，因为大家的心思都在佟雪燕身上。

一切准备就绪，佟雪燕在喜车上跟亲人们挥手告别。

望着父母眼中闪烁的泪花，佟雪燕百感交集。或许每一个孩子，都是父母眼里的珍珠，即使是多么平凡不起眼的父母，也要把孩子托到阳光下，让他反射最耀眼的光芒。而身为父母，他们甘愿做一个平台，做一块跳板，做一个阶梯，柔顺地接纳无数次踩踏或者伤害，却无一语，顽强地支撑着孩子成长的步伐。

忽然有一天，孩子们都长大了。

忽然有一天，孩子们走到了红毯上。

而父母，却老了！

## 第二章　糊涂的爱

林家的院子外面围了很多人，这些人中，有真正随礼喝喜酒的，也有想一睹佟雪燕庐山真面目的。邢巧云脸阴沉着，心情极为悲伤。林慧和刘军夫妇则是忙里忙外，大清早地就累得满头是汗。林振远见此情景，低着头不吭声。

"喜车到了，喜车到了！赶紧看看，新娘子长什么样儿？"

震耳欲聋的鞭炮声中，夹杂着忽高忽低的议论声，佟雪燕坐在属于她的喜车里慌了神，三伏天手心直冒冷汗，根本不敢望向车窗外一群群拥挤的人影。突然产生想逃跑的念头——如果能行走多好啊，至少可以做一个"落跑新娘"……

林枫拍拍佟雪燕的手安慰道："别紧张，有我在。"林枫古铜色的皮肤上微微渗出汗珠，想来他也是紧张的，不过那一往情深的眼神里，却多了一份坚定和温柔。

佟雪燕的心头瞬间漾起层层波澜。今天是 1995 年的"八·一"建军节，是她和林枫的新婚之喜。清晨六点半，林枫带着喜车来到雪燕的三姨家，把她从父母的手中接过来；又将在此刻八点整，把她抱到婆家的新房里，在众多亲人和乡邻的见证下，成为合法夫妻。

然而，他们俩的婚姻，会得到亲朋好友的真诚祝福吗？轮椅上的她和健全的林枫，从红毯这头起步，到底能走多远？即便是眼前，要如何才能穿越众人的目光，进入属于他们的新房？

"来，下车喽。"不容佟雪燕再胡思乱想，林枫已经打开车门，拦腰将她抱在怀里。

佟雪燕下意识搂住林枫的脖子，生怕他一松手自己就会被摔下去。而心里却反复在追问自己：真的要结婚了吗？从此以后就是林家的儿媳妇了？身上没有雪白的婚纱，也没有古典的旗袍，脸上只是化了淡淡的妆，一件红色的衬衫裹住瘦削的身形，一条红色长裤掩盖住已经肌肉萎缩的双腿，一双红色凉鞋笼罩住毫无知觉的双脚——这样的佟雪燕，有资格成为林枫的妻子吗？

佟雪燕把头深深埋在林枫怀里，不敢让人们看到自己滚烫的脸庞，可耳边依稀听到人们的议论声，令她难堪极了：

"也不是太漂亮啊，咋就把林枫给迷倒了呢？"

"挺有气质的，看来不是一般女子啊！"

"嗨，抱着沉不沉啊？新娘子怀里是不是有金砖啊？"

不过林枫根本不在意这些言语，他只是这样抱着佟雪燕，坚定地走着自己选择的路。同时还悄悄安慰佟雪燕不要怕，这是他们的婚礼，跟周围的人群无关。其实这些道理，佟雪燕也懂，但众目睽睽之下的说长道短，还是让她感觉无地自容。从院门到屋门不过十几步，走起来却那么艰难那么远，直到坐到喜炕上，佟雪燕这才长舒了一口气。

可是一抬头，发现墙上贴着的不是想象中的大红喜字，而是用红纸剪出来的四个大字："糊——涂——的——爱"！

像有什么东西重重砸在头上，佟雪燕大脑里嗡嗡乱叫，紧紧咬住嘴唇，不让眼泪涌出来。简简单单四个字，包含了林家人多少挣扎与不满？饱含了林枫多少委屈和无奈？佟雪燕不禁再次扪心自问：自己拖着残病之躯嫁给林枫，到底是对是错？自己是不是一个罪人？婚姻对于自己，究竟意味着什么？

林枫帮佟雪燕脱掉鞋子，又帮她揉了揉双腿双脚。很显然，墙上的字林枫也刚刚看到，他微微怔了怔，然后用轻得只有雪燕能听到的声音说："别想太多。现在这首歌曲流行，可能妹妹就顺手剪出来了，想表达一种浪漫……"话虽然这样说，但俩人都明白家人的无奈和纠结——真爱从来都不是童话，而是励志，因为要跨越苦难，证明自己。

目送林枫离开，佟雪燕开始认真打量自己的"新房"。炕上没有铺新炕席，而是用红色"人参"烟盒拼糊起来的；四面墙和棚顶是报纸糊的，估计有些年头了，因为颜色已经泛黄；窗框是木头的，没有涂油漆，也没有挂窗帘；房间里唯一的家具，是用木板钉起来的一个架子，上面高高的一摞被褥，用褐色的被单罩着；地中央有一个储藏秋菜的窖，几块木板稀疏地盖住窖门，估计轮椅很难从上面摇过去。

娘家的客人陆续进入新房，看到屋里的一切，也都沉默不语。季平指了指墙上那四个字，不明白林家这是什么意思。姐姐佟雪梅说，就当没看见吧，别嚷嚷了，顺顺利利的行不行？季平说我什么时候嚷嚷了，他们能贴出来，我为什么不能问？佟雪梅眼泪在眼圈直转，赶紧抱着儿子出去了。哥哥佟雪峰和嫂子郑爽劝季平别生气，只要林枫真心对雪燕，这些细节就不用计较了。季平心里特别不舒服，可是想到今天是雪燕和林枫大喜的日子，便说服自己一忍再忍。

佟雪燕暗暗叹了口气，这就是自己的新房了，可为何找不到一丝喜庆的气息？她想像林枫刚刚解释的那样，给大家解释解释，让大家心里舒服些。但最终没敢开口，因为她担心一开口，眼泪会掉下来。于是假装累了，斜倚在窗台上闭目养神。

这时，有人问新娘子什么时候出来啊？结婚典礼什么时候举行？

"结婚典礼其他仪式都取消，只等新娘子给公公婆婆敬酒戴花后，就开席！俗话说，儿媳妇一杯酒，公公活到九十九；儿媳妇一朵花，婆婆至少活到八十八。新娘子一会儿改口喊爸妈的时候，大点声。""支客司"中气十足地解释道。

嫂子郑爽闻言，赶紧帮佟雪燕整理一下衣服和头发。这时门开了，林振远和邢巧云走进来，脸上没有一丝笑模样，林枫则端着酒杯和头花跟在后面。门口处和窗台外，挤满了看热闹的宾客，还不时传来笑声和议论声。

佟雪燕拿起酒杯，恭敬地举到林振远面前，胆怯地叫了一声："爸，请喝酒。"林振远想了想，接过去，皱了皱眉头，最后还是喝了。佟雪燕又端起第二杯茶，叫了一声："妈，请喝茶。"邢巧云一脸阴云，没任何回应。佟雪燕又连叫两声，邢巧云想了想，把茶接过来，又放回到林枫手中的托盘里。佟雪燕一时愣了，瞅着林枫，不知道如何是好。这时旁边不知谁喊了一句："雪燕，赶紧给婆婆戴花，活到八十八！"佟雪燕听话地从托盘里拿起花，谨慎地给邢巧云戴上，然后又叫了一声"妈"。不料邢巧云根本没理会，把花摘掉，扭身走了。佟雪燕尴尬万分，坐在炕沿边发呆。

嫂子郑爽拉着佟雪燕的手安慰道："忍一宿吧，明天就来接你们。"

"不用惦记我，没事……你们回去后，别对父母说。"佟雪燕叮嘱着。

墙上"糊——涂——的——爱"四个大字很是醒目，佟雪燕铭记着每一笔每一画，暗下决心：一定要做个自强自立的轮椅女人，不辜负林枫今生娶她为妻！

## 第三章　故意刁难

夜晚，所有的客人都走了。林家大院终于恢复了安静。

外屋正房中，林振远和邢巧云上了炕，两人都脸色难看，谁也不说话，背对着背躺下。邢巧云翻来翻去睡不着，便坐起来卷烟抽，呛得林振远直咳嗽。林振远心烦意乱，低声骂了句："驴粪蛋一样滚腾，你还让不让人睡觉了？"

邢巧云一天心情不顺，正没地儿撒气呢，随手拿起枕头扔向林振远："睡睡睡，就知道睡，我让你睡！好好一个儿子，就这样毁了，呜呜，我的命咋这么苦呀。"说着，邢巧云竟然哭了起来。

林振远火了，嗓门也大了起来："这儿子大婚的日子，你哭个什么劲？不怕别人笑话？"

邢巧云仍然哭个不停："笑话笑话？这一院子人，亲朋好友根本没来几个，来的那些人，哪个不是为了看你笑话的！"

林振远又何尝不清楚呢？嗨了一声，起身吃了救心丸；然后又躺下，大热的天，大热的炕，竟然把棉被拉上来压住脑袋。邢巧云见林振远这副模样，担心他又犯病，便不再说什么了。

新房中，雪燕和林枫就那样和衣而卧，听着外屋传来的吵嚷声，心情异常沉重。这时屋门突然开了，邢巧云端着两只白色蜡烛进来，气嘟嘟地说这是给儿子点的长命灯，希望儿子长命百岁，而不是让佟雪燕跟儿子白头偕老！扔下这句话，邢巧云也不瞅炕上瑟瑟发抖的佟雪燕，抹把眼泪，摔上门，回外屋炕上睡觉去了。

婆婆如此直白的讽刺，让佟雪燕突然意识到：白天公公婆婆勉强接受自己敬酒和戴花，其实根本不是接受自己这个儿媳妇，而是为了那句"儿媳妇一杯酒，活到九十九；儿媳妇一朵花，活到八十八"。想到这些，佟雪燕真觉得这个炎热的夏夜，令人心寒。

林枫知道母亲的话有些过分，但也不能去争辩。他把蜡烛放在原本就没有窗帘的窗台上，正好与外面的点点星光辉映。然后轻轻搂过佟雪燕，深情地说："燕子，祝我们新婚快乐，白头偕老！"佟雪燕落泪了，伏在林枫的胸前，望着一闪一闪的烛光，恍然如梦。

第二天一大早，听到外屋有动静，佟雪燕赶紧摇醒林枫，让他帮邢巧云去做饭。林枫看到佟雪燕憔悴的样子，知道她肯定一夜未睡，很是心疼。佟雪燕笑着说没事，拢拢头发，催促他快去帮忙。

厨房里，邢巧云阴沉着脸在生火，看到儿子出来，既生气又心疼。说一大早晨不睡觉，出来干啥？大老爷们，怎么能围着锅台转？

林枫说这两天把您累坏了，我帮您做饭吧。

邢巧云哼了一声，一边拿起菜刀咣咣咣地切菜，一边唠叨说人家娶媳妇，是桌上桌下伺候老人的；自己家可倒好，娶回来个小祖宗，自己这个当婆婆的，还得伺候她。林枫有些不开心，希望母亲能顾忌一下佟雪燕的感受，少说两句。

邢巧云听儿子替佟雪燕说话，气就不打一处来，真恨不能用勺子敲开儿子的脑门，看看里面到底被佟雪燕灌输了些什么东西，让他娶了媳妇忘了娘？林枫躲开母亲的勺子，解释说自己不是偏向谁，而是考虑到家庭的和睦问题。他真诚希望母亲能换个角度，替自己想想，不然自己夹在中间，真的左右为难。邢巧云瞅瞅自己的儿子，心说左右为难也都是你自己找的，傻儿子啊，有你后悔那一天……

吃饭时，邢巧云怎么看佟雪燕都不顺眼，好不容易坚持把饭吃完，邢巧云一抹嘴发话了："不能做饭，总能洗碗吧？林茹，去弄盆水，让她坐这儿洗碗！"

林枫皱起眉头，告诉林茹不用端水，一会儿他去厨房洗。邢巧云瞪了儿子一眼，拿起烟叶开始卷烟："林茹快去端水。白吃饭不干活的人，你林枫惯着，我们可不惯着！再说了，她脚不能走，手不是好好的吗？洗个碗瞧把你心疼的。我洗了一辈子碗，你咋不心疼心疼你老妈？"

林枫还想坚持，被佟雪燕用目光制止了。佟雪燕从来不害怕干活，更何况她也想为自己的婆婆做些事情。只要不再有什么争吵，就万事大吉啊。

这时，林茹已经手脚麻利地端水过来，放在佟雪燕身边时假装没拿稳，水一下洒到了佟雪燕的腿上。林枫一边拿来毛巾帮佟雪燕擦水，一边责问林茹怎么这么不小心。林茹说我干活就这样，喊啥喊，显你嗓门高啊？

佟雪燕不想把事情闹大，赶紧对林枫说没事，然后就埋下头小心翼翼地洗碗，生怕一个失手打碎碗碟，再引起谁发飙。林枫想帮忙，佟雪燕微微摇了摇头，她只想息事宁人，默默等待姐夫季平来接她的时刻。

可是林茹却不肯轻易放过佟雪燕，走过来拿着她刚洗过的盘子，冲着阳光看了又看，说这也叫洗碗吗？油渍菜叶啥的都没洗净，重洗！说完，"啪"的一声把盘子用力扔到了污水盆中，立刻污水四溅，佟雪燕的头发、脸上、身上、腿上，全是污水。尤其是那可怜的眼镜上，除了水滴，还挂了一片白菜叶子。

"你干什么？太过分了，林茹！"林枫一把拉过林茹，举手想扇她嘴巴。

林茹仰起脸，向林枫挑衅："你竟然为一个不相干的人要打我，好啊，你打吧！从此我就不认你这个哥！"

邢巧云把烟笸箩一推，警告林枫不许胡来，如果敢打自己的老闺女，自己就剁掉他的手！

林振远也生气了，走到佟雪燕面前，把刚刚洗完的筷子都摔到地上，筷子东倒西歪躺了一地，把佟雪燕吓得一哆嗦。林振远大骂林枫混账，说一会儿对母亲质问指责，一会儿又对妹妹大呼小叫，为了一个佟雪燕，难道要六亲不认吗？不愿意在家待着，现在就滚！

正在这时，季平借了单位的轿车，来接佟雪燕和林枫。见到佟雪燕一身狼狈，屋地上也乱七八糟的，季平脸色立刻沉了下来，问林枫发生了什么事，怎么结婚第一天就欺负佟雪燕？

　　林茹因为哥哥要打她，心里正委屈呢，于是把火气撒到季平身上，说你哪只眼睛看到我们欺负佟雪燕了？她自己无能，不但不能走，连洗碗都洗不明白，废物一个！

　　季平闻听此言更生气了，林家一大家子好腿好脚的，竟然支使佟雪燕洗碗。这分明是故意刁难人。更何况，林茹如此不懂事，林振远和邢巧云也不管管，实在不像话。

　　"林枫，你之前口口声声会对佟雪燕好，难道就是这么好的吗？结婚才一天，变得也太快了吧？你们全家人欺负一个人，难道欺负我们佟家没人吗？"季平再冲动，也清楚自己不能跟林茹一般见识，因此只好向林枫兴师问罪。

　　邢巧云很想把事情闹大，便怂恿儿子打季平。林振远也指着鼻子骂季平不是东西，凭什么到林家指手画脚？

　　说起来，老两口昨晚还吵吵嚷嚷，今天就不约而同站在统一战线，其实并不是偶然。因为在他们的计划中，当初的订婚是缓兵之计，如今的结婚同样是缓兵之计。所以，他们才会在新婚第一天就开始给佟雪燕难堪，让她认清婚姻生活的艰难，然后知难而退，主动提出离婚。

　　按说离婚不是什么光彩的事，但与一辈子守着佟雪燕相比，老两口宁愿让儿子成为"二婚头"。老两口相当自信：自己的儿子要模样有模样，要能力有能力，自己家底也不薄，即使"二婚头"，南北二屯的黄花大闺女也会上赶着的。他们固执地坚信：儿子娶佟雪燕完全是年轻气盛一时冲动，所谓"得不到的才是最好的"，只要结了婚得到佟雪燕，新鲜神秘感就消失了。还有一点也是老两口感同身受的：就是婆婆媳妇小姑子大姑子，各种矛盾接连不断，定会让林枫焦头烂额，认识到与佟雪燕是个错误，那么离婚也就顺理成章了……

林枫并不知道父母的这些想法，眼前的局面让他很难过。此刻唯一的想法，就是抱着佟雪燕快点儿逃出去，回到那间小小的出租房，与佟雪燕享受片刻的宁静。

邢巧云见儿子把佟雪燕送到外面的车上，又回里屋收拾行李，便开始哭骂，说自己养个白眼狼儿子，皇天无眼啊！林枫知道现在怎么劝也没用，母亲的脾气他太了解了，让她骂够了，她心里就能稍微好受些。

这时大女儿林慧闻讯赶来，责备母亲不应该再胡闹。本来在婚礼上已经让佟雪燕颜面尽失了，难道还想让林枫也窝囊一辈子吗？林慧非常理解自己的弟弟，他不会因为娶个残疾媳妇而自卑，却会因为家人给佟雪燕带来的侮辱而抬不起头，更会不开心。

邢巧云听了大女儿的话，又无语了。其实谁愿意把自己做成个恶婆婆呢？邢巧云原本也是个善良的人，初一十五礼佛吃素自不必说，平时还会接济一下生活困难的乡亲。如果佟雪燕与林枫没有任何关系，邢巧云一定也会喜欢她；但是偏偏，佟雪燕变成了自己的儿媳妇，那么情况就截然不同了。儿子再傻再痴再不争气，也是妈妈身上掉下的肉，他活得苦活得累，当妈的就像刀剜一样心疼啊……

季平看林枫和雪燕都上了车，也懒得再和邢巧云计较，启动车子返城。车上，季平希望林枫要承担起一个丈夫应尽的责任，既然娶了佟雪燕，就不能让她受委屈。林枫不住地点头，心情异常沉重。而雪燕还在瑟瑟发抖，感觉自己正在做一场噩梦。只是她不太清楚，这场梦，什么时候结束。

## 第四章　红毯两端

佟雪燕的食杂店里，佟雪梅和郑爽正在布置新房，棚顶挂上漂亮的拉花，墙壁和玻璃上贴了大红喜字，床单被罩窗帘也焕然一新。两个人心灵手巧，十平方米不到的门市房，不一会儿工夫变成了温馨浪漫的洞房。

李美贞在一旁哄小外孙，显得忧心忡忡。昨天送亲队伍回来后，李美贞就赶紧问郑爽。当时郑爽因为气愤，一时忘了佟雪燕的叮嘱，讲出了实情，并说瞅邢巧云那阵势，只要佟雪燕反抗一下，就能把佟雪燕吃掉。李美贞听完此话，一夜也没睡着，总担心昨晚婆婆再给小女儿脸色看。小女儿是自己的心头肉，可按郑爽的描述，不被婆婆剁成肉馅，也得被捏成肉饼啊。李美贞有些后悔也有些自责，实在不应该把小女儿嫁出去，那样至少自己活着一天，就会善待她一天……

欣赏着自己的杰作，郑爽又想起林家的新房，忍不住抱怨了两句："他们老林家真够一说的，即使瞅不起儿媳妇，也不能亏待自己的儿子啊。整个新房一点儿也没收拾，破窗户破墙纸还舍不得买炕席，燕子往炕上一坐，简直跟逃荒的差不多！看着，心里就特别难受。"

佟雪梅叹了口气，昨天的情景历历在目，让人无法理解。

人这一辈子就结一次婚，林家怎么能让自己的儿子那么寒酸落魄地入洞房呢？还有，当初订婚的时候，林家答应买彩电和洗衣机，如今一样也没兑现。想想，不仅是佟雪燕委屈，林枫其实更委屈。

李美贞眼睛红红的，泪水就落下来了。她心里却明镜似的，林家老两口之所以什么也没兑现，就是根本没接受自己的女儿。他们打算将来再给儿子风风光光地办第二次婚礼，而那时的新娘，就不是自己的小女儿了。

看到老人伤心，佟雪梅又赶紧转移话题："别说这些不开心的事了。等咱们的燕子回来，好好给他们补办个洞房花烛夜，大家都高高兴兴的。"

郑爽举手赞同："对，今晚大家好好聚聚，有什么想说的，也跟林枫沟通沟通。姐，明天我们就要回黑龙江，燕子就交给你多照顾了。有什么情况，你及时给我们打电话联系。无论如何不能让燕子受委屈，大不了把她接回来，咱们养着。"

听儿媳妇这么说，李美贞略感欣慰。想当初，郑爽第一次跟佟雪峰来家里，就跟自己的小女儿非常投缘；到了谈婚论嫁的时候，郑爽竟然主动向他们表态：今后一定会像照顾亲妹妹一样照顾雪燕，养她一辈子。为此，李美贞和佟志国非常感动。婚后，郑爽果然像承诺的那样，对佟雪燕如亲姐妹，李美贞夫妇看在眼里，喜在心上。

作为父母，谁不希望子女们能和睦相处呢？更何况小女儿身体不好，有父母在的时候还好说，但总有一天父母会先一步离去，那么雪燕何处安身呢？如今郑爽这么善良懂事，李美贞和佟志国稍稍放宽了心，他们相信，即使有一天他们不在身边，哥哥嫂子姐姐姐夫都会善待雪燕的……

"妈，快看，雪燕回来了！"佟雪梅指着窗外季平的车，边说边往外面跑。

李美贞向窗外望去，林枫正抱着佟雪燕往屋里走。看着刚刚出嫁的小女儿终于从婆家回来了，李美贞忽然有流泪的冲动。她也说不清楚为什么，就是控制不住情绪。屈指算算，从昨天坐上迎亲车到今天回到食杂店，其实还不到三十个小时，但李美贞感觉时间那么漫长，长到把"大婴儿"一样的小女儿变成了别人家的媳妇，长到自己喜忧参半无法静下心来做任何事情。唉，归根结底，李美贞是不放心小女儿离开自己的身边，怕她吃不好，睡不好，怕她不开心，更怕她受委屈。

"妈，才一天工夫，就想我了？"佟雪燕坐到床上，故作轻松地问。母亲的眼角分明挂着泪痕，想来一定是因为担心自己。但佟雪燕早就告诉自己，无论发生什么事，都只报喜不报忧，不再让父母替她操心。

"妈是惦记你。昨晚一宿都没睡……"郑爽说了一半，忽然想起林枫在场，便把剩下的话咽了回去。

"我不惦记。有林枫照顾着，我一点儿也不惦记。"李美贞说着言不由衷的话，忽然看到佟雪燕衣服上到处是水痕，还脏兮兮的，惊慌地问："燕子，怎么弄的？菜汤洒身上了？烫坏哪儿没有？快让妈看看！"

佟雪燕撒了个谎："妈，没事，哪也没烫着。刚刚没来得及换，一会儿换件干净的。"

李美贞瞅瞅雪燕，瞅瞅林枫，再瞅瞅季平，怎么瞅怎么觉得不对劲儿。"真没事？怎么衣服裤子都湿了，不像洒的，反倒像谁故意泼的？"

林枫不知如何回答。季平因为在车上得到佟雪燕的叮嘱，也没吭声。佟雪燕只好又解释了一句："妈，您说什么呢？真的是我自己不小心弄的，您赶紧帮我找身干净衣服吧，呵呵，不然脏兮兮的，跟你们布置的新房太不相配了！"

佟雪梅心里明镜似的，但不想让母亲担心，也过来帮着圆场："是啊，你嫂子我俩设计的新房，还满意吧？这纱幔和床单，也都是你喜欢的颜色，挺喜庆的。"

郑爽说："我和姐还准备做十道菜，十全十美，祝林枫和你百年好合，幸福如意。林枫，今后把燕子交给你，你要好好照顾她，嫂子代表全家谢谢你，你辛苦了。"

林枫看着雪燕被洗碗水浇过的狼狈模样，心里很不好受；而郑爽的话，更让他觉得汗颜。从见到雪燕那一刻起，他就打算要好好照顾她，可是没想到新婚伊始，就让雪燕受尽委屈，真的很对不起她。但是这些苦衷，林枫又不愿意讲出来，不希望雪燕的家人跟着难过……

一顿丰盛的晚餐过后，众人早早回到了佟雪梅家，希望给林枫和佟雪燕创造一个真正意义的新婚之夜。

八月的夜晚姗姗来迟，凉爽的风吹走了一天的炎热和疲惫。趁林枫出去关店门的工夫，佟雪燕选了一首乐曲《少女的祈祷》，轻柔温馨的钢琴曲缓缓在空气中流动着，仿佛一个多情的少女在平静祥和的月光下祈祷着；拿出姐姐和嫂子事先准备的红酒，斟满两杯，佟雪燕的脸庞笼罩上一层红云。

林枫被眼前浪漫的气氛惊呆了：粉红色的纱幔垂下来，映着粉红色的床单被褥，在柔和的灯光下，整个房间都笼罩在粉红色的梦幻里。薄薄的纱帘里，佟雪燕一身性感的粉红色睡衣，长长的黑发衬托着一张白皙透红的脸庞，娇羞中带着甜美的笑靥。仿佛又回到情窦初开的少年时代，那朵莲花就盛开在自己的眼前，陶醉了林枫的心情，也陶醉了他多年来的梦。淡淡的红酒握在手里，环绕的手臂纠结着一世情缘，深情的目光醉了酒，也醉了夜……

在美妙的乐曲声中，两颗心在红毯的这端相连，彼此的眉因为同蹙同展而衔接为同一座山，彼此的眼因为相同的视线而映出同一片蓝天；而在红毯的那端，绵延着父母的思念和亲情的期盼，那是"大家庭"爱的港湾，那是兄弟姐妹剪不断的挂牵。

## 第五章　自力更生

度过了真正的洞房花烛夜，佟雪燕和林枫开始了真正的"独立"生活。

所谓的"独立"，不仅是形式上的二人世界，更是经济上的自力更生。因为公婆根本没接受佟雪燕，自然不会给予经济援助；而佟家为了给佟雪燕治病是债台高筑，心有余而力不足。况且林枫是个有尊严的男人，他希望凭自己的力量，给佟雪燕一个幸福的生活，因此两个人的生活不仅拮据，而且很艰难。

他们租的平房，原本是房东私自盖的一间小门房，窗子靠近小区的街道，摆上些货物就成了食杂店。室内阴暗潮湿，冬冷夏热，散发着讨厌的霉味；房间除了一张大床和简单的餐具，就是一个窄小的货物架和五尺长的小柜台。但是佟雪燕对这样的环境很满足，那个小窗口是她与外面世界沟通的桥梁，也是她创造价值的地方。

然而出租房很不方便，没有上下水设施，林枫只能每天去房东家拎水。不管平时多辛苦，林枫都坚持每天为雪燕泡澡，增加血液循环，平均一天来回拎七八趟水。李美贞和佟志国之前不太放心，有留下来照顾佟雪燕的打算。但林枫记得父母警告过他，婚后不许与岳父岳母同住。林枫不想再惹麻烦，因此说服李美贞和佟志国回了黑龙江，而他则接替了二老的工作，无微不至地照顾佟雪燕。

自此每天早上，林枫很早起床，帮佟雪燕按摩，然后打理她洗漱；早饭后把她抱到轮椅上，叮嘱她如果够不到货物，就不要卖了，千万不要摔着；腰疼就躺到床上去，千万不要累到。中午，林枫只有四十分钟休息时间，其他同事都带饭在车间吃。但林枫惦记着佟雪燕，每天都坚持骑自行车赶回家，打理她上厕所、午餐等问题，一切收拾停当，又马不停蹄地返回单位，继续工作，直到晚上下班。

为了避免林枫不在家的时候上厕所，佟雪燕故意吃得很少，渴了也强迫自己不喝水，这样慢慢形成了良好的"生物钟"，一个人在家的时候，基本不用上厕所。只是由此造成营养不良，身体渐渐消瘦下来。不过，佟雪燕喜欢这样的等待和消瘦，感觉生活一下子有了光彩，没有顾客的时候，就读读书，写写日记，与文字为伴，一个人的时光便充实起来。

有一天林枫回到家，看见佟雪燕写在纸上的一首小诗，忍不住轻轻读了起来："谱一曲丘比特的情歌／轻诉罗曼蒂克之语／你温柔地望向我／如莲开一刹的美丽／我不是白雪公主／却是你眼中幸福的美人鱼"

读完，林枫问佟雪燕是她写的吗？佟雪燕点点头。林枫说写得真美好，感觉像一篇美丽的童话。为了鼓励佟雪燕，林枫还憧憬说，将来有钱了咱们也出本诗集，书名就叫《红尘最深处的相遇》。佟雪燕笑了，出书的梦她又何尝没有做过呢？但她深知出书有多么艰难，两个人都没有固定收入，她还需要吃药、需要看病、需要定期做康复，需要交房租费、水电费、煤气费等各种费用，需要穿衣吃饭过日子——唉，拿什么出书呢？不过，有梦想就有希望，佟雪燕还是每天坚持读书写作，记录下每一瞬间的感动。

而林枫则每天马不停蹄地奔波于单位和家庭，一个月下来，整个人瘦了一圈。佟雪燕看在眼里，疼在心上，没事时就盯着柜台边的简易灶台，然后又盯着床边货架上的米袋子，考虑如何才能把米运到灶台边，像健全人那样做好饭菜，等老公回家。

其实所谓"灶台"，是五尺货架旁边一个靠墙的角落，用砖临时摞成两排、上面放一块二尺长一尺宽的木板而成；水桶就在灶台下面。林枫的生日快到了，佟雪燕决定尝试一下，送他一个惊喜。于是中午时对林枫说，米袋放得太高受阳光照射，饭就不香了。林枫觉得有道理，便把米袋放到稍下一点的位置，然后又风风火火上班去了。

就这样，佟雪燕终于有了做饭的机会！俗话说"慢鸟先飞"，计算好林枫晚上的下班时间，佟雪燕摇着轮椅到灶台边取来盆放在双腿上，又摇到货架边舀米，一切跟想象中一样顺利，她真是兴奋极了！把装着米的盆重新又放回腿上，佟雪燕想转动轮椅再回到灶台边，洗米再放进锅里插上电源，一切就成功了！

然而意外却在此时发生了，也许是转弯的时候动作太大，也许是想做饭的心情太迫切，总之还没有反应过来，腿上的米盆就滑到了地上，米撒了一地。佟雪燕脑袋嗡地一下，天啊，怎么办啊？她赶紧勾着身子去捡，可是由于腰椎没有力气，弯腰让整个身体失去了平衡，一下子把轮椅压翻了，她的头重重磕到货架上，然后又摔到水泥地上。好疼啊！佟雪燕好半天才缓过神来，想坐起来，但一点力气也没有；想给姐姐打电话，却够不到电话机。最后只好就这样跟轮椅一起倒在地上，一动不能动，绝望混杂着委屈的眼泪，不争气地掉下来……

也不知道过了多久，林枫回来了，他惊呼着把佟雪燕从地上抱到床上，又心疼又生气地说："让你不要动，你怎么就是不听话呢？"可当看到佟雪燕腿上被轮椅砸的瘀青和渗着的鲜血，林枫又赶紧找出药箱帮她止血。望着林枫疲惫的身影和紧张的神情，佟雪燕懊恼极了，实在不忍心告诉他，其实伤得最重的是自己的头部。

唉，什么家务都不能做，活在这个世界有什么用啊？佟雪燕用力地捶打双腿，任眼泪噼里啪啦往下流。林枫把她揽进怀里，轻轻拍着她的后背，抚摸着她的长发，像哄孩子一样温柔。佟雪燕痛痛快快地哭，后来林枫也跟着哭了，哽咽着反复叨念一句话：

"燕子，我希望每天一回到家，能看到你的笑容，而不是你辛苦劳累……答应我，好好爱惜自己，好吗？燕子，一定要爱惜自己……我不需要你做饭，什么也不需要你做，只要你能在家等着我，再苦再难，我也觉得有劲头儿……"

多年后，佟雪燕和林枫常常会回想起那一幕：新婚后第一个秋天，在那间狭窄的、阴冷的、破旧的出租房里，两个因为爱情走到一起的年轻人，曾经是多么的无助，多么渴望有一双神奇的大手能斩断荆棘，带来一片坦途；而同样在那间出租房里，两个人又因为彼此的存在，坚信没有战胜不了的困难，坚信一切——都会好起来，一定会的！

## 第六章　魅力诱惑

暑假过后，叶小白开始了丰富多彩的大四生活。今天又是周末，两周一次的露天舞会即将开始。同寝室的姐妹早早地坐在镜子前，各种化妆品纷纷派上了用场；整齐的衣柜也被翻了个底朝天，大家生怕自己不够美，在临出发前又反复照镜子，直到门外男朋友显出些许不耐烦，才陆续出去了。

叶小白天性活泼，对音乐有着特别的敏感，以前的舞会总少不了她婀娜的身影。可是今晚，叶小白却兴味索然，只想躺在床上懒懒地睡上一觉。可是有些东西越是强求越是得不到，"瞌睡虫"就是如此，当一个人刻意想睡觉时，往往很难入睡。叶小白呆呆地盯着天花板，同寝的姐妹们都名花有主了，这对她是个强烈刺激；尤其是佟雪燕奇迹般的爱情，让她既高兴又羡慕。

"咣咣咣……"一阵敲门声传来，不用猜，叶小白也知道是陈钊来了。但是她只想安静地躺着，根本不想回答。果然，敲门声刚停，就听到陈钊略带担忧的男低音，"小白小白"地连叫三声，然后又接着敲门。

叶小白叹了口气，她知道，自己假装不在房间也是不行的，同寝室的姐妹肯定早把自己出卖了。心不甘情不愿地打开门，叶小白斜倚着门框，根本没有让陈钊进来的意思。

"你在寝室啊？刚刚操场上没看到你，怪担心的……是不是生病了？"被西服包裹着的陈钊，感觉特别不自然，脸微微有些红。

叶小白说自己没生病，就是困了，想睡觉。陈钊锲而不舍，说没事就好，今天的舞会非常热闹，想请叶小白一起去参加。叶小白拒绝了，说自己头疼哪也不想去；边说边做出了关门的动作，希望陈钊能明白此时他是不受欢迎的。陈钊觉得有点儿讪讪的，但他非常了解叶小白的个性，自己若再坚持的话，也是自讨没趣，还会惹对方不高兴。

回到床上，叶小白睡意全消，心里有种说不出的滋味。她十分清楚，陈钊是个优秀的男生，善良正直有才华；但她也十分清楚，自己对这样一个优秀的男生缺少激情，相处快四年了，也找不到恋爱的感觉。虽然有时候，她不得不承认，很享受陈钊的关心和呵护。不过叶小白自己也分析了，这可能是虚荣心在作怪，因为看到别的姐妹都有人追捧，自己也想找个"护花使者"。

　　不过，这种像哥们似的依赖，绝对跟爱情无关。爱一个人，是没有道理可言的，那么不爱一个人，同样没有道理可言。只是想来想去，叶小白又开始有些自责，这样似乎对陈钊有些不公平了，至少自己在态度上，不至于跟他那么生硬吧？人都是有尊严的，不能因为陈钊爱自己，就伤害他的自尊吧？

　　"咳——咳——"门外传来几声轻轻地咳嗽，虽然陈钊努力掩饰着，但屋里的叶小白还是听见了。

　　叶小白再次打开了寝室的门。陈钊有点儿难堪，"我，这就走，你回屋吧。"

　　望着陈钊失落的背影，叶小白突然产生一丝愧疚。她叫住陈钊，然后回屋简单打扮了一下，便和陈钊一前一后，向摇曳着霓虹、流动着舞曲的操场走去……

　　月亮上来了，却又让云遮却了一半，老远地躲在树缝里，像个害羞的小姑娘，带着恬淡的美。古诗云："千呼万唤始出来，犹抱琵琶半遮面"，用在此时真是恰好不过。忽然一阵微风吹过，云又跳了出来，操场上空瞬间笼罩着一层朦胧的面纱。

　　舞池里一对对俊美的身影翩翩起舞，和着七彩的霓虹灯光，伴着婉转缠绵的音乐，舞动着一个多情的良宵。人虽然来了，可是叶小白没有接受陈钊跳舞的邀请，只是静静地坐在操场边的长椅上欣赏着。看到陈钊被他的"粉丝"拉着跳了一曲又一曲，叶小白反而有种幸灾乐祸的感觉——让这家伙也尝尝被缠的滋味吧！

　　"叶小白，可以有幸请你跳一支舞吗？"一个好听的男中音在耳边响起。

叶小白回头，一位身材颀长的男人不知何时站在了身边。黑色西服配了一条艳粉色的领带，明亮的眼睛仿佛会说话一样注视着自己，带着一丝幽默的、狡黠的抑或是真诚的笑容？叶小白不由一愣——好帅气的男人！

看着叶小白失态的样子，帅男的嘴角掠过一丝笑容："跳一支舞好吗？"

叶小白的大脑瞬间短路，不知道自己是怎么被带进舞池的，只是当帅男温柔地握住她的小手，绅士地搂住她纤细的腰，叶小白有了短暂的眩晕和心跳，几次乱了舞步。不过那个帅男反应敏捷，不着痕迹地帮着叶小白化险为夷。

帅男深情地注视着叶小白：一袭白色公主裙映着叶小白小巧玲珑的身体，在霓虹灯光的照耀下，更加楚楚动人；如水的明眸，一眨不眨地凝视着自己，眼神里有神秘感，吸引着人不断去探索；淡施薄妆的粉颊，如清水芙蓉，隐约有一团红云掠过，似林黛玉"弱柳扶风"之韵。帅男有点儿心猿意马，忍不住把叶小白向怀里拥了拥，手也不安分地在她的细腰上游动了一下，用带着磁性的男中音低语着："小白，你真美。"

叶小白感觉到一只手掠过自己的背部，正停留在那一抹柔软的发梢处。一瞬间，有股细小的电流悄悄通遍全身，让她心跳加速。叶小白没有回头，也没有甩开那只手，或许在这种情形之下，静默是最好的处置方法！

男中音继续低语着，诗一般的语言充满了暧昧的情调："……带着你旋转／用手心感知你的心跳／一起和着舞曲／踏出生命的韵律／最近距离聆听你的呼吸／真实感受爱的默契……"

叶小白的心有点儿陶醉了：帅气迷人的面庞，热情如火的目光，柔情蜜意的话语，怎么能不让人心动？记忆中每一个断裂的片段被慢慢拼凑，当把一种情感称之为"感觉"的时候，是不是就意味着缥缈与朦胧的开始？

感觉啊，可以星星点点，也可以是转瞬即逝，或者根本就抓不住。那么，找不到感觉的时候，是应该被抛在背光的地方等待一个明天，还是慢慢走到另一片向阳处？叶小白找不到准确答案。

随着帅男的舞步，叶小白渐渐滑出最优美的舞姿，二人黑白相衬的着装成为舞池中的亮点。风在轻轻吹，带着暖意；星星在眨眼，带着暧昧；月亮更加朦胧，带着羞涩……

## 第七章　得意的笑

季平好久没这样开心过了，昨天刚刚开过会，他被提名为副主任的候选人。夫贵妻荣，佟雪梅也感染了季平的快乐，弄了一顿丰盛的晚餐，还让女儿季心语给季平朗诵了一首儿歌。季平更高兴了，夸女儿朗诵得好，将来考个主持人当当，老爸到时候脸上也有光。

趁着心情好，佟雪梅给季平夹了一块鱼肉，然后说打麻将不仅伤神，还伤身体，很多人因此患了颈椎病，而且打麻将的时候吸烟也多，还容易患肺病，所以今后你也别打了。季平说他打麻将真的不是赌博，而是一种交际手段，有时候也累，但没办法。正在这时，有人来叫季平去打麻将，季平还没开口，雪梅就说季平今天太累了，不去了，改天吧。那人给了季平一个揶揄的笑，就离去了。

季平觉得面子有点挂不住，责备雪梅不应该擅自做主。佟雪梅说两个孩子都想跟你好好待一晚上，愿意玩，明天再去吧。季平摔下筷子，警告佟雪梅今后少参与他的事，把两个孩子管好得了！佟雪梅说自己是他的老婆，怎么就不能参与他的事了？季平怒气冲冲，说整个家都是我挣来的，你有什么资格指手画脚？消停待着得了！

这句话重重地刺伤了雪梅的心，自己是普通工人，挣的是没有季平多，但为了这个家，自己付出的并不比季平少啊。可是他凭什么说出这么伤人的话呢？家应该是最公平最温暖的地方，是夫妻两个人的避风港，怎么能因为季平挣得多，自己就失去话语权呢？

原本愉快的心情瞬间没了，儿子季宏宇因为父母的争吵，也吓得哭了起来。季心语懂事地哄着弟弟，可是怎么哄也哄不好，只好抱过来找妈妈。佟雪梅心里也特别不顺，赌气地说你们又不是没有爸爸，找他哄去！季心语又抱着弟弟来到季平身边，结果小宏宇看到爸爸更害怕了，哭得也更厉害。季心语心疼弟弟，也跟着哭了起来。

季平被两个孩子哭得心烦意乱，说我成天在外面拼死拼活地给你们赚钱，回到家来也不让我消停！哭吧，都哭死算了！佟雪梅不忍心看孩子们哭，便把儿子抱了过来，季心语懂事地替佟雪梅擦眼泪，说爸爸是个坏爸爸，妈妈你别跟他生气。谁料，孩子一句天真的话语，反倒激怒了季平，他刷地一下子把饭桌掀翻，责怪佟雪梅不应该教唆孩子恨自己。

佟雪梅认为季平不可理喻，本来是童言无忌，怎么变成自己教唆的呢？相反，平时总是在孩子们面前说季平的好，孩子们才会更想跟爸爸多些时间相处。但是季平不听这些解释，认为佟雪梅成天限制他东限制他西，必然会给孩子造成不良的影响。佟雪梅气得浑身发抖，说我不会再管你了，你爱打麻将就打去吧，我们娘仨在家更省心！

季平闻言，拿起衣服，摔门而去。

佟雪梅没有阻拦，擦干眼泪，把儿子哄睡了，然后想再哄女儿睡觉。季心语像个小大人似的，固执地要和妈妈一起收拾地上的残局。佟雪梅心里一阵酸楚，孩子刚刚八岁，却在父母的一次次争吵中愈发懂事，这究竟是幸运还是不幸呢？

而季平走出家门后，本来想去佟雪燕的食杂店打麻将。之所以选择佟雪燕的小店，季平的本意是为了帮佟雪燕增加点儿收入，谁赢了给分个红。佟雪燕本来不喜欢那种气氛，但碍于姐夫的好意，也不太好总拒绝。

"嗨！"不远处一个衣着时尚的女子向季平招着手。

季平走过去问道："什么事啊，春玲，咋不进屋呢？"

这个叫春玲的女子是季平新近认识的麻友，人长得不是太漂亮，但是那种从骨子里浸透出来的妖媚，非柳下惠那种男人，怕是招架不住的。

"今天我没心情打麻将，我老公出差了，家里灯坏了，你能帮我修修吗？"春玲两只眼睛定定地瞅着季平，透着火辣辣的光芒。

季平说："修灯啊。那好说，先打麻将，然后再修也来得及。"

春玲暧昧地挤了挤眼睛："打完麻将，那得多晚啊，咱们孤男寡女的，怕不方便。还是先修吧。"说完，一扭腰身，走了。

季平想想也对，便跟了上去。

到了春玲家，屋里果然漆黑一片。季平让春玲找个手电筒，他先检查检查电表。春玲悄悄把门反锁上了，然后说家里没有手电筒，茶几上有蜡烛。蜡烛点亮后，季平看到茶几上摆着几碟小菜，还有两只高脚杯，一瓶红酒。

季平坐到沙发上，笑着调侃春玲说："你老公不在家，怎么还弄两个酒杯，该不会是等情人吧？"

春玲大胆地向季平靠近了一些，幽幽地说："我等的就是你啊！"

季平吓得连连后退："春玲，这玩笑可不能开！咱们只是麻友，都是有家有业的人，其他的事可不敢胡思乱想……"

春玲突然哭了，说："看把你吓得，当我春玲是什么人了？我只不过是心情不好，想找个人说说心里话。可是刚刚搬到这个小区，一个人也不认识，除了你，想不到还能找谁。"

说完，春玲拿起一杯酒递到季平手里。季平犹犹豫豫，推说自己向来不会喝酒，一喝就醉。春玲说红酒不上头的，自己只不过想找个人陪喝两口，怎么这么难呢？

季平想了想，皱着眉头喝了一口。烛光下春玲哭得有点儿楚楚动人。季平忍不住问了句："怎么回事？跟老公吵架了？"

春玲抽噎着："不说他。来，干杯！"

季平举起杯，又喝了一口。春玲见他没喝净，不依不饶，非逼着他喝掉，还说你是不是爷们，红酒像饮料一样，怕什么？季平为了证明自己是爷们，举起酒杯一饮而尽。

放下杯，春玲开始自己倾诉了："那个畜生简直就是个虐待狂，把我打了个遍体鳞伤，他跑出去风流快活去了！呜呜……我的命咋这么苦啊……"

季平说："看你老公老实本分的，不会吧……"

春玲见季平不信，立刻拉开胸前的拉链脱掉外衣，证明给季平看："你看看，这些伤痕难道都是假的吧？他表面老实本分，实际上就是个虐待狂，不是人！"

季平一时间懵了，因为春玲只穿了一件胸衣，半裸的身躯晃得他有些措手不及。季平知道这样的状况自己必须赶紧离开，可是刚刚站起来，只觉得头晕目眩，支撑不住，又跌坐到沙发里。

春玲望着那殷红的酒，得意地笑了。

## 第八章　心悸之事

第二天早晨，一条长长的车队把小区围得个水泄不通。不知是谁家在办喜事，装饰得异常豪华的喜车上，除了气球彩带，还有两个用花朵堆成的红心紧紧地连在一起，这就是传说中的心心相印。

季平脚步愈发沉重。自己和佟雪梅的婚礼，一晃已经是十年前的事了，当时在农村，经济条件很差，两台四轮车就把佟雪梅接来了。而如今年轻人结婚如此排场体面，令季平感慨不已。想到这些，深深的愧疚和自责铺天盖地袭来。季平真想抽自己的嘴巴,唉!昨晚自己真是疯了,竟然背叛了自己的老婆和家庭,与那个春玲混到了一起!佟雪梅当初不嫌自己家穷,心甘情愿跟自己过苦日子,可是自己却做了对不起她的事,实在太不应该了。季平痛苦极了,不知该如何面对佟雪梅和两个孩子。

犹犹豫豫间,季平避开佟雪燕的食杂店,然后到街对面的公用电话亭,给母亲侯贵芝打了个电话。侯贵芝很敏感,说是不是你打通宵麻将,不敢回家了?季平说对,她要问你,你就说我在你那儿住了一晚上,没打麻将;如果不问,你也别主动提。侯贵芝骂儿子窝囊,大男人打个麻将没什么大不了的,佟雪梅凭什么不让你进门?儿子你不要怕她,你现在大小也是个领导,就算再闭着眼找一个,也比她佟雪梅强!

季平放下电话,不愿意跟母亲分辩什么。他决定把这次意外出轨的事烂到肚子里,打死也不说!并郑重告诫自己:从今后好好跟佟雪梅过日子,好好照顾两个孩子,绝不再打麻将了,再打就把手剁掉!

整理好心情,季平忐忑不安地回到家。一打开门,佟雪梅阴着脸坐在客厅里,表情前所未有的严肃。虽然两口子吵架是常事,季平也常出去打麻将,但夜不归宿的事情还是第一次。

"嗯……孩子们呢?"季平不敢瞅佟雪梅,但又觉得应该主动打个招呼,毕竟自己做了亏心事。

"你昨晚,去哪儿啦?"佟雪梅情绪有点儿激动,声音颤抖。

"去我妈那儿了……"季平的心里曾经说过一万次对不起,可是面对佟雪梅的质问,谎言却脱口而出,让他自己也吃了一惊。

佟雪梅眉头拧得很深,分析老公有没有撒谎!昨天半夜见季平还没回来，她忍不住给妹妹雪燕打电话询问，雪燕说因为姐夫没来，便没留其他人在店里打麻将。佟雪梅放下电话，有些心慌，便去季平常去的麻将馆找，季平的麻友都说没看到季平。她原本想给婆婆侯贵芝打电话，问问季平在不在她那儿，但是反复拿起电话，又放下了。她不愿意听婆婆唠叨，因此就呆呆地望着电话，一夜未眠……

见佟雪梅不语，季平知道自己的老婆没有往歪处想。不由得暗自庆幸：婆媳不和也有好处，否则昨晚老婆给老妈打一个电话，那纸就包不住火了。

"爸爸……"这时，季心语从卧室出来了，看到季平，眼中有些惊喜，也有些胆怯，"爸爸，你昨晚去哪儿了？妈妈找了你好久……"

在女儿面前，季平没好意思再重复之前的谎言，而是转移话题："心语起床了？今早爸爸给你做饭，然后送你去上学。"

小孩子就是这么容易满足，听到爸爸送自己上学，立刻喜笑颜开。佟雪梅望着季平走进厨房的背影，说不出来心中是什么滋味。有人说，一个男人如果做了对不起老婆的事，便会表现特别好，好得让人受不了。那么自己的老公今日的表现，到底是因为昨晚莫名其妙掀了桌子，还是因为其他什么？

而此刻佟雪燕正在担心姐姐，不知道姐夫什么时候回的家，回去后，两人又吵架没有？送走林枫，佟雪燕就迫不及待地拿起电话，听说姐夫正在做饭，一颗心才算放下。然后佟雪燕说自己的月经好久没来了，姐姐有没有时间陪她去医院。佟雪梅断定可能是怀孕了。

季平闻听如此喜讯，心说佟雪燕的电话真及时，佟雪梅现在已经没有时间揪昨晚的事了。于是殷勤地表示他今天带孩子，让佟雪梅放心地去陪雪燕。佟雪梅用沉默表示接受。

姐妹俩儿充满期待地来到妇产医院，结果医生说并不是怀孕，而是内分泌紊乱导致的，并且从佟雪燕的体质来看，经络不通、气血两亏，很难怀孕；即使怀上了，也怕保不住。姐妹俩儿一下子懵了，问怎么会这样，能治吗？医生建议中药调理，至于结果如何，就看天意了。

佟雪燕不愿意接受这样的诊断，她多么想为林枫生一个孩子啊！但是命运怎会设置这么多障碍，让她连做母亲的愿望都剥夺吗？看到妹妹情绪低落，佟雪梅赶紧安慰说，别灰心，医生既然说中药能调理，那咱们就积极配合治疗，一定能治好的，要有自信！

回到家里，佟雪燕的心一个劲儿地往下沉，眼泪夺眶而出。她多想做一个好女儿，可命运带来一次大磨难，让母亲为她操碎了心；她多想做一个好妻子，可是轮椅上的岁月，注定她无法像其他妻子那样做到完美；她多想做一个好母亲，把自己得到的爱倾注到孩子身上，让她承载着自己的希望去创造美好的生活。但是命运啊，命运，偏偏与她过不去，一个挫折接着一个挫折，一个考验接着一个考验，像是要把她彻底打垮才肯罢休……

佟雪梅理解妹妹的心情，劝她不要哭，只要有希望就不能绝望。并叮嘱佟雪燕，这事暂时不要告诉林枫，更不能让邢巧云知道，难免会生出什么麻烦。

正在这时，侯贵芝敲了敲小窗口，让佟雪梅开门。佟雪梅虽然不欢迎婆婆，但也不能把她拒之门外，只好请她进来。侯贵芝一进门，就阴阳怪气地质问佟雪梅："你这个当姐姐的，自己不孝敬婆婆也就算了，怎么还教自己的妹妹跟婆婆作对？"

很显然，侯贵芝刚刚在窗外隐约听到邢巧云的名字了。佟雪梅本想解释解释，但如果解释，必须说出雪燕看病的事，唉，侯贵芝知道了，只怕比邢巧云知道更麻烦。因此话到嘴边，佟雪梅又咽了回去。

佟雪燕见姐姐不言语，出于礼貌，便招呼侯贵芝坐下。

侯贵芝没头没脑地突然问："雪燕，你家林枫对你好不好？你们俩打过仗没有？可别像你姐似的，动不动就找碴儿。"

佟雪燕的心一沉，难道昨晚姐姐跟姐夫又吵架了？

佟雪梅不想在雪燕面前跟婆婆理论，便想打发她走："妈，你儿子在家呢，你去看看吧。我一会儿回去做饭。"

侯贵芝振振有词："我在雪燕这说会儿话，干吗赶我走？我告诉你们，男人跟女人不一样。男人在外面打打麻将，逢场作戏，那都正常。只要他天天回家，挣的钱交到你手里，管你吃管你喝，那你还管那么多干啥？"

佟雪燕不爱听，便和侯贵芝分辩了几句："大娘，您这话不对。一个家庭如果谁也不管谁，那还有意思吗？"

侯贵芝说："你才结婚几天，懂个啥？你姐姐现在是不知足，要求得太完美了。反正我告诉你佟雪梅，如果你把季平逼急眼了跟你离婚，哭你都找不着调！两个孩子你妈愿哄她就哄着，可别找我！"说完，一抬腿，走人了。

望着侯贵芝远去的身影，佟雪燕很担忧姐姐的处境，同时联想到自己的婆婆邢巧云，又是一阵心悸。

## 第九章　初次回门

日落了，金黄的残辉映照着道路两边依然碧绿的柳丝，像恋人初别时眼中的泪光一样，含蓄着不尽的余恋。白杨树笔直地挺立着，眺望着远方已经丰收在望的庄稼。几只飞鸟偶尔掠过，一转身就没了踪影。

佟雪燕坐在回婆家的出租车上，目不转睛地注视着窗外流动中的景色，很是兴奋。自从结婚后，这还是第一次离开县城。每天守在小窗前，看到的除了人还是人。"燕儿在林梢！"佟雪燕想起当年和林枫在树林里奔跑的情景，如今她这只"燕子"虽然断了翅膀，却还能栖息在当年的"林梢"，这不能不说是一种莫大的幸福！

看到佟雪燕开心的样子，林枫不免有点自责。中秋节是食品厂最忙的时候，由于月饼的销路很好，工人几乎天天加班。林枫起早贪黑，根本没有时间带佟雪燕出去。

"这段时间一定在家闷坏了吧？明天开始就好了，有时间我就带你出来透透风。"林枫抚摸着佟雪燕的长发，有点心疼地说。

"也没有了，就是看到秋天时，有点感慨，其实我一直不太喜欢秋天的，总觉得很萧条。今天反倒不这么觉得了，大概是叶子还没落的原因吧。"佟雪燕目光还在看着窗外。

"是啊，等到秋收的时候，那才是真正的秋天呢。"林枫其实对秋天很敏感，他喜欢秋天，喜欢看到金灿灿的玉米堆满院子，那里盛满了自己的汗水，也盛满了丰收的喜悦。

从光滑的柏油路转到开往婆家的砂石路，车子开始有点颠簸了，晚风习习吹来，佟雪燕不禁打了个寒战。"燕子，是不是冷了？"林枫把佟雪燕搂在怀里，关切地问。

"嗯，有点凉。"其实愈接近婆家，佟雪燕的心就愈感到不安。刚从家里出来时的兴奋感随着道路的逐渐缩短，一点点消失了，不知道这第一次回婆家会是什么情况？她越来越忐忑不安。

值得庆幸的是，到婆家的时候正好是晚饭时间，村子里房前屋后，没有那么多休闲的人，所以，他们的出现并没有引起太大的骚动。佟雪燕心里长舒了一口气：总算没见到结婚时那么多的围观者！

林枫把佟雪燕抱进屋里，父母和林茹正坐在炕上吃饭。

看到哥哥回来了，林茹从炕上下来，迎上前去："哥，你可回来了。"

林枫答应了一句。然后看到炕头地方大，便把佟雪燕放下，又把专用的坐垫放好，让佟雪燕坐到上面。因为火炕不比海绵床垫软，必须时刻提防佟雪燕被硌伤。

看到儿子和媳妇回来了，林振远夫妇俩谁也没动地方，林振远头也没抬，依旧吃他的饭；邢巧云倒是把筷子放下了，可是也没说话。佟雪燕硬着头皮叫了声"爸、妈"，两人谁也没应声；佟雪燕脸一下子就红了，低下头不敢再吭声。

林茹也没理会佟雪燕，只是关心林枫："哥，你是不是也没吃饭呢？"

"林茹，你再拿个盘子来，我买了熟食。"林枫说完，从刚刚买的一堆菜中拎出一只熏鸡，林枫的父母在饮食方面没太大挑剔，独独偏爱吃熟食。

"妈，快吃呀，还热乎着呢。"看到邢巧云没动筷子，林枫给妈妈选了一块鸡腿。

"我不馋！"邢巧云把鸡腿又扔回盘子里。

林枫的眼泪差点儿掉下来，赶紧去厨房喝了口水，和着泪水咽进肚子里。自从结婚后，林枫发现自己在情感上，反而变得脆弱了，他多么希望父母能接纳佟雪燕，像自己那样爱护她体谅她，而不是处处刁难和伤害……

林振远用筷子敲了一下碗边，然后夹了一块鸡肉，同时瞪了邢巧云一眼。

"你总瞪我干啥？"邢巧云心里很不是滋味。

"吃——饭——！"林振远重重地说出两个字，然后夸张地咬了一大口肉，用力地嚼着。

"你吃你的，管我干啥！八辈子没见过肉似的！我不吃！"邢巧云气得把身子扭了过去，拿起烟笸箩准备卷烟。

林振远一听火就来了，歪着脖子质问邢巧云："先好好吃顿饭行不行？我刚刚这两天心情好点儿，别再添堵了行不行？"

林茹一看情势不妙，赶紧劝妈妈："妈，快点吃饭吧，天天盼儿子想儿子的，现在儿子回来了，还给你买鸡肉吃，证明人家心里还有你。否则等人家真娶了媳妇忘了娘，别说中秋节，过年都不一定回不回来，看你怎么办！"

听女儿这么一说，邢巧云鼻子也酸酸的。自己跟儿子生气，却无法不想念儿子。天天惦记着，念叨着，这盼回来了，还怄的什么气呀？"吃吧，都吃、都吃。"邢巧云眼含泪花，自己夹了块肉。

## 第十章　忽冷忽热

晚上，佟雪燕和林枫睡在婆家里屋的小炕上。"糊涂的爱"四个字，还清晰地贴在墙上，一切跟结婚那天一模一样。

其实这一宿，佟雪燕几乎没睡。思前想后的，总觉得自己在婆婆的眼里就是眼中钉，肉中刺，不知道怎么做才能让婆婆接受自己。眼泪总是不听话地流下来，又担心外屋的公公婆婆听见，再无端惹出新麻烦，因此只好强忍着不让自己哭出声来。

自从生病后，为了防止身体硌伤后得褥疮，佟雪燕一直睡的是海绵床垫。晚上睡觉的时候，她原想让林枫帮着铺厚点儿，可是又担心婆婆说她娇气，想了想最后忍住了。她鼓励自己坚持一晚上，明天回家就好了。

天终于放亮了，佟雪燕听见婆婆起床的声音，开门关门的响动也很大。不用问也知道，婆婆的心气还没理顺，佟雪燕一颗心又悬到了嗓子眼。她赶紧叫醒了林枫，如果大家一起动手包饺子，可能婆婆心情会好些。

看到佟雪燕已经穿好了衣服，林枫责怪自己睡得太沉，竟然不知道她起床。佟雪燕让林枫不用担心自己，赶紧帮婆婆和面才好。林枫迅速穿好衣服，给佟雪燕端来洗脸水，自己去厨房帮忙。

"妈,你先回屋歇着吧,和完面我弄饺馅子,等包的时候你再伸手。"林枫边说边琢磨着,怎么想个办法让妈妈高兴起来,不然自己回城后,也放心不下。

"哪能什么都让你干,妈又不是不能动弹?"看到儿子忙里忙外的,当妈妈的很心疼。如果媳妇好腿好脚的,此时在厨房干活儿的,怎么会是傻瓜儿子?

"我浑身是劲儿,干点儿活怕啥?"林枫毫不在意的样子,心里却明镜似的,做饭的活累不坏自己,妈妈只是对佟雪燕的身体耿耿于怀。

"在家,她一点儿手也伸不上吧?"邢巧云说起来就心酸,眼圈红了。

说起这个,林枫还挺满足的:"雪燕特别懂事,总抢着干活。现在她的身体比以前强多了,天天扶着柜台锻炼,腿部的肌肉也没再萎缩。"

邢巧云听了有点儿惊讶:"那扶什么能走吗?强壮不强壮我倒不在乎,太胖了也不好,只要能帮你干点活儿,就烧高香了……"

林枫故意夸张地替佟雪燕说好话,希望妈妈能稍微改变些看法:"就干活这事,才让我担心呢。我不敢让她干活,怕再摔着,可是她不听话,净偷着干。刚开始,她骗我说是她姐姐帮着干的,后来有一天洗衣服时,让我逮住了。"

儿子这些话,让邢巧云的心里稍微好受些,脸上也露出了笑模样。有些时候,也许人都是喜欢被善意欺骗的;有些时候,又无奈中退而求其次。邢巧云也不例外,既然佟雪燕不能下地干农活儿，那么能守家在地做些家务，也是极好的了。

娘俩越聊越开心的时候，林慧领着女儿刘馨宜进来了。

小馨宜不顾林枫手上沾满面粉，一下子扑了过来，稚嫩的童音甜甜的："舅舅，我都想你了。"

孩子们就是这样，对谁喜欢她谁疼她特别敏感。林枫从小就非常喜欢这个外甥女，简直比林慧还宠爱她，孩子跟林枫也特别亲，结婚后已经一个多月没见，孩子总念叨。

林枫抱起外甥女，边往屋里走边说："老舅也想你了。来，告诉老舅，最近乖不乖？走，咱们回屋去，你舅妈给你带了好多好吃的，还有好玩的，就是不知道小馨宜喜欢不喜欢。"

小馨宜歪着脑袋问林枫："老舅，舅妈是什么啊？好吃吗？"

林枫刮了一下小馨宜的鼻子："舅妈就是舅妈，是老舅的媳妇，不是吃的，懂了吗？"

佟雪燕听到林枫与小馨宜的对话，脸上浮现一丝笑意，同时又有些酸楚。小孩子不知道舅妈为何物，侧面也反映出，整个家庭都没有接受她，因此也没教过孩子。不过没关系，佟雪燕暗暗给自己加油：努力吧，燕子，总有一天让大家认可你，公公婆婆会叫你儿媳妇，大姑子会亲昵地唤你妹妹，小姑子会尊称你为嫂子，小馨宜会喊你舅妈。甚至左邻右舍父老乡亲们，也会亲切地叫你"林枫媳妇儿"……

林慧听说佟雪燕从店里给女儿带礼物了，心里很感动，留在厨房劝母亲："雪燕真挺懂事的，给孩子带那么多东西，给爸带了奶粉和糕点，还给你带了两条烟。这些东西，得看多少天店才能挣回来啊？"

邢巧云鼻子哼了一声，用力剁了一下砧板上的肉："羊毛出在羊身上。那钱还不是我儿子挣的？再说了，谁稀罕她那点儿东西？想给我儿子盖大瓦房的多了去了，她小恩小惠的算个啥？"

林慧责备母亲不应该太固执："嗯哪，不算什么。可是你瞅瞅咱们村里，不孝敬公公婆婆的，跟公公婆婆对着打仗的，还少吗？别说小恩小惠了，公公婆婆不给儿媳妇倒贴，都算好的了。所以妈，你真不能太固执了，知足了，就好了。"

邢巧云不言语了。想想左邻右舍，婆婆媳妇还真没几家省心的，今天老刘家吵了，明天老张家打了，最后受委屈的，往往都是老人。邢巧云常常为此事慨叹世道变了，小的变成老子了，老的是小的了，老的如果不听小的，肯定没啥好果子吃。算了，不想了，就让那傻瓜儿子自己掂量着办吧，早晚他过够了，也就一拍两散了——那么自己还计较这一时，干吗？

由于邢巧云暂时"转了个弯"，家里的气氛也前所未有的和谐，饺子包得很顺利。吃饭的时候，邢巧云甚至意外地给佟雪燕夹了两个饺子，令佟雪燕受宠若惊，张大嘴巴半天合不拢，后来在林枫的提醒下缓过神来，连着说了三句"谢谢妈"。虽然不知道婆婆为什么会突然转变，但佟雪燕一边吃饺子一边暗暗祈祷：但愿这是一个好的开端。林枫也开心极了，觉得今年中秋的饺子特别香。

午后吃完饭，林枫一边等最后一班车，一边与大家东一句、西一句地聊着。小馨宜赖在林枫怀里，舍不得让舅舅走。

"我不让舅舅走，我不让舅舅走……"小馨宜的眼泪在眼圈直打转。

"听话，舅舅再过几天就回来秋收了，你说想要什么，然后让舅妈给你拿。"林枫对这个外甥女很有耐心，同时不忘记适时向孩子推荐佟雪燕。

听林枫这么一说，小孩子破涕为笑了："舅妈真好，馨宜喜欢舅妈。"

孩子天真的一句话，令林枫鼻子一酸，眼泪差点掉下来。几乎是带着感激之情，林枫在外甥女的脸蛋上亲了一口，却无法道出"谢"字。他真的太希望家人接受自己的燕子了，太渴望一家人和和美美，共享天伦之乐啦！

佟雪燕心里也涌动一丝温暖的感动，悄悄告诉自己：就为了孩子这句无邪的话，今后一定像对待自己亲外甥女那样，疼爱她，呵护她，只要自己有能力，一定给予她最大程度的关爱！

"林枫，你这么宠孩子，那赶紧要一个吧。"林慧趁机提出一个重要问题，其实林家一直担心佟雪燕不能生孩子。

佟雪燕脸微微红了，尴尬地低下头，自己吃中药的事又岂能跟大家说？只能祈求上天眷顾，赐自己一个孩子，给林枫乃至整个林家，一个交代吧！

"急什么？我不想这么快要孩子，过几年再说吧。"林枫其实一直以为佟雪燕不能生孩子，所以连忙解围。

"如果生孩子，就得生男孩，像我们要这个女孩有啥用？你姐夫现在天天念叨着再要个儿子，重男轻女啊！"林慧讲的是实情，刘军最近动了生二胎的念头，他说在农村如果没个男孩，总觉得没底气。

一直沉默着的邢巧云听到这里，又有点儿不是滋味，说出话来就有些酸酸的味道："要啥也没用！丫头、小子也得是那样的，不听话不孝心，要啥都是白费！！！"

"可不是那么回事。这农村没个儿子行吗？别人家都瞧不起你！"林慧聊得正起劲，未觉察出妈妈的语气不对，还在那里自顾自地说着。

"林树还是你爸的亲生儿子呢，有个屁用？平时咱就不说了，这逢年过节的，啥时见到过人影？"邢巧云显然气不打一处来，其实她讲的也是实情，远的不说吧，就是眼前这个中秋节，林树一样没来看望父母。

"你总提他干啥？自家的事没寻思明白，还寻思人家？"提起林树，林振远也生气，可是没办法，自古有句老话"羊肉贴不到狗肉身上"，他如今是体会到了。按说，林树小时候和邢巧云的关系还算过得去，可是自从成家后，媳妇跟后婆婆之间的矛盾愈演愈烈，最后几乎成了陌路人。

"本来就是那样，还不让人家说？你那几个孙子更是没人味，在半路遇到了就像不认识似的，一个屁也没有。"邢巧云是越说越气，干脆连那林树的三个孩子也株连上了。

"你还有完没完啦？你自己有个儿子，干吗总提林树？眼瞅着这个节就过完了，你不弄点事出来，就不死心是不是？你想活活气死我，是不是？"林振远越说越气，心跳又有点儿加速。

"我有儿子能咋的？有儿子也是给别人养的，娶了媳妇忘了娘！也不知道上辈子造了什么孽，娶个瘫子做媳妇，给人家端屎倒尿洗衣做饭的……哼，连我这个生他的娘都享受不到……呜呜……"邢巧云说到伤心处，忍不住痛哭失声，一句话的转折，就把所有的怨气都撒到了佟雪燕的身上。

"你给我滚！这辈子跟你过的，一到年节你就没让人舒心过！滚！"林振远脾气上来了，随手扔出身边的枕头砸向邢巧云。

"我也五六十岁的人了，受你一辈子欺负，现在我也受够了！老的不让我省心，现在小的也都一个味儿，瞅着你们，我就气不打一处来！谁我也不管了，你们也休想再管我！自己的经自己念，自己的香自己烧！"邢巧去把枕头往地上一摔，然后一抬腿摔门出去了。

林枫和林慧面面相觑，愣在了那里，唉！这老两口吵了一辈子了，什么时候才是个头儿啊？其实姐俩儿心里明镜似的：邢巧云发脾气的主要原因，还是佟雪燕。这时沉默了一天的林茹突然冷冷地说："佟雪燕，都是因为你！有你在一天，我爸妈的心情就不会好过！我恨你！"

佟雪燕红着脸含着泪低下了头，一颗心也跟着又沉到了冰谷：最后的矛头不可避免地指向了自己。唉！究竟要如何做，才能换来婆婆的认可呢？


## 第十一章　沉醉爱河


北方大学的操场上，叶小白和陈钊发生强烈的争执。叶小白有些生气，用力甩开陈钊的手。她一直觉得，自己跟陈钊就是哥们儿，因此陈钊不应该事无巨细，什么都参与，甚至如今来限制自己的私生活。

"小白，我是怕你受伤害，你一定要仔细想清楚……"陈钊的脸上写满了无奈。这句话，从见面到现在，他反复说了多少遍，可是叶小白就是听不进去。其实近些天，陈钊一直在暗中调查那个"帅男"，原来他叫尚青杨，是这学期刚刚转来的体育老师。因为时间短，师生们对尚青杨都不太了解，而陈钊第一印象，就觉得尚青杨不靠谱，根本不是真心实意对待叶小白。

"陈钊，我知道，我和尚青杨来往，你心里不好受。但是感情的事，真的很难说得清，你应该试着理解。"叶小白稍微缓和了一下语气，可能自己刚刚对陈钊，是有点儿过分了吧？

"小白，可能你误会了，我不是强迫你，我知道……你不……爱我，但是你也没有权利，阻止我爱你！"很费力地讲出这句话，陈钊忽然感觉轻松了许多。

除了对不起，叶小白不知道自己还能说什么。大学四年，陈钊像护花使者一样呵护着她，可是她无论怎么努力，也爱不起来。爱情不是感动，也不是习以为常，叶小白对自己无能为力。

"行了，你不愿意听，我也不多说了。只要你能清醒些，对尚青杨多加了解就行了！"见叶小白沉默不语，陈钊知道再多说也无济于事。

"陈钊，我真有事。你放心，我会留意的。"叶小白看了看手表，离电影开演还有半个小时，她必须走了。

见叶小白迫不及待的样子，陈钊还是有种酸酸的感觉："是不是约了他？真没想到，你们发展得如此迅速……但愿我是多疑了，祝你好运！"

说完，陈钊转身离去。

望着陈钊落寞的背影，叶小白心里说不清是什么滋味。向电影院走的路上，心情一时难以平静。

感情的事就是如此微妙，几年大学生活中，追求她的人也不少，可是她愣是一个也没看上。姐妹们为了填补寂寞而随便找个男朋友，叶小白很不赞同。她觉得爱情首先应该是一种感觉，是怦然心动，然后才是刻骨铭心。感觉一旦来了，挡也挡不住；如果没来，就不能凑合。

与尚青杨的意外邂逅，亲密拥舞，仿佛都顺理成章。那魅惑的眼神让她向往，那柔情蜜意的话语让她痴迷，那风度翩翩的身影让她沉醉。一见钟情的心动，瞬间敲开了叶小白的心扉。尚青杨无疑是个懂得浪漫的人，他每天一束鲜花，每束鲜花里都藏着火热的情诗，令叶小白抑制不住地微笑。同寝室的姐妹们个个羡慕得不得了，说她找到了最帅的白马王子，叶小白也觉得自己是最幸福的。

可是陈钊偏偏一次次来捣乱，说尽了尚青杨的坏话。嫉妒真是魔鬼啊，原来最善良正直的大班长，竟然也使出如此低劣的手段。不过没关系的，爱情是自己的感觉，绝不会因为他人的话而动摇。就像天空中的明月，即使它不会照到每个人身上，这也没有关系。它不过来，你可以走过去。掬一水月色在掌心，澄澈一片洁净的心绪。无论是感动，还是幽怨，都要沿着这条属于自己的花巷，静静地走下去。想明白这些，叶小白甩了甩头，把陈钊的话甩到脑后，然后勇敢地追求自己的爱情……

宽银幕上，一对男女正在卿卿我我，叶小白不免有些面红耳赤，很难为情。单独和男生看爱情片，这还是头一次。她不敢看尚青杨，但分明感觉到对方正在凝视她，叶小白的脸颊更红了，不知道如何是好。

而尚青杨似乎是不经意的，手放在叶小白的肩头，然后轻轻向自己的身边拥了一下。叶小白吓了一跳，刚想甩开对方的手，可尚青杨却若无其事地看着屏幕。犹犹豫豫中，叶小白已经不知不觉靠到尚青杨的肩头。

有依靠的感觉真好！叶小白发现自己很享受这种依靠，就像小鸟栖息在树梢，有强烈的归属感。可能每个人的心灵都是漂泊着的，都在有意无意寻找能停留的地方——叶小白庆幸自己找到了，她的心从未像此刻这般充盈，仿佛盛满了蜜糖和香料，微微一动就芬芳四溢。

记得尚青杨说，她的名字中有叶和白，而他的名字中有青和杨，重新组合能得到不同的词汇，如青叶、白杨、杨叶，都与树和叶有关，而树和叶相互依存相互映衬。叶小白也觉得很奇妙，叶需要树的滋养，而树需要叶的光合作用，即使有一天叶子落下，也都是叶落归根，化身为泥去滋养给了它生命的树……

叶小白的思绪就这样飘荡着，影片结束时，她才仿佛从梦中回到现实。被尚青杨拥着走出电影院，北方的初秋，夜已微凉，一阵风吹来，叶小白的大脑也清醒了许多。她想从那宽大有力的臂膀里逃出来，可尚青杨反而拥得更紧了，并且深深地吻向她的唇。

爱情让人沉醉，叶小白知道自己真的爱上了这个男人。她把初吻献给他，在心里暗暗决定——这辈子，跟定了这个令她心动的男人。

## 第十二章  迟到幻影

天气渐渐转凉,树叶纷纷扬扬飘落,秋天的味道越来越浓了。林枫的工作也从中秋前的忙季变成淡季,今天的工作量不是很大,估计中午就能结束。林枫盼着早点儿下班,然后趁正午阳光足的时候,带雪燕出去散散心。

"林枫,林枫,有人找。"同事在车间外,大喊林枫的名字。

会是谁呢?自从工作以来,还没人来找过他。林枫放下手里的活儿,走出车间,看到一个穿着很时尚的女性站在门外。林枫一时记不起来。

女孩长得很漂亮,见林枫没认出自己,似乎有些不开心:"你,竟然不认识我了?"

"你是……"林枫努力思索着,听对方的语气,肯定认识,但到底是谁呢?

"原来我在你心目中,一点儿痕迹也没留下啊。我是池影,林枫,你真的一点儿也不记得了?"对方的声音有些哀怨。

听到这个名字,林枫立刻想起来了,池影是被自己逃婚的那位同学啊!林枫忍不住上下打量着对方:一身时尚的名牌秋装,包裹着苗条又性感的身材;一对双眼皮特别夸张,显然是新手术的;眉毛弯弯细细,隐约泛着淡淡的蓝色,估计也是新纹的;一张红艳艳的嘴唇,明亮而有光泽,林枫分不清是画的,还是漂的……

这难道真是那个池影吗?虽然过去的池影也喜欢打扮,但跟现在的脱胎换骨完全不一样;如果她不主动报上名号,估计一般人都很难认得出来。

"哟，真看不出来，林枫这小子平时蔫蔫的，竟然泡了个蜜！"好奇的同事在车间门口张望。

"这小姐长得还真靓，哪儿的？"

"别乱说，也许只是普通同学。"有人反驳。

"同学更好搞定。你没听人说嘛——同学的最高境界就是同床。哈哈，林枫这小子交桃花运了。"调笑声不时地飘过来。

林枫回过头瞪了一眼，大家知趣地散开了。林枫又转过身，问了句："你真是池影？"

"是我呀，林枫，是我！"池影刚刚还写着幽怨的脸上，转瞬漾起笑容。其实看到林枫充满狐疑的神情，池影心里暗暗得意呢，说明高额的整容费没白花！

"你怎么知道，我在这里上班？"林枫没有惊喜和兴奋，只是觉得奇怪，同学们基本都断绝了和他来往，没想到池影能找到工作单位。

"只要想找，没有找不到的。就像当年你找佟雪燕，千山万水的，不还是……"池影定定地瞅着林枫，眼神中依然一往情深。

林枫避开池影的目光，抬头望天，天空中一群大雁飞过，"飘萧我是孤飞雁，不共红尘结怨"，林枫想起佟雪燕最喜欢的两句诗，嘴角露出一抹淡淡的微笑。

寻着林枫的目光，池影也望向那排雁阵，不禁感慨："飘萧的雁阵／飞翔成来时的模样／轻捷的舞姿／沾湿了早秋的露霜／雁南飞／不问山高水长／执着最真的渴望／雁南飞／倩影投给海洋／天空是永恒的方向……"

听着池影背诵自己当年写的小诗，林枫心生一丝感动，毕竟能被人赏识，是件值得骄傲的事。"我自己都记不得了。呵呵，整天与机器打交道，诗情画意的，都被磨光了。"

"还记得高中时，你发在校刊上一首散文诗《雁南飞》，让多少女生为之痴狂啊！后来才知道，佟雪燕才是诗中的主角……"池影言语幽幽，掩饰不住一丝醋意。

"是啊，她最喜欢大雁了……"想到佟雪燕天真可爱的样子，林枫忍不住又淡淡地笑了，然后问池影："对了，你找我，有什么事？"

"找你，一定要有事吗？我是想……想找就找来了。"池影其实是要说"想你了"，但是还是有些难为情，便转了个弯，把那三个字咽了回去。

林枫点了点头，委婉地下了逐客令："要是没什么事，我得回去了。不然领导看见，这个月的奖金就没了。"

池影急了，叫住他："哎，你别走啊！马上中午了，难道你不想请我吃个饭吗？多年没见，想……和你聊聊。"

"对不起啊，中午我还有重要的事。"林枫并非没听出池影的情意，但当初自己没选择她，就不应该再有牵连；更何况自己已经结婚了。

"只是吃顿饭，又不会耽误你太长时间。我下午就要飞回广州上班了，下次回来，不确定是多久以后呢……你……怎么忍心拒绝我？"受伤的感觉弥漫池影的心头，这个男人怎么还像当初一样无情？

"我真的有重要的事，对不起，池影，只能祝你工作顺利了。"林枫看了看手表，转身往车间走。已经十一点了，他必须抓紧时间把剩下的工作做完，然后回家接佟雪燕去公园；不然过了正午，温度就低了，佟雪燕的腿怕凉。

"林枫，你给我站住！"池影真的急了，喊声惊动了车间里的工人，许多脑袋又探出来，审视着林枫和这个漂亮的女孩，猜想着可能发生的故事。

林枫只好停住了脚步。唉，这个池影要干什么啊？弄不好自己真的要成为同事们的笑柄了。

池影咬了咬牙，看来还是得自己主动了："林枫，我说自己要去广州上班了，为什么你一点儿反应也没有？如果你挽留我，我立刻辞掉那边的工作，回到榆恩县，回到你身边……"

看到池影那充满期待的目光，林枫心里再次划过暖暖的感动，想不到当初自己那么伤害她，她还是如此执着。可是感动归感动，他的心里除了佟雪燕，真的容不下任何人。而池影，只能是一个迟到的幻影。

"林枫，你真的就这么绝情吗？你真的心甘情愿被佟雪燕拖累一辈子吗？你……你太顽固不化了！"林枫的沉默再次刺伤了池影的自尊心，她的眼中充满了恨意，转身，跑出林枫的视线。

## 第十三章　暖暖秋波

秋天的公园少了百花争艳的妖娆，却增添了一份成熟的韵味。时光流逝，在掌心留下纹路，春色远逝，夏梦余香，木叶落下一季秋凉。月落昏黄，世事无声变换，几多沧桑，只有背影，还在疲惫中曳荡。

佟雪燕就这样坐在柔软的草地上，看雁阵飞过，看树叶飘落，看青草渐黄，徒生了淡淡的感伤："又一季秋凉 / 谁收获了硕果满仓 / 又一季秋凉 / 谁把红豆抛落纸上 / 又一季秋凉 / 谁能拾起这晓梦清霜 / 谁能破解这红尘万丈……"

"燕子才女，又在这里多愁善感了？现在是秋阳高照，秋高气爽，哪有什么秋风秋雨。"林枫捧着一筒冰淇淋跑回来，听到如此伤感的几句诗，便调侃道。

"你怎么知道我馋这种冰淇淋了？"佟雪燕接过冰淇淋，开心得像个孩子。整个夏天，她的店里只卖袋装的雪糕和冰淇淋，与成筒的冰淇淋比起来，味道真是逊色很多。

"从进公园起，你的眼睛就不停地瞄着冷饮厅，傻子也能看出来，小馋猫来了。"看到佟雪燕开心，林枫觉得自己的心情也前所未有的舒畅。

"真甜。来，枫，我喂你。"佟雪燕递到林枫嘴边一勺。

"如果工作不那么忙就好了，我可以经常带你出来散心了。"林枫拥住了佟雪燕，心里很愧疚，结婚这么久，还是第一次带佟雪燕来公园。为了生存，单位和家里两点一线，散心和游玩对他们而言，已经变成奢侈。

佟雪燕笑着安慰林枫，说偶尔出来才有意思呢。其实她的心里，正隐隐划过一丝伤痛和遗憾，如果没有那场意外该多好啊！可是如今没有如果，她就这样被禁锢在轮椅上，很多事情都力不能及，更何况经常出来玩呢？

"我在你的秋波里徜徉 / 微风送来菊花的芬芳 / 我采撷到丰

硕的果实／它披着你编织的金色衣裳……"触景生情，林枫想起
佟雪燕写的诗歌，情不自禁深情朗诵起来。

"枫，你竟然还记得？不过现在应该重新写了，嗯，嗯，嗯……
应该是：阳光赐我会飞会爱的翅膀／我在你的秋波里飞翔……"
一首诗，就是佟雪燕今天现实的写照，如果没有林枫的爱，断
了翅的她，去哪里寻找会飞会爱的翅膀呢？

林枫鼓掌，心情大好，幽默细胞也特别活跃："才女厉害啊，
出口成章，三嗯成诗哦。"

两个人就这样相依相偎着，忘记了吃冰淇淋。看着偶尔或
牵手或相拥的情侣从身边走过，心情自由而充实。人们追求的
幸福，应该都是一样的吧，陪在相爱的人身边，享受最美好的
心灵碰撞。

"枫，我一直想问你一个问题，可是一直不敢问。"佟雪燕
依靠在林枫宽大的胸膛，眼神幽幽地望向远方。

"什么问题这么难啊？你现在问吧。"林枫爱怜地抚摸着佟
雪燕的长发，让这一袭瀑布抚慰自己的心灵。

"枫，如果有一个非常优秀非常漂亮非常喜欢你的女孩出
现，你……会不会离开我……"佟雪燕的心里，其实还是偶尔
会担忧的，这种对未来生活的不确定，很大程度上是源于自卑。

"你这小脑袋里想什么呢？看着我的眼睛。你这个想法对我
是种侮辱，你知道吗？我很受伤。别人都说我不正常，但是我
喜欢这种不正常，喜欢和你在一起，没有办法。"林枫双手捧着
佟雪燕的脸蛋，双眼一眨不眨地望着她，就像要望进她的心里。

"也许……也许你只是没有碰到，世上能有几个柳下惠

呢？"佟雪燕不禁想起一句话——丈夫，一丈之内是你夫，超过这一丈，就不知道是谁的夫了。

"你说什么呢，燕子？! 不是没有机会，是我不想，你懂吗？是我不想！"池影那张妩媚性感的脸庞从心头掠过，林枫好想告诉雪燕，池影以前怎样疯狂追求自己；他好想告诉雪燕刚刚，就在刚刚，池影还来过；也就是在刚刚，他林枫言辞果断地拒绝了池影。他并不是刻意做什么柳下惠，而是因为佟雪燕已经融入他的生命，谁也无法代替。

"有机会？什么意思？你是说……"佟雪燕的脸上又掠过一丝不安的神情，原来林枫也有过机会，那岂不是真的很危险？

"呵呵，小燕子，吃醋了？这证明你老公不是没人要，才勉强娶你为妻的。说起来，你应该值得骄傲才对，是不是？"看着佟雪燕着急的样子，林枫决定把池影的事咽回去，千万不能让不相干的人，扰乱佟雪燕单纯的世界。

"你不许和别人好，不许！"佟雪燕紧紧搂住林枫的胳膊，仿佛那个危险人物无处不在，自己稍不留神，林枫就会被抢走。

"那要看你的表现了。"林枫故意逗着佟雪燕，知道佟雪燕是在意自己的，心里反而很温暖。

"什么表现？我表现得都挺好了……"佟雪燕真的有些急了。自从与林枫重逢，她真的一直在努力做好自己，结婚后，也努力做个合格的妻子，除了不能行走，她真的一直在"好好表现"。她好珍惜这个来之不易的家，好珍惜与林枫相处的每一寸时光。

林枫忍不住亲了佟雪燕一下，她那天真无邪的表情，任是谁都不忍心伤害的——林枫也告诫自己，今生今世，绝不能伤害她。

"你原来，原来是骗我……"佟雪燕羞红了脸，撒娇地打了一下林枫。

"以后再不许胡思乱想，你的任务就是好好保护身体，然后安心地等我回家。记住，你的林枫永远不会离开你，到老那天，也这样抱着你，一起死去，好不好？"林枫喜欢佟雪燕娇羞的样子，这感觉，就像小学竞赛时那次初遇。

看到不远处有一对情侣在荡秋千，佟雪燕不由得羡慕起来。自从受伤后，她根本没来过公园，更别说荡秋千了，而且与运动有关的话题，大家都不敢在她面前提起，担心会让她难过。然而，佟雪燕却经常做那样的梦——

仿佛置身于一片世外仙境，境中大片枫树林，如火的枫叶映红晚霞；不知是谁在林间安放了悠闲的秋千，她坐在上面自由飘动，有微风拂过长长的发丝，像纤细的手儿把温柔传送。自由飞翔吧，她像个长了翅膀的天使，在枫树林中编织绮丽的梦想。累了，捶捶背揉揉脚放松放松，然后坐在枫叶下，跟星星一起讲故事，纵横千年穿越爱的时空。只是云啊，总会在最惬意的时候飘进双眸，化成细雨悄然洒落，与星星一起，闪烁成剔透晶莹的泪珠。最后，那些泪珠凝结成美丽的虹，缠绵秋夜的宁静，与月光一起，流淌成金灿灿的黎明……

"燕子，如此出神，是不是想去荡秋千？"林枫虽然不知道佟雪燕为他所做的梦，但却猜出佟雪燕的心思，于是把她抱起来向秋千走去。

"不行，我害怕，我坐不牢的，会掉下来……"佟雪燕坐在秋千上，害怕极了，紧紧地抓住林枫不放。

"别怕，你只管搂住我就没问题。有我在，你什么也不用怕。咱们开始飞喽！"林枫稳稳地坐在佟雪燕的旁边，鼓励着她。

"如果搂不住，掉下来就坏了……"佟雪燕还是担心，不过林枫的眼神又让她充满期待。紧紧搂住林枫，随着他在秋风中飞翔，她的泪水情不自禁地悄然滑落，那是喜悦的泪水，苦涩中泛着甜甜的味道。

这个秋天，琴弦里曾经弹了一半的音符，再次在秋风中被弹响。佟雪燕笑了！林枫也笑了！

## 第十四章　比我幸福

叶小白刚刚完成毕业考试，只等着下学期的实习结束，然后就可以上班了。同寝室的姐妹，有的和男朋友搬出去同住，有的回家猫冬，如今只剩下她和死党老六还在坚守阵地。

"小白，这么认真化妆，是不是又约了尚总啊？"老六趴在床上，瞅着叶小白鬼笑着。因为尚青杨是大学老师，与叶小白的约会总是很讲究很阔绰，比起那些穷学生，真是天壤之别，因此大家送他个绰号"尚总"。

"他坚持要给我过生日，否则，我现在也应该躺在家里的热炕头了。"叶小白嘴上这么说，其实心里甜蜜着呢。爱情有时候是疯狂的，以前最恋家的她，如今也选择了在学校多陪伴男朋友。

"小白，问你个问题呗。"室友老六神秘兮兮的样子。

"什么问题？莫名其妙的？"叶小白还是自顾自地化着妆。

"那个尚总是体育系毕业的，身材一定是超级棒啦？"老六色眯眯地盯着叶小白的脸。

"那当然，搞体育的大概都这样。"叶小白有点自豪。

"是不是超性感啊？你们在一起，一定爽透了吧？"看到叶小白并没有回避，老六得寸进尺追问道。

"你说什么呢？什么意思，你可别想歪了！"叶小白回过神来，看到老六一脸坏笑，才恍然大悟。

"哟哟哟，这脸还红了……老姐，你都多大了，咋还这样保守？如果不是读五年医学院，孩子都快打酱油了。再说了，咱们是学医的，连尸体都解剖过，还害的哪门子羞啊？"老六知道叶小白是公认的保守分子，因此故意逗她。

"咋越说越不像话？再色眯眯的，我不和你聊了。"叶小白瞪了老六一眼，不好意思谈论这样的话题。

"哟哟哟，瞧瞧这玉面含羞的俏模样，还真勾人。我若是那风流倜傥的尚总，今晚就吃定你！哈哈哈，叶小白同学，你可得小心点儿。"看到叶小白窘迫的模样，老六开心得像个孩子。

叶小白走过去想抓老六痒痒，还没来得及动手，偏巧传来了敲门声。

"去吧，说曹操曹操就到，叶小白同学，赶紧跟你的尚总风流去吧。"老六做了个鬼脸。

叶小白冲老六挥了挥拳头："等回来再收拾你！好好烀你的猪头吧！"

然后，姐妹俩都会心地笑了。

叶小白充满期待地去开门，然而看到的，竟然是陈钊。"怎么是你？"

　　叶小白真的很意外。自从她和尚青杨正式交往后，陈钊像换了个人似的，变得沉默寡言，并且辞去了班长的职务，每天除了看书就是看书。不过，也真的不再来烦叶小白了；偶尔在走廊或食堂碰到，陈钊也会假装没看到，低头走过。叶小白知道陈钊还在怪自己，但是她也没办法……

　　"一会儿，我就要坐车回家了。走之前，再看看你。"陈钊终于抬起头，目不转睛地看着叶小白，这个女孩，美得让他心疼。

　　"哦，实习医院找到了吗？"叶小白问了一句。

　　"嗯，找到了。今天是你的生日，以前都是我陪你，我知道……今年……我是多余的了……"陈钊的声音竟然有点儿哽咽，双眸里分明闪动着晶莹的泪花。原本伪装起来的防护墙，面对叶小白时，竟然如此不堪一击。

　　"我……"叶小白不知道说什么好。

　　"送你一份生日礼物，希望你能喜欢。"陈钊的手从背后转到胸前，一个漂亮的礼品盒出现在叶小白面前。

　　"谢谢你，陈钊。只是……你别怪我。"叶小白真的挺感动，虽然陈钊没说，但她明白：陈钊就是为了送自己一份生日礼物，才会在学校多熬了这几天。

　　"小白，我只想听你一句话：你现在幸福吗？"陈钊始终这样定定地注视着叶小白，就好像他明知道这个女孩不属于他，但还是固执地想把她装进眼里，铭刻在心里，然后一起带走。

　　"对不起，陈钊，我……很幸福。"叶小白咬了咬牙，打碎陈钊最后一点幻想。叶小白知道自己必须这样做，为了陈钊能放下，最好的办法就是让他恨自己。

陈钊的脸上不由自主抽搐了一下，但是很快恢复了正常：
"幸福就好，只要你幸福，这就够了！"

"陈钊，系里那么多女孩追求你，你……也快把自己嫁了
吧。"叶小白尴尬地笑了，故意用轻松的话语掩饰心里的沉重。

"你幸福，我就幸福了……我走了，小白，一定要多保重。"
陈钊深深地吸了口气，把眼里的泪花一同吸了回去，同时像是
下了很大的决心。

"你也要多保重。"叶小白的鼻子也有点儿酸酸的，分别总
是让人感伤，更何况他们曾经是好同学，好哥们？如果没有谈
及情感问题，她多么希望他们的哥们情谊到永久。但陈钊把那
层纸捅破了，他们成不了恋人，也注定做不了朋友了，这是令
叶小白深感遗憾的事。

"可以……让我抱一下吗？"陈钊鼓足了勇气，目光从未离
开过自己心仪已久的女孩。

自己还有理由拒绝吗？爱情没有对错，能被陈钊喜欢，其
实是自己的荣幸。虽然有缘无分，也应该心存感恩。想到这
里，叶小白真诚地伸出双手，露出久违的真诚笑容："祝福你，
老同学！"

"谢谢你，小白。"再一次把叶小白搂在怀里，陈钊又找到
怦然心动的感觉，他多么希望这种感觉能久些，再久些；但他
又清楚，没有永久，她，终归不属于他。心里像有针尖在扎，
一下两下三下，陈钊强忍住泪水，不想在心爱的女孩面前流泪。

"也谢谢你，陈钊！"叶小白轻轻松开陈钊，算是给他们将

近五年的哥们情谊，画上个停顿号。

"记住：无论未来的路多么漫长，当你转身的时候，我都会在原地为你守候。"抛下这句意味深长的话，陈钊头也不回地走了，只把落寞的背影留给叶小白。

叶小白收回目光，打开精美的礼品盒，一个小巧的录音机横躺在里面，轻轻按下按钮，歌曲《比我幸福》冲撞着叶小白的耳膜——

"……不习惯言不由衷，沉默如何能让你都懂；

此刻与你相拥，也算有始有终；

祝福有许多种，心痛却尽在不言中。

请你一定要比我幸福，才不枉费我狼狈退出；

再痛也不说苦，爱不用抱歉来弥补，

至少我能成全你的追逐……

请你一定要比我幸福，才值得我对自己残酷；

放心去追逐你的幸福，别管我愿不愿孤不孤独——都别在乎！"

这字字句句仿佛就是陈钊的心声。像是告别一个老朋友，应该还是有一种不舍在心头划过的，叶小白因此而落泪了。

## 第十五章　生日礼物

宽敞明亮的客厅里，装饰着七色的彩带和五颜六色的气球；正对着门的墙壁上用彩条贴成的"生日快乐"，在灯光下跳跃着祝福；大理石桌面上，整齐地摆放着色香味俱全的几道菜，中间一个心形蛋糕，"小白我爱你"几个字正咧着嘴笑；全世界最流行的歌曲《祝你生日快乐》也适时地响起，迎接着叶小白的到来。

叶小白在进门的一刹那惊呆了：眼前，简直就是一个童话世界！

"宝贝，生日快乐！"尚青杨亲吻了一下叶小白的额头，叶小白的反应完全在他的意料之中。

"这，这是哪里啊？"叶小白忍不住追问了一句。

"这里以后就是我们的家，等你毕业后，我们就结婚。"尚青杨搂住叶小白纤细的腰，一脸的笑容。

"我们的家？你什么时候买的楼房啊？我怎么不知道？"叶小白重新审视着这崭新的房间，宽敞豪华的客厅啊，那扇宽大的落地窗，把外面的雪景完全收入眼底，远处的万家灯火一览无余。

"宝贝，这是我送你的生日礼物，喜欢吗？等你毕业，我们就结婚吧。"尚青杨探寻着叶小白的目光，看到那眼神里的惊喜。

"可是我的工作还没办妥，今年的分配制度是回户口所在地。唉，你在学校任教，而我想留校不太容易啊。"提到婚姻大事，叶小白首先想到工作方向，不由得有点儿心烦意乱。

"工作的事你放心，不是有我在吗？一切都不成问题。小寿星，先吃饭吧，尝尝我的手艺怎么样？"尚青杨又亲了一下叶小白，殷勤地开始介绍自己的劳动成果。

"这么多菜，哇，瞅着就有食欲，难道都是你亲自做的？"望着满桌子诱人的菜肴，叶小白既佩服又感动，男朋友亲自下厨，比去任何大餐厅更有诚意。

"当然。来，先喝一杯，亲爱的，生日快乐，天天快乐！"尚青杨举起酒杯，深情地凝视叶小白。

叶小白也端起红酒，心里温暖极了。尚青杨带来如此大的惊喜，实在是她没想到的。她不贪图什么大房子，也不贪图金银财宝，只求一颗真心。尚青杨悄悄置办了新房，还说要跟她结婚，那么她的爱情就要有最终归宿了。由此证明，尚青杨对自己是完全认真的，而陈钊，确实分析错了！

酒过三巡，菜过五味，尚青杨放下酒杯，重新选了一首温婉缠绵的乐曲，然后邀请叶小白跳舞。妩媚的笑容荡漾在脸上，叶小白优雅地伸出手，与尚青杨踩着音乐旋转起来。

"宝贝，开心吗？"尚青杨魅惑的眼神，定格在叶小白的眉间。

"开心！"叶小白真的很开心，有生以来，这是她过得最浪漫最温馨的生日呢。

"以后每个生日，我都陪你这样过，一直到老。"尚青杨紧紧地拥着叶小白，贴在她的耳根轻轻地诉说着。

"谢谢你，青杨。"叶小白原本不胜酒力，再加上跳舞时转来转去，感觉有点儿晕晕的，情不自禁把头倚在尚青杨的肩头，那因酒精作用而微红的脸庞，别有一番风韵。

"宝贝，我好爱你，我爱你……"尚青杨心猿意马，抱起她走进卧室。

幸福的感觉是让人沉醉的，叶小白隐约意识到一种危险，可是还没来得及挣扎，又被卧室里的情形惊呆了！只见淡紫色的窗帘一垂到地，同样是淡紫色的床上，无数的玫瑰花瓣排列成两颗心，手挽手点缀在床上。

太浪漫了！叶小白陶醉其中。

"宝贝，你就是这漂亮的玫瑰花，美得让我不能自拔。"尚青杨轻轻地把叶小白放在床上，呢喃着。今天的场景他酝酿了很久，眼看着叶小白就要毕业了，他不想再错过恩爱的机会。

淡淡的玫瑰花香沁人心脾，俊美的白马王子深情脉脉，叶小白真的醉了：这如梦如幻般的意境，仿佛曾经在梦里才出现过吧？爱情好美，就像玫瑰盛开的芬芳。自己是一朵绮丽的玫瑰公主，只管在美梦中酣睡就行了……

看着叶小白绯红的面颊，尚青杨满意地笑了。淡紫色的床单皱了，心形的玫瑰花瓣乱了，在缠绵的乐声中，分不出哪片是花瓣，哪片是叶小白的处女红……

## 第十六章　等待过年

今年冬天的雪特别多，园子里积雪很厚。高高的玉米垛被厚厚的雪罩着，在冬阳的照射下闪着耀眼的光芒。雪中万物似乎很安静，但又像是为了迎接这个不寻常的春节，暗暗抖擞着精神。而乡下的房间不太暖和，当冬阳终于鼓足勇气，透过罩着塑料布的玻璃照射在炕上，屋里的温度才随之逐渐升高。

佟雪燕坐在婆家的炕头儿上，她不时抬头向窗外望望，然后又低下头干活儿。她的面前摆着一盆泡好的蘑菇，一捆绿油油的蒜薹，一小撮香菜，几根大葱，几头大蒜，还有一些待弄碎的红辣椒。佟雪燕的任务，就是在婆婆动手做饭前，把这些准备工作提前做好。

此刻，蒜薹已经择好了，香菜也没问题，三下两下解决完毕。不过那个大葱、大蒜和红辣椒，令佟雪燕有点儿打怵，因为她怕辣，弄不好就要被呛得鼻涕一把、泪一把的。若是平时也没什么，鼻涕泪的洗洗就完事了，但如今在婆婆家，雪燕担心婆婆怪自己太娇气了。最麻烦的应该那一盆蘑菇。这是从山上采的圆菇，晒干了以后体积很小。如果保存不得当，就会生小虫子。择蘑菇是个细致活儿，佟雪燕小心翼翼地挑拣着，生怕因为一时疏忽，落下个小虫子什么的，惹婆婆不高兴……

婆婆屋里屋外不知在忙着什么，偶尔坐在炕沿边卷支烟，用眼睛的余光斜睨佟雪燕两眼，佟雪燕的心就"怦怦"乱跳，担心婆婆嫌自己干活儿慢。还好，每次婆婆抽完烟，什么也没说，就又出去了。佟雪燕也暗暗松口气，加快手里的动作，希望下次婆婆再进来的时候，能多出一些"成绩"。

林枫在厨房准备那些需要改刀的材料，以便到晚上做饭时弄起来省事些。林振远和林茹在忙着贴对联和福字，一个负责弄糨糊，一个负责粘贴。爷俩儿慢悠悠地刷着糨糊，不知道要贴多少张，反正佟雪燕觉得，他们的进度不是很快。大家都沉默地忙碌着。用邢巧云的话说：毕竟是春节，年年难过年年过，心情不好也得过，因此该准备的一定要准备，不图吃不图穿，还图个吉利呢。

佟雪燕边干活儿边在心里琢磨，不知道以前婆家过春节是不是也如此压抑？忐忑不安的心情，让她很怀念在娘家的时光。

佟雪燕家逢年过节的时候,都很热闹,虽然不一定买多少好东西,但是情绪上一定是相当振奋的,快乐的,绝不会如此阴沉压抑。琢磨不明白,佟雪燕就把原因归结到自己身上,一定是因为自己不能走,才让大家无法开心的。想想也是,残疾媳妇往炕上一坐,哪个婆婆能舒心呢?这个念头一出现,佟雪燕感觉特别对不起林家,不自觉地叹了口气……

"叹什么气?这大过年的,都高高兴兴的,别讨不吉利。"婆婆刚巧走进屋里卷烟,听到佟雪燕的叹气声,很不高兴。

"妈,我没……没不高兴。"佟雪燕赶紧解释。

"没不高兴,叹什么气?我明明听得清清楚楚的!"邢巧云抬高声音,认为佟雪燕根本不应该反驳。

"我……真的没不高兴。"佟雪燕只好苦笑了一下,心里刚才想的那些,怎么能对婆婆说呢?

"那就好,大过年的别找不自在。快点儿择吧,马上就做饭。"邢巧云也没正眼看佟雪燕,叼着烟出去了。

看到婆婆走了,佟雪燕提醒自己别再叹气,也别再胡思乱想。眼前的活儿仿佛干不完似的,那些蘑菇几乎个个有小虫子,怎么办啊?择得佟雪燕浑身起鸡皮疙瘩,但还是硬着头皮仔细择着,不敢轻易放弃任何一个,生怕让婆婆说她太浪费……

"林茹,你把剩下的那几张贴上吧,我把红辣椒剪碎。"林振远一直关注着这婆媳俩,他也瞅着佟雪燕不顺眼,但大过年的,也不想再发生什么乱子,所以决定帮忙。佟雪燕感激地看了看公公,唉,自己正犯愁这辣椒呢!

林茹瞪了佟雪燕一眼:"瞧你那点能耐,干活可真磨叽。能不能快点儿？"

邢巧云这节骨眼又进来抽烟，一看到林振远在那里剪红辣椒，气就上来了，劈头盖脸地质问佟雪燕："就那么丁点活儿，竟然还用别人帮忙，你还能干点儿啥？"

佟雪燕当时就懵了，不知道说什么好。

"是我自己愿意干的，吵嚷啥？"林振远不是护着佟雪燕，只想好好过个年。

"谁让干的不说，你看看她多磨叽！一上午了，蘑菇还没择完。林枫总说她能干，说她勤快，都是骗人的！"邢巧云借题发挥，不肯善罢甘休。

"耽误你做饭没有？你这一上午干啥了？就知道说别人！"林振远用力剪着辣椒，像要剪断生活中所有烦恼。

"我干啥了？那柴火是你抱的呀？我干啥了？我待着了！"邢巧云想不到老伴竟然帮着佟雪燕，气更旺了，一点儿也不忍让。

林枫听到屋里的争吵，意识到情况不妙，赶紧进来看看。佟雪燕看着林枫，目光中充满无奈。林枫冲佟雪燕微微摇了摇头，示意她别往心里去，然后对邢巧云说："妈，肉什么的我都切好了，咱们早点做饭吧。"

看到儿子叫自己，邢巧云用力地吸掉最后一口烟，给自己一个台阶："嗯，现在就做去。过年，过年，年年过这个破年，有啥用？"

林振远气得冲着邢巧云的背影，狠狠地"呸"了一口，手上的剪刀也更用力了，话语中满是幽怨："这辈子跟她过的，肠子都悔青了……"

林茹又瞪了佟雪燕一眼："都是因为你，大过年的也不让人开心！"

佟雪燕一句话也没敢说，低头继续干活……

晚上的年夜饭，鸡鱼蛋肉摆满一桌子，可是却勾不起来佟雪燕的食欲。肉类菜肴她一口也没动，其中一个原因是每次外出都严格控制饮食，尽量减少上厕所的次数；第二个原因，是想吃也不敢吃，生怕婆婆给她戴一顶"嘴馋"的高帽子。佟雪燕实在是怕了，只想平平安安过完年，平平安安回到自己的食杂店。

后来，看到佟雪燕食难下咽，林枫给她泡了点儿热水，佟雪燕咬牙吃完，生怕因为自己剩饭，而被婆婆再挑出毛病。看到佟雪燕一口菜也没吃，林枫本来想给她夹点儿菜，不过也担心引起母亲不快，只好忍着。"先委屈着吧，回家一齐补给她。"林枫在心里这样自我安慰。

## 第十七章　山雨欲来

都说爆竹声中一岁除，总把新桃换旧符，而佟雪燕新婚后第一个除夕夜，却别有一番滋味在心头。包除夕饺子的时候，佟雪燕尽量让自己的速度加快点儿，婆婆似乎还算满意，没说什么。后来，在往饺子里包"硬币"的时候，邢巧云突然对佟雪燕说："我包这个硬币，你别动，笨手笨脚的，整不明白。"

佟雪燕没吭声，脑海中却浮现出小时候过年的情景，每次除夕包饺子，父母都哄着让年龄最小的雪燕包那枚硬币，吃饭的时候，也故意把有硬币的饺子放到她的盘子里。吃到硬币的开心劲儿就甭提了，像是获得了世界上最尊贵的奖赏。而如今，婆婆一句"整不明白"，否定了佟雪燕的一切，包括她那双灵巧的手……

饺子包完了，春节联欢会喜气洋洋，佟雪燕一个节目也没看进去。但还得假装认真看，而且始终直直地坐着，后背里那两条一尺多长的钢板，让她觉得隐隐作痛，不过她也没敢对林枫讲。之所以这样硬挺着，是因为晚饭后林振远想吃降压药，让邢巧云给拦住了，理由是过年都图个吉利的，有病也不能吃药。林振远说那自己躺一会儿，结果邢巧云又把枕头抢走了，说大过年的都精神点，困了也不许早睡。林振远这次还真没发作，坐到炕边吃冻梨、嗑瓜子、看电视。鉴于这种状况，佟雪燕是万万不敢躺着的，只怕一躺下，婆婆就会嫌她懒……

时光慢悠悠地走着，终于，电视机里的春节联欢会开始唱响《难忘今宵》，迎来又一个鼠年。邢巧云开始煮饺子，然后吩咐林枫放鞭炮，命令林茹摆好碗筷，准备吃这顿辞旧迎新的重要一餐。佟雪燕坐到玻璃窗前，看到林枫把鞭炮燃响了，她的心也被这"噼里啪啦"的响声震醒了，是的，一切都不重要，只要能够跟林枫一起过除夕，这就够了。

不一会儿，热气腾腾的饺子摆到饭桌上了。佟雪燕又开始纠结，一点食欲也没有，怎么办呢？如果一个也不吃，婆婆估计会说除夕夜不吃饺子不吉利；如果吃，真的很难咽下去……

大家都坐齐了，林茹谁也不理，自顾自吃上了。婆婆最后进来时，把一盘子饺子放在林枫和林振远之间，说："给，你们俩吃这盘。"

林振远一看就明白了，但没有揭穿。邢巧云就是这个习惯，每次包硬币的饺子都做个特殊记号，然后故意让林枫和林振远他俩吃，其他的人不许碰。邢巧云认为男人是家里的顶梁柱，只有顶梁柱好，一家人才能更好。虽然这真是典型的重男轻女，但基于被无比尊重的意味，林振远还是很自豪的。

"又做记号了？"林枫笑了笑，他也早已了解妈妈的脾气。

邢巧云说："生（升）了，赶紧吃吧。我夹几个给老菩萨上供，保个平安。"

林茹嘟囔了一句："又生了？年年生，到现在生了几个？"

邢巧云瞪了林茹一眼："小丫头，别没正形儿，不是那个生孩子的生，是升官发财的升！唉！天知道能不能生呢？结婚这么久了，也没一点儿动静，八成是个铁公鸡，我们林家啊，恐怕要断香火了……"

"呸，大过年的，能不能说点儿好听的？上什么供，我看干脆不用上了！"林振远听到断香火，非常生气，敲了敲碗边，瞪着眼质问邢巧云。

邢巧云也觉得自己说得难听了，赶紧"呸"了一口气，到里屋佛像前念念有词，请观音菩萨原谅。林枫知道母亲的话是针对佟雪燕的，但也不能说什么，从自己的盘子里，给佟雪燕夹了个饺子，目光中充满了歉意。

佟雪燕自己也一直担心无法怀孕，婆婆的话让她很难过，眼泪就湿了眼眶。但她又不想让林枫看到，便假装无所谓地咬了一口饺子。可是刚咬一口，佟雪燕就觉得直反胃，一股芹菜的味道让她差点吐出来。其实从小佟雪燕就讨厌芹菜，总觉得有股中药的味道。

邢巧云上完供，回到桌子边，看到佟雪燕眉头紧锁，又有些不高兴："咋的？一个不字也不让说啊？瞧那脸阴沉得快要滴出水了，看着就让人晦气！"

"妈，你说什么？赶紧吃饭吧。"林枫忍不住劝了母亲一句。

"我吃素，你们吃吧！"邢巧云瞅着佟雪燕不顺眼，把筷子一扔，坐到一边卷烟去了。

佟雪燕咬咬牙，勉强把这口饺子咽下了，她告诉自己千万不能吐出来。还有，即使再怎么难受，也要把碗里剩下那半个吃掉，否则婆婆还会继续借题发挥的。吃吧，好吃不如饺子，多好吃啊，佟雪燕加油啊！

这样鼓励着自己，她把剩下的半个饺子都放到了嘴里——"啊！"

佟雪燕一声惊呼，把所有人都吓了一跳，林枫赶紧问怎么了？林茹阴着脸："大惊小怪的，能怎么着？馋咬舌头呗！"

佟雪燕没理会林茹，小心翼翼地从嘴里取出一枚硬币："我……硬币，吃到硬币了……"

林枫笑了："这是好事啊！不过，牙硌疼了吧？"

邢巧云把烟笸箩一推，来到桌前说："我明明放林枫那个盘子里了，你怎么能吃到呢？"

林枫解释说："妈，是我给雪燕夹的，没想到她这么幸运，第一个饺子就吃到了，说明雪燕明年诸事顺利，能发大财啊！"

邢巧云急了："顺什么利，发什么财？男人是家里的主心骨，男人顺利，家才能更好。再说了，她不能走不能动的，上哪发财去？佟雪燕你说说你，明明知道那盘子里有硬币，你怎么能吃呢？"

林枫劝母亲："妈，谁吃都是自己家人，财宝又没出外国。行了，您就少说两句吧……"

林茹幸灾乐祸："财宝没出外国，只怕也都进私人腰包了。不信，走着瞧吧，妈，你可真是防不胜防啊！"

林振远瞪了老闺女一眼："你别老跟着起哄，吃饭！"

佟雪燕听着婆婆和小姑子的冷嘲热讽，心里更加难受，嘴里的饺子怎么也无法下咽，一阵难言的恶心让她再也控制不住，爬到炕沿边——吐了出来！

大家都愣了，气氛异常紧张起来。邢巧云第一个反应过来，抬腿下地，指着佟雪燕质问："好你个佟雪燕，说你两句，你竟然把饺子吐了！给我脸色看，是不是？还反了你了！"

佟雪燕吓得直哆嗦，林枫一时也不知所措，预感到一场更大的风波即将爆发！

## 第十八章　除夕之夜

静静地，大家都沉默着，空气压抑得让人有点儿窒息。电视中的节目还在不知疲倦地进行着，那一阵阵热烈的鼓掌声，此时听起来那么令人心烦。

佟雪燕简直像一只待宰的羔羊，坐在那里瑟瑟发抖，低声解释："妈，我不是故意吐的，真的不是您说的那样，相信我……"

林枫也有点儿懵了，佟雪燕怎么就吐了呢？一年中最后一关，佟雪燕闯下如此大的祸，真是让林枫有点儿措手不及。他的大脑使劲地转着，想用一个最好的方法制止这一触即发的风波。

"不是故意的？难道是我逼着你吐的？"邢巧云火气真压不住了。一整天，她都提醒自己：今天是过年，能忍的一定要忍着，不为别的，至少不能让老头子大过年犯病吧？

林枫灵机一动，决定先来个缓兵之计："妈，你别发火啊。雪燕真的不是故意的，她这些天就一直犯恶心，吃啥都不舒服，也不知道是怎么回事，唉……"

嘀嗒的秒针走过了数圈，邢巧云瞅瞅儿子，又瞅瞅佟雪燕，终于开口了："你那个事儿，多久没来了？"

此情此景面对这样的问题，佟雪燕难堪极了，低声回答："大约……四十多天吧。"

"一直恶心？吐过没？"邢巧云这一问，林振远眼前一亮——该不是有喜了吧？

"没有，只是这两天一刷牙，就恶心。"佟雪燕的声音轻得像深秋的蚊子般无力。其实她也在回忆，她也在盼望，但是医生说她很难怀孕，因此她也不敢轻易往那方面去想。

"那是有了，是喜事。没错的，一定是有了，菩萨保佑啊，一定是有了！"邢巧云紧锁的眉头突然放开了，眼角划过一丝笑容，双眸也瞬间露出慈祥的光芒。

"有了？不可能。"佟雪燕脱口而出。

"我说有了，就是有了。咋不可能？我生了三个孩子，这点儿经验还是有的。林枫，赶紧再和一碗面，包点儿酸菜馅的。

你把芹菜吐了，说明孩子不喜欢吃。嗯，这怀孕的人啊，多吃点儿酸东西，才能生小子……"邢巧云掩饰不住笑意，母性的善良和农民的淳朴，正一点点回归到她的身上。

"妈，不用麻烦了，我不饿。再说，不一定是怀孕……千万别忙活了。"看到婆婆这样肯定，佟雪燕更加忐忑不安。之前的"谎报军情"，只有姐姐知道；可是如果这再谎报了军情，将来婆婆绝不能轻饶了自己。

"妈，你不是说过年吃酸菜馅，酸啦吧唧的不吉利吗？这咋总出尔反尔呢？"林茹眼睁睁瞅着母亲的转变，心里很不舒服，便说了几句酸啦吧唧的话。

"那情况能一样吗？你们不能吃，不等于我大孙子不能吃。从今后一切以我大孙子为重，想吃啥吃啥！"邢巧云的脚步也轻盈了许多，仿佛马上就能抱到大孙子了似的。

"你又不是B超，你咋确定是大孙子？"林茹不服气，明明母亲是针对佟雪燕的，怎么瞬间就变了一个人。难道大孙子的威力，真那么大？

"小丫头家家的，别啥事都掺和，吃你的饭得了！林枫，赶紧下地，雪燕一天都没好好吃东西，肯定饿了！"邢巧云说着推门进了厨房，开始捞酸菜剁馅子。

林枫见情况有转机，心暂时放下，然后名正言顺地让佟雪燕躺下休息。佟雪燕一脸焦虑，示意林枫自己没怀孕；林枫也示意佟雪燕别声张，好好躺着就行。佟雪燕真的累了，不再言语，听话地躺下休息。林枫则和邢巧云开始包酸菜馅饺子。不管是不是怀孕，都得给佟雪燕弄些吃的，因为佟雪燕真的非常喜欢酸菜馅饺子。谢天谢地，这个年暂时相安无事了，至于以后，见机行事吧。

林振远的心情瞬间见到了太阳。唉，这年过的，忧一阵喜一阵的，刚才还是"山雨欲来风满楼"，一眨眼工夫，便"柳暗花明又一村"了。家里的气氛像天上的云，变化太快，让林振远的心脏接受不了，他趁邢巧云在厨房的工夫，赶紧悄悄服了一粒"速效救心丸"。

林茹可不管那么多了，一边赌气吃饺子，一边对佟雪燕说："这回你的好日子来了，很得意吧？不过我劝你别得意太早，老佛爷的热情劲要是一上来，一般人是承受不了的。还有啊，你若没怀孕，一会儿的饺子最好别吃，否则你吃不了，就得兜着走！"

佟雪燕苦笑了一下，没理会林茹。其实说心里话，她也理解林茹，换了是自己，如果哥哥娶了个不喜欢的嫂子，自己也会不舒服。她此刻的感觉，跟林振远差不多，感觉所有的气氛都被邢巧云操纵着，喜怒无常，忽冷忽热的，不知道哪块云彩会有雨，哪块云彩是冰雹。如果自己不尽快适应，恐怕也得像林振远一样，随时准备救心丸……

"雪燕，你好好躺着歇一会儿，我和林枫一起包，快，一会儿就好。来，你再铺床褥子，小心硌得慌！"邢巧云终于意识到佟雪燕应该累了，匆匆忙忙从厨房又跑回来，给雪燕拿来一床新褥子，帮她铺好。

佟雪燕鼻子又是一阵发酸，眼泪就直打转。她赶紧做了个深呼吸，然后斜倚在被子上，让自己稍微舒服点儿。神经略略松弛了，这才发觉自己是真的累，而且是心力交瘁。都说孩子的脸是天上的云，其实那句话不精准啊，天上的云更像是婆婆的脸才对……

"快来吃吧，雪燕，尝尝妈给你包的酸菜馅饺子，一定顺口。"邢巧云对佟雪燕的称呼完全改变了，还亲切地自称"妈"。说完，又亲自将饺子递到雪燕面前，特意在那些调料里加了很多醋；一切就绪，这才笑眯眯地盯着雪燕，恨不能让她将全部饺子都吃掉，将整瓶的醋都喝光。

"嗯，这馅真好吃。"佟雪燕一直最爱吃酸菜馅了，再加上这一天都没怎么吃东西，心情放松，食欲也立刻上来了。不过如果不加醋的话，一定更可口，只不过她没敢、也有点儿不忍心打消婆婆的积极性。

"好吃就多吃点儿，爱吃明天妈还给你包。只要你能给我们林家添一个大胖孙子，爱吃什么妈都满足你……"一听佟雪燕爱吃，邢巧云的高兴劲就甭提了，俗话说酸儿辣女，那佟雪燕怀的一定是个男孩。

佟雪燕瞅了林枫一眼，林枫笑眯眯地望着她，摇了摇头。佟雪燕知道自己此时不宜再解释，走一步看一步吧，如果上天再眷顾自己，这次让自己真的"中奖"，那婆婆脸上的云彩，就永远是美丽的了……

终于，因为佟雪燕意外的呕吐，换来了婆婆亲手做的美餐。当她再一次睡在里屋的炕上，又岂止是感慨万千？中秋节那次，婆婆给他们盖的旧被褥，又硬又薄，硌得胯骨疼了好几天，幸好时间短，没得褥疮。而今天，疑似怀孕现象让她的待遇提高了，婆婆不但拿出最新的被褥，还特意多铺了厚厚的两层。原来邢巧云什么都明镜似的，只是因为不接受她，才不愿意照顾她。

最让佟雪燕受宠若惊的，是临睡前，婆婆竟然把一个小垃圾桶送过来，还叮嘱林枫外面冷，雪燕上厕所也不用去外面了。林枫说他会抱雪燕出去的，没事。邢巧云坚持说不行，现在雪燕是重点保护对象，千万不能感冒。最后叮嘱雪燕和林枫明早多睡会儿，不用起早了。然后还给雪燕披了披被子，摸摸雪燕的头发烧不发烧，这才轻轻地关上房门，蹑手蹑脚地回自己的屋了。

佟雪燕和林枫躺在柔软的褥子上，却一点儿也高兴不起来。邢巧云的忽然转变，完全是冲着那未知的孩子。如果有一天这个希望落空，那么等待佟雪燕的，将是更加不堪设想的后果。孩子啊孩子，谁能知道，老天爷会不会赐给他们一个可爱的孩子？

佟雪燕长叹了一口气，林枫轻轻地拍了拍佟雪燕的肩膀，咬着她的耳朵安慰道："什么也别想，睡觉吧。"

把头贴在林枫宽阔的胸口，佟雪燕这才感觉稍微踏实一些。至少这个辞旧迎新的除夕夜，可以睡个安稳觉了，明天的太阳照样会升起，但愿能把婆婆的脸永远照耀成艳阳天吧。

## 第十九章　地狱天堂

接下来的日子，佟雪燕和林枫过得很舒坦。特别是佟雪燕，被婆婆呵护着，简直让她怀疑以前的种种风波，是否曾真正发生过?

早上，邢巧云做饭也不用林枫插手，更不需要佟雪燕择菜，偶尔有什么要帮忙的，都会喊小女儿林茹。林茹为此大为不满，说凭什么自己成长工了？邢巧云说："你哥辛辛苦苦在外面工作，难得休息这几天，我不忍心再让他做饭。"林茹除了埋怨母亲重男轻女，也没再针对佟雪燕。

邢巧云重新调整了春节期间的食谱，甚至宣布：每顿饭都以佟雪燕为主，佟雪燕爱吃什么就做什么。林枫劝母亲不要如此大张旗鼓的，母亲却说，现在给大孙子补充营养，将来才能长得白白胖胖水灵灵的。林枫无奈，也只有听母亲的安排。

不过，这样的待遇给佟雪燕莫大的压力，现在怀孕与否还是个未知数，她真担心"被抬得高，将来摔得惨"，因此时刻保持着低调，像原来一样严格控制饮食，控制上厕所的次数，也克制着自己，少说话，避免言多必失的情况发生。但佟雪燕的态度，丝毫影响不到邢巧云，她把仓库里的好吃的都折腾出来，变着花样做。佟雪燕暗暗寻思，如果婆婆的转变跟怀孕无关，而单纯地因为自己是她儿媳妇，那该多好啊!

晚上，大家都围坐在一起看电视，邢巧云也是挑选最好的水果给佟雪燕，然后有一搭没一搭地和佟雪燕聊天，除了关心小店的生意，偶尔还会询问一下佟雪燕的父母。这让佟雪燕真有点儿受宠若惊，从婆婆口里提到自己的父母，这还是破天荒头一次!想起订婚时两家人针锋相对的样子，她至今心有余悸。

初二早上，林慧全家来拜年了。邢巧云第一句话，就是说雪燕怀孕的事。林慧很高兴，她是过来人，深深明白孩子是家庭的重中之重。之前，她也担心佟雪燕的身体，如今总算怀上了，林慧心里的石头也落了地。

邢巧云心情大好，把水果和瓜子推到林振远面前说："你坐这儿哄孩子吧，我们娘四个玩扑克去。"

林振远连瞅都懒得瞅她，只是用鼻子"哼"了一声。他太了解自己的老伴了，这么多年总是如此情绪化——高兴的时候，能把你服侍得像个皇上；生气的时候，又一下子把你推到"泥"里，再踩几脚，让你永世不得翻身。就说眼前这个除夕夜吧，邢巧云就让家里发生翻天覆地的变化，然后又像小丑一样忙来忙去，脸上仿佛绽开了一朵花。林振远是个城府很深的人，打心眼里看不起邢巧云如此肤浅。干什么嘛？即使真高兴，也得有点儿深度，不能让儿媳妇看笑话！

邢巧云当然听出了林振远这个"哼"的余音，但是心情实在太高兴了，所以也没有时间和林振远计较。"别只顾着看电视，照看点儿孩子，小心别让瓜子卡了。现在开始练习，将来看你大孙子也有点儿经验。"

"玩你的得了，别管我。"林振远不爱听邢巧云磨叽，便把外孙女抱在了怀里。

"来，咱打升级。我跟我儿媳妇一伙，你们姐俩一伙。"邢巧云张罗着，指了指林慧和林茹。

听到婆婆第一次叫自己"儿媳妇"，佟雪燕忍不住看了林枫一眼，两个人心有灵犀，林枫也正在看她。佟雪燕用眼神对林枫说："呵呵，现在不仅是打升级游戏啊，连你妈对我的称呼也升级了！"林枫会意地笑了，但愿妈妈不是三分钟热情吧！家里的气氛空前的融洽。

林茹不愿意参与，说你们抱你们的孙子，跟我啥关系？邢巧云说当然有关系，将来孩子出生了，跟你一样都姓林。姑姑跟侄子那是真正的血缘关系，打折骨头连着筋。林茹不愿意听母亲唠叨，穿上衣服找伙伴们玩去了。

邢巧云也不生气，又叫林枫过来跟林慧一伙。为了这难得的开心场面，林枫故意让母亲和佟雪燕赢牌。邢巧云不明所以，每升一级就不忘记夸奖佟雪燕一句："我儿媳妇就是有文化，打升级也玩得好，看看，我们又赢了！"

"是是是，你儿媳妇了不起！我们服了！"林枫相视一笑，母亲其实真的很善良，像此刻，简直像个可爱的孩子。他暗暗祈祷这样的画面能再多些，一家人共享天伦之乐，多幸福啊！

佟雪燕含笑感受着这一切，思潮起伏。喜怒无常的婆婆，昨天把自己打入地狱，今天又把自己捧上天堂，而明天呢？如果自己根本没怀孕，那么明天的明天，是地狱，还是天堂?!

# 第四部分 晴天霹雳

## 第一章 喜忧参半

过完元宵节，邢巧云才同意林枫和佟雪燕返城。临走时，婆婆还塞给佟雪燕五十元钱，让林枫给佟雪燕买好吃的，爱吃啥买啥，一定要把营养跟上去。

佟雪燕明白，老人家完全是冲着未来孙子，所以她也不敢怠慢，回到县城后，立刻让姐姐雪梅陪着去医院检查。结果，天大的惊喜降临到她的头上——这次真的怀孕了！

林枫比佟雪燕还要兴奋，因为从求婚那天起，他已经认定佟雪燕不能生孩子的，那么可想而知，即将做爸爸的心情会是多么激动啊！姐姐佟雪梅更是激动，要知道，之前那位老中医的诊断一直压在她的心头，雪梅不敢想象，如果妹妹真不能生孩子，她的未来会如何？

然而，这种喜悦来得太短暂了，医生警告说：由于佟雪燕高位截瘫，脊柱需要靠两根一尺多长的钢板支撑，下半身毫无知觉更无运动能力，这样的身体条件不仅对胎儿成长不利，严重时会导致腰椎变形，继续压迫神经，甚至钢板断裂，扎破脏腑器官……总之，各种危险的情况都容易发生，母子二人的生命都会受到威胁。

现实太残酷了！佟雪燕不愿意接受这样的诊断！命运已经剥夺了她欢蹦乱跳的青春年华，剥夺了她跟林枫牵手散步的权利，为什么还要剥夺她做母亲的权利呢？凭什么？她佟雪燕到底做错了什么？那一刻，她真是恨透了老天的捉弄，恨透了命运的安排，恨禁锢她的轮椅，恨麻木无知的双腿，恨改变了她命运的那个冬天……

震惊之余，林枫很快清醒过来，为了保证佟雪燕的安全，毅然决定把孩子拿掉。佟雪燕第一次反对林枫的话，而且异常坚决，不容动摇！两个人爆发了结婚以来最激烈的争吵。佟雪燕说必须生下这个孩子，哪怕死了也愿意！

佟雪梅为林枫的决定心痛，可是她也没有任何办法，只能流泪劝妹妹："燕子，现在月份少，做掉了对身体也没太大损害。"

佟雪燕的泪掉了下来，问姐姐："你怎么也不理解我呢？我想给林枫生个孩子，我想给他生个孩子！我不能让林枫没有后继之人！姐，你应该理解我的，对吗？"

林枫见说服不了佟雪燕，便不由分说抱着她往流产手术室走。

佟雪燕苦苦哀叫着："求求你，别让我手术，我想要这个孩子！……让我把孩子生下来吧，求求你！让我做一回母亲，让我当一回妈妈，行吗？"

林枫红着眼眶，任佟雪燕在他怀里挣扎，依然坚决地往手术室走。就在门开的一瞬间，佟雪燕伸手死死拉住门把手——就像一个濒临死亡的人，突然抓住了命运的绳索，只要不放开那个门把手，她的宝宝就有救了，她就能为林枫生一个孩子了，她也可以做妈妈了！为了这个信念，佟雪燕拼尽全身力气，恨不能让五个手指镶嵌到门把手上。由于用力过猛，指甲深深地陷进掌心里，抠得自己流血了……

"燕子，听话，你的手都流血了，快放开！"这次，变成林枫央求佟雪燕了。雪燕的手在流血，而林枫的心在流血啊。

佟雪燕执拗地不肯松手，眼泪刷刷地往下淌，悲伤又无比期待地望着林枫，喃喃着一句话："我想要保住我们的宝宝，我想要当妈妈，求你了，老天爷求你了！"

林枫心如刀割："燕子你不要这样，听话好吗？我不在乎有没有孩子，真的，我只在乎你！我不想你出事，明白吗？放手好吗？"

"可是我在乎。我知道你最喜欢小孩子了，如果没有孩子，你会遗憾的，我也会觉得对不起你。"佟雪燕真的希望和林枫生一个小孩，因为这是他们爱情的见证，也是她对林枫爱情的报答。

"如果以你的健康、你的生命为代价，我宁愿不要孩子！"林枫的眼中也分明闪着泪花，老天爷既然送来了孩子，为什么还要带来磨难呢？他们的生活就注定不能一帆风顺吗？

"林枫，让我试试吧，老天爷给我这个机会，我就要试试。还像以前那样给我力量吧，你不是说有你在，就什么也不用怕吗？我们给了孩子生命，就不能扼杀他，枫，你真的忍心扼杀他吗？"佟雪燕趴在林枫怀里泣不成声。

"可是现在情况不一样，燕子。我……真的很害怕，我不想失去你……"林枫的声音充满了无助。

"姐，快帮我劝劝林枫吧，哪能那么多危险都让我遇到？我的命不会那么苦的，老天爷给了我一个最好的老公，也一定会再赐我一个可爱的孩子的，姐，姐，帮帮我，帮帮我……"佟雪燕说服不了林枫，只好向姐姐求助。

佟雪梅急了，跑到院长室，请院长救救自己可怜的妹妹。院长了解了详细情况后，也被感动得一塌糊涂，紧急召开了专家会诊，探讨是否暂时先不要做流产手术，一路观察着，到万不得已的时候再说吧。

听了专家的意见，林枫和佟雪燕仿佛看到了希望，在医院的走廊里抱头痛哭，不知道未来等待他们的，究竟会是什么样的结果。

## 第二章　甜蜜的酸

这一天，叶小白来看望佟雪燕。当得知叶小白回到榆恩县医院实习，佟雪燕像有了重要依靠，迫不及待地把自己怀孕的事讲了，征求叶小白的看法。

叶小白既为佟雪燕高兴，又十分担忧："燕子，你真的决定生下孩子？"

佟雪燕态度坚定："是的，决定了，我没有其他的选择。"

　　作为一个未来的医生，叶小白觉得有必要跟佟雪燕说清楚，万一有个三长两短，可就一切都晚了。思前想后，叶小白非常慎重地说："从医学的角度来说，燕子，这真不是闹着玩的呢。"

　　佟雪燕眼光很茫然，问叶小白："你说，到底什么是爱情？"

　　叶小白知道佟雪燕此时的心情一定很沉重，便故意轻松地说："你和林枫的爱情如此轰轰烈烈，惊天地泣鬼神的，怎么反过来问我？"

　　佟雪燕一脸严肃地说："小白，不跟你开玩笑。唉，我现在走进婚姻，反而不懂得爱情了。我忽然弄不明白，爱情和婚姻到底是什么关系？"

　　叶小白觉得婚姻的前提必须是爱情，否则没有幸福可言。"有人说，婚姻是爱情的坟墓；也有人说，没有爱情的婚姻是不道德的。我没结婚呢，也不知道哪个说得对。"

　　想起婆婆，佟雪燕不由得叹了口气："真的有爱情就够了吗？以前我是这么认为，现在我越来越觉得，婚姻太复杂了，根本不仅仅是两个人的事。"

　　为了分散佟雪燕的注意力，叶小白拿出一张相片，问道："好了，别长吁短叹了，给你看样东西吧。这是我上次回去照的，你看看怎么样？"

　　照片上叶小白和尚青杨相拥着，尚青杨正在吻叶小白的脸。佟雪燕夸张地惊呼："哟，这个亲密样，那么恩爱缠绵的，腻得让人肉麻。"

　　叶小白幸福地说："那当然，以为只有你和林枫浪漫啊？我们的也叫爱情。"

看到叶小白小鸟依人的模样，佟雪燕忍不住打趣着："你的这个青杨，眼神有点儿色眯眯的,好像要把你吃掉的样子,哈哈。"

"燕子，你都快做妈妈了，别没正形。"想起上次回学校，两个人疯狂的热吻，缠绵的欢爱，在一起度过的时光真的让人难忘。叶小白陶醉在回忆中，脸不由得红了。

"害羞了？该不会是你们已经……如实交代！否则我可不饶你。"佟雪燕望着叶小白嵌着红晕的脸庞，什么都明白了：这是爱情滋润的结果，带着甜蜜的幸福。好朋友也有了另一半，这是值得高兴的事。

"你不会笑话我吧？燕子？"叶小白含羞地问，毕竟还没有结婚啊。

佟雪燕认真地回答："人之常情。只是，小白，你的这个帅哥呢，不是一般的帅。尤其是那眼神，太有杀伤力，我真担心你不在身边，他会不会把别人吃掉，或者被别人吃掉？"

"哪像你说得那么悬？我和青杨是真心相爱的，他对我，真的是真心不渝的，跟帅没关系。"叶小白觉得这是不可能的事，尚青杨对自己的爱那么深刻，那么疯狂，不可能变心的。

"男人，也许骨子里就写着多情吧——这句话，是姐姐说的。"直觉上，佟雪燕觉得尚青杨有些太流气了，没有安全感；同时,她也联想到自己的丈夫林枫,潜意识里的担忧在闺蜜面前，情不自禁地表现出来了。

"哪句话是我说的啊？小燕子，姐姐的话，你记得这么深啊？"这时，佟雪梅笑着走到小窗口，递进来满满一盘饺子。

"是啊，姐姐的话是金玉良言，妹妹必须记着啊。"佟雪燕调皮地跟姐姐开个玩笑，之前的话题有点儿沉重，她不想让姐姐担心。

叶小白礼貌地跟佟雪梅打过招呼："雪梅姐好，进来说会儿话吧。"

佟雪梅笑着说："你们俩难得见面，我就不打扰了。刚刚包的酸菜馅饺子，你跟燕子一起吃吧。我回去照看孩子。"

看着佟雪梅远去的身影，叶小白羡慕地说："有姐姐在身边，真幸福啊。来，我也尝尝。"说完，叶小白用手拿起一个饺子，就放进嘴里，可是还没咽下，结果意外吐了，"我的天，这酸菜咋这么难吃啊？"

"小白，你可别吓我，吃饺子也能吐，该不是要和我做伴怀孕吧？"佟雪燕想起自己除夕夜的经历，不由得重视起来，敏感地觉得有些不妥。

怀孕——不会吧？叶小白一下子呆住了……

## 第三章　梦醒时分

回到实习医院，叶小白迫不及待地去了化验室。可是患者特别多，叶小白便徘徊在门外，直到化验室里人都散了，她才鼓足勇气走进去，真不知道等待自己的是什么结果。

"恭喜你啊小白，化验结果出来了，阳性，孕龄六周。"化验室的医生对刚刚来实习的叶小白还不太熟悉，更不知道她是未婚先孕。叶小白只觉得头"嗡"的一声，有点儿站立不稳。

"叶大夫，你没事吧？这孕早期一定要注意身体，多增加营养。"对方很热心，关切地过来扶她。

"谢谢你，我没事。你忙吧。"叶小白此时只想迅速找个地方躲起来，好好整理一下自己的思绪。

怎么办？自己还没和家里提尚青杨的事，如今竟然先怀上孩子了，要如何对父母张口？叶小白真是肠子都悔青了，不，当务之急是联系尚青杨，看看他怎么说吧。

匆匆跑到医院外面的电话亭，叶小白拨通了尚青杨家的电话，那端立刻传来一个兴奋的男中音："宝贝，是你吗？"

叶小白兴奋不起来，淡淡地说："嗯，是我。还好你在家，不然真不知道去哪找你……"

尚青杨很敏感，感觉出叶小白的声音不对，便关心地问："是不是想我了？怎么情绪有点儿低落？工作不顺利吗？"

叶小白正要说怀孕的事，突然听到电话那端有人在说："亲爱的，在给谁打电话啊？"叶小白不由得一阵疑惑，立刻问道："青杨，家里有别人吗？怎么好像有人在说话？"

"哪里有别人啊？我在看电视呢，是电视的声音。"尚青杨解释着。

叶小白屏住呼吸仔细听听，听不清到底是不是电视的声音。

"你有什么事啊？小白，说吧，我听着呢。"尚青杨催促着。

"哦，也没什么，就是有点儿想你了。"叶小白忽然不想说了。

"那你就请假回来吧，我也想你了，宝贝。"尚青杨在电话里声音依然魅惑。

"最近单位事挺多，领导不让请假。"叶小白自己也不明白，为什么撒了个谎。

"那怎么办啊？如果你实在想我，我就去看你？想起你那迷人的样子，我恨不能现在就飞到你身边。"尚青杨说得很肉麻。

"好了，不和你闹了。请下假来我就通知你，你自己多保重啊。"叶小白忽然心烦意乱，鼻子酸酸的，有泪水想从眼眶往外挤。

"你也多保重。宝贝，想你，想你。爱你！"尚青杨似乎没听到叶小白哽咽的声音，在电话里一个劲儿亲吻着。

"想你……"叶小白放下了电话，泪水不自觉地滑落下来。电话那端熟悉的问候，叶小白听着总感觉不对劲，唉！也许是佟雪燕的警告在作怪吧。可是，刚刚那个暧昧的女声，怎么也不像是电视中的巧合。

"你不在身边，他会不会把别人吃掉，或者被别人吃掉呢？""那个尚青杨就是个花花公子，小白，你千万要看清啊！"佟雪燕的话和陈钊的警告，不断跳出来，叶小白简直要疯掉了！不行，一定看看！一定要看个究竟！如果那个尚青杨敢欺骗自己，绝不放过他！

拿起电话，叶小白向领导请了假，然后就匆匆踏上去学校的列车。她此刻心里只有一个念头：为自己的爱情找个证明，为自己的孩子，找个说法！

从榆恩县到学校的唯一一趟火车，终于结束了枯燥而又缓慢的旅途，在晚上八点半到达了目的地。北方的四月天乍暖还寒，在人潮涌动的车站，叶小白再一次感到孤独无助。夜晚的风还很凉，也许是穿得少的原因吧，一种刺骨的寒意，叶小白忍不住打了个寒战。

以前每次回来,尚青杨都会热情地扑过来,搂住她一阵亲吻,那温暖的怀抱让她痴迷。而今晚,选择独自出站台,独自踏上去尚青杨家之路,叶小白莫名地有些怀念,有些忐忑,有些紧张,有些说不清道不明的难过。

楼上的灯亮着,淡紫色的窗帘遮住了室内的风景。这迷人的淡紫色,曾经让叶小白无限陶醉。但是今晚,那里会不会有别人的身影?叶小白不敢想象,但又有一种力量怂恿着她,促使她蹑手蹑脚爬过楼梯,终于站到那个熟悉的房门前。

然而手里攥着钥匙,叶小白却胆怯了,犹豫不决。到底要不要闯进去?如果只有尚青杨一个人,自己可以编个理由,送给他一个惊喜,并且今后再也不怀疑他,死心塌地跟他厮守一生;可是如果真的有另一个女人,真的看到不想看到的画面,自己应该怎么办?肚子里的孩子,怎么办?

叶小白就这样在门外矛盾着,徘徊着,屋子里静悄悄的,她什么也听不到。于是她自我安慰道,肯定没有外人啊,如果有,家里会有说话声,怎么能如此安静?叶小白,相信你的爱人,也就是相信自己!长长地舒了口气,叶小白鼓足勇气,轻轻打开了房门。客厅里的灯亮着,却没人。叶小白的心又"怦怦"乱跳起来——难不成,在卧室?

脑袋又"嗡嗡"乱叫,一种不祥的预感铺天盖地袭来,驱使叶小白蹑手蹑脚地打开了卧室的门,可卧室也空空的。叶小白跌坐在床上,暗笑自己太多疑了,估计尚青杨出去了,而且没关灯,相信很快就回来了。

然而正在这时,浴室里传出一阵嬉笑声。叶小白的神经再次绷紧，原来尚青杨在洗澡，但一个人怎么会有嬉笑声？那个娇媚的女声，是谁？叶小白一颗心跳到了嗓子眼，手颤抖着，腿哆嗦着，不知道是如何移动到浴室门前的。偏偏，浴室的门没关严，门口乱七八糟扔着一些衣物；而门缝里，两个赤身裸体的男女正在浴缸里嬉闹……

叶小白这次是真的懵了，大脑不只是"嗡嗡"乱叫，而且是一片空白：终于还是看到了不想看到的画面！残酷的现实，终于还是毁了她浪漫的爱情之梦！"宝贝，来，让我亲一下。"尚青杨同样在叫那个女孩"宝贝"……

"你这个流氓！伪君子！"叶小白抢起背包，发疯一般冲进浴室，砸向那对嬉闹中的男女。

"小白？小白，你怎么回来了？"尚青杨一下子愣了，叶小白的突然出现，令他措手不及。

"你这个疯女人，凭什么打我？"那个女人很生气，用力回敬了叶小白一个耳光。

叶小白由于情绪太过激动，再加上怀孕带来的一些不适，哪受得了这样强烈的刺激？一个没站稳，摔倒在光滑的大理石地上，头碰到浴盆的边缘，一下子晕了过去……

## 第四章　恩断义绝

医院的病房里，雪白的床单被褥，把叶小白原本白皙的脸庞映衬得更加没有血色；性感的嘴唇也失去了原有的鲜艳，隐隐地冒着血丝，想必是主人曾经用力咬过所致。吊瓶里的药液，以均匀的速度流淌着，护士刚刚把输完的血浆袋撤走，然后又给叶小白试了试体温。

"现在患者基本脱离危险，家属再注意一下体温，相信24小时过后就没事了。"护士交代完，离开了房间。

尚青杨坐在床边，感觉叶小白的手指好像微微动了一下，尚青杨欣喜不已，急切地呼唤着："小白，小白，你醒了吗？"

叶小白的意识渐渐恢复着，听见有人在叫自己，可就是捕捉不到——是谁呢？谁在如此急切地呼唤自己？他要干什么？

"小白，小白，我是青杨，你快醒醒吧。"尚青杨此刻是真的着急了。

原本是一个富家公子，再加上长得帅气，身边的女孩不计其数。他也骄傲地放纵着自己，尽情风流着，根本没动过真情。工作后，在原来的大学影响比较恶劣，才托人找关系，进了叶小白的学校。

对叶小白的追求过程，尚青杨很有耐心，整整浪费了半个学期时间，才算俘虏了叶小白的身心。也许不容易得到的，才更有吸引力，因此尚青杨才会对叶小白最用心。本来正是如胶似漆的热恋中，偏偏叶小白要回老家实习，这让不能缺少女人的尚青杨陡然空虚起来，悄悄寻找到新的目标，成为叶小白的替代品……

如果今晚的一切没有发生，尚青杨还不知道自己真爱上叶小白了。然而，当叶小白突然出现、突然晕倒、突然手术，突然躺在病床上一动不动，他感觉到自己的心那么疼，前所未有的疼痛。他发现自己真的爱了！可是一切都晚了，叶小白亲眼目睹了他和别人欢爱，那么还能原谅他吗？

"唉……"叶小白终于长叹了一声，缓缓地睁开了眼睛。

"小白，你总算醒了，吓死我了……小白……"尚青杨有点儿激动，不住地亲吻着叶小白的手。

"这是哪儿啊？"叶小白还没有完全反应过来，她只记得和领导请了假，却不知道为何会躺在病房里。

"小白，这是医院。昨晚你晕倒了，我把你送来的。"尚青杨真希望这一切没有发生，真希望一切能重新来过。

"我，晕倒了？"叶小白努力回忆着。

"小白，昨晚……对不起……"尚青杨抓住叶小白的手，用力打自己的脸，希望用忏悔挽回叶小白的心。

叶小白终于记起那不堪入目的画面，奋力抽回自己的手，咬牙切齿地骂道："对不起？尚青杨，你说得真轻松，一句对不起就算了吗？你这个无耻的流氓，别碰我！滚！"

"小白，我错了，你就原谅我吧。我不知道你怀孕了，对不起……我错了，再给我一次机会，好吗？"尚青杨痛苦地流下眼泪。

"你怎么知道我怀孕了？我没有，我没有！"叶小白根本不想让尚青杨知道这件事，她觉得他不配知道。然而，他还是知道了，这让叶小白觉得，对自己可怜的孩子是个侮辱。

"孩子没了，对不起，那是我们的孩子，我知道，这是老大爷惩罚我，是老天爷惩罚我！"尚青杨抽打自己的脸，悔恨不已。

"你这种玩弄感情的人，根本不配有孩子！哈哈，孩子没了，我可怜的孩子……没了……哈哈，这也许是最好的了断！"叶小白下意识地摸了一下自己的小腹，一个刚刚孕育的生命消失了，正如她与尚青杨短暂的爱情——注定不能开出成熟的果实！

"小白，你听我解释好吗？我到现在才清楚，自己有多爱你，相信我好吗？再给我一次机会，我一定会用一生补偿你的，一定会！"

"别在我面前演戏好吗？去骗那些幼稚的小女生吧，我讨厌你这副丑恶的嘴脸，滚吧，滚！"叶小白从牙缝里挤出这几句话，然后就把眼睛闭上了，再也不想看到这个无耻的男人。

"小白，求你了，我真的知道错了，我……真的错了……"尚青杨跪在叶小白的床前，一个曾经游戏感情的花花公子，流下了忏悔的泪。

"如果，你杀了一个人，当她的灵魂已经远逝的时候，你良心发现，请问：这还有用吗？伤透了的心，还能愈合吗？我就是那个被你杀了的人，我的心，死了。"叶小白没有睁开眼睛，声音冰冷得可怕。

"小白，我们那么多美好的回忆，你都忘记了吗？我们在一起时是快乐幸福的，你不要骗自己，好不好？我们是幸福的。"想起两个人在一起的日子，尚青杨无比留恋！可是幸福就在他不珍惜的时候溜走了。世界上没有卖后悔药的，就像人死了不能重生。

叶小白真恨自己瞎了眼，被尚青杨伪君子的外表魅惑了，才会自食其果。只是没想到，这个混蛋竟然还有脸提那些过去，听起来都觉得耻辱！那是她叶小白一辈子也摆脱不了的噩梦，而尚青杨就是主导那个噩梦的魔鬼！

"小白，我承认我不该花心，可是我是真心爱你的，真的！"尚青杨无力地诉说着，他知道叶小白离自己越来越远了。

叶小白睁开眼睛，冷冷地笑着，却不屑再说一个字。眼前这个男人真的是自己献了初夜的男人吗？真的是自己为之怀孕的男人吗？他是多么可笑啊，竟然还无耻地说爱，难道真心就是和别的女人风流？太可笑了，无耻之徒！

"小白，我知道你恨我，生我气。告诉我，怎样才能证明我的爱是真心的？"尚青杨定定地望着叶小白，他真的不想失去她。

叶小白终于再次开口，一字一句地说："唯一证明的方法，就是立刻从我眼前消失，从此不要让我再见到你，我们之间——恩断义绝！"

尚青杨不再言语，颓废地起身，离开，像打了败仗的士兵，失去了最起码的斗志。

叶小白没有看尚青杨的背影，而是把目光投向窗外，灰蒙蒙的天际，云朵压得很低，几乎令人透不过气来。一个让她疯狂过、痴迷过的男人走了，也把她的爱情带走了，她的内心又恢复了空虚。

可是叶小白却没有眼泪，仿佛只是一阵微风的恍惚中，一抹忧伤的情愫悄然爬上心头，刻下难以言表的哀愁！她用血的经历得出人生教训——原来，谎言的最初并不一定是谎言，譬如誓言。

## 第五章　甘苦自知

　　时光飞逝，一晃又到了八月，林枫和佟雪燕结婚整整一年了。这一年来风风雨雨，甘苦两心知。

　　既然决定生下孩子，那么佟雪燕怀胎的辛苦可想而知。本来母亲李美贞想过来照顾女儿的，但邢巧云听说后，一万个不同意。说林家的媳妇，就必须由林家人照顾，她有农活出不来，就派林茹来了。佟雪燕为了避免婆婆不开心，便劝母亲不要过来了。结果林茹来后，不但不好好照顾佟雪燕，还时不时惹是生非，用言语刺激她。最后林枫看不过去了，便把林茹送了回去。

　　邢巧云见女儿被遣送回来，很不高兴，再次警告林枫不许让李美贞过来，否则她也去。林枫不明白母亲为什么这样。邢巧云说，孩子将来生下来姓林，跟他们老李家啥关系？想借机会跟你们一起住，让你养活他们，没门！林枫无奈，为了不让佟雪燕再为这些事情烦心，回县城后，林枫便把这事对佟雪梅讲了，希望佟雪梅能理解他的苦衷，劝李美贞不要来。佟雪梅很心疼林枫的处境，答应跟他一起照顾雪燕……

　　随着孩子月份的增大，腹部被压迫得特别严重，最明显的反应就是上厕所次数增多，而且经常失控。常常鞋子还没穿好，裤子就已经湿了。林枫担心她得褥疮，就买来两个闹钟，以便定时定点打理她上厕所。晚上，有时候林枫真的是太累了，闹钟震天震地地响，林枫也听不到。佟雪燕不忍心叫他，就强忍着，想再拖延一会儿，让林枫多睡一会儿。结果事与愿违，裤子不争气地湿了，最后还得辛苦林枫去清洗。每当这时，佟雪燕就特别后悔，莫不如早些叫醒林枫，也免得再多受一次累……

日子一天天过去了，林枫把所有的担忧都隐藏在心里，更加体贴地照顾佟雪燕，想办法补充她们母子二人的营养。后来，佟雪燕突然感觉到心脏难受，常常喘不过气来，不能久坐，更多的时候需要躺着。医生说因为她神经受损，导致骨盆不太正常，胎儿根本入不了骨盆，这样下去不仅造成难产，胎儿也可能缺氧，同时还压迫佟雪燕的心脏和脊柱。

又一层阴云笼罩在头上，为了让佟雪燕能"站"立，每天下班回来，林枫又不顾劳累，在身后托着她的胳膊，让她尽量保持"站立"的姿势，这样佟雪燕的呼吸才稍微顺畅些。怀孕导致佟雪燕全身浮肿，体重近130斤，林枫却坚持托举着，让佟雪燕尽量多"站"一会儿。

医生的提醒总在耳边响起，林枫几乎没睡过一个安稳觉。常常在夜深人静的时候，凝视着佟雪燕香甜的睡态发呆。他真怕哪天佟雪燕睡着睡着就离开自己，从此又只剩下他孤独一个人。可他不是神医，唯一能做的，就是好好珍惜和佟雪燕在一起的时光，细心照顾她，变花样给她弄好吃的，这样才会心安点儿。

佟雪燕如今身孕已经八个月了，行动越来越不方便。入夏以来，常常感觉头晕眼花的。开始以为是因为天气热的原因，后来去医院确诊，才知道是妊娠高血压综合征。接着腿脚也开始浮肿，平时根本穿不了鞋子。而且医生严重警告：由于佟雪燕肾寒，对孩子很不利，所以要少喝水，特别是凉水。这可苦了佟雪燕，大热的天瞅着冰箱里的冷饮不许吃，只能"望冰止渴"了。尽管身体上严重不舒服,但佟雪燕还是很开心很幸福。因为小家伙的运动越来越灵活,开始和妈妈沟通感情了。孩子每次做着"伸展运动",佟雪燕都觉得是母子感情的进一步融洽。为了这个小生命,做妈妈的再辛苦也是值得的。

远在外地的李美贞思女心切,终于盼来儿子和媳妇放了暑假,就急急忙忙赶来照顾佟雪燕。看到女儿越来越沉重的身体,李美贞很心疼。真难为这苦命的孩子了,自己行动尚且不便,还要挺着个大肚子,可想而知林枫也跟着受了不少累。林枫原本担心自己的母亲会来找麻烦,但是转念一想,还是雪燕的身体要紧,等母亲知道的时候,再好言相劝吧。

由于食杂店狭窄,只有一张大床,李美贞担心挤到雪燕和林枫,晚上就去大女儿家住;然后第二天,再早早回来做早饭。这天早晨,李美贞回来时,林枫已经起来准备做饭了,李美贞心疼地说:"我来了就好了,你安心上班吧。这几个月把你累坏了,忙里忙外的,做饭就不用你伸手了。"

听了这句温暖的话,林枫很感激岳母大人的体谅。其实苦点儿累点儿都不怕,他其实最担心自己不在身边时,佟雪燕捧着,毕竟佟雪梅不能时刻守在雪燕身边。现在岳母大人来了,无微不至地照顾佟雪燕,他上班也能放心了。

"哪天休息,咱们带雪燕去检查检查,昨天她叨咕胸闷,总想长出气。"李美贞担心佟雪燕患上什么并发症。

"没事。我不愿意上医院,去一次查出一个病,医院真不是什么好地方。"佟雪燕也睡醒了,正准备起床。

林枫端来热水,帮佟雪燕洗脸,叮嘱道:"你这叫讳疾忌医。

好好在家听妈妈的话，不许偷冰水喝了。"

佟雪燕做了个鬼脸。有几次实在太热了，佟雪燕偷吃冰块，结果被外甥女季心语给告了密，林枫想起这事就批评她。"对了，林枫，明天小宏宇两周岁生日，你抽时间去买件礼物吧。"

"好的，买什么合适呢？"林枫一时没想好送点儿什么礼物。

"我的意见是买衣服吧，吃的玩的，咱们店里都有，随时都能给他。"佟雪燕从务实的角度出发，提出一个建议。

"好吧，今天中午我不回来了，直接去商场转转。"林枫说。

"行，记得中午吃东西。"佟雪燕叮嘱道。

林枫匆匆吃过早饭，上班走了。李美贞直望到林枫的背影消失，这才发自内心地感叹："多好的孩子啊！也是你命好，燕子，知足吧。"

佟雪燕抚摸着肚子，脸上充满幸福感："妈，我当然知足了，有你和爸这么好的父母，有哥嫂姐姐姐夫那么好的手足，有叶小白和甄真那样的闺蜜，还有肚子里可爱的孩子，我真的太幸福了！"

李美贞点了点头："嗯，就差公公婆婆这一关了。如果你能生个儿子，他们估计也能对你好，人心都是肉长的，订婚和结婚时候的事，你也别跟他们计较，慢慢就好了。"

佟雪燕笑而不语，母亲还不知道婚后的林林总总，如果知道了，又会是何感想？她不想让母亲担忧，但未来的日子依然变化莫测，佟雪燕其实心里真没底啊。

## 第六章　恨比爱好

中午，林枫顾不得吃饭，跑到单位附近的商场去买东西。由于家里不用牵挂了，林枫心情无比的轻松，忍不住哼唱那首《一路上有你》："……你知道吗，爱你并不容易。还需要很多勇气……你相信吗，这一生遇见你，是上辈子我欠你的……也许轮回里早已注定今生就该我还给你……"

"嗨，林枫！"一个似曾相识的女声，打断了林枫的自我陶醉。

林枫一回头，池影不知什么时候站在自己的身后。再见池影，林枫很意外。上次她哭着走的情景记忆犹新，想起来有点儿尴尬。

"真是有缘千里来相会，我今天刚回来，就又遇见你，真令人激动。"池影的态度分外热情，就像是分别多年的好友，中间不曾有半点隔阂。

"呵呵，是挺巧的。"林枫淡淡地应了一句。池影能放下过去，这也是他所期望的。

池影满脸笑容，发出了邀请："能遇到你真高兴，原本想把合同签完再去找你的。还没吃饭吧？走，我请你。"

"对不起了，我没有时间，马上就要上班了。"林枫断然拒绝，他不想跟池影有任何纠葛，即使有时间也不能去。

"现在是午休时间，难道你不吃午饭？"再次被拒绝，池影很不高兴。

"午休只有半个小时，我是为了买这套小衣服才出来的。"林枫把手里刚选好的童装扬了扬，证明自己没有说谎。其实他是想让池影有个台阶下，两个人好聚好散才好。

"哟，童装？佟雪燕……生孩子了？"池影一看到是童装，话都变音了，明显带着酸酸的味道。

"没有。这是给她小外甥买的生日礼物。"林枫笑了笑，很期待自己的孩子快出生，到时候也给他买漂亮衣服。

"哦，她也快生了吧？"池影还是想知道。

"嗯，快了。"林枫边付钱边回答。

"礼物已经买完了，咱们还是吃饭去吧，这天南海北的，见一面多不容易啊！"池影不愿错过这次机会。

"不行的，现在回单位，时间正好。"林枫看一下表，离上班还有十分钟。

"林枫，你一定要这样对我吗？难道你真的不懂我的心吗？"看到林枫说走就走，池影急了，顾不得旁边有没有人，大声质问。

林枫没有回答池影的追问，大步向商场外面走。其实任何解释都没有必要，以前他对她没有感觉，现在也爱不起来，这跟懂不懂她的心没关系。

"林枫，你这样做，对我太不公平了！难道我真的比不上她佟雪燕吗？难道你真一点儿机会也不给我吗？"池影再次追上林枫，语气中充满责备和怨恨。

"池影，还是那句话：爱情面前没有可比性，我只爱佟雪燕！祝你工作顺利，再见！"林枫尽量把语速放慢些，让语气婉转些，让吐字清晰些，以便池影听得更明白些。

"林枫，我并不强求你什么，只是……只是不想失去你这个朋友……答应我，保持和我联系好吗？让我知道你的情况，让我还能牵挂着你……"池影几乎是在乞求，她也不知道为什么会如此低声下气，可能越是得不到的，越让她有征服的欲望吧。

"各过各的日子，没必要再联络。"林枫不是藕断丝连的人，只有让池影彻底放下念想，才能真正开始面对新的生活。

"林枫，你真是太绝情了，我恨你！"池影感到强烈的挫败感，自己如今要美貌有美貌，要工作有工作，收入还相当不菲，那么眼前这个自以为是的男人，凭什么如此看轻自己？

林枫没有分辩什么，这个恨字，池影已经说了多次了。恨比爱好，至少在他们之间。留下一句"再见"，林枫把"对不起"三个字也省了，然后骑上自行车回单位上班。

再一次被林枫冷落在大街上，池影望着来来往往的人群，竟然没有了眼泪。她知道那个男人，彻底封闭了他的心门，自己再怎么挤，也进不去。如果败给一个比自己强势的人，也就罢了——但为何偏偏是瘫了的佟雪燕？输在弱者的手里，池影感到非常耻辱！

她的身边，并非没有追求者。自从被林枫悔婚后，池影也遇到过几个令她动心的男孩，但交往之后，谁也无法代替林枫的影子。没有爱情，她决定选择物质，不仅整了容，还与一个大款密切接触。尽管那个男人年龄大到可以做父亲，但池影喜欢那种奢华的生活，因此二人各取所需，交易成功，即将谈婚论嫁了。

这次回家乡出差，池影的心里莫名其妙又充满期待。扪心自问，几年来，她已经过惯了优越的生活，不可能再与林枫一起过苦日子。换句话说，池影只是留恋爱情的味道，只是想在她的婚姻外，与林枫保持暧昧关系，寻找精神上的寄托。

谁知，林枫死木头疙瘩一个，连做朋友的机会都没留给她！恨意在池影的心中迅速滋长，蔓延开来。

## 第七章　对话情敌

佟雪燕央求一上午,李美贞终于同意午餐做冷面,但条件是：一周内，不能再吃生冷的食物。雪燕欣然同意，吃着母亲做的冷面，酸酸甜甜的，不是太冰，但口感极好。佟雪燕正想夸母亲手艺好，这时有人敲小窗子。佟雪燕抬头望去，一位身材高挑的漂亮女孩站在那儿。

"你是佟雪燕吧？我是你的校友池影，来看看你，可以进来吗？"池影自我介绍。

佟雪燕对池影的名字并不陌生，对其人其事也听叶小白说过。如今，池影上门来，显然无事不登三宝殿，不仅是看看自己那么简单。在没决定是否让她进来之前，佟雪燕先问了句："你，就是池影？"

"是啊，当时我和林枫一个班，你有印象吗？"池影提醒道。

"妈，开门让她进来吧，然后你先去姐姐家休息一会儿。"想起当年池影与林枫的纠葛，佟雪燕觉得还是不让母亲知道为好。

"好吧，你们聊吧，一会儿我就回来。"李美贞以为是普通同学，因此想给她们创造单独谈话的机会，把池影请进来，她自己就去了佟雪梅家。

看到妈妈走远，佟雪燕回过头来，颇感意外："请坐。不过，你是怎么找到我家的？"

"林枫没和你说过吗？我们经常见面，有时候吃吃饭喝喝茶逛逛街，当然知道你家在这儿住了。"池影故作惊讶，又轻描淡写地说。

"哦，林枫好像说过。不过他经常跟朋友在一起，人太多，我记不清了。"佟雪燕掩饰着，她不想让池影认为自己不知道；其实，她是真的不知道，林枫竟然跟池影吃饭喝茶逛街，而且还经常？！这真是太不可思议了，佟雪燕心里一时翻江倒海，极不是滋味。

看到佟雪燕碗里的冷面，池影边说边观察佟雪燕的表情，"你也吃冷面啊？真巧，刚才我俩也是吃的冷面。林枫说今天太热了。我们吃的酸甜味冷面，你的是什么味道？"

"是啊，天太热，吃冷面凉快。"佟雪燕第一次觉得"冷面"二字是那么讨厌，听着就让人反胃。

"你身体还好吧？听说你快生了，要多注意啊。"池影看到佟雪燕的大肚子，心里很不舒服，如果当初林枫选择的是自己，那么他们的孩子都应该满地跑了。

"多谢，没事。"佟雪燕听出对方的话并不真诚，便简单应付着。

"刚刚给你的小外甥买生日礼物，我俩选了同一款式，他买的童装是淡蓝色的，我挑了带格子的。你看喜欢不？"池影从包里取出童装，很亲切地问道。

"你们一起选的？"佟雪燕对这个问题很敏感。林枫在自己面前并未提过池影，但池影却连小外甥的生日都知道，那么还需要解释吗？他们之间，为何会如此暧昧？

看到佟雪燕中计，池影感到一种报复的快感，因此越说越离谱："是啊，一个大男人能会买童装吗？男人，有时也像个孩子似的，要是缠住你，还真没办法。不过我挺喜欢他缠着我的……"

听着池影的描述，佟雪燕脑海里浮现出林枫和她在一起的镜头。林枫，你真的经常跟池影在一起吗？男人都花心，而你林枫，也不例外吗？

见佟雪燕不言语，池影又故意转了一个圈，问道："你看看我这条紧身裙怎么样？林枫说特别性感，真的吗？"

"池影，你今天来，不会单单让我欣赏这裙子吧？"佟雪燕终于让自己的心情平稳下来，她告诉自己：不能输给这个带着傲慢眼神的池影，即使流泪，也只能心里流！

"也没什么大事。怎么说呢，我只是想问问你，你的婚姻幸福吗？"池影忽然表情严肃地问，这也是她真正想知道的，为什么林枫会死守着佟雪燕？

"当然幸福，难道你希望我不幸福？"佟雪燕带着幸福的微笑，即使心里依然慌乱。

"你认为，把自己的幸福建立在别人的痛苦之上，这算幸福吗？"再次见佟雪燕微笑，池影气得直哆嗦，于是也不再拐弯抹角，直接质问。

"我幸不幸福，与你无关吧？"佟雪燕觉得池影有点儿不可理喻，在自己家里，竟然如此无礼，如果林枫真的跟她有瓜葛，那林枫的品位也太低了。

"但是被你拖累的那个男人，他不幸福！"池影步步紧逼。

"是他不幸福，还是你不幸福？"佟雪燕还是微笑着，面对池影的咄咄逼人，她忽然有些明白了，痛苦的人其实是池影。

"你这样拖累着林枫，是不是太自私了？"池影不再顾忌佟雪燕的自尊，只想用最快的速度，打败这个不知天高地厚的轮椅情敌。

"你是林枫的什么人，有什么资格来质问我？过分关心别人的老公，你好像自作多情了吧？"佟雪燕不卑不亢地反击着。尽管情绪的波动，让她有点儿眩晕，可是她还是带着微笑。对待一个妒忌自己的女人，最有力的武器就是这微笑了。自己笑一次，对方就伤一次！自己坚持笑到最后，对方也就输了！

"佟雪燕，你真不知道羞耻！虽然林枫是你老公，但你配做他的老婆吗？你除了拖累，能带给他什么？"池影简直有点儿歇斯底里。

"呵呵，池影，请你放尊重点儿，别像泼妇似的。还有个问题想请教，我是林枫名正言顺的妻子，而你是谁？小三，小二，还是小四？羞耻二字，你知道怎么写吗？"佟雪燕以最犀利的言语回敬池影，这个世界上并非只有池影会羞辱人，她佟雪燕也会，只不过不到万不得已，不屑使用罢了。

"你凭什么这样扬扬得意？林枫已经厌倦了你们的婚姻，只是因为同情你可怜你，才没有离开。你如果真爱他，就应该给他自由，明白吗？"池影想来想去，觉得还是搬出林枫最有力度。

"哦？那麻烦你转告我老公，让他亲自来告诉我吧。"佟雪燕心里有些许的受伤，但不相信林枫会对池影说这些，那不是林枫的性格。即使林枫真的感觉累，也会深藏在心里。

"你好像不相信嘛？难道一定要撞得头破血流，才回头吗？难道林枫跟我在外面风流快活，你真的能忍受吗？"池影极力想证明，佟雪燕的婚姻是个错误。

"池影，我想这是我和林枫的婚姻，与外人无关，更与你无关。如果他愿意跟你风流快活，只要他开心，我支持！不过，如果是你一厢情愿，那么我提醒你，还是自重些吧。"佟雪燕狠狠地刺了池影一下。

"佟雪燕，没想到你瘫了还如此傲慢！真不明白，你有何德何能让一个男人为你付出一生？"池影有些懵了，这样都无法让佟雪燕哭，让佟雪燕生气，那么还能怎么做？

"你经常和林枫在一起，难道他没告诉过你？是林枫的爱让我坚强让我快乐，让我有底气对轻视我的人微笑，让我有资格傲慢。池影，如果你要怪，就怪你自己没这个福气吧。"尽管池影的话让佟雪燕很受伤，但她也看到池影已经没有了底气。

"佟雪燕，你是不是没长心啊？不要总对我笑，好不好？你的笑很让人讨厌，知道不知道！别再笑了！"池影真希望看到佟雪燕痛哭一场，看到她歇斯底里寻死觅活，那么自己报复林枫的目的也就达到了。可是佟雪燕偏偏如此气人地微笑着，像一个超凡脱俗的仙子，丝毫不被自己的话激怒！

"池影，你只能失望而归了！林枫希望我开心快乐，因此我没有办法不快乐。"佟雪燕始终不愠不怒，气定神闲，看着池影的震怒，她莫名其妙有一种快感。她不是不善良，而是被迫自卫被迫反击，被迫做了以牙还牙的恶人。

"佟雪燕，你认为这种不平等的婚姻能维系多久？你用什么来维系？"池影还是不甘心这样无功而返。

"我再重申一遍：这是我们俩的婚姻，我和林枫是主人公，不劳你这个局外人费心！"佟雪燕冷静而沉着。

"你们俩的婚姻？！ 是，是你们俩的婚姻！那你们就过吧，过吧！我看你们能过多久！早晚有一天，你得被林枫抛弃，死都不知道咋死的！走着瞧！！！"池影觉得自己此行是自取其辱，恨恨地瞪了佟雪燕一眼，摔上门，走了！

目送池影远去，佟雪燕静静地坐在轮椅上，一动不动。

打败了情敌，可她这个胜利者，反而没有了自信，没有了底气。一个人独处，她才发觉自己是那么的脆弱，对于爱情和婚姻，是那么的彷徨和迷茫，不知道自己的婚姻能走多远，不知道林枫能爱自己多久，她不知道。

终于，泪水划过腮边，积压在胸中已久的委屈和苦闷，倾泻而出。佟雪燕从未像此刻这般无助，失声痛哭……

## 第八章　潮湿的心

傍晚，母亲李美贞忙着做饭，"当当当"的切菜声，弄得佟雪燕心烦意乱。

整整一个下午，佟雪燕的大脑都在飞快地旋转着，她想把某些事情理清楚，可是却发现剪不断，理还乱。后来，她干脆把自己放在床上，试图用睡眠摆脱这些烦恼，谁知平常那些瞌睡虫也不知去了哪里，越想睡觉反而越睡不着⋯⋯

仿佛应该想的事情很多，从年少到成家，往事历历在目，几多欢笑几多忧愁?这其中的酸甜苦辣，只有自己才能品尝得透；而又好像什么也不曾想过，脑海里原本空荡荡的:池影没有来过，所有的不愉快也没有发生过，她还是那个每天静静守望林枫的燕子⋯⋯

可是一抬眼，那套绿色格子的童装又非常残酷地提醒她:真的有一个林枫的追求者曾经来过,很明显是来挑衅的。好几次，佟雪燕冲动地想把童装扔出窗外，最后又都忍住了。潜意识里，她想看看林枫见到童装后会是何种表情。透过那刺目的"格子绿"，佟雪燕仿佛看到即将上演的一幕战争——

林枫回来后，佟雪燕会义愤填膺地质问他今天上哪去了，和谁在一起了? 然后林枫否认与任何人在一起。佟雪燕必定会理直气壮地拿出这个"格子绿"，问林枫为什么撒谎，为什么狡辩? 林枫肯定假装惊讶，很无辜地说自己并不知情，并非狡辩。于是佟雪燕轻轻地吐出两个字:池影。相信这两个字虽轻，但定会如一颗定时炸弹，把林枫震得粉身碎骨。等林枫缓过神来，面对的是佟雪燕再一次责问:给我解释清楚，你和池影到底什么关系? 林枫肯定一口咬定没关系。佟雪燕当然不依不饶。林枫恼羞成怒说佟雪燕不相信他。佟雪燕骂林枫是三心二意；林枫回敬佟雪燕是无理取闹! 佟雪燕向林枫砸过去一个枕头，骂他是个花心大萝卜!说自己怎么瞎了眼;而林枫的脾气也上来了，一下子掀翻桌子:后悔就找别人去!

顺着自己设定的桥段，佟雪燕仿佛看到：两个人辛辛苦苦经营起来的小家，一下子面目全非，看到两个人不留情面地互相伤害着，看到林枫哭了，自己也哭了，然后一场轰轰烈烈的爱情，就那么断送在战争中，灰飞烟灭……

思绪信马由缰，佟雪燕甚至能想象到，林枫会疯狂地冲出家门，然后她后悔不应该跟林枫争吵，因为她不想失去林枫，更不想失去这个家！没有林枫的日子，她在痛苦和懊悔中度过，幻想林枫突然出现，幻想他们和好如初！可是，后来林枫一直没有来，那林枫过得怎么样呢？于是佟雪燕又为林枫设计了如下结局——

或者林枫又找到了一份真爱，过上了幸福的生活，幸福得连想念佟雪燕这个前妻的时间都没有；或者，林枫也一直在懊悔中生活着，也在幻想她的出现，然而最终谁也没出现，直到终老；或者林枫也悄悄去找过佟雪燕，但最终没勇气面对她，只是远远地守望着，认为相见不如怀念；然后两颗深爱着的心灵，就这样孤苦伶仃地老去，遗憾得死不瞑目；明知道没有来生，但林枫还是期待来生，期待与佟雪燕再一次美丽相遇……

"谁能用爱烘干我／这颗潮湿的心／给我一声问候／一点温情／谁能用心感受我／这份滴水的痴情／给我一片晴空／一声叮咛……"无边无际地幻想中，不知谁家的音箱里传出歌曲《潮湿的心》，潮湿了佟雪燕的枕巾，也潮湿了佟雪燕脆弱的心……

"小燕子，今天宝宝又淘气没有？"这时，林枫兴冲冲回来了，第一件事就是照例过来听听孩子的心跳。八个月来，林枫一直坚持这样做，在担惊受怕中幸福着，祈求着，希望小家伙能平安出生。

佟雪燕静静地看着林枫，仔细审视这张熟悉的脸庞，什么也没说。

"你看什么呢？我脸上是不是脏了？"林枫被看得莫名其妙。

佟雪燕收回目光，唉！今天下午的事真像是一场噩梦，真希望一切没有发生过。

"嗯，今天这小家伙心跳好快呀，是不是想爸爸了？"林枫认真地听着，感觉今天胎心有点儿异常。

"心跳快？那是怎么回事，你再好好听听。"李美贞正在摆饭桌，一听就紧张了，如今月份越来越大，她最怕发生什么意外。

"没事，妈，你别听他瞎说，他又不是医生。"佟雪燕怕母亲着急，就从床上坐起来，准备吃饭。

"燕子，你看看这身衣服，小宏宇穿着合适不？"林枫见佟雪燕没事，暂时放下心来，把那套淡蓝色的童装递了过去。

刚刚平稳点儿的心，又"咯噔噔"沉了下去。佟雪燕没有理会林枫，更不敢看那件童装。林枫本以为能得到夸奖，不料佟雪燕态度如此冷漠，便奇怪地问道："如果不喜欢，明天我再去换。有一种格子绿，也挺艺术的。"

"这个颜色多干净，看着还凉快。一个小孩子的衣服，那么挑剔干吗？"李美贞看到女儿呆愣愣的样子，赶紧接过林枫的话。

"没事，如果雪燕不满意，明天我就去换，离单位挺近的。"林枫觉得佟雪燕今天有点儿反常，眼睛好像哭过，便担心地问道："燕子，你是不是哪里不舒服？看上去，无精打采的。"

"我也正寻思呢，往常同学来了，都是开开心心的，今天不知道怎么了，同学走后，她却蔫了。"下午从佟雪梅家回来时，池影已经走了，李美贞向佟雪燕询问池影的情况，佟雪燕推说自己困了，然后就躺在床上一言不发。知女莫若母，李美贞感觉小女儿遇到了不开心的事。但雪燕不说，她也没办法。

"今天又哪个同学来了，是叶小白吗？"林枫很纳闷，佟雪燕的那几个好朋友都很贴心，不可能欺负她的。

"不是。以前没来过，长得挺漂亮的，叫什么影来着，我没记住。"李美贞边吃边回忆，同时有些自责，不应该让女儿跟对方单独待着。

林枫心里一惊，难道是池影？看到佟雪燕紧锁的眉头，林枫基本断定是池影无疑了。"是池影吗？她来干什么？"

佟雪燕抬头看了林枫一眼，欲言又止。因为此刻讨论起来，母亲肯定会上火的，佟雪燕不想让母亲担心，决定稍后再说："没啥事。妈，你吃菜呀，今天的菜真香。"

李美贞心里直犯嘀咕，那个什么影到底对女儿说了什么呢？有了烦恼，便食之无味，李美贞匆匆吃完饭，收拾好碗筷，然后知趣地去了大女儿佟雪梅家。临出门前叮嘱道：无论有什么事情，都要开诚布公地摆出来，千万别留下什么误会。

林枫感激岳母的善解人意，也想借此机会跟佟雪燕好好聊聊，让她放下不必要的心结。谁料这时，佟雪燕把池影那件"格子绿"拿出来，放在林枫买的童装旁边，然后就那么定定地瞅着，一句话也不说。

林枫看到那件"格子绿"童装，愣了一下，瞬间明白佟雪燕为什么难过了。

## 第九章　别搂太紧

时间一分一秒过去了，两个人就这样瞅着那个"格子绿"发呆。

"燕子，你听我解释，我真的不知道池影怎么会来。你相信我。"虽然明显是池影恶意来破坏，但林枫觉得还是有必要解释清楚。

"不用解释，关于池影，我不想知道太多，真的。"佟雪燕的情绪莫名其妙冷静了许多，也许是设计"战争"场面有些累了吧。

"我知道你不开心，虽然，不是我的错，但也是因为我……相信我，燕子，别被池影的话左右，好吗？"林枫知道池影是来报复自己，因爱生恨，原来如此可怕。而更可怕的，如果佟雪燕不相信自己，怎么办？

"无论发生什么事，我都不会怪你，也不会限制你的自由。"佟雪燕定定地瞅着林枫，林枫的目光中分明写着一如既往的深情，而不是池影说的那种无奈和责任。这一瞬间，佟雪燕放下了纠结，一个池影算什么呢？怎么能单单凭她的几句话，就要动摇对林枫的信任吗？

林枫很痛苦，他觉得佟雪燕不应该怀疑自己："这一切都是池影在搞鬼。她是因为恨我，你听我解释，在找到你之前，在父母的强迫下，我跟她差点就订婚了……后来，我逃婚了，所以她才一直恨我……"

"林枫，你们之间的恩怨我不想了解，我只要知道，你还是你，就够了。"佟雪燕明白，池影之所以来刺激自己，是因为爱而不得。既然她没得到，就说明林枫没有变，那自己还烦恼什么呢？

"答应我，高兴起来好吗？至于池影，我们一起祝福她吧，毕竟当初是我逃婚在先，伤害了她的自尊心。"林枫有种跳进黄河也洗不清的感觉，幸好佟雪燕没有歇斯底里地追问，不然他还真无法解释。

佟雪燕勉强笑了笑："嗯，我答应你。不过，刚刚我说的那句话是真的。林枫，我知道，玻璃笼罩的世界很安全很温暖，可对于人生而言，却很难分清是风景线还是羁绊。我不能用我的爱，自私地把你桎梏起来，爱你，我想把你搂在怀里；可是又担心搂得太紧，让你感到压力……"

池影的出现，给佟雪燕及时敲响警钟。是啊，谁不向往碧蓝高远的天空？谁不愿沿着一路溪流翩翩起舞？谁不愿越过坎坎伐檀声，流连于江南雨烟？也许每个人的内心，都有另一个自我，她有什么理由紧紧搂住林枫不放呢？整个下午关于家庭战争的设计与幻想，她渐渐想通了：如果真爱一个人，就给他留一个可以做梦的空间，让他偶尔能够隐藏和释放自我。否则，当爱情变成枷锁，那么最终将公演变成悲剧 佟雪燕不想做悲剧的主角。如果林枫的感情只剩下责任，她一定会还他自由。

"燕子，别说这样的话。如果你不搂紧我，我会失去生活的目标。"林枫伸出手，紧紧地搂住这个想赐给他自由的小女子。

佟雪燕的心头，因为这深情的相拥，瞬间萌生出温情和感动。感受着林枫强有力的心跳，佟雪燕也在解读自己对他的依恋，体会着这个胸膛里跳跃着的真挚不渝。泪水，因为这珍贵的感动而涌出，佟雪燕再次泪落成行。

林枫一下子慌了手脚，紧张地问："燕子，刚刚答应我要高兴的，怎么又哭了？别哭，听话，别哭……"

佟雪燕一时控制不住情绪，越哭越厉害。泪水中，是她自己都品不懂的酸甜苦辣，纠结着她自己也理不清的爱恨情仇。最后，林枫也被她的泪水感染了，跟着哭了起来。

林枫其实心里也愁肠百结，慨叹不已。是爱情的花朵太难采摘，才让一个如此倔强的男人落泪；是社会的压力太大，才让一个如此坚强的男人感伤；是婚姻的道路太难，才让一个如此专情的男人委屈……

泪水恣意地流淌着，一切的误会和重压，在这温热而苦涩的泪水中退却了，真诚与信任在升华。有人说，能够一起欢笑的夫妻，是前世修来的缘分；那么能够相拥而泣的夫妻，定是三生三世修来的夙愿。如果时光就停驻在这一刻，人间怎还会有烦恼；如果爱有天意，怎会忍心再给他们挫折和荆棘？可是没有如果，命运在赐给美好的同时，早就附带上了磨难、意外和伤害。

池影带来的风波化解了，然而因此带来的"阴影"却动了佟雪燕的胎气。佟雪燕忽然感到一阵剧烈的腹痛，豆大的汗珠滚滚而下——"林枫，快……送我上医院，孩子……我们的孩子……我的肚子好疼啊……"

"啊?!燕子,别害怕别害怕,有我呢,咱们现在就去医院……"林枫手忙脚乱,赶紧给佟雪梅和李美贞打电话。

午夜时分,全家人护着佟雪燕向医院奔去……

## 第十章　晴天霹雳

医院里,佟雪燕被确诊为意外刺激导致早产,必须立刻手术,否则母子都有危险。仿佛晴天霹雳,全家人的心都悬了起来。

医生介绍完病情,然后问:"谁是产妇的丈夫?"

林枫紧张地回答:"我……"

医生有点儿生气:"真不知道怎么批评你!以前我就警告过你,产妇患了妊娠高血压,伴有眩晕恶心等症状了,绝不能受任何刺激,你怎么还刺激她?刚才检查发现,由于产妇体质原因,胎儿无法进入骨盆,这样对产妇的心脏造成严重挤压,情况不太乐观。"

李美贞又开始心疼了,难怪雪燕一直喊胸闷,唉,这孩子的命咋这么苦呢?

林枫紧张之余,提醒自己要稳住阵脚,否则大家都得慌乱无主。听完医生的话,林枫问现在最好的办法是什么,医生说鉴于眼前的情况,盲目保胎是不对的,必须施行剖宫产手术,也许对母子都是件好事。

李美贞担心,现在胎儿不足月,万一有意外怎么办?林枫含泪说,佟雪燕的安全是最重要的。医生听了大家的话,说在医学理论上孩子七个月已具备存活的条件,现实中也有很多成功的病例。不过因为佟雪燕情况特殊，必须提请院长批准，同时和神经专家心脑血管等专家进行研讨，最后制定一个治疗方案……

就这样，抢救了大半夜，病情得以控制，医生给用药后，佟雪燕渐渐睡着了。

林枫握着佟雪燕的手，望着一脸稚气的妻子，心一阵阵地疼。命运为什么会这么不公平？几年前，就是这样白刷刷的病床，亲人们用泪水和呼唤把佟雪燕从死神的手里抢了回来；今天，还是这样的病床，佟雪燕又一次面临生死的考验，而且这次多了一个可怜的孩子。

亲吻着妻子的手，泪水再一次从这个坚强的男人眼角滑落，林枫甚至后悔不应该和佟雪燕结婚，那样她就不会再遇到危险了。林枫喃喃着："燕子，为什么要这么傻？其实，我们可以不要孩子的，如果有了孩子却失去你，那我跟孩子该怎么过……燕子，答应我，一定要好好的，不许你再有事，不许!!!"

李美贞和佟雪梅守在病床的另一侧，也早已泣不成声。季平自认性格最刚强，此刻眼睛也湿润了，意外总会在一瞬间发生，谁能保证专家就没有失误的时候呢？但还是哽咽着劝道："没事的，林枫，你先别哭。专家们都是有经验的医生，什么情况没见过？不用担心了。明天我找我的朋友，他认识院长……不过林枫，现在情况在这摆着呢，你接受不接受大夫的治疗方案？"

"必须接受。"林枫擦了擦眼泪，望着佟雪燕果断地回答。

"可是，有句老话都这么说：七活，八不活。也就是说七个月活下来的机会多，八个月就……现在正好八个月，我怕……"

李美贞是从农村走出来的人，对这句老话一直耿耿于怀。

大家听明白了李美贞的意思，都看着林枫，沉默着不说话了。林枫也听懂了，说心里话，母子两个他都不愿失去。可是如果非要二选一的话，他绝不会放弃佟雪燕。这时，佟雪燕醒了过来，看到大家眼睛红红的，以为自己的宝宝掉了，紧张极了。林枫马上给佟雪燕一个笑脸，尽管那笑脸上还带着泪花："别担心，宝宝在你肚子里睡觉呢。"

佟雪燕用手摸了摸肚子，还好，宝宝还在！佟雪燕长舒了一口气，然后问大家眼睛怎么都红了，为什么哭？林枫说都熬夜了，所以眼睛红。然后故作轻松地告诉佟雪燕，医生明天就帮着把宝宝取出来，他们马上就能做爸爸妈妈了。

"可是孩子能行吗，才八个月？"佟雪燕用询问的眼神瞅着母亲。

"当然能行，人家七个月就能活，何况咱们这已经八个月了。"李美贞也学会了说善意的谎言。听到母亲肯定的回答，单纯的佟雪燕放心了。

"燕子，饿不饿？我给你弄点儿好吃的，想吃什么都行，不然明天坐了月子，就只能喝粥吃鸡蛋了。"林枫尽量让自己的语调流露着喜悦。其实他的心里在流泪，不知道佟雪燕能不能闯过这一关。即使她闯过了这一关，可万一孩子发生意外，她能承受得了吗？含辛茹苦八个月，林枫不敢想象佟雪燕是何反应……

听说什么都可以吃，佟雪燕开心极了："嗯……那我就要一大筒奶油冰淇淋，这几个月可馋坏我了。你们太残忍，凉水都不让我喝！好可怜哦。"佟雪燕对大家做了个可爱的鬼脸。

"好吧，今天一定满足你。乖乖地等着，我马上去买。"林枫再也无法假装镇定，匆匆逃离佟雪燕的病床前。

来到凌晨两点的大街上，泪水再次夺眶而出，林枫蹲在地上放声痛哭。生死的关头，佟雪燕还被蒙在鼓里；而她的要求，只是一大筒冰淇淋。这是多么让人揪心的愿望啊！

选择和佟雪燕结婚，原本是想给她带来幸福，可是婚姻到底带给她什么呢？回想这短短的一年时间，佟雪燕承受着别人难以想象的委屈，经历了别人难以想象的痛苦，可是她从来没有向自己抱怨过；甚至为给自己生个孩子，以生命为赌注。可是她的愿望却那么卑微，只是一大筒冰淇淋就满足了！

望了一眼凄清的月亮，林枫提醒自己，时间不多了，他必须尽快找到最好的冰淇淋店，敲醒那沉睡中的店门，然后给心爱的燕子——选一大筒最好吃的冰淇淋……

## 第十一章　生命的笑

凌晨四点，院长和专家进行全面会诊，最后统一制定方案，决定对佟雪燕施行剖宫产手术。

家人又开始担心：佟雪燕伤痕累累的身体，能否承受得住这新的一刀？术后能否保证母子平安？若再出现大失血怎么办？然而医生的态度很明确：任何手术都存在风险，医院只能尽力而为，所以要求家属慎重考虑，慎重签字。季平一听就生气了，认为医院太不负责任，怎么能把责任推得一干二净呢？院方还是那个态度，意见给了家属，决定权在家属，但时间宝贵，各科室专家集体会诊，这也是院方少有的情况了。

那么，还有别的办法吗？林枫知道，除了接受，没有别的办法！他颤抖着拿起笔，感觉那支笔重有千钧，连书写自己的名字都那么吃力。当最后一笔落下，林枫整个人都几乎虚脱，浑身渗出冷汗。季平赶紧把林枫扶到椅子上，劝他要挺住。

手术就要开始了，神经科专家又提出一个新的问题：由于佟雪燕脊柱神经受损，至今还用钢板固定，如果采取全麻，可能对整个神经系统造成影响。所以，只能采取局部微麻，还会有不同程度的疼痛感。这需要佟雪燕有一定的承受能力，否则会因为高度紧张和疼痛而休克。

林枫考虑再三，决定必须和佟雪燕商量一下。佟雪燕反倒很镇静，说只要孩子平安出生，她什么都能挺住。此时此刻，面对坚强的佟雪燕，林枫有很多话要说，他甚至想告诉她，这个手术并不那么简单，而是她与命运的又一次抗争。林枫还想说：燕子，我就在手术室外等你，你一定要挺住，一定要挺住！

可是最后，林枫什么也说不出来，那些话是跟泪水相连的，只要话一出口，他就无法控制流泪。他不能影响佟雪燕的情绪，必须用自己的微笑，鼓励她坚强。林枫在心里默默说着我爱你，然后眼睁睁看着护士把佟雪燕推进手术室，眼睁睁地看着那熟悉的微笑一点点消失，然后眼睁睁地盯着手术室的灯一直亮着、亮着……

是的，手术室进行将近一个小时，走廊里的家人，心也都悬到了嗓子眼！每当有护士匆匆走出来，大家都会紧张地迎上去询问，而护士却没时间理他们，行色匆匆。后来，一名医生走出来焦急地说："产妇有大失血征兆，主治医师在尽力抢救，请问是保大人，还是保孩子？"

林枫一下子瘫倒在地："大人，保大人！大夫，求求你，一定要保住大人，求求你……"

医生匆匆返回手术室。林枫就这样跪在冰冷的水泥地上，没有了眼泪，也没有了力气。时间一秒一秒在倒数，鲜血一滴一滴在流，心灵一阵一阵在痛！如果问世界上最煎熬人的是什么，那一定是此时在手术室外的等待了。林枫不知道自己在地上跪了多久，只感觉比一个世纪还要漫长。

在林枫的脑海里，接二连三地浮现出各种神灵：他向大慈大悲的观世音许愿，如果能保佑燕子平安，他定会好好珍爱燕子一生，不离不弃；他又跪拜了万能的耶稣，虔诚祈祷，如果痛苦可以分担，他愿承担所有苦难，只求他的燕子远离苦海；他又追随着圣母玛利亚，祈求圣母可怜可怜他的燕子，他定会用终生的执着，回报世界以善良。林枫甚至向所有讨厌的牛鬼蛇神宣战——有种的话，就跟我斗吧，对付弱小女子算什么能耐？！

跪在地上的林枫开始出现幻觉，仿佛看到佟雪燕正微笑着向自己走来，还是那一袭粉红色的秋装，还是如莲花般的清纯秀丽，她优雅地坐下，动作一如既往地轻柔。唯一不同的是，这次佟雪燕冲他回眸一笑。这一笑，在林枫心湖上荡起微微的涟漪，然后又一点点扩散开来，连成水色如碧的一汪清泉；回首的瞬间，那如瀑的黑发不经意间撩拨了林枫的脸颊，像一阵春风，唤醒一个少年最美的韶华……林枫沉醉了，他在瀑布前辗转，在清泉边流连，看到泉水中间盛开了一朵粉红色的莲，好美啊！林枫发出了一丝惊叹！只见莲花在泉心轻颤，向着林枫的方向把头轻点，似是听懂了这句灵魂深处的呼唤。

忽然，一阵狂风吹来，湖心的莲花禁不住这突来的风暴，从中间折断了。林枫大惊失色，他刚要跳下湖心去拾起那朵莲花，但是莲花已经迅速地在泉水中飘散，一片一片地，在湖面上浮动，最后与这原本清澈见底的泉水融为一体。林枫再也看不到如碧的清泉，而是流动的粉红色，越变越深，渐渐地如血一般地刺目！

"血！！！"林枫不禁打了个冷战！他的莲花彻底消失了，幻化成一汪血水，在他的眼前晃动，风呼呼地吹着，仿佛是有人在轻轻地叹息，伤心地啜泣。林枫的心也开始滴血了，好想融入这一汪血水之中，从此与心中的莲花共朝夕……

"林枫，快起来，灯灭了，是不是手术结束了？"季平过来扶林枫。林枫从幻觉中回过神来，看到手术室的门，开了；一张罩着白床单的病床，缓缓向他的方向移动过来。

大家都冲向手术室的门口。

可是林枫不敢动。他害怕那张病床上，再也看不到佟雪燕的笑脸；害怕听到医生说对不起；害怕从此失去他的燕子；他害怕生离死别，所以他不敢动！

但不管他是否害怕，人群还是向这边移动；李美贞怀里抱着一样东西，边向他跑来，边哭着喊他："林枫，快来看啊，这是你的儿子！"

林枫好像听见李美贞在说话，但是分辨不出她在说什么。

这时李美贞已经跑到他面前，指着怀里的孩子说："林枫，快看看吧，这是你和雪燕的儿子！这是你前世今生积来的德啊！"

听到"雪燕"两个字，林枫终于有了精神，急切地问道："燕子怎么样了？我的燕子呢？她在哪儿，快告诉我，她在哪儿？"

"林枫，我在这儿。"人群终于移动到林枫身边，林枫听到有个微弱的声音在叫自己，"林枫，我回来了！我活着回来了！"

林枫立刻扑到病床前，看到脸色苍白的佟雪燕在向他展露凄美的笑颜。"燕子，燕子！我的燕子，你终于回来了，回来了，燕子……"

"林枫，我们……有儿子了。"佟雪燕声音很轻微，却掩饰不住那份难言的喜悦。

"燕子，我知道，燕子，燕子，我知道……"林枫喃喃着，泪水滚滚而下，不知道怎样表达此时的心情。紧紧攥着佟雪燕的手，林枫有一种失而复得的感觉；而佟雪燕被林枫攥着手，则是一种如愿以偿的感觉。

佟雪燕此刻并不知道，林枫是怎样在病房外为她们母子祈祷，也不知道林枫是经历了怎样的心路历程。她只知道，自己此刻很幸福也很满足，不仅有一直呵护她的家人，还有一个疼爱她的丈夫，如今又添了一个可爱的儿子。从此，有一个孩子将会用稚嫩的声音，喊她"妈妈"，而她再也不用羡慕别人；从此，这个孩子的每一步成长，都会带给她无尽的喜悦，有关憎恨、无助和恐惧，在孩子面前都显得那么渺小；从此，她和林枫有了希望和寄托，他们将会为孩子的茁壮成长辛苦工作，毫无怨言；从此，一切都有了活力，她的梦想会在孩子身上绽放！

就这样被家人呵护着回到病房，佟雪燕忘记了手术时剧烈的疼痛，忘记了手术刀下的紧张，忘记了因失血过多而致的眩晕，忘记了婚后婆婆的刁难，忘记了轮椅上的无助和迷茫。她真的累了，但却享受到了初为人母的幸福；她紧紧握着林枫温暖而有力的手，那些轻微的麻醉药完全发挥作用，她心满意足地进入了梦乡……

在和死神的第二次较量中，佟雪燕又赢了！这次战斗，是她整个人生的一次蜕变，甚至比凤凰涅槃更值得骄傲——生命多么美好，而她就是那个创造伟大生命的人，那么还有什么苦痛不能忽略，还有什么荆棘不能踏过，还有什么困难不能战胜呢？

## 第十二章　初升太阳

午后，佟志国把季心语送上学，然后抱着小宏宇也来看雪燕。佟雪梅接过自己的儿子，再仔细端详着新生儿的脸，夸奖道："小家伙长得挺大呀，哪像个早产的孩子？头发跟小宏宇出生时一样，皮肤白皙像雪燕。"

"是啊，因为燕子平时总坐着，上厕所蹲的时间那么长，真担心孩子被压坏。没想到，他这么健康，还挺结实的。"林枫总算把心思放在了孩子身上，这么一个小家伙就是自己的儿子了，想想真是个奇迹。

"林枫啊，孩子一点儿缺陷也没有，这都是你修来的啊！"李美贞已经第三次重复这句话了。李美贞认为是林枫感动了上苍，才保佑女儿平安，外孙平安。这个外孙得来太不容易了，同妈妈一起在鬼门关走了一遭，大难不死，必有后福，将来肯定有出息。

"林枫当爸爸了，感觉怎么样？早晨你地上一跪，跪得我心都受不了了。"季平真心为自己的连襟妹夫高兴。

"呵呵，那个时候，觉得没有希望了。没想到这娘俩，比我坚强多了。"林枫想起自己当时出现的幻觉，不寒而栗。幸好那只是幻觉，不然他真不知道现在是什么局面。

看着佟雪梅怀里的儿子，季平也很有感慨："挺好，第一胎就是儿子，省事了。我盼了好几年，才盼来个小子。不过，老话都说生个儿子会祛病避邪的，没准雪燕明天就站起来了，林枫做好心理准备啊。"

说到自己的儿子，佟雪梅也想起来，两年前小宏宇出生时的情景。"对了，今天是小宏宇的生日，你们说巧不巧？小哥俩紧赶慢赶的，生日竟然能赶在一天了，而且都是早晨六七点钟。这缘分真不简单啊，恐怕也是几世才能修来的！"

"是啊，昨天就是因为宏宇的生日，燕子才出事了。"林枫想起来昨天的事，不由得对池影有些恨意，如果这次佟雪燕和儿子有个三长两短的，池影就是罪魁祸首。

"因为宏宇的生日？怎么回事？"大家都很奇怪。

林枫说完，就立刻意识到不应该说，赶紧编了个美丽的谎言："呵呵，没什么，燕子想让两个孩子同一天过生日，所以就早产了。"

季平怎么会料到昨天那么多事，便也开了句玩笑："佟雪燕真是不简单，把两个孩子的生日设计到一天，而且都是早晨六七点钟的太阳，一下子把我们的世界照亮了。哈哈，将来肯定不是亲兄弟，胜似亲兄弟啊。"

"其实，我更希望是个女儿。女孩心思细腻，照顾燕子也能更体贴。"林枫瞅着自己的儿子，打心眼里高兴，不过从佟雪燕的角度出发，觉得还是女儿更合适。

李美贞不同意林枫的观点："这话不对。生女儿对燕子合适，但对于你父母来说，肯定希望是个男孩啊。天下老人的心思都一样，希望能有接户口本的。"

佟志国一直心疼地瞅着自己的小女儿，如今听到说起林枫的父母，便开口问道："林枫，你父母什么时候到啊？现在抱大孙子了，肯定高兴啊。"

林枫笑着瞅下手表："应该快到了。早晨打电话的时候，汽车已经开走了。他们等不了明天，就开着四轮车来了。"

正说着，林振远夫妇敲了敲房门，进来了。众人赶紧起身迎接。两个人也没跟大家多寒暄，直接走到新生儿子面前，左看右看，抑制不住的高兴。

林振远笑容堆在脸上，皱纹仿佛也会笑似的，不停地说："挺好，哪也不缺彩儿，还是个小子，这比啥都强啊。我们林家有后了！"

邢巧云更是合不拢嘴，趴在孩子身边端详着，不是夸孩子的脸庞像林枫，就是夸孩子的皮肤像佟雪燕；一会儿说简直像是在做梦，怎么突然生了呢；一会儿又煞有介事，说酸儿辣女，看看多准！后来夸着夸着，暂时忘记了之前的隔膜，主动跟李美贞交流起来："大妹子，你看这孩子的眼睛，多像我家林枫。"

"是啊，多有神啊。"其实李美贞觉得，孩子的眼睛像佟雪燕。不过看到亲家如此开心，李美贞便顺着她说了。不得不承认，生男孩还是生女孩，结果就是不一样。如果此刻生的是女孩，邢巧云就不能笑得像朵花儿了，弄不好，根本不能来医院。

"嗯，这鼻梁可不像林枫，林枫的鼻梁多挺啊。嗯，像他妈。如果也像林枫就好了。"邢巧云边打量佟雪燕，边跟自己的孙子对比，对鼻子略显遗憾。

李美贞暗暗在心里笑了，唉，亲家母真是偏执得可爱，优点都像她儿子，缺点都像佟雪燕。但是又不好争辩，只要邢巧云高兴，对自己的小女儿好些，那就随她吧。

林振远突然说话了："不管像谁，都是咱们林家的血脉，都是接咱们家户口本的，别人再忙活也没用。对了，亲家亲家母，你们也不能白稀罕孩子，当姥姥姥爷了，是不是得给孩子点儿见面礼？"

这样的话跟此情此景实在不符合，不仅是佟家人，就连林枫都无法接受了。"爸，你说什么呢？大家的心情都是一样的……"

佟志国跟李美贞对视一下，然后不冷不热地说："亲家你说得没错。不过白不白忙活我们不在意，只要孩子们都健康平安，就行。至于见面礼嘛，你不要，我们也得给，那是我们当长辈的心意，不掺杂任何其他成分的。"

林振远点了点头："我大孙子来这世上可不容易。这样吧，多了也不用，你们只负责你女儿的手术费用就行。估计，剖宫产至少得千八百的。"

林枫再次惊呼："爸，你干吗啊？孩子是我跟雪燕的，手术费我们自己负责，怎么能让……"

佟志国打断了林枫的话，笑着说："林枫你别急。你爸说得也没错，雪燕是我们的女儿，只要我和你岳母在一天，就会负责她一天；即使我们不在了，她的哥哥嫂子姐姐姐夫也不会不管她。其实手术的押金我昨晚已经交了，你们都忙着照顾雪燕，我就没说。"

林枫这才反应过来，昨晚情况太危急，自己根本没想起关于手术费的事。现在想想，当时自己完全吓蒙了，如果不交押金，人家医院怎么肯手术呢？"爸，这钱我会还你的，不能让你们拿……"

季平听到这里，觉得自己的岳父做得很对，便忍不住说："林枫，钱不是问题，关键是老人家的心意你能明白就行。不过，林叔，当姥爷的给见面礼了，你这个当爷爷的是不是也得表示表示？"

林振远嘴角一咧，理由充分地对季平说："我跟我大孙子是一家人，将来我两眼一闭，啥财产不都是我大孙子的？因此我不用给见面礼。而你岳父就不同了，他得管我大孙子叫外孙，说明他们是外人。外人，给见面礼是应该的。"

季平的火气又要上来，刚要发作，佟雪梅赶紧拉他出去。打开门时，正巧叶小白来了："瞧你们全家高兴的，一定特开心吧？母子平安，祝贺你们。"

"是啊，小白，你不知道昨晚有多危险，当时偏偏你不在医院，真把我们急坏了！那你先进去吧，我跟你姐夫出去一下。"佟雪梅热情地跟叶小白打招呼，然后跟季平走出病房。

叶小白走到病床前，看看沉睡中的雪燕，再看看孩子，既高兴又后怕："燕子创造了一个奇迹，今后一定有福了。不过咱们也不能大意，要随时观察她们的体温，孩子还要注意心跳，有什么事及时叫医生。如果一切顺利，一周后就可以出院了。"

李美贞像有了主心骨似的，拉着叶小白的手说："小白，你是燕子最好的朋友，有你在医院里，我们就放心了。不过，你说这个小孩真不用放到监护室吗？"其实李美贞一直担心那句"七活八不活"的俗语，可是这种不吉利的话，又不能随便讲出来。

"医生已经做了全面监测，小孩的各项指标都很正常，放在妈妈身边会更好。呵呵，小家伙这么健康结实，跟燕子一样是个奇迹。"叶小白肯定地说。

"那就好，那就好。"李美贞这次是真的放心了。

叶小白又跟林枫交代了几句，然后走出病房。闺蜜爱情幸福、婚姻美满，叶小白高兴的同时，又联想到形单影只的自己，哪里才是自己的幸福港湾呢？一步步往办公室走，却看到一个熟悉的身影出现在面前——

"是你？"叶小白愣住了。


## 第十三章　桑田沧海


医院美丽的花园区，鲜花开得正艳，串串万年红拼成有规律的图案，围绕着各色蔷薇、月季、茉莉，花香四溢，吸引无数彩蝶翩翩起舞。远处的草坪上，许多病人出来散步，伴着八月渐渐升高的太阳，感受生命在医院又重新焕发的生机。

叶小白坐在花坛边上，眼前如此平和的景象，让人暂时忘记这里经常会有生老病死的状况发生。如果世界每天都这样祥和，应该是多么幸福啊！然而现实总是那么无奈，叶小白忍不住叹了口气。

"小白，心情还没有好起来吗？"坐在一旁的陈钊，满脸关切的表情。

毕业时，鉴于叶小白成绩优异，工作突出，学校打算让她留校。可是尚青杨还在学校任教，叶小白不想跟负心人同在一个屋檐下，因此放弃了留校，躲回到家乡当医生。而陈钊也回到自己家乡的医院。不过，两个城市相距不太远，两个小时的车程，陈钊想来看叶小白其实很方便。

自从叶小白流产后，陈钊已经来过两次了。虽然叶小白生日的时候，他果断地离开了，但是他的心里根本无法放下叶小白，那只是为了爱而放手。后来，听说叶小白不幸流产，陈钊曾经冲动地打了尚青杨一顿，替叶小白出气。奇怪的是，尚青杨态度很老实，不但没有还手，最后还对陈钊说了句"谢谢"。

陈钊不理解尚青杨的真实想法。叶小白那样好的一个女孩，他为什么不知道珍惜？也是那时候起，陈钊决定再回到叶小白身边，保护她。陈钊是个善解人意的男人，他知道叶小白伤得太深，所以前两次，他只是静静地来、静静地走，什么也没提，什么也没问。也许很多时候，不问才是明智的，也是受欢迎的。

一颗受伤的心灵，并不希望被人赤裸裸地剥开，即使已经没有秘密可言，但还是想保留一点儿自尊的……

"唉！你说人这一生，究竟为了什么呢？"叶小白没有回答陈钊的问话，却反问了一句。

"为了很多。为了父母生我们一回，为了许多美好的理想，也为了那些给我们力量的目光。"陈钊小心翼翼地回答着，生怕说错话，再惹叶小白不愉快。

"为了父母，那就是报答养育之恩了。但是又有多少人，是真的为了父母呢？"叶小白不置可否。

"人都会改变的，从幼年依赖父母到成年独立，这是必然的过程。当然这其中，也难免会有人放弃对父母的爱和依恋，但这毕竟是少数。大多数人，还是有孝心的。"陈钊说起这些道理，总是头头是道。

"那你呢，为什么活着？"叶小白终于把目光投注到陈钊的脸上，这个一起学习了五年的男生，自己究竟了解他多少？

一听问到自己，陈钊有些腼腆了："以前意气风发，总想为社会做点什么，所以考了医学院。理想实现了，同时也知道父母的重要，所以为了他们享福，努力学习。如今步入社会，想为的更多了，为工作，为患者。可是最终，还是想为爱人为家庭，做自己应该做的。"

叶小白知道，陈钊的答案很全面也很现实，大多数人不都是这样吗？为了爱人、为了家庭，叶小白在心里默念着，但爱人和家庭离她都那么遥不可及。她的存在，又是为了什么呢？

"我总觉得，人的最终归宿是家庭，无论多么独立多么富有，总应该有个感情归宿，至少有个可以歇脚的地方。"陈钊的眼神中充满了热切的期待，他多么希望叶小白能听明白自己的意思啊！

"我说过，我不可能接受任何人了，我的心已经死了，已经死了！"叶小白痛苦地捂住脸，泪水顺着指缝一点点地滑落。

"小白，别再这样封闭自己了，好不好？我知道你心里很苦，但是你不能总生活在阴影里。你应该看到阳光，看到生活中积极的一面，还有很多东西值得期待。"看到叶小白又难过了，陈钊决定好好劝劝她。

叶小白对一切都不感兴趣："阳光？呵呵，生活对我来说一片黑暗，没有阳光没有鲜花，什么也没有。这样一具行尸走肉，你就不用白费心思了。"

"小白，你曾经多么乐观啊！为什么这点儿小小的打击，就让你退缩不前了呢？"陈钊真是心痛，一个好好的女孩子，说变就变了。

"也许我这一生，只是为父母活着吧。我不能让父母，白发人送黑发人……"叶小白声音哽咽着。

陈钊有点儿激动："小白，这样的想法，跟放弃生活有什么两样？这样做，你对得起谁呢？难道因为一个花花公子，就毁了你的一生吗？为那样的男人，不值得的！每个人都有不顺心的时候，就像你的好朋友燕子吧，她的痛苦并非常人能想象的。但她没有放弃，而是勇敢地走过风雨，拥有了现在的幸福。所以小白，你必须走出来，迎接你的彩虹……"

"我们不一样！燕子有林枫至死不渝的爱情，这比什么都重要。我没有，我什么也没有！"叶小白忽然觉得命运太不公平，看似能跑能跳的她，实际上却没有佟雪燕的简单快乐。

陈钊冲动地搂住叶小白颤抖的双肩，真诚告白："谁说你什么也没有？小白，至少你还有我，还有我啊！如果你愿意，我就是第二个林枫，让你和燕子一样幸福。"

"可是，我真的跟燕子不一样。我已经不配拥有爱情，不配！"叶小白哭肿了眼睛，不敢看陈钊。几个月来，她压抑得太苦了，往事像一把把尖刀，刺得她无法正视生活，也无法正视自己。

"不要说了，小白，不要诋毁自己。在我心中，你永远最纯洁神圣，永远！过去的就让它们都过去吧，我只要你能平安，这比什么都重要。小白，让我来保护你，好吗？别再拒绝我，好吗？"陈钊恨不能把心掏出来，让叶小白看看自己有多爱她。

叶小白不知道怎么回答，这样一个踏实的怀抱，让她忽然有了放松的感觉。可是，伤痕累累的自己，还有权利再爱吗？像歌曲《有多少爱可以重来》唱的那样，当爱情已经桑田沧海，她是否还能有勇气去爱呢？

"小白，时间是最好的医生，要向前看，至少看到两年后，想象一下，你可能结婚了，像燕子那样有了自己的宝宝，多幸福啊。"陈钊轻轻地拍着叶小白的肩膀，不断鼓励着："痛苦被放大了，就会是加倍的痛苦；而幸福，放大了也会是加倍的幸福。小白，关键要看你选择什么。"

"我……没有资格得到你的爱情，曾经那么残忍地伤害过你……对不起，我不配……"叶小白无法原谅自己，推开陈钊，跑掉了。

陈钊望着叶小白的背影，一时不知道是继续追求，还是让叶小白安静地想想。不过,他能确定的是:叶小白,值得他等待!

# 第五部分　婆婆妈妈

## 第一章　针锋相对

时光在欢乐中流淌着，一晃佟雪燕出院已经一周了。孩子出生这半个月来，大家都围着佟雪燕娘俩儿转，情绪也随着她们娘俩，或喜或忧。后来，林振远因为家中有活儿，不得不回去了，临走时交代邢巧云好好照顾孙子，别惦记家里的事。邢巧云欣然同意。

而李美贞自然要照顾小女儿的月子，这样亲家母就同在一个屋檐下了。随着时间的推移，李美贞渐渐发现，邢巧云最初的新鲜劲儿消失了，每天只是围着她的孙子转，对佟雪燕的事从来不过问。而且做饭也从不帮忙，根本不像之前佟雪燕说的那样嘘寒问暖。甚至于这么多天，关于佟雪燕生孩子时的危险情况，邢巧云一句也没问过；每当有人提起来，她也假装没听见。一句话，就连抱起孩子让佟雪燕喂奶，都不正眼看一眼。

记得儿媳妇郑爽坐月子时，李美贞那是真的跟着心疼，什么事都想到头里，生怕儿媳妇哪里不舒服。每次做粥的时候，李美贞都是用新小米熬，虽然费时间，但是这样的粥吃起来味道好，养胃。

李美贞怎么也想不明白，自己和儿媳妇像亲母女，一点儿也不隔心，可两个女儿偏偏不那么幸运。当初大女儿雪梅生季心语的时候，侯贵芝鼻子不是鼻子，脸不是脸的，一天也不伺候雪梅，甩袖子走人了。如今小女儿坐月子，李美贞心里也明镜似的，若不是生了个男孩，邢巧云会像侯贵芝一样不管不问的！

尤其是有几次，李美贞想抱抱孩子，或者帮着换换尿布，邢巧云都不让，理由是孩子习惯了她的手法，所以孩子的事她一个人负责。李美贞心里怪不是滋味的，自己的外孙竟然没有抱的权利。不过，委屈归委屈，李美贞也不想计较太多了，只管好好伺候自己的女儿，坐月子最容易落下病根了，她不能让佟雪燕留下什么后遗症。

佟雪燕何尝没看出来呢？这老姐俩面和心不和，她真怕哪天再发生战争，所以情绪一直处于高度戒备状态。然而，佟雪燕再戒备也不管用，该发生的终究会发生。事情的起因，正应了那句话——无巧不成书。

那是一天中午，邢巧云出去上厕所，孩子偏偏在这个时候醒了，李美贞赶紧过来照看，原来孩子又尿湿了。这还是邢巧云来后，李美贞第一次给孩子换尿布，结果发现孩子的双腿被捆得很紧，娇嫩的皮肤上留下了一道青紫。

李美贞一边给孩子松开，一边跟佟雪燕唠叨："雪燕你快看看，这样的捆法哪儿行啊？应该把孩子的双腿伸直，否则长大后容易成罗圈腿。你看看这劲得多大，孩子的腿都青了，哪能这样绑呢？"

抚摸着孩子的小腿，佟雪燕心里有点儿担忧，本来出生时挺正常的，别再弄得个后天不正常。"妈，你给松点儿，拢上就行，现在医生都不主张捆着了，人家说让孩子自由更好。"

"松这一次也解决不了实质性问题。你婆婆把孩子当成她的私有财产了，连你都不让碰，好像你不是孩子的亲妈，而是奶妈子。"李美贞提起这个话题，有些刹不住车，便忘了怕佟雪燕上火的事。

"妈，她喜欢就让她看着吧，你自己的孙女，还不是一样稀罕？"对婆婆无能为力，佟雪燕只能对母亲好言相劝。

李美贞又仔细地检查孩子的腋窝，语调不由得升高了："看着倒行，你看看她把孩子弄的，天啊，小腋窝都要破了。小孩子现在自己不会说话，像这些不透风的地方，每天都要清洗的，然后拍些爽身粉。可你婆婆说怕孩子感冒，每次换完尿布就直接包起来，孩子肯定非常不舒服。"

佟雪燕解释着："嗯，我知道。妈，你也别和我婆婆计较了，林枫早就说过，他妈不是做细致活儿的人。小时候他爸身体不好，地里的活他妈负责，而照顾小孩子都是他爸的事。所以说，婆婆不太懂这些细微的地方，你也就别怪她了。"

李美贞一边给孩子清洗，一边叮嘱佟雪燕："以前的事咱管不了，可是现在，她把孩子伺候成这个样子，总得管了吧？否则哪里破了伤了，不光孩子受罪，大人也跟着操心。以后你自己能沾水的时候，也要经常给孩子清洗，再拍点儿爽身粉……"

"哟，我才离开一会儿工夫，你们娘俩就在背后说我坏话。我咋没伺候好了？你倒是给我说说！"邢巧云正好这个时候走了进来，刚才李美贞的话全听到了。

李美贞理由充分，招呼邢巧云："你自己过来看看。"

"我不看！我自己伺候的孩子，我知道。再说了，我三个孩子都这样养大的，个个健康。"邢巧云根本不配合。

佟雪燕在这种情况下，只好劝自己的妈妈："妈，先给孩子包上吧。"

李美贞边包孩子，忍不住又唠叨一句："现在家家都是一个孩子，哪能像咱们生孩子时那样粗心？再说了，雪燕生孩子容易吗？小命差点儿就丢了，所以对这个孩子，更得重点保护。"

"我承认我是个粗心的人，可是我的孩子都争气，不像你生的，娇里娇气的，也没挡住出意外。"邢巧云哪壶不开提哪壶，故意讽刺佟雪燕意外致残的事。

"你说话怎么这样难听？我孩子出事怎么了，跟你有什么关系？"李美贞没想到邢巧云这样过分，这未免太伤人了。

"怎么跟我没关系？你自己女儿出事了，还要拖累我儿子一生，你们都没安好心！"邢巧云越说越来劲，话锋直接针对佟雪燕。

"结婚是他们俩都愿意的，你怎么到现在还耿耿于怀呢？"李美贞希望亲家母能认清这个现实，从而接受现实。

"是，是我生了一个傻儿子，明知火坑还非得往里跳！谁能和你比,生了个小妖精,不知用什么方法迷住了我儿子的心窍!"邢巧云感觉李美贞的话很刺耳,分明是说自己的儿子心甘情愿,因此心里更加不爽,言语也更加激烈。

…… ……

两个亲家母谁也不服谁,你一句我一句,完全忘记了佟雪燕还在坐月子。佟雪燕的头都被吵大了,实在忍不住了,冲着两个妈妈哭喊道:"求求你们——饶了我吧!"

李美贞这才反应过来,后悔自己怎么失控了呢?所以咬咬牙,先停止了争吵,然后默默出去给孩子洗尿布。邢巧云见李美贞不吭声了,她也吵累了,赌气躺在孙子旁边睡觉去了。佟雪燕看到两个妈妈如此针锋相对,心火呼呼地往上冒,不知接下来如何是好。

## 第二章　水火不容

这两天夜里,孩子总是哭闹,每次林枫听到哭声,都会从地铺上爬起来,帮佟雪燕侍弄孩子。因为店里只有一张大床,邢巧云来了以后,林枫就打了地铺。

"儿子怎么了?是不是哪里不舒服?"林枫觉得这小家伙一定是哪里不舒服,否则不会总哭。

"嘘!"佟雪燕指了指在床那边熟睡的婆婆,示意林枫放低音量。

自从上次发生不愉快,两亲家母至今还没开晴。晚上还好说,李美贞收拾完碗筷,照常回佟雪梅家睡。但白天就显得很别扭,同在一个屋檐下，两人谁也不理谁。邢巧云认为都是佟雪燕的错，然后又恨儿子不争气，因此每天除了对孙子有个笑模样外，连林枫都懒得理。晚上孩子哭，她也不动，让佟雪燕自己摆弄。

其实，佟雪燕也乐得婆婆不起来，这样她就可以给孩子好好弄弄。此刻，佟雪燕一边给孩子换尿布，一边把孩子的腋窝处露出来，用手指点给林枫看看。林枫一看到就紧张了："怎么弄的？好像破了？"

佟雪燕用手指了指婆婆，然后又摆了摆手，示意这个时候不能细说，否则婆婆听见又麻烦了。

林枫心疼地说："看来，是疼哭了。"

"也不全是，好像有点儿吃不饱。"佟雪燕给孩子抹上了爽身粉。

"吃不饱？奶水不是一直很足吗？"林枫有点儿奇怪。

"给我纸和笔。"佟雪燕又用手指了指婆婆，林枫赶紧找来纸笔。佟雪燕简单地写出两位妈妈争吵的事，然后说自己很上火，奶水一下子就少了，明天得想办法补补。

林枫这才明白，难怪两位老人别别扭扭的。林枫开始担忧，佟雪燕还在坐月子，两位老人这样针尖对麦芒，那以后可怎么相处啊？本以为人多力量大，对佟雪燕和孩子会有好处，谁知现在是人多麻烦多，大人和孩子都在受罪。

大概孩子感觉舒服了些，吃了两口奶，又睡着了，可是林枫怎么也睡不着。对于自己的母亲，林枫当然了解。这么多年来，根本不擅长做细致活儿，尤其是针线活儿，更粗糙。自从他懂事起，衣服破了都是自己补。有时候邢巧云看到了，抢着帮忙，而每次林枫会偷偷拆掉，再一针一线细致地缝上。或许正是这样的家庭环境，才养成了林枫外表粗犷、内心细腻的性格。

在料理家务和照顾孩子上，林枫当然是欣赏岳母李美贞的。一日三餐，都是李美贞忙碌，自己的母亲一手不伸，他也是看在眼里的。林枫知道自己的母亲是爱自己的，更爱她的孙子，只是性格原因，决定了她爱的方式有些喜怒无常。林枫理解佟雪燕的左右为难，也感谢她的善解人意。如果换成别的媳妇，恐怕早就没收了婆婆的看护权，可是佟雪燕顾及老人的情面和爱心，就这样默默忍着。

唉，难怪佟雪燕上火，这事放在谁身上不上火？每天面对两个水火不容的亲人，自己什么也不敢说，什么也不敢做，真是难为人啊！林枫翻来覆去也想不出好办法，明天先解决孩子的奶水问题，其他的事慢慢来吧。无奈之下，林枫只好这样说服自己。

第二天早饭的时候，林枫同两位母亲商量，佟雪燕的奶水不足，用什么办法见效快？邢巧云很不以为然，奶水不足也属于正常现象，因为孩子天天在长大，大一点儿吃得就多一点儿，奶水自然就显得不足了。李美贞明白佟雪燕是上火了，便跟林枫说熬点儿汤补补吧。没满月就奶水不足，等孩子再大点儿肯定不够吃，弄不好就得喂奶粉。

李美贞的话还没说完，邢巧云一听就来气了："哪来那么多火？奶水不足，那就一天让孩子多吃几次不就行了？动不动就补补，真娇气。哪个女人不生孩子，难道天底下就她佟雪燕会生？"

李美贞也气不打一处来，觉得邢巧云太过分了，便反驳道："这跟娇气有什么关系？给雪燕补的目的，是为了下奶快，是为了让孩子吃饱。不然孩子饿得直哭，你不着急不心疼吗？"

邢巧云把筷子一摔："本来就是娇气，一会儿说得给孩子洗洗，一会儿说给当妈妈的补补。我问你，哪个女人不坐月子，咋就你女儿的事这么多呢？"

李美贞决定让事实说话，于是也把筷子放下，说"既然你提到了，那现在就把孩子的小被打开，也让你儿子亲眼看看，孩子的身上需不需要经常清洗？"

邢巧云不服气："看就看！如果我儿子要说不用我伺候，我立马走人！以为我愿意在这看你们娘俩的脸色啊？"

李美贞觉得特别委屈，明明是自己娘俩看邢巧云的脸色，结果她竟然倒打一耙，实在没理可讲了。没办法，只好让林枫评理："林枫你也看到了，咱们就事论事，以前的事都不提，就说今天补补这个事，是不是怪我？"

林枫和佟雪燕面面相觑，如果说不怪岳母，那意思就是怪自己的母亲，那样邢巧云肯定得跳起来，弄不好把饭桌都得掀翻；如果说怪岳母，那岳母实在太委屈了，唉，林枫杵在那里，不知道如何回答。佟雪燕想了想，对林枫使了个眼色，意思是既然赶上了，你就得说话，否则沉默着也解决不了问题！再说了，你自己的母亲你不说，谁敢说呢？

林枫硬着头皮说话了："两位妈妈，你们别生气。大家都是为了孩子，生这么大气犯不着，再把你们气坏了，我们做儿女的，就是罪人了。这段时间，你们二位老人都受累了，我和燕子心里非常感激。你们，就别互相斗气了……"

"谁稀罕你们感激？我照顾我孙子呢，是我乐意的，跟你们没关系！"邢巧云瞪了林枫一眼。

"你们的出发点，都是为孩子好，那就别吵了。因为你们一吵，燕子就上火，如果奶水没了，喂奶粉既浪费钱又麻烦。妈，你想想，是不是这样？"林枫知道自己的母亲过日子精打细算，一提到钱，她肯定能退让。

邢巧云果然不说话了。

"现在想个最快最好的办法，先让孩子吃饱。这两天晚上，孩子一直哭闹，大家休息都不好。我上班的时候,也头昏脑涨的。"林枫见母亲不言语了，便趁热打铁，先解决实际问题。

"行，那就补补呗，弄点儿鱼汤。"邢巧云终于松口了。

李美贞听说鱼汤，觉得还是有些不妥："还是买只老母鸡炖汤见效快，或者吃炸猪手也行。"

邢巧云一听急了："老母鸡多贵啊！猪手也不便宜，还是鱼汤经济实惠，效果也挺好的。"

"还是先用效果最好的吧，一只鸡就差不多了，快点下奶，孩子不受罪，大人也省心。否则多炖几次鱼汤，价钱也不便宜了。"李美贞知道邢巧云在乎钱，所以也特意提到这个钱的问题。

果然，邢巧云这次没反对。

"就这么定了，一会儿我去头。"林枫暂时松了口气，但愿两位老人能把不愉快的情绪揭过去，这样佟雪燕就能少上些火。

林枫上班走了，屋子里一时沉默下来。李美贞照样做她的家务，邢巧云照样趴在熟睡的孙子面前端详。佟雪燕望着这折磨人的画面，心里不禁又升出一阵感慨：盼星星盼月亮地盼来了孩子，怎么盼来的结果——却是婆婆、妈妈的烦恼呢？

## 第三章　满月风波

　　时间对于大人来说，似乎多一天少一天没什么变化，可是在新生儿面前，却是一天一个进步。佟雪燕和林枫观察着孩子的成长，感受着每一个细微而又明显的变化，欣喜而又充满期待。

　　一晃，孩子满月了，佟雪燕和林枫也终于给孩子起好了名字，叫林浩楠。叫这个名字，实际上饱含着佟雪燕和林枫的寄托，希望孩子具有广大的胸怀，将来能成为有用之才。

　　小浩楠也是个很有灵性的孩子，刚刚满月，就已经学会用眼神追随妈妈的身影了，而且每次有人逗他，就会开心地"呵呵"笑。笑的时候也像佟雪燕那样，在右脸颊上露出一个可爱的单酒窝，让人喜欢得不得了。

　　生男孩子是大喜事，林振远和邢巧云商量来商量去，最后决定也通知一下亲朋好友。老两口暗中做了这样的打算：儿子结婚的时候，别人因为不理解，不随礼也就算了；如今抱大孙子了，再给别人一个机会，如果他们还不来祝贺，今后也就没必要跟那样的人来往了。

　　客人们陆续到来。不过，情况不出林振远所料，自己这方面没来几个，而佟家的亲戚倒是都来了。佟家的亲朋好友都真心为佟雪燕高兴，因为在大家的潜意识里，也认为她不能生孩子。没想到的是，佟雪燕创造了奇迹，生了个如此健康可爱的男孩。

佟雪燕的几个阿姨高兴极了，围在佟雪燕和孩子身旁一个劲地说："这大胖小子，真好！"然后又嘘寒问暖，问雪燕恢复得怎么样，奶水足不足。雪燕心里暖暖的，说自己和孩子情况都很好，请阿姨们放心。

最开心的是，表妹甄真也从学校请假过来了，甄真打心眼里为佟雪燕高兴："燕子姐，我这小外甥长得可真帅，集中了你跟姐夫的优点，真好！"然后又拉着雪燕的手，悄悄说："姐姐苦尽甜来了，真替你开心！"

大家聊得兴起，这时门开了，林振远夫妇领着自己方面的亲戚进来了。林家的亲戚来得很少，只有姐姐林慧、姐夫刘军，还有林枫的两个舅舅。林枫的叔叔和姑姑自从那次随林老爷子一顿闹腾后，就再也没登过林枫家的门，这次接到林振远的通知，他们也没回应。

因为婚礼上见过面，平时南北屯住着，两方面的亲戚并不陌生，大家你一言我一语地，话题都围绕小浩楠，每个人都大发感慨。小小的房间里，充满了喜庆欢快的气氛。

邢巧云是真的稀罕这个孙子，只一会儿工夫没见，就觉得少了点儿什么似的，连忙挤到床边看看孩子。甄真很懂礼貌，见到长辈马上打招呼："林大娘好。抱了个大胖孙子，祝贺您啊！"

邢巧云对甄真印象特别深，她一直觉得，如果没甄真在中间瞎搅和，儿子跟佟雪燕早就一拍两散了，何苦让儿子受累一辈子？何苦今天大孙子的满月酒，都得不到亲朋好友的祝福？因此一直怨恨于甄真。此刻见到甄真，气就不打一处来，说的话也夹枪带棒的："抱大孙子也是托了你的福，多亏了你当初保媒拉线！"

"我哪敢邀功啊，大娘？完全是人家俩人的感情深，没有我，他们一样在一起！"甄真听出来了，这老太太还是怪自己当初"泄密"的事。不过她个性强，对方给了冤枉气，她咽不下。

佟雪燕轻轻掐了甄真一下，示意她不要再说了。前两天，她和林枫借筹备满月酒的事，刚刚把婆婆妈妈的关系缓和了，如今她真担心表妹再惹麻烦。

"你小小年纪还真能耐，也不知道将来能找个什么样的婆家！"邢巧云终于抬起头来，上下审视着甄真，抛过来这样几句挖苦的话。邢巧云的音量很高，房间又小，所有人都听见了。

佟雪燕的三姨李美慧，早就听到了女儿和邢巧云的谈话。李美慧心里非常着急，暗怪甄真太年轻气盛，来之前反复叮嘱，让她不要惹是非。结婚那天的事，李美慧看得一清二楚，公公婆婆并不待见佟雪燕。李美慧也更清楚：亲朋好友再怎么惦记着雪燕，也不能总守在她身边，如果得罪了婆家人，等亲朋好友都走了，佟雪燕肯定没什么好果子吃……

"林大嫂子，这是我闺女，年纪小不会说话，您千万别和她一般见识。"李美慧赶紧过来向邢巧云道歉，然后狠狠地瞪了甄真一眼。

"找哪敢跟她一般见识啊？你闺女那么厉害，如果不是她搅和，我那傻儿子至今都娶不上媳妇，更别说抱儿子。"邢巧云把怨气撒在李美慧身上。

"林大嫂子，你可别这么说，林枫要是想找的话，什么样的找不到？他娶雪燕，那是雪燕的福气。"李美慧还是赔着笑脸，只想息事宁人。

"你这话说得真对！佟雪燕是有福气，遇到我那傻儿子给她卖命！"邢巧云感觉别人的话都有弦外之音，是故意刺激自己，因此听了就难受。

善良的李美慧被这句话咽住了，不知道怎么回应。佟雪燕的脸红一阵、白一阵的，为婆婆的刻薄而难过，也为三姨受的委屈而自责。雪燕的母亲李美贞见此情景，一颗心气得"怦怦"跳，真想冲过去和邢巧云理论一番：自己的三妹妹是来贺喜的，凭什么那样待她？自己是佟雪燕的亲妈，受点委屈没什么，但凭什么亲朋好友都要受邢巧云的数落？

可是，一想到前几天林枫左右为难的样子，李美贞又强迫自己消消火。说心里话，林枫真是个懂事的好孩子，两位老人发生纷争之后，林枫不能当面批评自己的母亲，但背后曾经安慰过岳母大人。林枫请李美贞看在邢巧云同意他们结婚的份上，别计较那么多了。李美贞怎么能不答应呢？而今天，虽然邢巧云有些过分，自己也不能对姑爷食言啊。三妹妹跟着受委屈了，自己以后再向她解释道歉吧……

林振远本来心情不错，不管自己的亲朋好友参与不参与，他都后继有人了，因此值得庆祝的，他甚至准备在酒桌上，跟亲家佟志国喝两杯。没料到邢巧云又闹腾起来，把情况搞得乱七八糟，唉，林振远只觉得心跳加速，赶紧掏出他的"速效救心丸"。

林慧知道妈妈一直没有转过这个弯，又不好当着外人的面责备妈妈，所以也沉默着。刘军不善言谈，对这样尴尬的局面也不知如何处理。气氛就这样压抑着，沉闷着，僵持着。正在这时，林枫和季平推门进来，说饭店定好了，准备开席。

亲戚们陆陆续续走出佟雪燕的小屋，不约而同暗暗感叹——唉，这满月的美酒，不太好喝啊！

## 第四章　母爱之重

秋天踏着落叶的声音走来，清晨像露珠一样新鲜，天空发出柔和的光辉，澄清又缥缈。秋阳是时间的翅膀，当它飞遁时，有一刹那极其绚烂的展开；人生，如果能有这一瞬间的辉煌，也就足够了。佟雪燕痴痴地望向窗外，痴痴地想。

然而人生，总是不如大自然充满诗情画意。自从儿子降生，短短的一个半月时间，林枫和佟雪燕又经历了人生的另一种折磨，那就是双方家长难以融合的摩擦，让他们如生活在夹缝里一样痛苦。

最初因孩子带来的惊喜，早已被婆婆妈妈的风波吹得无影无踪。佟雪燕和林枫每天都提心吊胆，生怕两位妈妈吵架。做什么事说什么话，都倍加小心，最后不得不采取传纸条的方式，把一切能引起争吵的可能性，都减小到最低程度。

原以为有了爱情，就会一切顺利；原以为有了爱情，就能战胜一切。如今真实的婚姻生活，让两颗年轻的心真切地体会到：爱情也许只是两个人的事，可是婚姻绝不只是两个人的事！每位家长都是从爱自己孩子的角度出发，斤斤计较着自己的孩子付出的是多还是少。如此一来，麻烦便接二连三。然而清官难断家务事，很难用谁对谁错来评判。也许，这就是爱情在婚姻里的无奈吧。

佟雪燕的思绪飘呀飘的，自己的角色由女儿变成妻子，又由妻子变成母亲，这不平凡的心路历程，如果写出来，肯定比小说还精彩。如果有时间，她真想记录下这些点点滴滴，让看到的人能体会出其中的酸甜苦辣。可惜自从孩子出世后，她连看书的时间都没有，更别说写作……

"雪燕，水烧好了，你的电暖气怎么还没打开呀？快点儿，给咱们的小宝贝洗澡喽。"之前，李美贞已经叫过一次了，只因佟雪燕想得太入神，没听见。

佟雪燕赶紧把电暖气打开，屋里的温度立刻升高了许多。李美贞感觉差不多了，这才把孩子放进湿热的澡盆里。看到儿子肉嘟嘟的模样，佟雪燕喜欢极了："妈，这还是小浩楠第一次洗澡呢。你看他白白胖胖的，真招人喜欢。"

"也就是你婆婆呗，总担心孩子感冒。其实电视上早说了，小孩子经常洗澡更健康，而且不容易感冒。"李美贞伺候孩子很有经验，虽然没上过学，但平时看到这方面的电视节目，总是很用心。

"宝贝，舒服不舒服啊？"佟雪燕开心地逗着孩子。

"对了，雪燕，你婆婆秋收结束，还回来不了？"李美贞一直关心这个问题，林枫在家的时候，又不方便问。

佟雪燕其实真的有点儿怕了，不过又不能确定婆婆的动向。"现在我已经能行动了，你也在这照顾我，估计不能来了。再说天越来越冷了，水泥地那么凉，林枫如果总打地铺，时间长了根本受不了。"

"我这几天寻思，你如果能自己照顾自己，那就让你婆婆照顾孩子，我就不在中间让你为难了。否则同在一个屋檐下，还得纠不清扯不断的，林枫你们俩更上火。"李美贞边给小浩楠擦身子，边故意轻描淡写地说着，担心佟雪燕难过。

"说心里话，我真不希望她过来，不是我不孝顺，我是真的怕她的坏脾气。"佟雪燕想到妈妈要是走了，心情瞬间阴郁起来。

"按说，你这样的身体，只有亲妈照顾才最合适。可如今没办法啊，你是林家的儿媳妇，婆婆不让我沾边，妈也只能退一步了。你自己再刚强点儿，等孩子大了就好了。"说到这里，李美贞也很伤感。

"妈，我觉得自己真不如不长大呢，如果那样，就不用结婚生子了，每天都有妈妈在身边，多好。"看到母亲眼角又多出几条细纹，佟雪燕心生愧疚，这都是为自己操劳的啊。

"傻丫头，谁能不长大？人啥时候都得有自己的家，这样活着才能踏实。有了孩子才有寄托，不然两个大人有什么意思？"李美贞讲起道理来，完全不像没读过书。其实这都是生活赋予的经验，她希望传授给女儿，帮助女儿越来越成熟。

"妈，我身体这个样子，你有没有讨厌我的时候？"佟雪燕第一次这样问母亲。

"你如今也当妈妈了，想想你冒险生孩子的精神，这还用问吗？天下当妈妈的都一样，为了身上掉下的这块肉，什么苦都能吃，什么累都能受。等你的儿子长大后，你就更知道了，没有嫌弃孩子的父母，只有嫌弃父母的孩子。"李美贞把孩子包好了，放在床上。

佟雪燕看着自己的儿子，终于明白什么叫可怜天下父母心了。

"如果我真回黑龙江，你还真要当心你婆婆。孩子满月那天她对你三姨的态度，根本没拿佟家人当亲戚啊。你三姨平白无故受了数落，不知道在家咋上火呢。"李美贞终于把心里的担忧都讲了出来。

"真觉得对不住我三姨，再见到她时，你帮着解释解释吧。"佟雪燕一阵愧疚。

"不用解释，谁都心明镜似的。以后，只怕没人敢来看你了，都怕给你添麻烦。俗话说家家有本难念的经，你这本经才开始，头疼的时候还在后边呢！"李美贞说到这里，眼圈红了，小女儿的情形跟普通人不一样，将来的难处更是不敢想象了。

"头疼也得念啊，谁让咱取了这本经呢？"佟雪燕也感慨万千，但又不想让母亲过分担心，便故意轻松地说。

"如果婆婆对你实在过分，一定告诉妈，咱可不能太委屈了。大不了，妈把你接回去……"李美贞的泪水在眼圈打转，担心雪燕看到，赶紧端着水盆出去倒水。

佟雪燕其实非常理解母亲的心情，但婚姻让她变得成熟了，再大的委屈，能不告诉母亲，就不告诉了。所谓"报喜不报忧"，也是一种孝心。

## 第五章　洞房花烛

路过美丽的风景，路过斑斓的年华，一路旖旎，一路错过。人在红尘，红尘在心，只是不堪情重把心灵涤荡，不能屏息笑看过往。有人说：真正的爱情是一把钥匙开一把锁。也许，和谐的婚姻亦如此。

卸去了新娘装扮，叶小白坐在梳妆台前发呆。镜子里，大红的双喜字笑盈盈地贴在墙上，印着鸳鸯的喜被把新房衬得温馨而甜蜜；一张超大结婚照挂在床头最显眼的地方，在橘黄色的灯光下，男女主人公幸福地微笑着。而镜子外，是叶小白美丽却没有丝毫笑容的脸庞。

今天是叶小白和陈钊大喜的日子。喧闹了一天的婚礼，终于安静下来，可叶小白的心情却越来越不平静。婆家给了她一个隆重而又体面的婚礼，陈钊也温柔体贴地呵护着她这个新娘，叶小白却没有欣喜和快乐，反而感到莫名的失落。

经过了再三斟酌，反复考虑，叶小白被陈钊的真情感动，终于选择走进婚姻。当答应嫁给陈钊的一刹那，叶小白清楚看到陈钊眼中的泪花，是惊喜，是感激，更多的则是幸福。叶小白也被陈钊的情绪感染了，她觉得这应该就是自己的归宿，自己的命！也许婚姻有很多种形式，无缘找到彼此深爱的人，那么选择一个深爱自己的人，也会是一种幸福吧。

婚礼是婆家一手筹办的，婆家认为能娶到叶小白这样漂亮出色的儿媳妇，是祖辈积德了，因此叶小白得到的待遇非常好，与佟雪燕相比，简直天壤之别。叶小白因此暗下决心：要一心一意跟陈钊过日子，好好孝敬公婆。也因此，整个婚礼仪式上，叶小白都极力配合陈钊，让陈钊在亲朋好友面前赚足了面子。然而，当喧嚣归于平静，只剩下她和陈钊两个人了，叶小白又徒增莫名的恐惧，忽然想逃走……

"小白，谢谢你！"陈钊洗漱完毕，轻柔地从背后环住叶小白的腰。

叶小白不自觉地打了个冷战："你……怎么说谢……？"

"小白，能跟你结婚，是我今生最大的幸福。"陈钊从镜子中望着叶小白，目光深情又温柔。

"应该是我谢谢你。"叶小白心底，渐渐升起一丝温暖的情愫。

"今天，我很开心，真的，很开心……"陈钊低下头，亲吻着叶小白的长发，这是他梦寐以求的时刻，冲动渐渐袭来，他的唇慢慢向叶小白性感的唇靠拢。

叶小白却触电般地站了起来："对不起，我去洗手间……"

陈钊愣在原地。

叶小白跑进洗手间，把自己反锁在里面。真是可恶！自己的脑海中，怎么能闪过尚青杨的影子？就因为那个影子一闪而过，叶小白便无法去享受陈钊的亲吻，她做不到！水龙头哗哗地淌着水，伴着叶小白苦涩的泪水，一起流着，什么时候，这种痛才能消失呢？什么时候，那个影子才能不再来打扰自己呢？叶小白不知道，也没人知道。

"小白，怎么这么久啊？是不是哪里不舒服？"门外传来陈钊担心的声音。

"没事，马上出来。"随口答应着，叶小白的目光掠过窗外，美丽的上弦月牵动着无边的愁绪，此情此景正像是一阕凄凉的词：一窗柳月／更剪出旧影／谁解／语怯怯／一室幽咽／吹落灯芯明灭／谁可知凭栏意／烟水复／云深风切／只怕是／霜剑碾／断成弃叶／……

门外再次传来陈钊的呼唤，叶小白对着镜子做了个深呼吸，然后洗掉脸上的泪痕，视死如归般走出洗手间，去完成洞房花烛夜必须履行的义务……

轻柔的月光洒在床上，叶小白雪白的肌肤隐约可见。陈钊火热的唇终于覆盖过来，这次叶小白没有躲闪，她警告自己：今晚不管自己是什么感觉，都要满足陈钊，至少让陈钊的洞房花烛得到圆满。也只有这样，才能对得起陈钊对自己的一往情深。可是，那个讨厌的尚青杨又浮现了，随着陈钊的唇在眼前晃来晃去。叶小白的心又开始疼，恨不能抽自己的耳光，以此来忘掉那个负心人。

陈钊却无法体会叶小白的心情，他太激动了，终于得到心中的女神，那种幸福与满足是无法用语言表达的。他发誓要好好爱怀里这个女人，一生一世对她好……当积聚多年的激情瞬间爆发，陈钊瘫软在叶小白身边，进入幸福的梦乡。

而叶小白却陷入更加深重的虚空之中，望着熟睡的陈钊，觉得一切很不真实。这就是自己的丈夫吗？这就是自己要相守一生一世的男人吗？

泪，冰凉；夜，岑寂，只留下深深的怅叹与等待，等待着黑暗和光明的轮回！难道黑暗与黎明之间隔着的，是一条永远也无法泅渡的湍流？难道心灵与心灵之间，隔着一道永远无法逾越的沟壑吗？难道现实与梦幻之间，隔着一线永远无法连接的虚空吗？

熟睡中的陈钊，脸庞平静而满足，然而又变成尚青杨那张充满魅惑的笑容。叶小白用力甩甩头，可是那个影子却愈来愈清晰，毕竟，那是她生命中第一个男人，她曾经那么全心全意爱过他！

或许，一生里能遇到心爱的人，就是幸运的，因为无论结局怎样，都享受了爱的过程。即使分手了，也还是幸福的，毕竟为爱情落过泪，碎过心，毕竟在寒风中拥抱过，在细雨中散步过，在秋叶中畅想过，在雪地里嬉戏过。即使那个恋人已经远去，但恋爱时的情结会依然深藏心中，可能令人怀念的，并不是单纯的那个人，还有那个时候，曾经那么幸福纯真的自己……

窗外的月静静无语，叶小白一丝睡意也没有。作为一个向来自负的女孩，她在这场婚姻中，即将扮演着怎样的角色呢？这个世界原本没有谁一定要对谁好，也没有谁一定要等谁一辈子。但陈钊却一直对她好，一直在为她守候，实在是不幸中的万幸。那么还胡思乱想什么呢？今后需要做的，就是努力爱上自己的丈夫，好好过日子吧……

# 第六部分　不如归去

## 第一章　重新定位

又一季雪飘！望着漫天飞舞的雪花，佟雪燕想起一首小诗：小径里冷月相窥／枯枝在雪地上／又纵横地写遍了相思！

一路荆棘，一路风雪，人生能否经得起这许多折磨？现实生活中，每日柴米油盐酱醋茶，品不尽的酸甜苦辣，许久没有闲情逸致了。直了直腰，佟雪燕收回思绪，又给炉子填了些煤。今日上午顾客挺多，佟雪燕感觉有点儿累，很想躺床上休息一会儿。可是看看表，时近中午，林枫马上就要下班了，她又赶紧打起精神，准备做午饭。

秋收过后，本来说好林枫一个人回来，然后由李美贞照顾佟雪燕。可是刚过去没几天，屋里屋外没活儿可干了，邢巧云就哭着喊着想孙子。说自己的孙子，凭什么让李美贞哄？再这样下去，连儿子带孙子都是佟家的了，自己怎么办？

其实林振远也是这样的想法，孙子出生后，他就开始酝酿一个计划，不过暂时不想对邢巧云说，担心她哪天说出去。如今邢巧云开口了，反而给林振远一个机会，他借机说想搬到城里去，平时在城里找个临时工作，种地的时候再回来，这样两不耽误。邢巧云一想也行，在哪儿不是穿衣吃饭呢？

但是，农村的房子怎么办？邢巧云瞅瞅自己的三间房，开始有点儿舍不得了。不过这件事情，林振远也早就设计好了。他的大儿子林树，家里三个小孩子，一家五口至今还住在村东头一间低矮的小草房里。为了生男孩，林树家两次超生被罚款，再加上人口多，日子始终紧紧巴巴的，根本无力购买大房子。

哪个父母不心疼自己的儿女呢？即使他以前错了，父母也会原谅。所以林振远的意思是：让林树一家搬过来住，权当是看房子；等哪天自己回来，林树再搬回去。这样一举两得，房子有人看着，也了却自己的一桩心事。之所以暂时不卖房子，还有一个重要原因，就是为了那个不为人知的计划——如果一切顺利，不久的将来，这座老屋还能派上用场……

邢巧云听完老伴的计划，说啥也不同意，认为这是引狼入室，五个白眼狼住进房子，根本不能再归还他们。

林振远太了解自己的老伴，因此事先就想好了说服她的理由："你的儿子是儿子，那我的儿子我也心疼啊。咱的房子并不是给他，只是让他帮忙看着。农村的房子怕空，不怕住。否则找别人看房，根本不放心。最后没办法，只能把房子卖了，等农忙的时候回来，住露天地去。"

邢巧云是个外强中干的人，什么事都是先张罗得挺欢，到最后做主的,还是林振远。这次也不例外。于是,林振远计划得逞,立刻打电话,让林枫把小店隔壁的房子租下来,他们马上搬过去。林振远说的那间房子是正房,室内条件比较优越,上下水及暖气等设施齐全。缺点是房租贵了些,优点是离小店近。

这个消息,让林枫和佟雪燕措手不及,甚至说是震惊,因为以前的种种摩擦,两个人还心有余悸。佟雪燕以为是林枫在乡下秋收时决定的,林枫说他也是刚刚知道。佟雪燕和林枫想来想去,也没敢拒绝父母的决定,只好把辛辛苦苦攒下的钱交给房东,从此开始了与公婆朝夕相处的日子。

林振远夫妇动作迅速,房子刚租好就搬来了。安置好东西,邢巧云直接对李美贞说:"现在我们老两口一起看孙子,你就不用再麻烦了。"明显是逐客令,李美贞不想跟他们争吵,无奈地回黑龙江了。

姐姐佟雪梅也减少了来店里的次数,每天电话跟雪燕联络。佟雪梅这样做,也完全是为妹妹着想。邢巧云看不惯佟家人,自己如果每天带着儿子过去,她肯定以为去混吃的。天长日久的,必然会给佟雪燕带来麻烦。所以,佟雪梅叮嘱女儿季心语,如果实在想小姨,就到食杂店的小窗口前看看,没什么重要事就不必进屋了。如此一来,佟雪燕几乎与家人失去了正常联络,心里非常难过。佟雪梅安慰她,反正有电话,还有小窗口,想见就能见的。佟雪燕为这种状况感到悲哀,但也没有办法。

反倒是林振远,来到县城后并没有去找工作,而是每天等孩子吃饱后,把孩子往自己屋里一抱,什么时候饿了,再让邢巧云送回来喂奶。老两口对家务活儿一手不沾,对小店的生意一概不问，尽情享受着祖孙之乐。林茹找到一份洗衣店的工作，早出晚归，中午也不回来，这让佟雪燕略微轻松些，不必担心小姑子挑衅。

好在林枫升为车间班长，工作稍微轻松了些，中午能赶回来帮雪燕做饭。看到林枫这样辛苦，佟雪燕很心疼。她不想埋怨婆婆，但又想不明白，即使看不上自己，也应该给自己的儿子做口饭吃啊。

就这样，三人世界被打乱后，又重新调整归位，初为人母的佟雪燕成了喂奶机器，每天只有晚上睡觉的时候，才能好好跟孩子在一起。不过，她告诉自己要学会适应，适应与公婆小姑在一起的生活，适应为人妻为人母为人儿媳妇的多重角色。

## 第二章　葡萄之水

"雪燕，给我开一下门。"

这天傍晚，佟雪燕正在择菜，抬头看到侯贵芝在窗前喊她。佟雪燕有些意外，犹豫了一下，把大门钥匙从窗口递出去，让侯贵芝自己开门。而心里又开始打鼓，好久未见到侯贵芝了，今天突然上门，该不会姐姐姐夫又吵架了？

"你现在已经能做饭了？"侯贵芝一进门，看到佟雪燕正在做饭，很惊讶。

"嗯，做点儿简单的。"佟雪燕淡淡地回答。

"都说生了儿子能除病，看来在你身上应验了。"侯贵芝点头说。

"季大娘，你坐吧。今天来是不是有什么事啊？"佟雪燕担心姐姐，便忍不住问道。

"没啥事，早就听说你生了个大胖小子，今天特意过来看看。孩子呢？"侯贵芝一脸热情。

"在隔壁房间，爷爷奶奶看着呢。"佟雪燕暗暗松了一口气。

"你公公婆婆搬过来了，什么时候的事，这事我咋不知道呢？雪燕，你婆婆对你好不好啊？"侯贵芝一连串问了好几个问题，最后一个则涉及敏感的婆媳关系。

"好。"佟雪燕只说一个字，对于敏感的话题，还是不要与侯贵芝多言为妙。

"好？我怎么感觉不对呢，如果真好，不可能让你一个人做饭。肯定因为你不能走，婆婆不待见你……"侯贵芝一看就明白了。

"季大娘，孩子在那屋呢，你去看看吧。"佟雪燕实在不想继续这个话题。

"嗯，我过去看看。都说你儿子漂亮，我看看到底怎么漂亮！要说我那大孙子季宏宇，就是眼睛小点儿，其实也挺好看的。可惜就是跟我不亲，随他妈一样一样的……"侯贵芝边说，边走了出去，敲开隔壁的房门。

佟雪燕无奈地叹了口气，有些后悔不应该放侯贵芝进来，真不知道她在公婆面前会说姐姐什么坏话呢！但转念一想，如果不让侯贵芝进来，她肯定会在姐夫面前搬弄是非，说自己不尊重她，连门都不让进，弄不好，不仅姐夫误会自己，还会牵连到姐姐。不过，也真佩服这些老人，个个性格古怪偏执，随时能让年轻人左右为难。

林枫下班后，佟雪燕把自己的担忧说了。林枫安慰佟雪燕别太紧张，侯贵芝跟父母又不太熟悉，因此也不能聊得太深；更何况家丑不可外扬，她应该不会到处讲儿媳妇坏话的。佟雪燕觉得也有道理，后来看到侯贵芝乐呵呵地离开了，才暂时放下心来。

晚饭的时候，大家不可避免地聊到侯贵芝。邢巧云心情很好，边夹菜边说："嗯，你姐姐的婆婆人挺好，真会说话。"

林枫和佟雪燕对视了一眼：竟然夸侯贵芝会说话，简直不可思议。林枫好奇地问道："妈，她说什么了？"

"一进门就夸咱们小浩楠了，说我大孙子简直就是小王子，比她的孙子强多了。"邢巧云掩饰不住喜悦的心情，自己的孙子能得到别人的肯定，那才是真的值得骄傲。

"夸你孙子几句，就说人家会说话？人家那是奉承，这都听不出来！幼稚！"林振远认为邢巧云太喜怒形于色，因此一般的事情在未明确之前，轻易不敢对她说。譬如隐藏在他心中的那个计划。

"本来就比她孙子强。你看季宏宇的小眼睛，冷眼儿一瞅，都分不清是闭着还是睁着呢。再看看咱们大孙子，水汪汪的一对大眼睛，滴溜溜地转，多精神！"邢巧云很自豪孩子这双眼睛。

"是，你孙子精神，行了吧？吃饭也堵不住你的嘴！"林振远夹了口菜，懒得再和邢巧云讨论。

"你说一个寡妇老太太，也够不容易的，一个人带大六个孩子，真能耐！"邢巧云还是自顾自说着。

大家都低头吃饭，谁也没吭声。

邢巧云瞅了佟雪燕一眼，用鼻子轻轻"哼"了一声："年轻的时候，命已经够苦了，可是到了晚年，三个儿子也没找到一个好媳妇，都给侯贵芝气受。现代的年轻人都没良心啊，一个比一个不懂事，更别说孝心了！可怜的老太太，唉！"

佟雪燕心里一惊，还是牵连到自己的姐姐。她假装没听懂，继续埋头吃饭。而林枫觉得有必要提醒母亲一下："妈，你明天少和宏宇奶奶接触，她最喜欢无中生有，说的话都不可信。"

"我吃的盐比你走的路多，人家说的是真话假话，我听不出来吗？你看看这个社会，哪家不是娶了媳妇忘了娘，样样都听自己媳妇的，最后吃苦受罪的都是当爹当妈的。"邢巧云说完，夸张地吃了一大口饭，表达对儿子的不满。

"不要听她一面之词。雪燕姐姐是最贤惠的媳妇，对婆婆也挺好，是婆婆挑三拣四，到处说儿媳妇的不是。"这一年多相处，林枫非常了解侯贵芝，因此替佟雪梅抱不平。

"还是有不对的地方，如果像对待亲妈似的，谁会说长道短？"邢巧云固执己见，说这话也是想给佟雪燕一个提醒。

佟雪燕还是不吭声，只希望快点儿吃掉碗里的饭，尽快离开这张尴尬的饭桌。

"雪燕，听说你曾经和侯贵芝吵过架？没看出来，你还挺厉害的呀？"看佟雪燕一直不吭声，邢巧云主动开问了。

"啊？"佟雪燕终于佩服侯贵芝这张嘴了，来来去去不到半个小时，究竟都说了些什么啊？

邢巧云觉得佟雪燕有点儿自不量力："我提醒你别人家的事

少掺和，自己的日子还不知道怎么过呢。亲姐姐能咋的？她能养活你吗？把自己的日子过好得了！"

佟雪燕被劈头盖脸责备一番，有些委屈："妈，我没掺和。我亲姐姐，不能不管。"

邢巧云"啪"的把筷子一摔，声音也提高了八度："你有啥不服气的，竟然还敢犟嘴！看看你那张脸，沉得像葡萄水似的，给谁看呢？我不是侯贵芝，不受儿媳妇的欺负；你若想对我耍脸子——没门！"

佟雪燕感觉羞愧难当，委屈的话卡在嗓子眼，却又不敢讲出来，眼泪不争气地在眼圈直转。

"妈，咱们讨论别人的事有用吗？你以后少和季老太太接触。"林枫觉得母亲是有些过分了，明明是她欺负雪燕，却反过来冤枉雪燕，总让雪燕这么委屈，真对不起她啊。可是怎么办呢？

"我和谁来往还用你教吗？人家叫我亲家母叫得可亲了，不像你那个丈母娘，成天给我脸色看！谁对我好，我就对她好。谁若想蹬鼻子上脸，门也没有！"说完，拿起筷子狼吞虎咽地吃了起来。吃完，又把筷子往桌上一摔，其中有一根筷子没停稳，掉到了地上；邢巧云连瞅都没瞅，摔上门回自己房间了。

再一次领教了婆婆的变幻无常，佟雪燕忽然觉得哭笑不得。为一个不相干的人，一顿饭工夫婆婆换了几种脸色，最后反过来责备她的脸像"葡萄水"！与公婆一起的日子简直如履薄冰，不知道哪块云彩突然下冰雹。风波却一个接一个，令人防不胜防！佟雪燕只能祈祷：家里再也不要来客人了！谁——也别来了！

## 第三章　现实危机

爱他，就会懂他；懂他，不仅要懂他的爱恋，还要懂他的心情和感想。佟雪燕在婚姻中成长着，知道自己的一举一动、一颦一笑，都影响着林枫的喜怒哀乐；而他们所有的付出，都是为家庭而努力。

每天清晨，彼此都能够感受到最简单的一声问候，弥漫着那份离不开的痴迷与眷恋；白天，彼此时刻挂念着，幻想寸步不离地跟随着彼此；而当夜晚来临，热情的拥抱，又会把所有的不快乐都赶走，两颗心紧紧贴在一起。于是，婆婆的无理刁难，她都能默默承受；每日看店做家务的劳累，她也都能挺得住——这所有的坚强，只因为身后，有林枫一如既往的爱情……

转眼元旦，天特别冷，风也特别大，佟雪燕的小店内却异常热闹。饭桌上摆着色香味俱全的八道菜，杯里斟满了美酒，一圈人围着桌子边吃边聊。季平全家有幸成为今晚的座上客，这是自从林浩楠出生后，两家人第一次聚会。

"小宏宇，来，林奶奶给你拿一个大鸡腿，尝尝香不香？"邢巧云和蔼可亲。

"谢谢林奶奶。"小孩子的声音嫩嫩甜甜的，让人舒服。

"心语，这个给你，平时总也不来，不想你浩楠小弟吗？"邢巧云又把另一个鸡腿递给了季心语，并亲切地问。

"谢谢林奶奶。想，可是我妈……不让我来。"毕竟是小孩子，季心语真的很想小姨，便讲了实话。

"为啥不让你来？"林振远接过话问道。

"我让她帮着看看弟弟，小宏宇现在非常淘气。"佟雪梅担心季心语再说什么不合适的话，赶紧抢着回答。

"现在放寒假了，没事就过来玩吧，抱着你弟弟。"邢巧云抚摸了一下季心语的头，像亲奶奶一样。

"来吧，季平，咱先喝一口酒。今天的事多亏了你，咱也别提谢字了，雪燕和雪梅是亲姐妹，你和林枫是亲连襟，都是实在亲戚，你说是不是？"林振远举起酒杯。

"提什么谢呀？我和林枫就像亲兄弟，互相帮忙都是应该的。"季平也端起了酒杯。

"这前后院住着，你们也不常来。如果不是今天这个事，咱们还不能聚在一起呢。"刚才季心语的话，林振远心里明镜似的，是佟雪梅故意不让孩子来走动。其实他也跟邢巧云一样，不待见佟家的亲戚，但有利用价值的时候，另当别论。

"来吧，林叔，还是我敬你吧，你是长辈，咱们喝一个。"季平虽不胜酒力，但也先干为敬。

邢巧云今天是特别高兴，笑逐颜开："都说朝中有人好办事儿，今天验证这句话了。林慧我们两家的玉米，在季平的帮助下，多卖了好几千块钱，如果换成是地少的人家，差不多是一年的收入啊。"

"今年赶得巧，正好负责收粮工作。近水楼台先得月，我也就能帮上这点儿小忙，林婶，你也不用太放在心上。"本来卖粮的事，鉴于林振远和邢巧云之前种种无礼的做法，季平不想管，但又考虑到林枫和佟雪燕，最后心不甘情不愿地帮忙了。季平的性格就是如此，见不得别人的热情，几句好话，他就把之前的不愉快统统放下了。

"啥妈啥儿子，你这热心肠随你妈。你老妈那人爽快热心，是个大好人。"邢巧云根本没听林枫的劝，反而和侯贵芝走得更近。"她经常上家里来，没事我们还一起上街溜达。"

"你们……还上过街？呵呵挺好。没想到你们老姐俩还这么有缘，我妈这一辈子也不容易，你们平时多来往来往吧，也有个伴儿。"季平颇感意外。他太了解自己的母亲了，说话做事都很尖锐，竟然和邢巧云能谈得来。不过，也许是件好事，老人们相处融洽，他们做儿女的，也免得左右为难。

"是有个伴儿，否则我在城里谁也不认识，两眼一抹黑。"邢巧云很满足。

"林茹今年多大了？应该订婚了吧？"季平看到林茹一言不语地吃完饭，然后匆匆回自己的房间了，便问了一句。

"过这个年就二十一了。也应该张罗这事了。他大姐夫，你认识的人多，交际广，有相当的人选给物色一个。"邢巧云充满期待。

"这保媒的事，我还真没做过。不过若是婶信得过我，我就留心一下，最好是找个有工作的，家庭条件好一点儿的。"季平热心劲儿上来了，觉得凭自己的人际关系，给林茹介绍个对象还不是难事。

"咱家孩子没正式工作，能那么容易找吗？"林振远觉得有点儿难度。

"事情也不是绝对的。现在社会太开放了，很多有钱人家不差钱了，都想找个本本分分的农村姑娘当媳妇。林茹长得漂亮，个头也不矮，一定没问题的。"季平分析着现实社会的状况，也有几分道理。

"那麻烦他大姐夫，你把这事放在心上吧，如果真遇到这样的好人家，林茹可有福气了。"邢巧云对小女儿的婚事寄予很大希望，因此对众人显得前所未有的和气。

佟雪梅急得直瞪季平，怎么什么事都往身上揽呢？保媒拉线是修好的事，如果放在别人身上，可以帮忙。但换成林茹，就要慎重了。首先林茹对佟雪燕的态度，就不值得帮忙；其次邢巧云和林振远对整个佟家的态度，也不值得帮忙；最重要的，婚姻有太多的不确定性，将来过好了，也就好了，如果林茹过得不好，不仅季平不落好，恐怕妹妹雪燕也会被邢巧云骂死。

不过季平没理会佟雪梅的眼色，他也不是不明白这些道理。但季平性格直爽，觉得亲戚间没有过不去的坎儿，互相帮衬帮衬，彼此感受到那份情谊，那么什么误会都能解开了。归根结底，他也是为佟雪燕着想，如果他们作为亲戚能给林家带来利益和好处，林家定会对佟雪燕刮目相看的……

晚饭后，大家愉快地道别。邢巧云破天荒地帮着林枫刷了碗，然后亲了亲自己的大孙子，就回去睡觉了。

林枫把小店关了，端来热水给佟雪燕泡脚。佟雪燕建议把货清点一下，因为自从公婆搬来后，支出严重超出收入，每次进货的时候，钱总是紧紧巴巴的。这样的经济状况，让佟雪燕很着急。

"忙了一天，你不累吗？叮嘱你多少次，平时没顾客的时候就待在床上。你摸摸你的腿，又是冰凉冰凉的。总这样凉着，对身体不好。"林枫心疼地帮佟雪燕反复搓洗着双脚，以便促进血液循环。

"我这不是着急吗？坐月子那段时间，虽然大家帮着看店，可是也流失了不少顾客。如今去了花销，好几个月没盈利了。"佟雪燕忧心忡忡。

"那也不能糟蹋身体。你天天坐在窗口前，那顾客就来了吗？人家如果不想买东西，谁也没办法。"林枫劝慰着佟雪燕，希望她能以自己的身体为重。

"你说得没错，不过，有人守在窗口前还是有效果的。有很多路过的顾客他们可能想买东西，但见窗口没人，不想浪费时间敲窗户，可能就直接去别的店了。但如果看到有人在，就会买了呗。食杂店的经营理念就应该是方便快捷微笑周到，你不服气不行，呵呵。"佟雪燕看店这么久，已经总结出经验了。

"算你有理，竟然懂得经营理念了。不过，怎么说也是身体第一位，以后不许你做饭了，听话不听？"林枫假装生气，再次警告佟雪燕不许自己做饭，免得再摔着。其实在背后，他多次悄悄商量母亲做做午饭，至少是帮帮雪燕，或者在雪燕身边守着，他在外面工作就能放心些。但邢巧云说儿媳妇就得干活，在乡下她不方便摇轮椅，在城里就不能找借口。林枫说服不了母亲，只好说服雪燕。

"嗯，现在听话了！呵呵，到时不听话，谁知道呢？"佟雪燕故意气林枫。无论婆婆怎么对她刁难，只要林枫下班回来，她的心情就随之好转。只要知道林枫疼她就够了，她的幸福就是如此简单。

"跟你说正事呢，别嬉皮笑脸的。"林枫把佟雪燕的脚擦干，然后把她抱进被窝里，自己也开始洗脚。

"林枫，我也跟你说点儿正事吧。哇，被窝里真暖和！"佟雪燕一脸的调皮，往被窝里缩了缩。每天林枫都提前把电热毯打开，此刻的温度正合适。

"什么正事？我听着呢。"林枫想了想清点货物也行，他觉得新年伊始做个新账目也未尝不可。

"我最近感觉腿好像有知觉了，而且比以前有力量。"佟雪燕边按摩边说着。

林枫一听，马上放下货物走过来，捧住雪燕的腿又是摁又是揉的，眼睛里闪烁着晶亮的光芒："有知觉了？真的？不会是你的心理作用吧？"

"开始我也以为是心理作用，这几天感觉更强烈，膝盖偶尔能感觉到凉。"佟雪燕肯定地说。

"我掐你一下，看看疼不疼？"林枫还是不太敢相信，佟雪燕的病都这么多年了，最初的一年内恢复特别快，后来就没什么进展了。

"大家都说生儿子能祛病，不会是真的吧？"佟雪燕想起了侯贵芝那句话，甚至有点儿相信了。

"不知道，但是我觉得还是与锻炼有很大关系，以后一定要坚持。"林枫心里很高兴，虽然他知道佟雪燕再也站不起来了，但至少要保证情况不再恶化，至少维持肌肉不再萎缩。这就是林枫最大的希望！

"林枫，以后就让我多少帮你做点儿家务吧，这样对我身体更好些。"佟雪燕不失时机地提出了要求。

"这是两回事，锻炼是让你经常扶着柜台站起来运动。做家务时却总坐着，坐久了后背的钢板压力增大，坐骨神经也受不了。这跟锻炼的效果正好相反。所以你能自己试着锻炼双腿，把身体养得好好的，我就省心多了！"林枫又开始给她讲医学道理。

佟雪燕一看林枫真有点儿生气了，赶紧转移话题："明白了，咱们快清点货物吧。昨天我问那个送货人，他们春节也要放假，不送货；说如果年前多进货，有优惠。所以我打算多积压点儿货，这样春节期间也能多挣点儿。"

"你头脑聪明，做生意归你负责。你看看还需要什么货，我帮你再上别的批发店选选。样式齐全，品种多样，销路会更好些。"林枫很赞成佟雪燕的想法。

"可是，咱们没有现钱进货啊，怎么办？"佟雪燕提出了新的烦恼。

林枫虽然平时不说，但心里的账目很清楚，自从父母搬来后，几乎入不敷出：先是为父母租了高价房子，就花了上千元钱；然后按邢巧云的指令，给林茹从内到外置办了秋冬两季服装，邢巧云说女儿上班了，穿得必须得像样儿；然后入冬了，父母的正房有暖气片，他给交了取暖费；自己的小店没有暖气，他买来煤生炉子；然后是水费电费煤气费，柴米油盐酱醋茶……林家父母的卖粮钱放在他们自己的腰包里，林茹的收入归她自己支配，而整个家庭六口人的费用，都由佟雪燕的食杂店和林枫的工资承担，可想而知会有多大的经济压力啊。

林枫想来想去也没有好办法，最后决定过两天和父母商量商量，看看能不能把他们的卖粮钱暂时借用一点儿，等店里挣出资金，再还他们。佟雪燕担心公婆不会同意。林枫便故作轻松地开了句玩笑："没事，应该能同意的。首先，我的那份地钱足够小店的流动资金了；再说了，今天姐夫帮着多卖好几千块钱，拿一半就够了。"雪燕想想，有道理，但愿公婆看在姐夫帮忙卖粮的份上，能支持支持小店的生意。

没结婚的时候，两个人并没有觉得金钱有多重要，现在现实的经济危机，让夫妻俩觉得有点儿力不从心。许多爱情在现实面前都会失去颜色，许多婚姻在金钱面前都会倾斜，那么他们的婚姻会不会也因此而发生脱轨？佟雪燕有点儿害怕，不敢往下想了……

## 第四章　近在咫尺

世界上有一种距离，那就是心灵的距离。一颗心的距离说远就远，说近就近。佟雪燕和婆婆邢巧云之间，其实就隔着一颗心的距离，无论佟雪燕怎么做，邢巧云的心里都容不下她，或者说——原本就没向佟雪燕敞开过！

但是佟雪燕还是顽强地生活着，因为有真心爱她的丈夫林枫，有寄托自己希望的儿子，所以，佟雪燕什么都能忍受，每天林枫回来时，佟雪燕都会用最美丽的微笑迎接他，不想林枫为家里的事烦心。只要两颗心紧紧抱在一起，那么就没有爬不过去的坎，没有蹚不过去的河！

林枫不在家的时候，儿子林浩楠是佟雪燕最大的依靠了。

　　小孩子的成长是用眼睛就能看得见的，那真的是一天一个变化。林浩楠一晃已经五个月了。都说"三月认母"，这小家伙早已把妈妈佟雪燕记在了心里，一看到佟雪燕就乐呵呵地往妈妈怀里扑。每次吃奶的时候，小家伙都边吃边用眼睛瞅着妈妈，有时候还把小胖手放在妈妈嘴里，佟雪燕偶尔假装咬一下，小家伙就会咧开嘴"呵呵"地笑两声，或者"阿哥阿哥、姆妈姆妈"地对妈妈说点什么，然后又接着吃奶。

　　每当这个时候，佟雪燕都是最安详的。看着孩子的眼睛，抚摸着孩子水嫩滑润的肌肤，佟雪燕感觉到没有什么事值得烦恼的了。如果说林枫是佟雪燕的精神支柱，那么林浩楠就是佟雪燕的寄托和希望。孩子的一颦一笑，牵引着佟雪燕的心灵；孩子的每一步成长，愉悦着佟雪燕的心情。

　　每次孩子吃完奶，佟雪燕都想和孩子再多玩一会儿，看着儿子在床上翻来覆去地滚动，看着那胖乎乎的身体爬来爬去，该是多么开心啊。可是，每次喂完奶，婆婆都立刻把孩子抱走，根本不顾佟雪燕心里是否失落。

　　今天下午落雪了，几乎没有顾客，佟雪燕喂完孩子就舍不得放下了，小心翼翼请求婆婆："妈，让孩子在这屋多玩一会儿吧。"

　　"这屋里多冷？孩子多待一会儿，感冒怎么办？"邢巧云马上反对。

　　"不能感冒……每天晚上，孩子也是在这屋睡，他体质没那么弱……"佟雪燕觉得白天的温度比晚上还要高，儿子不会轻易感冒的。她也清楚，说来说去，婆婆就是不想让孩子跟自己在一起。

"什么没事？我那屋里暖气可热乎了，温度要比这屋高七八度呢。"邢巧云在暖和屋子待惯了，觉得小店里太凉。

"现在炉火着得挺旺的……对了，我再把电暖气打开，温度一会儿就能上来。反正今天没什么顾客，我自己待着……没意思。妈，你们就在这屋多待一会儿吧。"佟雪燕不知为什么，今天特别舍不得孩子走。

"动不动就打电暖气，那不走电表啊？放着那个暖和的屋子不待，非得费钱咋的?!"邢巧云有点儿不高兴了，电费事小，关键她不想让孩子跟佟雪燕接触太多。

佟雪燕一听婆婆提钱，心里也有点儿不是滋味。自己辛辛苦苦挣的钱，拿出来给他们租好房子做生活费，为什么自己用点儿电费，婆婆竟然还挂在嘴上。自己难道一点儿权利也没有吗？更何况，平时自己也舍不得用电暖气，如果不是为了儿子，唉……想法归想法，可是却不能讲出来，佟雪燕坐在床边，抱着孩子不吭声。

"你看看你，又把脸沉得像葡萄水似的，跟谁耍脾气呢？告诉你，我不是侯贵芝，不受你这个气。把孩子给我……给我！"邢巧云说完，把孩子从佟雪燕怀里抢过来，准备包裹起来离开。

这时，林浩楠像明白妈妈受了委屈似的，盯着佟雪燕一个劲地哭，一双小腿又蹬又踹的，小手也伸向妈妈，嘴里"姆妈姆妈"地叫个不停。佟雪燕看着很揪心，再次请求婆婆把孩子放下。

"哭，哭，我让你哭。"邢巧云看到小浩楠这个样子，就更生气了，朝着孩子的屁股打了两下。

"妈，你打孩子干什么？他还那么小……"打在孩子身上，疼在当妈的心头，佟雪燕的眼泪一下子流下来，那可是自己身上掉下来的肉啊！

"我打他怎么了？我把他从小一把屎一把尿伺候大，打两下还不行啊？"邢巧云说着，又在小浩楠的屁股上打了两巴掌。小浩楠本来就哭得厉害，屁股再次疼痛，哭得更伤心了。

"妈，孩子这么小懂什么？你怎么下得去手啊？"佟雪燕哭着爬到孩子身边，阻止邢巧云再次扬起的巴掌。

"小孩子不懂事，大人还不懂吗？一天到晚没事儿找事儿的，林枫惯着你，我可不惯着你！"邢巧云扬起的巴掌，冲佟雪燕扇过来；到半空中，想想打人似乎不合适，便又放下了。然后甩开佟雪燕的手，抱起孩子扭身就走。

佟雪燕因为救儿心切，不料被婆婆甩了个空，她的腰椎原本没有力气，结果导致没坐稳，从床边摔到了地上。

邢巧云回头瞅了一眼，冷哼了一声："瞧你那点儿能耐，坐都坐不稳，还想抱儿子呢！佟雪燕你要清楚一件事，孩子虽然是你生的，但是你没有资格做他的妈！"说完，并没有过来扶佟雪燕，而是摔上门，出去了。

佟雪燕的心，瞬间被掏空。

望着孩子消失的门口，佟雪燕仿佛没有了思想，也没有了灵魂。外面三九天的雪花，纷纷扬扬地飘着；小店里水泥地上，佟雪燕的泪水，恣意地流淌。婆婆怎么可以讲出如此残酷的话？什么叫孩子是自己生的，却没有资格做他的妈妈？这是什么道理？自己只是想多抱一会儿自己的孩子，怎么就成了奢望？为什么?

窗外的雪花飘啊飘的,飘得佟雪燕的眼睛晕了;然后这雪花好像穿过玻璃,落到佟雪燕的脸上,一点点湿润她迷惘的双眸。

## 第五章　幸福边缘

不知过了多久,炉子里的火因为能源不足,一点点没了生命力,几乎是奄奄一息。小店里的温度也骤然下降,在这阴冷的冬日午后,显得更加凄清。屋子里没有一丝声响,如果非要寻找一点儿声音,那也许就是佟雪燕断断续续地啜泣了;或者,当这啜泣声停歇的瞬间,伴着雪花"簌簌簌"的飘落声;再或者,就是西北风掠过,在玻璃窗上敲击的声音。

也许是为了打破这份残酷的宁静,电话铃声适时地响了起来。"丁零丁零……"

佟雪燕吓了一跳,但是不想动,不想和任何人说话。

"丁零丁零……"电话还在固执地响着,仿佛不叫来主人,不罢休。

佟雪燕擦了一下泪水,然后慢慢地扶着床边,努力让自己站了起来。当她移动到电话机前,铃声已经是第六次响起。

"喂,是燕子吗?"电话那边,亲切而热烈。

"是我,小白吗?"佟雪燕听出来,是好朋友叫小白的声音。

"这么久才接电话?还以为你不在家呢。你干什么呢?店里没有别人陪你吗?"叶小白的语调中隐藏着一丝担心。

"哦,我上厕所了。"佟雪燕撒了个谎。

"呵呵，吓我一跳。告诉你一个好消息，我怀孕了！"叶小白的声音瞬间明朗起来，然后兴奋地报告自己的喜讯。

"真的？祝贺你啊！"佟雪燕让自己的声音，听起来尽量兴奋点儿。

"是啊，根本没想这么快要孩子的，谁知竟然有了蜜月宝宝。再过九个月,给你家儿子生个小媳妇,怎么样？高不高兴？"叶小白抑制不住内心的喜悦，因此并没有注意到佟雪燕的悲伤。

"嗯。高兴。"听到"儿子"两个字，佟雪燕的心又疼起来。自己的儿子，自己却不能抱在怀里，能高兴吗？

"你怎么情绪不高啊？是不是担心我的孩子，配不上你那帅气的小王子啊？"叶小白终于感觉佟雪燕情绪不对，便想逗她开心。

"没有。我在想，如果你生个男孩，那我的儿媳妇就没影儿了。"佟雪燕不想影响好友的心情，所以含泪编了一个玩笑。

叶小白兴奋的心情溢于言表："呵呵，是男孩也没问题，让他们做好兄弟。计划生育，每家只能生一个孩子，让他们好好相处，长大了跟亲兄弟一样的。"

"嗯。"佟雪燕简单地应答着，悄悄抹眼泪。唉，婆婆说自己没有资格做妈妈，那么将来，是不是自己做"婆婆"的权利也被剥夺？想想，真有点绝望。

"好了，燕子，我不和你聊了。婆婆从乡下带来那么多好吃的，我得去完成任务了。"叶小白的声音里透着幸福，暂时忽略了电话这端好友的忧伤。

放下电话，默默告别叶小白的喜悦，佟雪燕又陷入自己的感伤中。这次，佟雪燕刻意向叶小白隐匿了心事。其实，她好想找人聊聊，好想对着话筒大哭一场，好想告诉自己的好友——婚姻，实在太难了，尤其是对一个重度残疾人，更是难上加难！

不过，佟雪燕没有自私地扰乱叶小白的好心情。婚姻是自己的，一切就让自己默默承受吧！叶小白正在享受即将为人母的喜悦；而自己，有了儿子，却近在咫尺，远在天涯。

或许，婚姻是一杯酒，苦辣酸甜要靠自己去品味，甜时莫喜，苦时莫悲；婚姻是一杯茶，不同的茶叶就会泡出不同的味道，或浓或淡，或短暂或持久；婚姻是一首歌，经久不衰的旋律，才会更让人回味无穷。

佟雪燕正在忍受婆婆的刁难，而叶小白则逐渐向幸福靠拢。

陈钊细心的关爱和呵护，让尚青杨鬼魅一般的影子渐行渐远，感伤和不快乐也渐渐烟消云散。叶小白逐渐适应了这种没有激情却又不失温馨的生活，从刚开始的恐惧慢慢变成平和安逸。没有浪漫，却相敬如宾，这也许更适合叶小白慢慢疗伤。

本来叶小白新婚只请了一周假，可是单位忽然下了文件，新分配的大学生都要暂时待岗，具体上班时间临时通知。叶小白真是懊恼极了，婚是结了，却丢了工作，感觉空落落的。而陈钊却很开心，从此两个人不用分居两地，那才是正常夫妻应该过的日子。

说心里话，叶小白其实很害怕天天与陈钊面对，特别是尚青杨的影子掠过的时候，她就会有一种罪恶感。可是又没办法，以前可以借上班出去躲几天，现在只好忍着了。白天还好说，可以用家务活儿分散注意力；一到晚上，窘迫感就不期而至。

陈钏刚刚尝到新婚的快乐，几乎夜夜缠绵，然后自顾自地满足后又自顾自地睡去，从不理会叶小白的感受。

如果没有和尚青杨的那些激情夜晚，这样的婚姻生活，也不会觉得有什么遗憾。但是，那刻骨铭心的初恋情结，又时时折磨着叶小白的心灵。陈钏幸福地享受着爱情，叶小白痛苦地忍受着蜜月，就在这样的情形下——叶小白还是怀孕了！

陈钏欣喜若狂，陈钏的母亲三天两头给捎来好吃的，还说那工作停得真是时候，这样可以好好安胎啦。陈钏变着花样给叶小白做饭，家务活也不让叶小白伸手了。大家对她众星捧月一般，叶小白忽然感觉，自己其实真的很幸福，同时也感觉自己责任的重大。面对一大家子人的善待，还有什么理由生活在回忆里？当一切都成为往事，恨也便消失了，叶小白开始心安理得地享受新生活。

心，左右一切；快乐与不快乐，爱与痛，都在一念之间。情绪左右着人的行动，爱给人以动力和积极向上的心态，却也让人陷入良久的深沉。一切看似自然而然的变化，让人捉摸不透。叶小白的婚姻，就在这爱与不爱间徘徊，幸福不幸福，只有心知道。

## 第六章　双重诱惑

年年难过年年过，这句话用在佟雪燕身上，再合适不过了。甚至可以细致到——日日难过，日日过；时时难过，时时过；如何难过，也得过。

不知道为什么，最近邢巧云变本加厉了，每天林枫上班后，都给佟雪燕白眼和讽刺。林振远看到了，也不管，只管抱着孩子走人；林茹偶尔下班早，也会刺激一下佟雪燕，说瞅着她就心情不爽。

每当这时，佟雪燕都有点儿心灰意冷，但又不敢跟林枫说，怕林枫知道后上火。好几次林枫感觉她情绪不对，追问她是怎么回事？佟雪燕欲言又止。她不想给林枫再添烦恼，所有的痛苦，都让她自己一个人来承受吧。林枫知道肯定与家人有关，于是叮嘱佟雪燕不要太委屈，有什么事一定要和自己商量。

日子，就这样向前走着，随着父母的到来，林枫的经济压力和精神压力更重了。唯一的一点快乐，都来自于佟雪燕和儿子。有时候，林枫也会心乱如麻，不明白母亲为何变得如此苛刻。他也想反抗，跟父母谈判；但最终，"孝顺"二字占了上风，他希望用孝心打动父母，从而换来他们对佟雪燕真正的理解和爱。

转眼来到了阴历腊月二十三，传统的节日"小年"，单位放了半天假。利用这个宝贵时间，林枫去各处批发商店转了转，发现那里的货物琳琅满目，而且物美价廉，比送货上门的货物强多了。他决定回家就向父母借钱，然后像雪燕说的那样，多进些货，抓住春节这个销售黄金期。

出了商店，林枫又来到菜市场买饺子馅儿。菜市场人来人往，人们纷纷开始购置年货。林枫看得眼花缭乱，可是还要过两天才能开工资，囊中羞涩，只好先选几样准备今天吃的菜，便推上自行车回家了。

正在这时，一辆黑色的捷达王轿车缓缓停在林枫身边，车门打开，走下来一位女郎。只见她身穿当下最流行的深灰色貂皮大衣，配一双长筒黑色皮靴，步态婀娜地向林枫走来。"嗨！你好啊！"时髦女郎向林枫打了声招呼，声音中透着娇滴滴的暧昧。

林枫没反应过来，在他的印象里，不认识这样的女郎。

"老同学，不认识我了？"女郎向林枫走近，摘下鼻梁上方最新款的变色镜。

"你是？"透过一袭金黄色的波浪发，林枫看到一张似曾相识的脸。

"看来是真的不记得了。给。"女郎顺手递过来一张名片，名片上面写着"XXX跨国公司公关经理 池影"。

"你是池影？！"林枫这次真惊讶了。不到半年时间，池影怎么又发生了如此巨变，简直面目全非！

"YES。"池影甩出一句英语，脸上带着一种骄傲的神色。

"你好。"林枫收回惊讶的表情，淡淡地问了声好。想起差点儿因为她而失去妻儿，林枫就不想再多说话。

"怎么样？还在你的小破食品厂上班吗？"提到林枫的工作，池影一脸的不屑一顾，并开始动员林枫跳槽："那样一个小厂子，什么时候能有出头之日啊？我们公司这次扩大业务，正是用人之际，老同学，真诚邀请你加入我们的团队，怎么样？"

"我一没文凭，二没能力，你们的公司我不敢加入。"林枫婉言谢绝。

池影回头望了一下车里，自信又得意地说道："文凭都是纸做的，你的能力我相信。其实，只要我一句话就OK，明白吗？

车上坐的那个人，是我们公司的董事长。我们这次回来，一是探亲，二是开拓一下家乡的市场。如果你愿意，我让你做这里的总监，开展前期工作。"

顺着池影的指引，透过那茶色的车窗，隐约看到一个略微秃顶的头，和一个略显臃肿的身躯。不过林枫依然那个态度："谢谢你的好意，我现在挺好的。"

"你怎么还是这样固执？"池影压低了声音，又回头看了看车里，像是怕车里的人听见。

"每个人都有自己的生活方式，我选择平凡，我很满足。"林枫坚定地说。

"现在都什么社会了，大家都在疯狂赚钱疯狂捞金，可你的思想为什么还这样落后？来我们公司吧，一个月的薪金，足可以超过你在食品厂一年的工资。"池影目光中充满一如既往的期待，并讲出工资待遇，希望能让林枫动心。

"我说过了，我安享平凡，我不想过不喜欢的生活。"林枫丝毫不为所动，推车准备离开。

"你真的甘心庸庸碌碌过一辈子？你这样的想法，跟井底之蛙有什么分别？外面的世界很大很大，你总窝在这个小县城，根本不会有出息的。听我的，林枫，跟我出去闯闯，你就会看到多精彩，多不一样……"池影还是压低声音，语气焦急而幽怨。

"井底之蛙有井底之蛙的幸福，你不懂。"林枫脸上显出不悦，自己的生活，不需要别人来指手画脚，尤其是池影。

"真不明白，佟雪燕到底施了什么魔法，让你如此死心塌地？"池影的声音更低了，说完又回头看了看车里。

"你既然提到了，那我必须告诉你一句：感谢你上次的造访，以后请不要再打扰佟雪燕！"林枫觉得有必要声明一下。

"池池，应该走了吧？"捷达王车窗摇落，飘出一声苍老的呼唤。

"来了。"池影回头答应了一声，又对林枫说道："我要走了，希望你认真考虑考虑，人生有很多机遇，我就是让你人生逆转的良机，明白吗？错过我，你会后悔终生的……"

"不用考虑，我是不会去的。"林枫没有留下一点儿悬念。

"老同学，再见了，考虑成熟就联系我，真心期待你的加入。"池影坐上车后，又礼貌性地抛下一句意味深长的期待。车门关上的瞬间，林枫看到那个"秃顶头"用手搂住了池影美丽的肩。

林枫又看了一眼那张名片，"公关经理?!"林枫有些不屑，随手把名片抛进了风里。然后骑车回家包饺子。

## 第七章　你是内贼

雪花纷纷扬扬地飘着，飘白了地面，却飘黑了天色。偶尔有人家开始放鞭炮，庆祝小年夜，千家万户的灯火都仿佛带着年味，透过雪花洋溢着幸福的光晕。

晚饭的时候，林茹没有回来，电话里说乔铭家请她去吃饭。邢巧云听到这个消息，既开心又忐忑，吃完第一个饺子，便开始唠叨上了："林茹第一次去婆家，也不知道人家能不能相中？"

"应该没问题的，林茹又聪明又漂亮，谁见了能不喜欢？"林枫安慰着。

"多亏了你姐夫季平，这门亲事要真的成了，林茹这一辈子就吃香的喝辣的，不用为衣食发愁了。"邢巧云瞅了佟雪燕一眼，语气中带了些感激的成分。女儿是娘的小棉袄，说来说去，她还是因为女儿的幸福，才正眼看了儿媳妇一眼。

"我看不成更好。乔家那样富裕的家境，咱们一个乡下老百姓，根本高攀不上。"林振远虽然羡慕有钱人，但鉴于女儿的终生幸福，还是觉得有点儿悬。婚姻还是需要门当户对的，否则一定不会很顺利。

说起乔铭，是季平给林茹介绍的男朋友。小伙儿长得很帅气，是让女孩一见倾心的那种"白马王子"。乔铭的爸爸是季平的朋友的朋友的朋友，做房地产生意，季平是在一次聚会上认识的。乔铭家境特别优越，从小和两个姐姐过着奢华的生活。父母觉得乔铭太不定性，跟社会上那些流里流气的年轻人混坏了，因此想找个本本分分、会过日子的农家姑娘做媳妇，慢慢把乔铭带上正路。

在一个适当的机会，季平把林茹的情况作了介绍，乔家父母很满意，决定让他们先相处一段时间，如果感觉不错，就把亲事定下来。林茹是第一次处男朋友，见到英俊的乔铭，一见钟情；而乔铭呢，见惯了身边形形色色的酒吧女，忽然面对一个美丽的农村姑娘，也不禁怦然心动。所以一切很顺利，两周时间，两人已经牵手了。

林枫其实不太看好乔铭，觉得他太公子哥太油滑也太浮躁。像这样家境的男孩子，能认真过日子的太少了，林枫担心将来妹妹会吃亏。佟雪燕更是担心。元旦时提到保媒的事，佟雪燕以为姐夫只是说说而已，并没在意。谁知道季平真放在心上了。佟雪燕对乔铭印象也不好，同样担心林茹会吃亏！

邢巧云坚决不同意大家的意见，觉得小女儿正在通往幸福的路上："他们娶的是林茹，又不是娶的咱们家！再说了，咱们的条件，在乡下也是数一数二的，那叫比上不足比下有余！哪点配不上他们？"

"各人有各人的命，成就成，不成咱再找。"林振远很相信命运，认为一切都不能强求。

邢巧云的脸上泛着笑容："他俩往一起那么一站，还真般配，乔铭真是个帅小伙，不给我闺女丢脸。其实我儿子更帅，就是不知道中了哪门子邪，偏偏相中了你……唉，不然也郎才女貌的……"

林枫听到话题又扯到佟雪燕身上，赶紧转移话题："妈，林茹的事你就放心吧，等她回来咱们就知道具体情况了。今天我有件事情跟你和爸商量，我琢磨着，春节前再压些货。不过现在食杂店资金周转不开，你们能不能借……"

还没等儿子把话说完，邢巧云的脸色就变了，敢情这小子是想伸手要钱啊。"食杂店天天人来人往的，竟然没钱进货？那天天卖货的钱，都哪儿去了？"

"情况是这样的，天天卖货的钱，不等于利润啊。去掉本钱，才是赚的。自从孩子出生后，这半年米花费很大，赚的钱，供不上花销。"林枫简单提了一下，又不敢说太多，怕父母误会。

"费用再大也够花了，咱们天天除了吃饭，也没干别的，钱咋就没了呢？"邢巧云不愿意听林枫的解释。

"以前我们俩是一边挣钱，一边还婚礼时欠下的债务。后来小浩楠出生了，还好手术费是岳父给出的，不然又得拉下一笔亏空。然后你们搬来了，租房子什么的，另外这几个月顾客流失很多，所以入不敷出了。"林枫尽量轻描淡写地说着，怕只怕哪句没说好，引起父母不快。

听完儿子的话，邢巧云用眼睛斜睨了佟雪燕一下，满脸怀疑的神色："我天天眼瞅着的，顾客那么多，怎么就流失了？哼！俗话说家贼难防，该不会食杂店是出了家贼吧？天知道那些钱从哪儿个毛道儿溜走了！也就是你林枫实心眼，傻瓜一个，让人家吃定一辈子，还胳膊肘往外拐！"

"妈，你说什么呢？什么家贼啊？都是一家人，别说那些伤人的话……"林枫觉得母亲太不可理喻了，明摆着怀疑佟雪燕做了内贼，此刻他如果再不说句公道话，那么雪燕实在太委屈了。

"什么一家人？这个家里，除了她一个外姓人，还有谁能干偷鸡摸狗的事？"邢巧云忘记自己也不姓林，话锋直接针对佟雪燕。

"妈，你是……怀疑我？"佟雪燕完全懵住了，这样被明目张胆地冤枉，简直做梦都梦不到！

"我没指名道姓，是谁，谁明白！你这么急着洗白，那就是你了，对不对？"邢巧云语气生硬，像是她当场捉住了佟雪燕做坏事一般。

"妈，你怎么能说这样不负责的话？我没有，真的没有！"眼泪在眼圈里直打转，佟雪燕既生气又委屈，自己竟然背上个"经济"黑锅。

　　见到佟雪燕要掉眼泪,邢巧云更火了,用手指着她的脸骂道:"你看看你看看!又把脸沉得像葡萄水似的,每次说你,你都不服气!你的眼泪怎么那么方便,你家是开自来水公司的啊?好,你说你没偷钱,那钱都哪儿去了?"

　　"妈,你怎么这么说雪燕呢?她每笔账都有记录,没错花一个儿钱!每天辛辛苦苦守在柜台前,就是为了多挣一分钱,为家里减轻些负担,你不体谅她也就罢了,怎么能冤枉她呢?"林枫再次反驳母亲,为佟雪燕争取公道。

　　"记账?你看看,她多有心计,是想看看我们老两口吃多少米,还是记我们费多少电?再说了,啥都有假的,账本就不能做假吗?林枫你真是太不争气了,向着你媳妇说话吧,别再认我这个妈!"邢巧云愤愤地说完,端起一盘饺子,摔上门回自己的房间了。

　　林枫定定地坐在椅子上,饭桌上的饺子还在冒着热气,可是他心却感觉凉凉的!"爸,这是账本,你有时间给我妈读一下,帮我恢复个清白。"林枫把账本递过去给林振远,眼泪顺着腮边滑落下来。

　　佟雪燕不敢看林枫,赶紧把目光转移到窗外,雪越下越大,笼罩了千家万户温暖的橘黄色灯光。

　　林振远把筷子放下,先吃了救心丸,然后做出一个决定:"春节过后,我和你妈管理食杂店,你们谁也别插手,我倒要看看——这钱能不能没!"

# 第八章　向往阳光

　　春节后，邢巧云趁林枫上班的时候，接手了佟雪燕的小店；更严重的是，林枫的工资要连同工资袋一起上缴。用邢巧云的话说，现在连林枫也不可信任。林振远对此默许了。

　　最初老两口一起看店，配合也不错，后来因为意见不统一，经常争吵。邢巧云不是埋怨林振远把价钱抬得太高，就是怪他对顾客不够和气，或者批评他货物摆放不正确，总之在经营食杂店方面，林振远一无是处。吵的次数多了，林振远都懒得吃救心丸了，一赌气，干脆来个不闻不问。

　　天气渐渐暖和了，林振远在家坐不住，便每天早早起来去公园晨练，有时一走就是一小天。邢巧云也对他不闻不问，觉得老伴不在眼前指手画脚的，反而更省心。老两口如此不和，倒是给侯贵芝创造了机会，几乎天天来食杂店串门。两个老太太天南海北地聊着，越来越对脾气，天长日久的，侯贵芝有时还帮邢巧云接待接待顾客，相处非常融洽。

　　佟雪燕和林枫，则由小店搬到了带有暖气的大房子。林枫瞅着那一组暖气片，还有自来水龙头，不由得感慨:这样的房间，其实才适合佟雪燕，只不过天气转暖，用不上暖气了。将来一定努力赚钱，给佟雪燕创造如此舒适的环境。而正因为环境舒适，有独立厨房和上下水，邢巧云便顺理成章地背着林枫，交给佟雪燕新任务：每天除了照顾孩子，另加一日三餐。

　　开始的时候，佟雪燕很想不通。她可以不管理食杂店，也可以带孩子可以做饭做家务，但公婆绝不应该对他们进行经济封锁。其实林枫也和邢巧云背后谈判过，结果除了挨骂还是挨骂。有一次吃饭，邢巧云当着佟雪燕的面，又把林枫骂了一顿。佟雪燕这才知道，林枫一直在为自己抱不平，这让她感动的同时，也觉得温暖。为了不让林枫左右为难，佟雪燕决定选择接受，一切都默默接受，包括不公平待遇和所有莫名的委屈。

一晃来到一九九七年的四月份。

北方的四月天，风里带着新鲜的泥土气息，微微湿润的空气里，偶尔传来几声飞鸟的啼啭。风筝在空中自由自在地飘着，带着人们的心愿，带着许多未曾实现的梦想，飘着。佟雪燕再一次坐在小窗前，有一缕春风吹进来，让她感觉了久违的春意。

人的适应能力很强，渐渐地，佟雪燕很享受和儿子在一起的生活。小浩楠已经八个月了，天天和妈妈待在一起，产生了强烈的依赖感，一会儿看不到妈妈就哭。佟雪燕既高兴又心酸，高兴的是母子血脉相连，并没有因为公婆的故意隔离，而隔断母子情；心酸的是，外面大好的春光，她却被禁锢在轮椅上，不能抱着孩子出去晒太阳。她多想像其他母亲那样，抱着孩子走在阳光下，走在春风里，跟孩子一起呼吸新鲜空气啊。可是她做不到，只能守在窗前，尽量让孩子多接触些阳光……

有时候，邢巧云抽空过来看看，小浩楠也不让她抱。气得邢巧云丢下一句："真是白哄你了！和你妈一样，也是一个白眼狼！"然后扭头就走。每当这时，佟雪燕多想邢巧云不是这样的态度，而是温柔地把孩子抱起来，带他出去看看外面的世界，晒晒真正的阳光吹吹真正的春风啊。

有一次佟雪燕忍不住，便让林枫跟父母说说，在中午阳光足的时候，抱孩子出去晒晒太阳，增强增强体质。可是邢巧云说自己得看店，离不了人，然后说反正林振远天天溜达，正好他带。林振远说早晨温度低，他出去得早，中午回不来。就这样，小浩楠晒太阳变成了奢望。

佟雪燕时常会瞅着儿子出神，不明白公婆口口声声说稀罕大孙子，为什么展现出来的行为，却不那么爱这个大孙子？到底是因为他们的性格所致，还是因为骨子里，公婆还是不肯接受自己，因此连累了自己的儿子？庆幸的是，每间房子都有窗户——只要有窗户，就有阳光挤进来，只要她努力把儿子抱到阳光下，儿子就能绽放出阳光般的笑脸……

## 第九章　风波再起

这天，林枫和林茹照常上班，林振远照常去公园晨练，佟雪燕照常带孩子，邢巧云照常管理食杂店。跟往日没什么两样，偏偏侯贵芝匆匆走进小店，神秘兮兮地对邢巧云说了什么。邢巧云脸色突变，把佟雪燕叫过去看店，然后和侯贵芝匆匆离去。

望着两位老太太远去的身影，佟雪燕想了想，拿起电话打给姐姐，叫她过来待一会儿。然后又给母亲李美贞打了电话，简单报个平安。佟雪燕不敢在电话里说得太多，因为母亲很敏感，如果听出自己近况不佳，又会上火的。她已经习惯报喜不报忧，习惯这种无奈的"孝心"了。

其实说起来，自从搬到大房子里，佟雪燕见姐姐的机会更少了，因为进入佟雪燕的房间必须经过食杂店，佟雪梅不愿意看邢巧云阴沉的脸，更不想给妹妹惹麻烦。大房子里环境好，不过没有电话，而林枫下班后忙碌完，天就黑了，也很少有机会带雪燕出去。如此一来，佟雪燕的生活几乎成了封闭式的……

佟雪梅很快就领着儿子来了，同时给雪燕带来了烤鸡翅。小宏宇站在床边哄小浩楠玩，还时不时学小浩楠"姆妈姆妈"地说话，逗得姐妹俩都跟着笑了起来。

"如果能经常在一起，这两个孩子不知道有多高兴呢。"佟雪燕不无感慨，然后问姐姐："对了，最近你婆婆天天上我家来，去你家没有？"

佟雪梅很意外，眉头微微皱了起来："天天来？一次也没去我家啊。你说两个老太太怎么这样投缘呢？她们的性格都那么强那么怪，我真担心天长日久的，闹出什么不愉快，到时候你在中间又要左右为难。"

"我也是担心啊。林茹跟乔铭现在没结婚，彼此感觉还挺好的。公婆也高兴。如果以后夫妻俩吵个架，斗个嘴的，婆婆肯定得埋怨姐夫。"佟雪燕说出了自己的担忧。

"你姐夫有时候心肠热，别不过这个弯，还振振有词说是行善积德。唉，但愿将来他们不以怨报德就好。"佟雪梅很无奈。

"我婆婆更有意思，非得说林茹的人生是姐夫给改变的，因此对姐夫是千恩万谢；然后还说，没有侯贵芝，哪有季平呢？所以，对你婆婆更是好得不得了。"佟雪燕笑着说。

"合久必分，我对婆婆太了解了，她那张嘴早晚得罪人。"佟雪梅很是担忧。

"不提她们了，说说你吧。最近跟姐夫怎么样？"佟雪燕最关心的，还是姐姐和姐夫吵架的事。

"不吵了，这段时间工作忙，回到家后就哄两个孩子，也不张罗去打麻将了。"佟雪梅感到很满足。

"苦尽甜来，这以后就好了。"佟雪燕真心希望姐姐能幸福。

"你过得好吗？林枫对你……改变没有？"佟雪梅知道公婆不必说了，重要的是林枫。

"嗯，他如果对我不好，我可就没法活了。现在我也不想那么多了，有这爷俩在身边，我就满足了。"佟雪燕忍不住叹了口气，

"那就好。妈打电话总问起你，让我转告你，如果真的过得很委屈，一定要说出来，别自己一个人承受。"佟雪梅的眼圈不禁红了，她知道妹妹其实承受了很多委屈，只是妹妹不想让家人牵挂。

"我知道，告诉妈不用担心我，林枫真对我好。"佟雪燕只提林枫，忽略公婆和小姑子带来的不快。人生其实就应该这样，有选择性地接受，有选择性地忽略，才能做到心平气和，才能在夹缝中找到生存的快乐。

姐妹俩正推心置腹地聊着，邢巧云怒气冲冲推开门，骂道："这个老东西，简直气死我了！"

姐妹俩面面相觑，看了一眼跟在邢巧云身后的侯贵芝，谁也没敢接话——邢巧云这是骂谁呢？怕出事怕出事的，难不成这老姐俩，闹崩了？

"这一路上真是气死我了，心都要蹦出来了！老不死的，恨人！"邢巧云一屁股坐在椅子上，看来是真生气了。

"妈,怎么回事?"佟雪燕小心翼翼问道。

邢巧云竟然掉下了眼泪,悲愤交加:"天下乌鸦一般黑,男人没一个好东西!这个死老头子,原来也是个花心大萝卜!我算瞎了眼,跟他过这大半辈子,他竟然跟我玩花花肠子……呜呜……"

佟雪燕和姐姐有些似懂非懂,难道是跟林振远?这回佟雪燕不敢吭声了,忽然感觉问题很严重,这"花心大萝卜"可非比寻常啊,究竟怎么回事呢?

侯贵芝递给邢巧云一条手巾,而劝慰的话似乎有点儿火上浇油的味道:"大妹子,你也消消气,要是气伤了,那个老狐狸精才得意呢!男人就那么回事,有几个不偷腥的?像我倒弄个省心,守寡有守寡的好处,省心!"

"我这上辈子造的什么孽啊?儿女儿女不省心,老了老了,死老头子竟然还有了外心,这还让不让人活啊?"邢巧云鼻涕一把泪一把,哭得很伤心。

"到底怎么回事啊?"佟雪梅也感觉事态有点儿严重,便问侯贵芝。

侯贵芝煞有介事地说:"雪燕她老公公呗。都五六十岁的人了,还整这样丢人现眼的事。你说怎么的?原来一段时间他天天不在家,根本不是晨练,而是勾搭上一个小老太太了,现在两个人正在广场那儿约会呢!"

"妈,这事可不能瞎说,也许只是认识的人,不能有别的事的。"佟雪梅一看婆婆的表情,就知道这事一定与她添油加醋有关,便赶紧打断侯贵芝的话。

"我们看得清清楚楚的，那眼神可骗不了人。不信你问问雪燕她婆婆，是人都看得出来：那两人关系不一般！"侯贵芝不管佟雪梅心急不心急，只管煽风点火。

"那个女的我认得，就是当年和死老头子订婚的那个女学生，后来把他给甩了。这么多年，我就知道那个老东西一直念念不忘，可是没想到，他们竟然还真能碰上。"邢巧云很伤心。她知道林振远一直在拿自己与初恋比较，也知道林振远根本没看得上自己。只是没料到，搬到县城住，却给老头子创造了旧情复燃的机会。

"妈，你也别太生气，也许是多年没见了，在一起聊聊天而已。"佟雪燕劝了一句。

侯贵芝觉得这事需要重视："雪燕你说得不对。你没看到那个女人，应该也和你婆婆年龄差不多吧？可人家看上去那个年轻啊，皮肤保养得白白净净的，哪像你婆婆这么显老？我看，这事真得看紧点儿，男人若是变心，十头老牛也拉不回来的！"

"死老头子，我一定不能轻饶他！"邢巧云恨恨地说。

"对！男人就是贱，不给他点儿颜色真不行，说不定哪天，就让那个狐狸精给勾走了……"侯贵芝话还没说完，却看到林振远走进来，赶紧把剩下的话咽了回去。

"侯贵芝，你这个长舌妇，到处搬弄是非，滚！我早就看出你不是个省油灯，竟然挑拨离间到我林振远的头上！给我滚出去，滚！"刚才大庭广众之下，林振远被邢巧云一顿臭骂，此时正在气头上，不向告密者侯贵芝撒气，向哪儿撒？

邢巧云冲着林振远喊道："你自己做错事，还埋怨别人？你个没良心的，我嫁进你们林家后，哪点对不起你？你现在却长了花心，你说你对得起我吗？”

"谁做错事了？一起喝喝茶也算错吗？你就听别人蛊惑吧，自己一点儿大脑也不长！"林振远不用问也知道，一定是侯贵芝先在广场看到自己，然后怂恿邢巧云去广场"捉奸"的。

"我可没瞎说什么，邢巧云也亲眼看到的。还是你自己做了，否则别人怎么看得见？"侯贵芝不嫌事大，不知轻重地争辩着。

"你真不是个东西，难怪守了这么多年的寡！什么样的男人，都得被你活活气死！"林振远简直被侯贵芝气疯了，也说出了一嘴的狠话。

"你自己花心，怎么还揭我的痛处？我守寡，跟你有什么关系？你个到处拈花惹草的老东西，不要脸！"侯贵芝被戳到了痛处，也有点儿伤心。

"我告诉你侯贵芝，以前看在季平的面子上，你讲究佟家讲究你儿媳妇，我没揭穿你。今天我郑重警告你——现在你就给我滚出去，从此不要再登我们林家的门！"林振远真是恨死侯贵芝了，自己在大庭广众之下丢人也罢了，毕竟那些是陌生人。但是此刻，在自己最瞧不起的儿媳妇面前，侯贵芝让他下不了台，林振远觉得是今生最大的耻辱。他可以瞧不起佟雪燕，但轮椅上的佟雪燕绝不能瞧不起他。

"林振远，算你狠！"侯贵芝没想到林振远反复骂她滚，而且是当着她最看不起的佟雪梅的面，顿时也感觉下不来台。

"邢巧云，咱姐俩的缘分也算尽了，你自己好自为之吧……"侯贵芝灰溜溜地走了。

"你个死老头子，怎么这么不讲理？怕人家说，你自己别臭嘚瑟啊！老了老了越来越不省心，我这命咋就这么苦呢？"邢巧云哭着骂着。

林振远恼羞成怒，拿起一个水杯摔到地上："你别嚎了，想折腾死人吗？以后我哪也不去，天天守在店里，守死算了！佟雪燕你告诉你家亲戚，以后谁也别来了，来一个人多一回风波，干脆谁也别接触！老林家从此与世隔绝！"

小浩楠被吓哭了。小宏宇也胆怯地躲到佟雪梅身后，小声地喊："妈妈，我要回家，我怕……"

佟雪梅看了看妹妹，不知道说什么好。她知道自己的婆婆最是无事生非，没想到这次惹了如此大的祸！今后，两家人还怎么相处啊？林振远的"逐客令"，包括佟家所有亲戚在内的。唉！姑且不说林氏老两口如何收场吧，单单是妹妹未来的生活，只怕真的是"与世隔绝"啦……

## 第十章　学会坚忍

佟雪燕错过了青春最美丽的花季，这是一生中最大的遗憾；而表妹甄真如愿考上理想的大学，暑假过后，就要开始崭新的大学生活。开学前夕，甄真来看望佟雪燕，自从小浩楠的满月酒风波以后，这还是第一次上门。

甄真来之前，李美慧千叮咛万嘱咐，提醒她一定小心说话，千万别再惹祸了！甄真也终于认清事态的严重性，不想再因为自己的一时任性，而给燕姐留下祸端。于是进院子前，甄真礼貌地请邢巧云打开大门后，就一直陪在佟雪燕身边，没再跟邢巧云碰面。

"燕子姐，你怎么瘦了呢？本来身体就不好，再给孩子喂奶，一定要补补身子的。今天早晨，我爸妈特意杀了只老母鸡，说拿来给你补补。晚饭你炖上吧，多吃点儿。平时我妈总念叨你，可是又不敢来，怕给你添麻烦。"甄真看到佟雪燕憔悴的样子，非常心疼，从包里拿出父母已经处理干净的鸡肉，放在灶台上。

"三姨和三姨父最惦记我……你告诉他们，我挺好的，没事。"想起三姨那次受的委屈，佟雪燕心里就过意不去。怎么也料不到，自己步入婚姻的围城，却失去了与亲人们见面的机会。

"燕子姐，姐夫……对你好不好？如果他也欺负你，我就真肠子都悔青了。当初把地址偷偷给他，岂不是把你往火坑里推？"甄真一脸严肃，询问佟雪燕与林枫的夫妻状况。

"别胡思乱想的，我们俩都感激你呢。"佟雪燕说的是真心话。

"通知书下来后，家里办了酒席，亲戚们都去了，唯独缺你。亲戚们也都想你了，燕子姐，都托我给你带个好呢。"甄真眼圈有点儿红了。

"我也想他们……"佟雪燕说不下去了，心里酸酸的。这次甄真家办酒席，林枫和佟雪燕都非常想参加，可是邢巧云对甄真耿耿于怀，说绝不认这门亲戚，死活不让他们去。为此，佟雪燕暗自伤心好几天，经济被封锁了，他们连礼钱都拿不起，最后只好让姐姐先给垫上礼钱，以后再慢慢还她。不过这些细节并不能对甄真讲明，否则甄真会与邢巧云的误会更深。

　　姐妹俩有聊不完的话，无奈甄真要赶火车，只好暂时分手。临行前甄真反复叮嘱佟雪燕保重身体，说等她将来大学毕业赚钱了，一定不会不管她。佟雪燕感激表妹这份真情，拉着甄真的手鼓励她要好好珍惜大学生活，在外面也多保重。

　　甄真背着行囊踏上大学之路，留下佟雪燕陷入深深的怅惘。如果不是那场意外，她也会和甄真一样朝气蓬勃，为梦想而打拼。如今，只能说一切都是命运的捉弄，或许老天是公平的，它一边是苦难，一边是快乐，生活的苦与乐总在更迭，没有谁的命运是完美的。

　　佟雪燕甩掉不快，重拾信心，把孩子哄睡了，就去洗衣服。洗衣服的工作，是入夏以来邢巧云指派给佟雪燕的新任务。邢巧云说房间有上下水，还有从乡下拉来的旧洗衣机，那么佟雪燕完全能够在林枫不在家的时候，自己洗衣服了。更主要的原因是：大家都在忙着挣钱，只有佟雪燕没工作，所以洗衣服的事只能交给她。

　　佟雪燕欣然接受了。虽然公婆不接受自己，小姑子挤对自己，但只要把公婆当成是自己的父母，把小姑子看成是表妹甄真，那么她非常愿意为他们做些什么的。偶尔会冒出一点点不平衡的想法，佟雪燕就像念阿弥陀佛那样虔诚地告诉自己——"他们是林枫的亲人，也就是我的亲人；所以，一切都是我应该做的。"

　　快乐是精华，能让人们信心十足；痛苦是良药，能让人们顽强支撑。于是，佟雪燕在痛并快乐着的日积月累中，学会宽容、忍让和坚强。

　　有时候邢巧云也纳闷，自己对佟雪燕是百般刁难，为何她不向林枫告状？如果告状，自己便可以有理由借题发挥，骂她挑拨离间；至少佟雪燕应该生气，可是为何心态越来越平和，反而不像以前那样显得委屈了？难道她天生是逆来顺受的命？一个人再怎么找碴儿惹事，却激不起对手的愤怒，让邢巧云百思不得其解。有一次忍不住质问佟雪燕为什么不生气，难道一点儿自尊也没有吗？佟雪燕不想再听婆婆那句"葡萄水"的经典骂词，所以就笑了笑。结果这一笑，让邢巧云哭笑不得。

林枫每天回家最晚，并不知道在一日三餐外，佟雪燕开始兼职全家人的洗衣工。有两次他边叠衣服，边情不自禁对佟雪燕说，母亲最近表现良好，全家人有福了。佟雪燕看到林枫心情舒畅了些，自己也跟着开心，因此也不想说破。自己挺着做家务真的无所谓，只要相安无事就行……

"燕子，你干吗呢？说过不用你洗衣服，怎么不听话呢？"林枫提前下班，看到儿子在床上睡觉；而佟雪燕在洗衣服，就有点儿着急了。

"反正孩子也在睡觉，做饭还早呢。你今天怎么下班这么早？"佟雪燕一见到林枫，心中的那些小纠结就立刻烟消云散了。真的，只要林枫在，就是晴天。

"最近城里又兴建了几家小型食品厂，抢走一部分中低档市场。这样一来，我们单位的效益明显下降，今天工作量不大。走，我抱你回床上去，你跟儿子睡一会儿吧，衣服我洗。"林枫不由分说把佟雪燕抱回了床上，这时才发现，佟雪燕的衣裤都被水沾湿了，腿也冰冰凉的，又是一阵心疼，赶紧找来干燥的衣裤，帮佟雪燕换下来。

"今后不许再洗衣服了。你坐在那里，来回捞洗衣服根本不方便，弄一身水是小事，如果滑倒摔伤怎么办？"林枫又开始叮嘱佟雪燕，让她小心照顾自己，别总逞能做力不能及的事。

佟雪燕没提婆婆分配工作的事，躺在床上，心里却暖暖的。有老公疼爱的日子，真好啊！

林枫从洗衣机里取出衣服，他一下子愣住了：里面全是自己父母和妹妹的衣物。林枫像是明白了些什么，皱着眉头问："燕子，你告诉我，每次外面晒的那些衣服，都是你洗的吗？"

佟雪燕没回答。

"不会是真的吧？你怎么不对我说呢？是我妈强迫你洗的吧？"林枫来到床边，心里特别难过，"燕子，对不起，我娶你，不是想让你受苦受累的，我原本是想给你幸福的生活，原本，我是想好好照顾你的……对不起啊，燕子……"

佟雪燕赶紧安慰林枫："枫，是我心甘情愿这样做的，跟妈没关系。我就是想帮你分担家务，带带孩子，做做饭，洗洗衣服，然后静静等你回来……这样就是我向往的幸福。看到家里窗明几净的，我觉得自己才像个真正的妻子，才有存在的价值……"

林枫还是觉得，是自己对不住佟雪燕，承诺给她的幸福却是如今这样的结果，这是他无法接受的。望着儿子和雪燕，林枫百感交集，不知道让佟雪燕走进婚姻到底对不对？

真实的婚姻生活，在爱情背后凿出的路，望不到头。佟雪燕在这条路上摸索着，不知道这条路将通向何方。但是佟雪燕坚信：婚姻的真谛就是真诚地付出。在成长的道路上，她逐渐走向了成熟，学会扛一份责任在肩头。

## 第十一章　中秋大战

时光,在掌心留下纹路。春色远逝,夏梦余香,而今梧叶萧萧,又落下了一季秋凉。继林茹和乔铭的婚礼后不久,一年一度的中秋节,在南飞的雁阵里,飘萧而至。

林家的小店里此时异常热闹。先是林慧全家坐第一班汽车到来,大人们互相问候着,林慧的女儿刘馨宜开心极了,屋里屋外来回跑,令小店充满了生机。然后林茹和乔铭十点左右也到了。林茹因婚后和公婆在一起住,晚上必须赶回去做饭,所以为配合林茹,林家的团圆大餐提前到午饭时分。

林枫和佟雪燕早早就在厨房里忙活起来,十三个月的小浩楠刚刚学会走路,但是还不太稳。此刻正坐在地上的垫子上,自娱自乐地摆着玩具。两个姑姑过来抱他,小浩楠说什么也不让抱,气得林茹直骂孩子太娇气,太内向,一点儿也不大方。

佟雪燕和林枫心明镜似的,小浩楠是因为平时很少见陌生人,所以不适应突然人多。他们甚至担心孩子得孤独症,林枫也对邢巧云提过几次,希望能多带孩子出去晒晒太阳,见见人群,接触接触外面的世界。可是邢巧云依然说食杂店顾客多,离不开人;而林振远则说孩子太胖了,自己体质不行,抱几步就喘。林枫无奈,此事就搁下了。

姐姐林慧看到雪燕坐那儿干活,有些于心不忍,就想伸手帮忙做饭。林茹说你真是闲的,在自己家干活没干够吗?林慧瞪了妹妹一眼,怪她说话太难听。林茹说没人管你,然后摔上门出去了。不一会儿,邢巧云过来了,说你是林家的闺女,好不容易来一次，好好坐着聊天得了，做饭是媳妇的事情，不用你管。林慧拗不过母亲，只好重新回到食杂店陪大家说话，再也没过来。

刘馨宜自己在食杂店没意思了，便一趟一趟地跑过来，还悄悄给小浩楠送点儿好吃的。一来二去的，小浩楠开始有笑模样了，还接受了刘馨宜一起摆弄他的玩具。时不时地，小姐俩还会发出天真无邪的笑声。

本来林枫不用佟雪燕帮忙，可是佟雪燕说今天人多菜多活儿多，一个人忙不过来，因此坚持要帮忙。林枫了解雪燕的脾气，也体谅她的心情，就由着她了，然后叮嘱她小心，别摔着，累了就回床休息。

算起来，两个人一起做饭的机会并不多，因为林枫在家的时候，轻易舍不得佟雪燕帮忙。今天虽然任务比较重，但佟雪燕非常享受这样的时光这样的心情。面对一样又一样待切的蔬菜，刀法也更加娴熟了。林枫赶紧又叮嘱几句，担心她切到手。

正在这时，房门开了，姐姐佟雪梅和姐夫季平走了进来，手里拎着中秋礼品。

"怎么只有你们俩？孩子呢？"佟雪燕看到姐姐、姐夫很意外，自从侯贵芝引发的"捉奸"风波后，姐姐姐夫也几乎没再登过林家的门。

"今天是中秋节，你姐姐张罗着看看林枫爸妈，无论怎么说，他们毕竟是长辈。"季平语调中透着一丝勉强。"捉奸"风波后，侯贵芝把事情添油加醋地告诉了儿子，说林振远如何如何骂她，总之一句也不提自己的错误。佟雪梅担心季平找林振远理论，赶紧把情况做了解释，季平总算没立刻发脾气，但对林振远心存芥蒂。因此，在林茹结婚的当天，他只以媒人的身份在酒店参加了婚礼庆典，而并未登林家的门。

"你们太客气。正好，我姐夫和妹夫都来了，一会儿咱们喝点儿。"灶上的火正烧着，林枫一边炒菜一边邀请季平喝酒。

"不喝了。他们好不容易来一次，我们就不掺和了，待一会儿就走。"季平透过窗子，瞅瞅食杂店的方向，脸上显出不悦。

佟雪梅自从进屋，一直没说话。她比谁都清楚，林家老两口不喜欢妹妹，所以思前想后，劝说季平跟她来看看老人，为只为给佟雪燕壮壮脸面。好说歹说总算把季平说服了，可是刚才走进食杂店的时候，看到大家都热热闹闹地说着话，单单没有佟雪燕三口人，佟雪梅的心里有点儿别扭。此刻看到屋里的情景，佟雪梅就更加心疼。那么多人都闲着，却让行动不便的妹妹做饭，实在令人难以接受。

"来，你回屋歇着去，我帮你切。"佟雪梅说这句话的时候，眼泪就在眼圈直打转，她强忍着没让它掉下来。

"姐，不用你伸手，切完这些凉菜就完成任务了。"姐妹情深，佟雪燕知道姐姐心疼自己，所以故作轻松地说。

"我真不理解，雪燕自己坐着都费劲，怎么忍心让她切菜？"季平觉得愤愤不平，指责的话语脱口而出，"林枫你不能总是无限制地顺从老人，明明是你父母不对，该说的时候，必须得说啊。"

"没事。姐夫，真的没事。大姑小姑都是客人，聚会一起不容易，我是主人，当然要做饭了。"佟雪燕冲姐夫摇了摇头，示意他别再说下去。

正在炒菜的林枫一直默默地听着，不知道如何回答季平。

其实也希望姐姐或妹妹能来帮个忙，过节就是过个喜庆的气氛，大家一起忙活儿更有心情。但是林慧被母亲叫回去了，就再也没人过来帮忙，他的性格又比较固执，无论心里怎么期待，也不讲出来，因此只有无奈啊！

"雪梅，你快帮着切，切完咱就走。"季平实在是看不惯。

佟雪燕拗不过姐姐，便摇着轮椅回到卧室，可是由于双腿下垂的时间太长，有点儿麻木，自己从轮椅往床上移动的时候，一下摔倒了。

这一摔，把大家都吓坏了，林枫慌忙放下手里的铲子，跑到卧室把佟雪燕抱到床上，焦急地询问摔到哪儿了。佟雪梅的眼泪刷刷地往下掉："雪燕，你怎么受这么多苦啊？林家分明是在虐待你啊！"

看到姐姐流泪，佟雪燕也是鼻子一酸，赶紧说自己没事，哪儿也没摔坏。佟雪梅一边检查佟雪燕的腿，一边哽咽着说："摔伤你也不知道啊，哪哪都没有知觉，如果摔伤或者磕破了，更不容易康复……"

季平的火爆脾气终于爆发了。没等大家反应过来，他已经二话没说冲到食杂店里，大声喊道："你们这是什么家庭，一群健全人在这里东拉西扯，让残疾媳妇做饭，良心上就过得去吗？你们这是虐待！"

"我们怎么虐待她了，你给我说说。"邢巧云不知道发生了什么事，但对于季平的指责，立刻针锋相对："我告诉你，虐待的说法可不好听，你别在这里胡言乱语的！"

"怎么虐待了，你去看看吧！为了给你们这群健全的闲人做饭，雪燕又摔坏了！以后想让她做饭，也做不了了！如果真有个三长两短的，你们必须负责到底！"季平说完，扭头就走。

邢巧云和林振远面面相觑，林慧第一个缓过神来，跑过去看佟雪燕。邢巧云迟疑了一下，也跟着大家赶到佟雪燕的房间，看看究竟。

这一刻，林枫和佟雪梅正帮佟雪燕检查，幸好除了感觉坐骨疼痛外，其他地方暂时没有外伤。佟雪梅心疼地搂着妹妹，无法把眼泪停止下来，她觉得妹妹太苦了太艰难了，而自己又无能为力，什么也帮不到她。

季平看情况到了这种地步，待下去也没意义了，便喊佟雪梅回家。

"季平，先别走，我还有话问你。"邢巧云见佟雪燕并无大碍，立刻来了精神，双手叉腰，理直气壮的样子。

"问我？说吧，问啥？"季平语气也很生硬。

"刚才你跑过来一顿质问，你倒说说，我们哪做得不对了？"今天原本是新姑爷乔铭第一次来过节，发生这样的事，还被季平一顿数落，邢巧云觉得很丢人。

"哪做得不对？哼，你们凭什么虐待佟雪燕？这样是犯法的，知道不知道！"季平之所以这样气愤，跟侯贵芝有直接关系。因为侯贵芝讲林振远的话后，又连带着邢巧云了，说她如何如何欺负佟雪燕，不让吃好喝好只让洗衣做饭带孩子，简直就是虐待。

"我们虐待？她一天在家享着清福，啥钱儿也不能挣，反倒成我们虐待她了。真是太可笑了，如果不是我们林家收容她，别人谁能收容她？"邢巧云认为季平是无理取闹，自己家没把佟雪燕扫地出门，已经是世间少有的好人了，难道还能把她供起来当佛养着吗？

"林大娘，你这话什么意思？好像没有你老林家，我妹妹还没地儿待了似的……"佟雪梅实在听不下去，开始跟邢巧云讲道理。

"你以为还有别人能养活她吗？也就是我那傻儿子，鬼迷了心窍！"邢巧云每提到这个节骨眼，火气就会汹涌而出，什么话难听说什么，好像只有把佟雪燕伤得体无完肤，自己才能换得些许的心理平衡。

"姐姐姐夫，你们先回去吧，有什么话，以后咱们慢慢再说……"林枫看事态越来越恶化，赶紧劝佟雪梅和季平离开，必须先把局面控制住才行，否则伤害的话说得越多，今后越难相处了。

"林枫，你不要赶我走。我告诉你们，今天我就和你们林家好好说道说道，我妹妹是嫁过来当儿媳妇的，不是来当出气筒的！她受了委屈自己不说，但我不能眼睁睁看着她受欺负！"一直温柔的佟雪梅义愤填膺，为给妹妹讨说法豁出去了。

"哟，小样儿，你佟雪梅还挺有能耐呢，欺负完你婆婆，又跑来欺负你妹妹的婆婆？我告诉你，我妈不是侯贵芝，由不得你捏来捏去！你想说道说道，那就说道说道，谁怕谁啊！"林茹见佟雪梅出面了，于是自己也挺身而出，做自己母亲的保护神。

乔铭瞅了季平一眼，不好意思地点点头，然后把林茹拉出门外。林茹问他为什么不让自己说？乔铭觉得季平是他们的媒人，即使不能对人家说感激的话，也不应该跟人家老婆打架啊，因此不让林茹参与。林茹还想往回冲，乔铭阴沉下脸，让林茹不要胡来，立刻跟自己回家。林茹第一次看到乔铭发脾气，有点儿不知所措，只得讪讪地跟着回婆家了……

"你说吧，我们哪儿对不起你妹妹了？"林振远见乔铭离开了，这才发话。潜意识里，他也不希望被家境优越的老姑爷看笑话。

"你们全家统一战线，好，那你们拍拍良心问问吧，平时都怎么对待雪燕的？你们有没有把她当成一家人？"季平想到林振远曾经辱骂过自己的母亲，心里就特别不舒服；如今又冲着自己老婆佟雪梅挑衅，季平如何能保持沉默？

"姐夫，姐姐，你们先回去吧，不要再说了……我没事，真的挺好，你们回去吧……"佟雪燕见情况越来越恶化，赶紧催促姐姐姐夫离开。

"雪燕你别怕，有我们在，谁也别想欺负你！"季平大手一挥，示意佟雪燕不要再说话。

林振远咆哮着："如果我们没良心，她佟雪燕能进得了我们林家的门吗？就算我们虐待她，也是她活该承受的。你们佟家若是心疼，那就领回去，我们还懒得伺候了！"

"是的，你们同意她进你们的家门，算是有良心，可是既然进门了，就是一家人，你们为什么不能对她公平些？我真怀疑，你们当初同意她进门，就是为了对她进行虐待！"佟雪梅认为林氏夫妇没有放正心态。

"想找公平，回你们佟家找去，我们林家就这样！不愿意待，滚！"林振远气哼哼地说。

"对，赶紧领回去，哪儿好你们带她去哪儿，我们也省心！"邢巧云全力支持老伴的决定。

"领就领！我们林家姑娘在哪都能活，不是非得在你们这棵树上吊死！"佟雪梅边说，边过来背佟雪燕，"走，雪燕，姐姐养活你！"

面对这样一个残酷混乱的场面，佟雪燕大脑一片空白，不知道自己应该说什么，也不知道怎样做，才能令战争停止。林枫的心痛欲裂，不明白为什么自己的婚姻会让双方的亲人屡屡受伤。难道带佟雪燕走进婚姻，真的错了吗？他过来拦住佟雪梅，请求道："姐，你别这样，不能把雪燕带走，你先回去……"

"不行！再这样下去，雪燕早晚被折磨死。林枫你也扪心自问一下，当初求婚的时候，怎么承诺雪燕的，怎么承诺我父母的？如今你做到了吗？好，我们不为难你，你们林家不懂得珍惜，我们自己来珍惜！"佟雪梅面对着林枫，眼泪又一次掉了下来。她知道林枫为难，但有时候又觉得林枫太顺着自己的父母，这点跟季平有些相像。因此，就更能体会到妹妹从中受到的委屈。

"姐，求求你，你跟姐夫先回去吧，这事以后再说好吗？求求你了！"林枫被佟雪梅质问，更加自责，他一直努力想实现对佟雪燕的誓言，但现实生活一次次阻挠着他，让他力不从心。

佟雪梅看到林枫眼里闪着泪花，忽然心里一软。是的，她清楚，林枫是爱着雪燕的，雪燕也是在意林枫的，林家父母不谅解他们，自己怎么也来逼迫他们呢？可怜的林枫，可怜的雪燕，自己要如何做，才能帮到他们？

"雪梅，林枫既然这么说，咱们就别让他左右为难了。走吧，先回家，这事慢慢再研究。"作为男人，季平更体谅林枫的难处，反正自己的火气也爆发完毕，接下来的事，让林枫自己处理吧。

"雪燕，别害怕，到啥时候都有姐姐在呢。别让自己太委屈……"佟雪梅紧紧地拥抱一下妹妹，然后哭着跑了出去。

季平拍了拍林枫的肩膀，无奈地摇头，然后也离开了。

邢巧云不肯罢休，拎起佟雪梅和季平带的中秋礼物追了出去——"把你们的东西拿回去！我们林家能买得起，谁稀罕你们这些破玩意？！"

大门外，佟雪梅带来的中秋月饼和水果——撒落一地！

## 第十二章　高不胜寒

十五的月亮高高悬挂于天上，明晃晃地照着，令人徒增许多烦恼。

佟雪燕和林枫就这样静静地躺在床上，望着天上的明月伤悲。这是怎样一个中秋佳节啊？乱哄哄的，吵嚷嚷的，亲情被一点点撕裂，在这本应该是团圆的时刻，支离破碎，幻化得无影无踪。

佟雪梅和季平走后，林振远和邢巧云双管齐下，把佟雪燕数落得体无完肤。从当年林枫高考落榜，到与池影订婚又悔婚，再到誓死也要娶佟雪燕，婚后只顾媳妇不顾父母，老两口把林枫的所作所为，都归结到佟雪燕的身上。然后咒骂佟雪燕是害人精，连带上佟雪燕的姐姐姐夫，牵连上佟雪燕的父母和所有亲戚朋友，所有的人都因为佟雪燕而对不起林家，所有的人都是居心叵测，黑心人！

最后，实在没有再可以数落的了，又把矛头指向了林枫——从十月怀胎到牙牙学语，从背上书包到榜上无名，从娶妻生子到风波迭起，老两口否定了林枫所有的历史，同时也否定了林枫这个人。所有与失望有关的词语都施加在林枫的头上，所有与蔑视有关的词语也第一次从父母口中说出。再后来老两口领着闺女、姑爷吃饭去了，再后来，就是月亮升起时出奇的宁静……

"呜……呜……"小浩楠白天被吓到了，晚上睡梦中还抽抽搭搭地哭着。佟雪燕赶紧帮孩子翻了翻身，让孩子尽量舒服些。

小浩楠的抽咽声感染了林枫，泪水顺着腮边滑落到枕头上。父母的话重重地挫伤他的自尊心。选择佟雪燕令很多人费解，但他根本不在乎，因为那些目光与他无关；林枫始终坚信父母不会放弃子女，就像他不会放弃父母一样；他尊敬父母，因此在结婚这件事上，一直坚持等到父母点头。林枫一直以为父母终究会理解，所以忍让着父母种种过分的要求，甚至让佟雪燕跟着受委屈。可是今天，就是他最尊重的父母，用最残酷的语言，把他伤得最深最重！

林枫终于明白，这个世界上，没有人看得起这份爱情。他注定是一个孤独的人，孤独地走自己的路。面对着众叛亲离，本来还在幻想至少拥有父母的理解，可是，他此刻觉得已经失去了父母的爱。现在，只有一个可怜的佟雪燕和一个不懂事的林浩楠，其他的什么也没有了。刹那间，失去亲情的痛苦，让林枫开始动摇对婚姻的态度，扪心自问：这样执着到底值得不值得?!

林枫翻过身搂住了佟雪燕,好想痛痛快快大哭一场,让泪水冲刷掉所有的伤痛;他好想对命运怒吼:"生,就让我快快乐乐地生吧;死,也赐我痛痛快快地死吧。为什么让我在这生不如死的夹缝里残喘?"但是他不能喊,他在父母的数落里,连喊的勇气都找不到了。

佟雪燕一直静静地躺着,林枫的泪水沾湿了自己的脸颊,可是她没有动,不想打扰林枫的悲伤。一个男人为自己活得这么累,佟雪燕再次怀疑自己存在的价值⋯⋯

"一生明月今宵多,人生由命非由他。"一轮秋影映照着无寐人的感伤,两个人同时感到"高处不胜寒"的凄凉!

## 第十三章  不如归去

都说秋高气爽,天高云淡,可是躺在床上的佟雪燕,却觉得这个秋天特别萧瑟,天空也是阴沉灰暗,根本看不到一丝希望和温暖。

凌晨四点,林枫把高烧的佟雪燕送到诊所。由于昨天的摔倒,佟雪燕坐骨受到了挫伤,红肿得像个馒头。医生责备林枫太大意,应该摔倒后就来打消炎针;并建议去医院拍拍片子,弄不好可能要刮骨。佟雪燕坚持不去医院,说没那么严重,打点儿消炎退烧的药就没事了。最后医生和林枫都没能说服佟雪燕,便决定先退烧。林枫请医生用最好的药,一定要见效快!医生给佟雪燕打了两个吊瓶,佟雪燕的体温渐渐退了些,然后开了些消炎药，建议明天继续来打吊瓶。为交医药费，林枫跑回去向父母借钱，未遂，因此欠下诊所一百元债务。

回到家里，林枫把佟雪燕安顿好，又匆匆去上班。此刻他多想陪在佟雪燕身边，但他不能请假，一来为了挣那微薄的工资，二来向同事借钱，先把诊所的药费还清。同时悄悄决定：下个月开工资的时候，不再全部交给父母了，留一部分给老婆孩子应急……

佟雪燕把小浩楠哄睡了，自己也躺在儿子旁边，任思绪静静地流淌着。昨天摔倒后，她一直硬挺着，没有惊动林枫，也没有呻吟和哭泣。身体的疼痛真的不算什么，最折磨人的是精神上的疼痛，公婆再一次摧毁了她努力建立起来的自信坚强和希望，佟雪燕心灰意冷，想任由一切自生自灭。

然而，今天清晨在诊所里，她又看到了林枫心急如焚的样子，又听到了林枫关爱的话语，又感受到了那份无微不至的呵护。佟雪燕在心底流泪，那些泪不再只是感动，更多的是心痛和难过。池影的话莫名其妙在耳边萦绕——"为什么要拖累林枫呢？你佟雪燕有什么资格？为什么那样自私？"

是啊，自己有什么资格呢？就在刚刚，林枫上班前脚刚走，婆婆邢巧云就过来了，再次把佟雪燕痛骂一顿，说你没病装病一大早晨尽折腾人！如果真病了，就直接死掉算了，别拖累我儿子不得安生！刺耳又刺心的话语像一把把尖刀，深深地扎在佟雪燕的心上。

见佟雪燕不吭声，邢巧云叉腰站在地儿中央，又把所有的往事从头到尾数落了一遍，然后指着佟雪燕的鼻子质问：你有何德何能让林枫付出一生？你有什么颜面苟活在这个世上？要是我，早就喝点儿药——死了算了……

佟雪燕还是不吭声。邢巧云觉得不解气，翻箱倒柜把佟雪燕的书稿找出来，疯狂地撕着："你阴沉着葡萄水给谁看呢？每天读书看报的，也没见你读出个名堂，瞎浪费钱！我让你读，让你写，梦想当作家是不是？好，今天我让你连梦都做不了！"

佟雪燕终于说话了："妈，那些书稿没有错，您不要撕它们……"

激怒了佟雪燕，邢巧云反而更疯狂，找来打火机开始烧书稿："好，我不撕它们，我直接烧掉！你以为人人都能变成张海迪吗？佟雪燕别做梦了，那作家不是你天天在家坐着，就能当成的！"

火呼地一下子点燃了好些书稿，红通通的火焰像是在焚烧佟雪燕那颗滴血的心！她连阻拦的力气都没有，甚至连乞求的话语都讲不出来，就那样瞅着婆婆烧掉了几年来积累的书稿——佟雪燕震惊得连眼泪都来不及落下，自己的文学梦就被婆婆烧成了灰烬！

婆婆摔门而出的一刹那，佟雪燕的心门也重重地关上了。

她不知道，为什么自己这样努力，也换不来婆婆的真心？本以为有了儿子，一切会好起来，谁知道现在连儿子也一样受到牵连。对于这个家庭，她觉得自己尽到了责任。她不知道这个社会，还有没有儿媳妇给公公婆婆洗内衣的，也不知道有没有儿媳妇给公公婆婆洗袜子的？她只知道，自己在努力孝顺公婆，做着从来没有给自己父母做过的事；可是婆婆抛给她的，却是一句"死了算了"！

原来以为林振远能说服邢巧云，让这个家庭一点点远离纷争，走向平和温馨。然而自从那次"账本"风波后，林振远却毅然决然地站到邢巧云一边。这样的转变，让佟雪燕更加绝望，心彻底凉了。昨天刚刚发生的中秋风波，将矛盾升级到两个家庭的战争，将她和林枫推到了风口浪尖，承受惊涛骇浪的击打。如果还有一点点希望，佟雪燕还是愿意默默付出，默默期待，期待公婆能感受到她的努力，能一点点接受她。但是此时此刻，看到地儿中央那一堆灰烬，佟雪燕再也不相信什么"精诚所至，金石为开"，那简直都是骗人的鬼话！这个家庭不属于她，婚姻的围城容不下她，死——也许比活着轻松些……

小浩楠一定是梦中受到惊吓，睁开眼睛喊妈妈，呜呜地哭了起来。佟雪燕赶紧搂住儿子，轻轻地拍着他的后背。孩子一定是昨晚没睡好，此刻有妈妈的怀抱，不一会儿又安静地进入了梦乡。佟雪燕亲吻着可爱的儿子，两滴热泪洒在小浩楠的脸上。儿子，妈妈除了给你一条生命，又能带给你什么呢？把你带到这个世界，却不能给你一个快乐的童年，妈妈对不起你……

佟雪燕像忽然想通了什么，起身找来纸笔，开始给儿子写信——

"亲爱的孩子：

此刻看着你可爱的脸庞，孩子，妈妈坐在轮椅上，很多心里话想要对你说。

妈妈感谢上苍把你赐给我，让我与你一起分享生命的快乐。孩子，你知道吗？你的诞生，是妈妈一生中最大的快慰；你的存在，是妈妈最大的寄托；你的健康，是妈妈最担心的事情；你的平安幸福，是妈妈最大的心愿。

从你未出生的那天起，妈妈就一直担忧，怕你的健康有问题，怕因为我不能像健康妈妈那样保持锻炼，而给你造成任何先天性的损害。意外怀孕时的窘困，医生建议把你做掉，但亲子、生命，一轮金色的光环出现在眼前，让妈妈感到温暖、潮湿，还有淡淡的苦香和神圣。十个月的母子血脉相通，妈妈给你讲很多美好的故事，因为妈妈希望，你成长为一个善良的孩子，希望你知道，这个世界充满和谐的曙光……

你出生了，昏迷中醒来的妈妈，第一个想知道的，就是你的健康情况。真怕爸爸告诉我——你的手啊，你的脚啊，你的眼啊，甚至于你的大脑，会有什么障碍！妈妈恐惧而又期待，妈妈不敢询问，可妈妈真的想知道……感谢上苍对妈妈的眷顾，感谢上苍赐给我一个健康漂亮的孩子！看到你的那一刻，妈妈流泪了，我终于有孩子了，我终于——当妈妈了！妈妈真心祈祷上苍，让你长大后少受颠簸之苦，过上祥和、平安、快乐的日子。

或许全世界的母亲，都会有这样的欣喜吧？但并不是每一位母亲，都能感受得到妈妈坐在轮椅上的心情，骄傲、自豪，几乎怀疑是在做梦，所有的情感交织在一起，望着你稚嫩的小脸，妈妈又开始担忧，能否给你一个健康的生活？

忐忑不安中，你渐渐长大，会翻身了、会坐着了、会爬了、会蹒跚学步了、会牙牙学语了……妈妈看在眼里，喜在心上。好想抱着你去晒晒太阳，于是爸爸一有时间就将我推到阳光下，妈妈终于可以抱你在怀里，有温暖的阳光洒在咱们母子身上，然后妈妈告诉你——孩子，这份阳光，都来自最伟大的爸爸啊！

三口之家，因为你的到来充满了欢声笑语，你的每一次调皮，你的每一个笑声，都会给父母增添无尽的幸福和满足。是的，父母没有给予你优越的物质享受，而你却给予父母最完美的天伦之乐，父母感谢你，最宝贝的孩子……

对于未来，妈妈不想给你太大的压力，将来你上学时，妈妈也曾经跟爸爸商量，决定选择与咱们身份相当的学校。因为咱们是普通人家，妈妈不想让你产生自卑感，或者染上攀比、虚荣一类的毛病。这一点，希望你长大后会体谅父母的苦心。只要你身心健康，只要你诚实善良、正直阳光、有上进心、有责任心；只要你学会关怀，关怀自己关怀别人也关怀社会；只要生活不伤害你，只要你能够独立能够坚强，能够直面人生的所有赐予——这就够了！

孩子，请原谅妈妈不能再陪着你长大；可是妈妈会在另一个世界，时刻用最灿烂的目光注视你：在万物萌动的春天，寒蛰唧唧的秋夜，晚风徐徐的夏日，灯花与雪花交融的寒冬夜晚，妈妈都会为你守护着温暖和希望……

孩子，记得妈妈爱你，健康快乐地成长吧！走过快乐童年，走过纯真少年，成为上进的优秀青年，然后以坚定的姿态去规划你的人生，你的梦一定更有色彩！妈妈唯一请求你的，就是无论未来飞得多高走得多远，都一定要好好孝顺你的爸爸……"

佟雪燕写不下去了，手里的笔仿佛也沾上了泪水，模糊了字迹。她俯身再次亲吻儿子，良久，才又拿起另一张纸，开始给林枫写信——

"亲爱的林枫，曾经答应陪你走到老的，看来我要食言了……

我真的累了，请给我放个假，让我休息吧！如果你真的爱我，如果你不想让我担心，我走后，请别再想我，好好跟儿子过日子……答应我，给自己再找个比我好的爱人，给儿子找个好后妈……有时间的时候，替我看看我父母……"

佟雪燕放下笔，再次深深地亲吻了宝贝儿子。然后整理一下妆容，她希望自己留给林枫的最后一面，也是干净美好的。

抬起手，一整瓶消炎药都倒进了嘴里，佟雪燕安静地躺在床上，给自己选择了一个比较舒服的姿势。活着已经够累了，死后，又会去往何处？佟雪燕惨兮兮地笑了一下，去哪儿都无所谓，只要那个地方可以容下自己的一双眼睛，让自己还能为老公和儿子守候，就心满意足了！

闭上眼睛，许多往事，在死神来临之前闯进了她的脑海，争着抢着与她作别。那些曾经快乐的、悲伤的、平静的、愤怒的，每一个细节忽然之间清晰起来，撞击着她的心灵，但是她却品不出苦辣酸甜。装满了药的胃开始隐隐作痛了，来自食管处的灼痛感，让她感觉死神正在向自己走来。

皱一下眉，不是因为恐惧，而是因为解脱了！抬起自己的左手，看着结婚时林枫亲手给她戴上的戒指，虽然只有十五块钱，但见证着他们轰轰烈烈的爱情，见证着她来此世界一遭，曾经是那么的幸福和丰盈。

　　思想渐渐混沌，佟雪燕忽然有些着急，感觉还有忘记交代的事，还有舍不下的人，还有未实现的梦，还有很多很多……

　　然而，思维再也无法集中，佟雪燕看到黑暗有魔爪抓住了她的左手，带着她向上飞呀、飞呀……当最后的意识被强烈的胃痛击败后，她痛苦地呻吟着，无力地垂下了那只还想抓住什么的左手……

　　风平了，树静了。

　　云际天边吟唱着一首"不如归去"的歌……

# 第七部分　交换儿子

## 第一章　噩梦初醒

病房的椅子上，林枫把头深深地埋在双肘间，接二连三的事故，让这颗破碎的心，再也没有了快乐的权利。医院里没有别的亲戚，他不知道应该通知谁，也不知道大家来了，自己如何交代。

结婚的时候，他曾经对佟志国信誓旦旦："把佟雪燕交给我吧，我一定让她幸福！"可是短短的两年婚姻生活，却让佟雪燕伤痕累累，如今竟走到这个地步……

现实摆在面前，就像一场噩梦，让林枫不敢回首。

"不要跑，儿子，别摔着！儿子，疼不疼，快让妈妈看看！"佟雪燕忽然从梦中惊醒，紧紧抓住林枫的手，焦急又认真地检查着。

"燕子，燕子，浩楠没事，咱们的儿子没事，你放心吧！"

林枫一下子搂住佟雪燕，泪如泉涌。这已经是手术后，佟雪燕第六次神志不清，语无伦次了。

佟雪燕嘴角的血滴在林枫的手上，她误认为是林枫的手在流血，心疼极了："痛不痛啊？都流血了。妈妈给你包扎上，儿子，别哭啊！"

林枫捧起佟雪燕的脸，无力地请求着："燕子，你醒醒好不好，看清我是谁！看清我是谁！我是林枫，不是小浩楠，我是林枫啊！"

佟雪燕愣了一下，然后对林枫说："林枫？林枫在哪？姐姐，求你快点儿叫林枫回来，浩楠流血了，咱们赶紧去医院啊！"

"燕子，别吓我好不好？你怎么连我都不认识了，怎么会这样？我是林枫，我就是林枫啊！"林枫轻轻摇晃着佟雪燕瘦小的肩头，希望她能清醒过来。

"啊，林枫，你来了就好，我困了，睡觉去。你送孩子去医院吧，他流血了。"佟雪燕愣了一下，审视林枫好半天，确定他真的是林枫后，放心地躺下沉沉地睡着了。

林枫的心被揉搓碎了。佟雪燕的脸苍白得毫无血色，嘴唇全都破了，有的地方还微微渗着血渍，有的地方结了薄薄的一层疤；口腔里应该也是破了，每次哭着喊着醒来的时候，都能看到唇齿之间殷红的血迹。林枫不敢想象，如果不是自己提前回家，现在的佟雪燕，还在不在人世？

事情是这样的，早晨刚到单位，林枫就有些魂不守舍，眼前总是出现一朵莲花幻化成一汪血水的情景。他莫名其妙地有种不祥的预感，勉强坚持到中午，然后向同事借了些钱，便风风火火骑车往家赶。可是一回到家，见小浩楠正在床上哭着喊妈妈，而佟雪燕口吐白沫，已经深度昏迷。林枫看到床上的空药瓶，明白佟雪燕服药自杀了。

林枫抱起佟雪燕疯了似的往外跑。邢巧云追出来拦住林枫，说早晨刚打完吊瓶，中午没必要再祸祸钱！林枫第一次感觉母亲如此无情，也第一次对母亲发火："让开！快让开！佟雪燕如果死了，你就是杀人凶手！快让开！"

邢巧云这才把目光移动到佟雪燕的脸上，立刻吓得慌了神："天啊……天啊……我说让她死，那都是气话，可她怎么……怎么真寻死觅活了？怎么办啊……老头子，你快出来……佟雪燕自杀了……"

林枫没有时间跟母亲理论，抱着佟雪燕跑到医院，跪地求医生一定要救救她。紧张的抢救过后，医生把佟雪燕从急救室推出来，说她的胃被烧破了，幸亏送得及时，否则根本救治不过来；回到病房后，医生叮嘱林枫，好好看着体温、好好看着吊瓶，注意别让病人喝水，胃粘膜现在还不能受刺激；林枫问医生，什么时候能康复？医生说胃部的伤害需要调理，慢慢就好了，只是患者精神受到刺激，也许会留下后遗症，因此一定做好心理准备……

于是，就这样静静地守护着，眼睁睁看着佟雪燕一次又一次地说着胡话，眼睁睁看着佟雪燕一次又一次醒了哭，哭累了睡，林枫的心灵经受了从来没有过的折磨。他默默祈祷着，希望再次醒来的佟雪燕，第一眼就能认出自己，能完全变回那个清醒的燕子……

"怎么弄成这个样子？这不是要出人命吗？"季平吵嚷着走到佟雪燕的病床前。身后跟着哭成泪人的佟雪梅。

林枫有点儿意外："你们，怎么知道的？"

"怎么知道的？你妈打电话，说人死了，让我们处理后事！"季平没好气地回答道。原来邢巧云见事情如此严重，便跟林振远商量，怎么着也得通知佟雪梅，无论死活，也得让佟家人到现场，免得将来向自己要人。

"雪燕，雪燕！"佟雪梅扑到妹妹的病床边，看到一张苍白如纸的脸庞。佟雪梅哭着埋怨林枫，"林枫你到底想怎么样？出这么大的事，你怎么不第一时间通知我们？如果她就这么去了，我们连个活面都见不到了！"

"我……对不起，姐……我没脸见你们！对不起，是我无能，辜负了燕子，也辜负了你们所有人！对不起……"林枫沉沉地低下了头，忏悔般喃喃着。

"现在说丧气的话，有什么用？辜负我们没关系，只要你们想清楚，今后怎么对雪燕就行。再这么糊里糊涂的，早晚要出事！"季平既生气又同情，他认为当务之急，必须解决林家的内部矛盾，否则佟雪燕这次被救活了，可能下次就不会如此幸运了。

"你想清楚了，决不能再让雪燕委屈了！林枫你听见没有？听见没有？"佟雪梅为妹妹擦拭着唇边的血迹，希望林枫给出一个保证。

"雪梅你也别怪林枫了，他比谁都难啊。你好好陪着雪燕，等她醒了劝劝她，好死不如赖活着，更何况还有孩子，怎么着，也不能让孩子没妈……"季平阻止了佟雪梅，然后拍了拍林枫的肩，"走，我陪你去吃饭。你必须得挺住，这个家，全靠你支撑呢。"

林枫瞅瞅佟雪燕，想想儿子，长叹了一口气，跟季平出了病房。或许季平说得没错，无论如何自己不能倒下，撑着吧，撑不住——也得撑着！

## 第二章 痛的思索

夜深了，病房里安静下来了。大夫给佟雪燕注射了镇静剂，现在睡得正熟。林枫坐在走廊的长椅上，让香烟暂时麻醉自己。

"哥，你别太难过。"不知道什么时候，林茹和乔铭站在林枫的身边。

"我不难过。这是我的命。"林枫头也没抬。

"这是爸妈给拿的钱，他们知道你没有，先把住院费交了吧……"林茹递过一些钱，低声说。

"是的，他们当然知道我没钱！不过，这些钱我不会用的，你拿回去，让他们都存起来，然后天天守着存折过日子吧。再告诉他们一句，我以后再也不会借啦，给我也不要！"想起父母对自己的经济封锁，想起之前在诊所付不出诊费的窘迫，想起在单位向同事借钱的无奈，林枫对父母失望至极。

"妈说了，她当时在气头上，怎么也没想到，佟雪燕竟然真的喝药了。"林茹试图为母亲辩解，消除林枫的怨气。

"别说了，我比谁都清楚。如果不是她逼得雪燕走投无路，雪燕不会寻死的！是我害了她！是我自己没用，保护不了自己的老婆，是我没用！"林枫痛苦地说。

"哥，你别这样。我以后劝劝妈，对佟雪燕好点儿……"林茹第一次感觉有点内疚，虽然怨恨佟雪燕拖累了自己的哥哥，但说句良心话，还不至于恨她死。林茹相信自己的母亲亦是如此，恨归恨，怨归怨，绝不会真希望佟雪燕死的。

"你劝她？她会听你的吗？再看看你现在，一口一个佟雪燕，自始至终也没认你的嫂子，哈哈，你们俩是一样的，根本不接受雪燕！算了吧。"林枫笑了笑，却比哭还要可怜。

林茹试图替自己解释："哥，你别怪我。有些事，我也弄不懂。不过我答应你，今后一定对她好点儿，你就原谅咱妈吧……"

林枫真是太伤心了，打断林茹的话，然后把自己的苦闷和盘托出："林茹，你应该比哥还清楚，结婚前前后后的事你亲眼所见，我只要他们一个点头，其他的跟物质有关的，我什么都不要；甚至订婚时父母答应给雪燕买的电视机和洗衣机也食言了，但雪燕不在意这些。可是父母不依不饶的，得寸进尺……孩子出生后，我以为他们能有所转变；可谁知，一切更乱了，他们变本加厉，别说雪燕了，就连我都被压得喘不过气来，每日提心吊胆，生怕一不小心就风波大起，鸡犬不宁……"

"哥，那些都是事赶事，话赶话，他们不是故意伤害佟……嫂子的……"林茹说着说着，觉得自己也没了底气。因为自始至终她比谁都清楚，父母是故意的，包括她自己，也是故意刁难佟雪燕的。

"……不是故意的？那我问你，前些天父母跟我谈话的事，你一定知道吧？他们提出让我离婚，说婚也结过了，孩子也有了，雪燕今生的愿望也实现了。现在给她点儿抚养费，也算对她有个交代啦！然后他们负责带孩子，让我再娶一个腿脚好的……林茹你拍拍良心，他们说的是什么话？而这些话，能让雪燕知道吗？雪燕也是有血有肉的人，除了不能走，她在咱们这个家，什么没做到？你扪心自问，是不是？她给你洗过衣服，给你做过饭，可你呢，最简单地，你给她洗过衣服做过饭吗？连声嫂子都换不来，她的委屈，你们知道吗？"林枫痛苦地说着，每一句话都仿佛带着血和疼痛。

林茹被质问得无地自容，尤其是当着乔铭的面，觉得太难堪了，赶紧连连说是啊，嫂子那样的身体，还给我洗过衣服，我真不好意思。

林枫长叹了一口气，抬起头瞅着林茹："你能记得就好，不记得，也无所谓！自古忠孝难两全，有些事，我不能再这样纠缠不清了！否则对不起雪燕。"

"哥，你要怎么做？"林茹瞪大眼睛，有些紧张。

"等雪燕出院，我和父母郑重谈谈，如果他们还是不想改变，我就和雪燕另起炉灶。林茹，不是哥不孝顺，哥实在太累了！雪燕，比我更累更难，我不能再害她了……"林枫给自己下了个决心。

"我回去再劝劝他们吧。或许暂时分开一段，对大家都有好处。哥，你也好好保重自己，别太上火！"林茹瞅了乔铭一眼，虽然她结婚不久，但婆媳之间、二个大姑姐之间那层微妙的关系，似乎也已经越来越明显了。忽然之间，她有些隐隐的担忧，不知道未来婆婆和大姑姐会不会也得寸进尺，变本加厉？如果那样，自己如何应对？

"你和姐姐要理解，另起炉灶，不代表不孝敬父母。虽然他们手里有钱有存款，但我还是会定期给他们生活费的。什么时候他们真正接受雪燕，大家再一起生活；即使一直也接受不了，到他们走不动那一天，我也不会袖手旁观的，一定尽到我为人子女的责任……"林枫吸掉最后一口烟，看到烟圈慢慢地散开，越来越明朗。

## 第三章　出尔反尔

秋天的落叶被厚厚的积雪盖住了，白茫茫的一片沃野，如冰雕玉砌的水晶世界，幻化着神话般的色彩。如果说世界在此时是最纯洁的，那隐藏在这纯洁的背后，那些枯萎的或者灰暗的，是否代表未曾来过？那些曾经的伤害，难道也会因为这短暂的平静而变得不复存在吗？

佟雪燕在迷迷糊糊的状态下，告别再次与死神擦肩而过，无奈地回到坎坷人间。漂流的记忆、不曾破碎的东西、用珍惜撰写出来的美丽，却残忍地被现实拉开镜花水月的距离。值得庆幸的是，亲情从未离开过，爱情也不曾远离，在姐姐的照顾和林枫的呵护中，在儿子一声稚嫩的呼唤里，佟雪燕终于从神志不清的状态下走出来，继续品味复杂多变的人生。佟雪燕还是偶尔露出微笑，虽然这微笑带着涩涩的苦，但总比生病时有了生气，林枫也松了口气。

胃粘膜的创伤渐渐恢复，不过坐骨的伤痛，却因为一成不变的家务活日益严重。最初的一段时间，邢巧云也有过深深的愧疚感，对佟雪燕的态度明显改变了，家务活也抢着干。邢巧云暗怪自己口无遮拦，只为一时泄愤，险些酿成人命。林振远后来也是把她一顿臭骂，说如果真出了人命，那佟家人能罢休吗？别老了老了，再混到蹲大狱的地步！鉴于这样的改变，林枫又把另立炉灶的话咽了回去。无论林茹是否把自己的想法转达给父母，但只要事态往好的方向发展，日子就有希望了。

可是好景不长，佟雪燕渐渐增多的笑脸，让邢巧云好了伤疤忘了疼，又开始瞅着她不顺眼了。都说"久病床前无孝子"，更何况是对待没有血缘关系的儿媳妇呢？另外还有一点，邢巧云看到佟雪燕旧病没祛，而今坐骨又添新伤，未来不知道还有啥伤病的，因此越想心里越堵，不敢想象自己的儿子要受多大罪。

所以，林枫不在家的时候，邢巧云的脸又开始"晴转多云"，不仅对佟雪燕使脸色，还一点点地向前推进，把家务活重新推给佟雪燕。佟雪燕不想看到邢巧云下雷阵雨，便又默默承担起家务，其实她也悄悄想过另立门户，不过担心林枫不会同意，只好在忐忑不安中过日子。

林振远见邢巧云"旧病复发"，便警告她不要胡来。邢巧云则借题发挥，以林振远那似是而非的外遇为把柄，噎得林振远哑口无言。到后来，林振远再一次选择了沉默，暗暗琢磨自己最初的计划，是否应该实行了？邢巧云并不知道林振远的真实想法，她只是一看到佟雪燕就别扭，无论佟雪燕做什么或者怎么做，她都能挑出毛病来，于是便想远离佟雪燕，来个眼不见心不烦！

小年第二天，林枫刚下班，正准备做饭，林振远把他叫到食杂店里，就林枫的婚姻是否要继续下去，展开极其郑重的谈判。

邢巧云下了最后通牒——父母和妻子，只能选其一！

林枫态度不变根本不想选择——不选择，谁也不放弃。

邢巧云抛出狠话——那我们放弃你！我们选择孙子！

林枫不明白，什么是放弃自己选择孙子？

林振远也问邢巧云是什么意思？邢巧云担心老伴不支持自己，便神秘兮兮地说，明天我回乡下，回来后你就明白了！

第二天，邢巧云把食杂店交给林振远，她一个人回了乡下。望着眼前熟悉的老屋和熟悉的环境，邢巧云觉得自己的心其实一直未离开过，人都是恋旧的，她也不例外啊。此时此刻她非常庆幸，多亏当初听老伴的话，没把乡下的房子卖掉。如今跟老伴带着孙子回去，依然是一个完整的家。主意一定，邢巧云说干就干，进屋跟林树夫妇痛打了一仗，不管林树夫妇是否理解，反正是把他们赶了出去。林树问邢巧云为什么出尔反尔，为什么如此绝情？邢巧云振振有词，当初只是让他们看房，又不是给他们的，怎么能说是出尔反尔呢？如今自己决定搬回来住，那么林树一家搬走，是再正常不过的。

有邻居跑去林慧家，告诉邢巧云和林树夫妇吵架的事。当林慧和刘军赶到的时候，战争已经结束，林树媳妇赌气似的找人搬家，说再也不会认邢巧云这个婆婆。邢巧云冷笑，自己的亲儿媳妇都指望不上，还能指望这个后儿媳妇吗？所谓羊肉永远贴不到狗身上，到什么时候都得有自己的房子自己的存款，活着才会底气十足！

　　林慧夫妇埋怨母亲太冲动了,怎么能说搬回来就搬回来呢? 再说小浩楠还在吃奶,抱回来怎么办? 邢巧云不以为然,说大不了断奶,回来喂奶粉喂饭,不是离开佟雪燕就活不了的! 林慧夫妇也没办法,只好边埋怨边帮她收拾房子。

　　又过了两天,邢巧云返回县城,先斩后奏向林振远来了个汇报。林振远觉得事情发生得有点儿突然,虽然这样的结果,正与他的计划不谋而合。但似乎时机还不成熟,本来,他是想等到小浩楠断了奶以后再行动的。因此不同意立刻搬家。

　　邢巧云不依不饶,又把"外遇"的事搬了出来,质问林振远是不是舍不得离开那个初恋情人? 林振远无语。"捉奸"风波让他矮了三分,因为骨子里他不得不承认,对那个抛弃了他的初恋,还是念念不忘。如果没有"捉奸"风波,不知道会不会有实质性的突破,但至少林振远肯定的是,在情感上一定会对邢巧云更偏离。

　　其实有一点,邢巧云对谁也不愿意承认,那就是她此次毅然决然要搬回乡下,很大程度上是为了保住自己的婚姻。因为自从"捉奸"风波后,她觉得林振远人虽然守在家里,心却离她更远了。她不懂爱情,但也不是木头人,儿子对佟雪燕疯狂般的执着,让她不可避免地联想到林振远和他的初恋,如果哪天林振远也发疯了,自己岂不落得个孤家寡人的下场? 所以必须切断林振远出轨的任何机会,远离是非之地……

## 第四章　交换儿子

有时候有些事真是不靠谱，就像一直努力酝酿的情绪，就像有种忧伤缓缓流出，就像某个时刻看到一片孤立怒放的花。林枫和佟雪燕本以为春节相安无事，一切就有所改变，可是却不知道，林振远和邢巧云正在酝酿一件大事情。

1998 年的春节刚过，刘军的四轮车就来了，老两口屋里屋外忙着收拾东西，准备搬家。林枫虽有另起炉灶的打算，如今见父母真的要搬回去，心里还是很酸楚，不断自责。尽管父母身体还很硬朗，但不能守在他们身边，总是自己的不孝。谁不渴望母慈子孝，谁不希望家庭和睦？可是现实如此残酷，事与愿违。

而佟雪燕则静静地抱着儿子，望着眼前的一切，不知道说什么好。房东大姐一直跑前跑后，看到林振远把那台旧洗衣机也抬到车上了，忍不住问了一句："林叔，这台洗衣机也不值几个钱，雪燕身体不好，不如留给她吧；还有那台旧电视，你是不是也应该留给雪燕，那是她从我这买的，雪燕平时也有个营生……"

林振远瞅了房东一眼，嫌她多事："这洗衣机是我的，不值钱就砸了卖废品，扔了也不给她！电视是她买的不假，可那钱是我儿子挣的，不是她挣的，我想抱走就抱走。如果她有能耐，就自己挣钱买新的！"

佟雪燕闻听此言，在心里淡淡地笑了笑。公婆的心竟然跟铁一样硬！姑且不说那台旧洗衣机的价钱，也不说她和林枫攒了多久才买了台旧电视机，一切与钱无关，单单是林振远的那句"砸了卖废品也不给她"，就可以把人一下子打入十八层地狱。根本不用再指望公婆的接受，佟雪燕在心里告诫自己：必须加油，好好活着，努力活出个人模样来，证明给公婆看看，给所有不平等不信任的目光——看看……

邢巧云搬完自己的东西，又走到佟雪燕的房间，开始整理小浩楠的衣物。

"妈，你这是做什么？"佟雪燕一下子紧张起来，林枫也愣住了。

"说了我们选择孙子，你们还不明白？"林振远也走进来，到厨房收拾餐具，准备把所有的碗筷碟盘、大米豆油都打包带走。

"不行啊！你们是想带走孩子吗？不行！孩子不能跟你们走！"佟雪燕震惊不已，怎么也想不到公婆竟然要带走儿子。她一边喊着，一边搂紧了儿子，生怕邢巧云过来抢。

"是啊，妈，孩子不能跟你们回去。"林枫也表了态。

"你还挺霸道！我的儿子给你了，你的儿子就得给我！咱们谁也不欠谁！"邢巧云不理会林枫，只恨恨地对佟雪燕说。

"林枫，我不能没有儿子的，你快和爸妈求情，快啊！"佟雪燕简直要疯了，婆婆原来是为报复自己。这实在太残忍了！

林枫此刻才明白过来，原来父母早就打定主意，只是没对自己说罢了。林枫措手不及，语无伦次地跟父母理论："妈，孩子还要吃奶，怎么能说抱走就抱走呢？这样突然离开他妈妈，大人孩子都受不了的。你们回你们的，如果想孩子，或者我带他回去，或者你们来……"

　　林振远打断儿子的话："受不了也得受，就是让她尝尝失去儿子的痛苦！我们的儿子给她了，她就得受着！你不是说我们对她不公平吗，今天就来个公平的交换！"

　　"爸，你们并没有失去我，为什么一定要这样做啊？孩子那么小，不能离开妈妈……"林枫实在不明白，父母怎么这样固执？

　　"放弃你就等于失去，以后我们和孙子一起过了，你们愿意生，就再生一个，反正她佟雪燕有这个优势，身体残疾不是可以生两个吗？"林振远态度坚决，完全不顾林枫的感受。

　　"你们不能这样残忍，我的儿子我谁也不给！"佟雪燕第一次在公婆面前大声喊嚷，自己什么委屈都受过了，为什么公婆还不肯放过呢？为什么一次次挑战自己的底线？

　　"这事你说了不算，从今往后我一辈子也不想再登你的门。林枫舍不得你，他就跟你过，吃苦受罪是他活该。不过，佟雪燕我得提醒你，城里什么样的女人都有，如果你看不住自己的丈夫，到时别去找我们哭天抹泪！"邢巧云边说边过来抱小浩楠，佟雪燕用尽全力护着，孩子在拉拉扯扯中吓得哭了。

　　"爸，我求你了，别再折磨我了好不好？"林枫看着眼前的一切，心痛不已。自己的父母，自己的妻儿，都是自己至亲至爱的人，为什么非要闹得如此焦头烂额？

　　"求也没用！你妈说得对，我们以后就指望我们的孙子，你爱跟谁过跟谁过，过好过赖也别跟我们诉苦。她佟雪燕会用自杀吓唬人，我也会；如果今天带不走孩子，我就死一个给你们看看！"正在收拾碗筷的林振远，说完竟然随手拿起菜刀，以死威胁。

姐夫刘军见此情景，赶紧劝林振远放下刀，万一伤着可不是闹着玩的。林振远警告刘军别过去，如果今天带不走孩子，他跟谁都势不两立。林枫颓废地跌坐到地上，父母简直是疯狂了，竟然用这样的狠招逼他就范。如果因为儿子而让父亲自我伤害，这是任何人也做不到的！林枫还能怎么办呢？

邢巧云趁林枫失神的工夫，推倒佟雪燕，然后抢过孩子抱着上了车。佟雪燕的心立刻被掏空了，摇着轮椅出去追赶，可门槛儿挡住了去路。她不顾一切从轮椅上扑到地上，跪爬着追出去："还我的儿子，还我儿子……还我……儿子……把我的儿子还给我……浩楠，浩楠……"

刘军于心不忍，想说服邢巧云把孩子送回去。但林振远一声怒吼，吓得刘军不敢再吭声，启动车子离开。等佟雪燕爬出大门外，搬家的车已经渐行渐远，小浩楠"妈妈、妈妈"的叫喊声，被呼啸的北风淹没了。佟雪燕绝望地趴到雪地里，泪水被寒风冻结成冰，原来这个世界什么都是冰的，热泪，也会成冰！

林枫听到佟雪燕惊天动地的哭喊声，终于缓过神来，跌跌撞撞跑到院门外，跪倒在雪地里跟佟雪燕一起哭——都说四季有轮回，冬天来了春天不再遥远，可为何他们感受不到一丝春天的气息？

## 第五章　记忆归零

雪花被裁成六瓣，飘满来时路；关于孩子的记忆，在风雪中摇曳,愈远愈清晰。原来,许多过往都不曾离去,记忆仍是记忆,在冬季发芽,春暖的时候,是否还会绽放新绿?

时光匆匆,带不走往日的痕迹;婆婆回了乡下,却把更大的伤害和难题,留给了林枫和佟雪燕。望着满满一小窗的太阳,佟雪燕的思绪一直游离着,回想、回想、回想,每一个断裂的片段都被拼凑着,到处都是儿子小浩楠的影子,都回荡着小浩楠天真可爱的笑声。

"来,浩楠,妈妈抱。"佟雪燕想得太入神了,分不清是幻觉还是真实。可伸出去的手被柜台上的货物挡住了——原来儿子不在身边,儿子不在身边!

一阵阵酸楚袭来,包围着佟雪燕流血的心灵。儿子是她身上掉下来的肉啊,是她生命的全部寄托和希望。当初冒着危险把儿子生下来,那种喜悦仿佛就在昨天。可是昨天和今天又如此遥远,无情地隔开了血脉相连的母子。如果说破坏一对相亲相爱的人是一种犯罪,那么分开一对相依为命的母子,是不是也应该算作一种罪恶?

想到这些,佟雪燕第一次对公婆产生一丝丝恨意。由于当天她急着抢回儿子,不管不顾地从轮椅上扑出去,结果坐骨磕到了轮椅的脚踏板上。到医院拍片子,医生说旧伤新伤叠加,导致炎症,必须刮骨疗伤,暂不能坐,只能趴在床上静养。情况如此严重,林枫考虑再三,手术前给岳母李美贞打了电话,一是希望帮着照顾雪燕,二是有母亲在身边,会有助雪燕调整心情,不至于那么思念儿子。

然而母亲的到来,并没有让佟雪燕的心情好转,因为孩子是尚未断奶就被抱走的，每当到了往日固定的喂奶时间，那种思儿之情更甚。她不知道自己的心，没有儿子的存在还能不能扎根了？连日来，她没睡过一个安稳觉，更确切地说，几乎没真正睡过。大脑一直停留在激烈的斗争中，婆婆抢儿子的镜头挥之不去，儿子的哭喊声在耳边萦绕，如何能安心？

李美贞见事已至此，便劝小女儿想开点儿，先把身子调理好，等以后公婆消消气，再把孩子接回来。然后李美贞又跟林枫商量，看看能不能把孩子接回来，免得雪燕落下个抑郁症啥的。林枫鼓足勇气回了次乡下的家，但公婆态度一点儿也没有改变，说别用生病来吓唬人，孩子就在自己身边扎根了，谁也别想抢回去。

最后，林振远语重心长地劝儿子，说当初没卖掉房子的原因，就是想等到孩子长大这一天把他抱回来，先斩断他们的母子情。邢巧云终于明白了老伴的真正意图，立刻怂恿林枫离婚，说反正佟雪燕的母亲来了，让她直接跟着回黑龙江得了；如果她们同意，咱们可以给佟雪燕一笔赡养费……

林枫失望而归，但父母的话绝不能对佟雪燕讲。他只能鼓励佟雪燕振作，没事的时候看看书，写写字，听听收音机，重新拾起文学梦。

然而，佟雪燕无法静不下心来看书写字，刚刚结婚时的创作激情荡然无存。想想也能理解，最初他们过的是单单纯纯的二人世界，没有任何纷扰，虽然简朴清淡，但平静而祥和。如今，只是形式上的两个人，儿子虽然不在身边，但无法忽略他的存在。和公婆相处十八个月，这十八个月仿佛有十八年那么漫长。最后，公婆抢走了孩子，一切仿佛又重新归零。

小店里和三年前结婚时一个样子：一床、一锅、一柜台、一货架。

经济上还和三年前结婚时一个样子：货被公婆卖光了，还欠下送货人五百元货款；佟雪燕不得不重新先还款再进货，结果又欠下和三年前一样的债务。

家境也和三年前结婚时一个样子：钱包空空的，米袋子空空的，林振远连菜刀也没留下。在林枫重新置办餐具之前，唯一令人温暖的，就是佟雪梅拎过来的那桶食用油。

看似跟三年前一样，怎奈物是人非？希望和憧憬，是三年前最美好的心境；而今天郁郁寡欢，两颗心都丢了一半，同时牵挂着被迫离开自己的儿子。房间的每个角落，都能找到小浩楠的身影，稚嫩的声音不停在回荡：

妈妈，这是电灯；

妈妈，这是红色，那个是绿色；

妈妈，陪浩楠做游戏好不好？

妈妈，我要吃果冻冻……

佟雪燕趴在床上哭了，不知道什么时候能让儿子回到自己的怀抱。

## 第六章　刻意隔离

三个月后，佟雪燕的伤终于完全康复了，但是医生还是建议她少坐，保护好脊柱和坐骨。

人总是在即将失去的时候倍感珍贵，而又在失而复得后，倍加珍惜。佟雪燕即是如此，重新能坐起来令她足足开心了一整天。林枫却为此难过了好几天，他觉得佟雪燕跟着自己受罪了，从生孩子时那杯大筒冰淇淋，到如今重新坐到轮椅上，她的愿望竟然越来越卑微，卑微得让林枫无地自容。

仿佛是另一次炼狱，佟雪燕的心理又成熟了许多，觉得自己一个人能面对空荡荡的房间了，便催促母亲回黑龙江去照顾哥哥家的孩子。李美贞千叮咛万嘱咐，告诉雪燕一定要保重身体，别再摔着。佟雪燕答应了。虽然三个月来，没敢对李美贞提之前服药自杀的事，但佟雪燕在心里承诺母亲：自己一定不会再寻短见，再苦再难也努力活着！

母亲又对林枫叮嘱了一番，对佟雪梅嘱咐了一番，这才无比牵挂地回黑龙江了。佟雪梅担心妹妹身边一时冷清心情不好，便一有空就过来陪她，姐俩恢复了之前天天见面的时光，遇到林枫休班，佟雪梅就抢着看店，让林枫推雪燕出去散心。

这天林枫下班，骑回来一辆旧电动三轮车，雪燕问是怎么回事。林枫说雪燕现在能坐着了，他想经常带雪燕回家看孩子，便向同事借钱买了一辆便宜车，这样不必带雪燕去挤公共汽车了，回乡下方便些。而且平时下班早或者休班的时候，还能出去揽活儿，据说这种电动三轮车的生意不错，只要肯吃辛苦，赚的钱不比上班少。

两个人怀着无比激动的心情来到乡下，却不料被邢巧云拦在了大门外。邢巧云说孩子现在已经适应跟爷爷奶奶生活了，如果佟雪燕再来掺和，孩子很可能变得不听话，不好带。林枫央求母亲打开门，他们只是想看看孩子；邢巧云说现在不行，等孩子再适应一段时间，当你们来来去去根本影响不到他的时候，再来。

佟雪燕悲伤地哭了，恳请婆婆让她看一眼，哪怕只远远地瞅一眼也行，假装不认识孩子也行。但邢巧云态度无比坚决，说你们今天就是说得惊天动地，也不行，赶紧回去吧，我要烧火做饭了，给孩子蒸点儿鸡蛋羹。林振远在屋里哄孙子，听到他们在大门口的争执，爬到窗户上瞅瞅，什么也没说。佟雪燕和林枫无奈，只好把大包小包的水果酸奶虾条从大门塞进去，含泪返回县城。

其实邢巧云之所以这样做，是因为小浩楠根本不适应没有妈妈的日子，春节时被强行抱离妈妈的怀抱，在他幼小的心灵上留下严重的创伤。只是孩子尚小，心里的痛苦只能用哭来表达，爷爷奶奶给冲奶粉，也不喝；给水果，也不吃，就是找妈妈。

林振远和邢巧云为此也吃了不少苦头，白天还好说，可以背着孩子到外面走，看到小鸡小鸭子分散孩子的注意力；可是晚上就难办了，外面黑灯瞎火的根本不能出去，只能背着孩子在屋里转悠，盼着孩子早点睡。每当孩子伏在背上睡着了，大人也累得上气不接下气。有时候邢巧云累得受不了，便嚷嚷着让林振远哄，林振远也累得腰酸背痛，然后两个人就互相埋怨，说你稀罕大孙子非要弄回乡下来，好啊，你哄吧，我不管了!

幸亏林慧家离得近，和刘军经常来帮着带孩子，尤其是小馨宜的到来，会给小浩楠带来片刻的安宁与欢乐，令林振远和邢巧云得以喘息。每当这时，林慧就会责备父母太自私，干吗一定把小浩楠拴在自己身边？邢巧云说不是拴，而是帮林枫带孩子，否则自己的傻儿子忙不过来。林慧揭穿母亲的谎言，说佟雪燕的母亲完全能帮忙，你们为什么不让她带？归根结底，还是想离间孩子与佟雪燕的亲情，所以还是自私。

不管林慧怎么劝怎么批评，老两口也不改变主意。而如今三个月过去了，小浩楠倒是没之前那么爱哭了，但也缺少了应有的活跃和笑脸。邢巧云和林振远觉得孩子安安静静的，不影响他们做任何事情，挺好。因此这次邢巧云不让佟雪燕进屋，就是担心孩子刚刚安静下来的心被搅乱，再重复三个月前那种不得消停的局面……

佟雪燕回来后就大病了一场，从此一蹶不振。每天躺在床上，小店也无心打理，谁和她说话也不回应。偶尔翻出小浩楠的旧衣裳，洗了晒，晒了洗；或者拿起织针给小浩楠织衣服，一织就是一天，嘴里念叨着过完夏天就是秋天，得让儿子穿暖和点儿。

林枫看在眼里，想起在医院时佟雪燕疯狂的样子，心里七上八下，万一真因为想念儿子落下精神病，那真是太对不起佟雪燕了。于是自己偷偷回了乡下，找到林慧和刘军，希望他们也帮着劝劝父母。三个人一同去了邢巧云家，没想到说破了嘴，邢巧云和林振远也不松口，甚至说如果接走孩子，他们就把老屋当坟墓，不活了。最后林枫又失败而归。

林枫找佟雪梅和季平商量。季平说长此以往也不是办法，不行的话，就上法庭吧，打官司把孩子抢回来。林枫长叹，无论如何也不能上法庭，自己作为儿子若把父母告了，还算人吗？再说父母是爱小浩楠的，只是不接受佟雪燕罢了。佟雪梅也认为没到上法庭的地步，否则林枫还怎么做人？她答应林枫，白天她尽量会守着雪燕，分散她的注意力，慢慢再想别的办法……

而佟雪燕并不知道林枫背后所做的一切，她实在无法接受婆婆的做法，那扇大门隔断了她和孩子的母子情。她一次次流着泪对姐姐哭诉："还会有将来吗？小浩楠在爷爷奶奶的教育下，还会记得有我这个妈妈吗？他们很明显地，就是要分离我们……怕只怕再见到儿子的时候，他已经不认得我了！"

佟雪梅为妹妹揪心，有一天送儿子去上学，意外听幼儿园的阿姨说，有一个小朋友得了孤独症，就是因为从小没在父母身边，尤其是缺少母爱。佟雪梅一惊，担心雪燕的孩子会不会也得孤独症？

未来的日子太过漫长，如果没有了希望，自己的妹妹要如何走下去？邢巧云和林振远像无法逾越的屏障，不要说妹妹，即使是佟雪梅，也根本看不到希望。

## 第七章　美丽错误

阳光并不总是灿烂的，当阴霾笼罩四周，阳光也只能发出灰白的影子，照在人的心上也是阴暗的，带着更痛楚的凄凉。佟雪燕和林枫的心情亦如此，当看一眼自己的孩子变成奢侈的愿望，两个人同时濒临崩溃。

看着佟雪燕的情绪越来越低落，林枫既担忧又自责。林枫经常扪心自问，如果他不带佟雪燕步入婚姻，那么她就不会承受这么多折磨，不会失去斗志；如果她的精力没有被家庭拖累，一定会不断奋进，最终飞起来的。

可是，他把她带进了婚姻，并且以爱的形式毁了她！婚姻，可能成了佟雪燕此生最美丽的错误！他不知道怎样做，才能唤回那个甜甜微笑的燕子？

前些天小浩楠两周岁生日，林枫又背着佟雪燕回了趟乡下，这次他没敲门，直接跳墙进了院子，给邢巧云来了个措手不及。林枫抱起儿子，孩子羞涩又腼腆，根本不敢看他的脸。林枫心里一疼，便又跟父母谈判，说如此下去只怕孩子得什么心理疾病，还是接回佟雪燕身边吧。他可以向父母保证，每半个月带回来一次……

邢巧云当时就火了，上去抢过孩子一阵嚷嚷："什么心理疾病？我的孩子都是这么长大的，哪个有病了？我看是你们有病！"

"妈，不是骗你，现在电视上也经常播，这种情况越来越多。你再看看咱们的小浩楠，那些症状和孤独症很像……妈，难道你一点儿也不担心？他可是咱们林家唯一的骨肉啊！"林枫据理力争。

"想孩子就说想孩子，还编什么理由，以为我是三岁小孩子啊？再这样，以后你跳大墙，我也不让你进屋门！"邢巧云气得开始数落林枫，认定林枫是为了骗孩子使出的手段，因此抱着小浩楠躲到邻居家了。

林枫不敢相信这是自己的亲妈，心凉半截。然后林振远发话了："孩子什么样，我心里有数，你就别瞎操心了！我们就是不想让佟雪燕见孩子，你见可以。如果你愿意的话，搬回来住就更好了，但佟雪燕绝对不能跟着回来。我的意思，你们结婚也整三年了，难道你还没跟她过够吗？"

林枫震惊，问父亲说什么呢？怎么可能把佟雪燕独自扔在县城，到底是什么意思？

林振远干脆和盘托出："事已至此，我就跟你明说了吧。当初订婚，我们是缓兵之计，结果没拗过你；同意你结婚，也是缓兵之计，结果你非得结；后来有孩子了，咱们不能不认，那是林家的骨血。但现在，孩子没佟雪燕也能活了，所以，你如果跟她过够了，就离婚吧。放心吧，孩子我跟你妈带，再找对象的时候讲清楚，绝不会影响你们的二人世界……"

林枫再次质疑，眼前说话的老人，是不是自己的亲生父亲？他告诉父亲，自己绝对不会跟佟雪燕离婚的，即使孩子永远不回到他们身边，也绝不离婚。林振远质问他非得一条道走到黑吗？林枫说自己认准了，就绝不回头，希望父母别再折磨佟雪燕，那样他会感激不尽。

回到家，林枫觉得心力交瘁，很无助。可是他是男人，是这个家的主心骨，只有扛着，咬牙挺着。实在闹心了，他就开车出去揽活儿。有时看到别的人家开开心心地在大街上闲逛，其乐融融；再想想自己的家，支离破碎，林枫羡慕得有点儿嫉妒恨。

心情实在控制不住了，他就把车开到最黑暗、最僻静的角落，在那里痛哭一场；等心情稍好点儿，或者泪痕消失了，再跑去夜市买点儿佟雪燕喜欢的小吃，然后回到家后，送给佟雪燕一个笑容。

偶尔，林枫会有一种厌世的感觉。他常常在想，人为什么活着呢？以前觉得自己看得很明白，觉得亲情、友情、爱情是人活着的一种动力。后来，他失去了友情，他依然活着；再后来，失去了亲情，他还是要活着。如果说以前对佟雪燕是一种疯狂的爱情，那么现在，在爱情之外更带有冷静而成熟的责任因素。他忽然有些分不清，如此屡受磨难的婚姻，还容不容得下爱情？

有的时候，他也很烦躁，尤其是偶尔有乘客对他指手画脚，脸上带着不屑，他就会有打人的冲动。潜意识里，总有另一个自我在心灵深处和他较劲。为什么我受别人的轻视？这时，骨子里那个清高孤傲的林枫占了上风，他同样看不起那些粗俗的世人！

还有一次，林枫实在控制不住，把顶头上司给打了。不想让佟雪燕担心，因此一直没提这件事。说起来，林枫并不是喜欢武力的人，如果不是顶头上司太目中无人，他也不会轻易动手的。

原因是单位效益不好，顶头上司把责任全推给了林枫。林枫解释说，近日新建了好几家小型饮料厂，既经济又实惠，抢走了很多顾客。顶头上司认为林枫是在找借口，没能力就别找客观原因，如果胜任不了班长这个职务，痛快说话！后来见林枫不服气，又指着他的鼻子轻蔑地说："像你这种人，也只配老老实实伺候瘫子媳妇，回家抱抱孩子！"林枫火气上来了，拎起汽水瓶子就向顶头上司的头砸去……

主任当时吓得尿了裤子，多亏同事把他推开了，否则脑袋就要遭殃。大家都说林枫你平时挺稳重的，今天这是怎么了？快消消气，如果真砸上，不出人命也得赔偿啊！林枫说："我就是想让他知道，不要看不起人！这世上没有谁比谁低级！"顶头上司连忙道歉，说自己嘴大舌长对不住了。从那天起，顶头上司再见到他时，都主动打招呼……

林枫就这样时而迷惘、时而冲动、时而冷静，只因为一个爱字，只因为一个情字，然后在心中纠结成一团乱麻，让他自己也理不清、剪不断。

## 第八章　豁然开朗

日子就这样在指缝间流淌着，一年的光阴转瞬即逝，爆竹声中又迎来了1999年的春节。这一年里，林枫和佟雪燕不知道奔波了多少次，流了多少泪，费了多少口舌，终于在春节前得到许可，让他们借过年之际，看看孩子。

小浩楠越来越沉默，即使看到妈妈和爸爸，也是先害羞地躲在旁边偷偷地观察，然后才一点点地挪动到佟雪燕的怀里，再然后就说什么也不肯离开妈妈，有时候搂着佟雪燕的脖子问："妈妈，你为什么才来看浩楠啊，你不想我吗？"佟雪燕无言以对，泪流满面。

林枫觉得孩子是到上幼儿园的年龄了，再次跟父母提出接回去。父母也再次反对，林振远还说他会教孩子识字，反正林慧的女儿有书本，想学啥学啥。佟雪燕舍不得孩子，自然又掉泪，这时邢巧云又开始责备她："大过年的哭啥？再这样哭天抹泪的，以后还是别见了，省得堵心！"

结果可想而知，佟雪燕和林枫再一次失落地回到县城食杂店。没有了孩子围前围后的身影，一切都显得死气沉沉。两个人躺倒在床上发呆，彼此都知道对方情绪低落，所以谁也不忍心打扰谁。

"丁零零……丁零零……"电话声突然响起，把深思中的两个人吓了一跳。

"喂，你好！……叶小白？……在门口？哦，好的，我去开门！"林枫放下电话，开门把叶小白和陈钊迎进来。

"小白，真的是你吗？"佟雪燕一下子坐起来，虽然心情忧郁，但好朋友的突然出现，还是让她非常惊喜。

"真的是我，亲爱的燕子！"叶小白过来把佟雪燕抱住，情谊在这一抱中胜过千言万语！

"可想死我了，一晃又好久不见！"想念儿子的悲伤和见到闺蜜的喜悦，化成了泪水，佟雪燕眼睛湿润了。

"告诉你个好消息，这次见就不走了，只要你不烦就行。"叶小白激动地说。

"铁板怎么关着呢？多亏打电话试试看，不然就错过了。"陈钊指了指窗子上的铁板，感觉很奇怪。虽然第一次见，平时叶小白总把佟雪燕挂在嘴边，所以陈钊并没有陌生的感觉。

"这是陈钊吧？嗯，我们刚从乡下回来，还没来得及打开铁板呢。我现在就去开，你先坐着。"林枫从照片上见过陈钊，觉得本人比相片中还儒雅，文质彬彬的。

铁板打开，阳光照进来，小店里一下子就亮堂了。

"燕子，你的速度好快，眼泪还没掉下来，眼睛就肿了？"叶小白很敏感，发现情况不对，压低声音问："你们俩儿，是不是吵架了？"

被叶小白一问，佟雪燕原本想憋回去的眼泪，顷刻间掉下来。她摇了摇头，不想让自己的不开心，影响到朋友的心情。

叶小白仔细地端详着佟雪燕，然后四下打量着冷清的小店，难过地问："儿子没跟你们一起回来？你在电话里好像说，要接他回来上学的。"

"嗯，儿子还在奶奶家呢，暂时回不来……"提到儿子，佟雪燕的眼泪又夺眶而出。

"怎么回事啊？是舍不得儿子，还是遇到难处了，跟我们说说吧，看看我们能不能帮上忙。"陈钊关心地问。

"唉，谁也帮不上忙的，听了只能跟着更上火。"佟雪燕叹了口气，简单讲了事情的经过。

叶小白听后，联想到自己的情况，也是感慨万千。原来自从毕业后，叶小白只上了几个月的班，就待岗在家。现在孩子还小，单位又忽然下文件，要求所有职工都要上岗。这样一来，叶小白不得不回榆恩县上班，夫妻二人分居两地。叶小白的儿子刚一周岁，只好由她父母带着。如果赶上值班，叶小白就不能回去父母家，一家三口就分居三地，天各一方……

佟雪燕担忧地问："那孩子能行吗？"

"孩子没问题，出生后就是姥姥一直带，祖孙俩儿感情特别深。"陈钊对这事儿挺放心的，认为不必担心。

"是啊，除了找我吃奶，其他时候根本不在乎我。"叶小白自嘲地说，"不过有母亲在身边帮忙，真的很幸福。"

林枫不由得想起自己的儿子："那还行，孩子没事就好。不过我儿子从小也在奶奶身边，却特别依恋燕子他妈妈。如果像你们小孩子一样，我们还少上点儿火！"

"你们也不要情绪低落，家家有本难念的经，想开点儿。其实真不必难过，儿子到啥时候都是你们的，即使现在不在身边，长大后他什么都懂的。"陈钊对此事想得很淡定。

林枫点了点头，不过自己家这本经跟别人家的，肯定不一样，其中的苦辣酸甜，如何能讲得清楚？讲出来后，陈钊他们又岂会懂？只有身在其中的人，才能真正理解啊。

"不过燕子，我得批评你几句。孩子不在身边，作为母亲肯定失落，但并不能成为你消沉的理由。我觉得，这反而是一个读书和学习的契机，小白说你最喜欢文学，你完全可以充分利用时间，好好创作。"陈钊平时经常读一些心理学方面的书，虽然第一次见佟雪燕，却非常想推心置腹地帮她解开心结，早日振作。

"这些道理我都懂。不过我无法集中精神，我的心在孩子那……"佟雪燕很伤感，自己的忧郁不是自己希望的，但她无能为力。

"其实有时候，痛苦是因为我们自己把痛苦放大了，坐下来静静想想，或许并没有那么苦，那么痛了。燕子你想想，你拥有林枫最神圣的爱情，拥有朋友最真诚的友情，拥有家人无微不至的亲情，还有对儿子的希望和寄托，这么多的幸福，难道不比所谓的痛苦来得更真实吗？再想想你的所谓痛苦，无非是公婆不接受你不认可你。那么你完全可以凭提升自己，来得到公婆的认可和接受。反之，如果你自暴自弃，就此沉沦，必将永远也得不到想要的认可和接受。"陈钊语重心长，像一位心灵导师。

"你说的……很对……只是，我即使再努力，即使得到社会的认可，也不一定能得到公婆的认可，你们能明白吗？"陈钊说的那些话，佟雪燕其实也都想过，只是她对公婆心灰意冷，觉得再怎么努力，都是枉然。

"燕子，首先你要自信，别人才能相信你；首先你要让自己强大，才能征服世界。我建议你学学心理学，这对自己对他人，都是非常有帮助的。"陈钊提出自己的建议和想法。

叶小白握住佟雪燕的手，此时无声胜有声，她多么希望能把力量传递给佟雪燕啊！佟雪燕抬头望向林枫，林枫的双眸里也有星光闪动，那是一种最深情的支持和期待。

佟雪燕瞬间开朗了许多，首先让自己强大，才能征服世界；而她并不想征服世界，她只想得到公婆的认可和接受。就这样简单。

## 第九章　强大自己

记得有人说过："心海浩瀚，可以容纳很多东西。有的人求子孙满堂，即是满足；有的人求福如东海，深感幸福；有的人求无上智慧，最是得意；有的人求万事如意，甚是欢喜。"送走叶小白和陈钊，佟雪燕开始扪心自问：自己追求的是什么呢？

林枫追求的又是什么呢？

林枫追求的，其实很简单很纯粹很执着，只是精神世界的一种完美。为了追求他想要的情感，可以说付出了昂贵的代价。但林枫从来没有退缩过。而她自己，对于公婆的霸道，偶尔幽怨在胸；面对公婆的刁难，难免自怨自艾；想念孩子时，更是心乱如麻；无路可走时，甚至选择过轻生……宽容、豁达、平和、自然，这些林枫做到了，而她似乎都没做到。

陈钊说，感恩的心是福，在偶尔的失意后，调解的最好办法就是学会感恩。那么自己对公婆，是否真的感恩了？他们辛辛苦苦把林枫养大，当然希望林枫幸福；父母的爱总是自私的，正像自己爱小浩楠一样。也许自己在太多的风波面前，并没有做到真正的宽容和感恩，因此才会心烦意乱，萎靡不振……

"小姨，这道题我不会做。"季心语正在写作业，有道题卡住了。

"来，小姨看看。"佟雪燕赶紧收回思绪，拿过题目耐心地给小心语讲解着。

"小姨，这道题老师上课时讲过，但我没听懂。你比我们老师讲得好，我终于弄明白了。"季心语谢过小姨，继续写作业。

说者无心，听者有意，佟雪燕忽然灵机一动——自己可不可以带几个像心语这样的学生，辅导他们写作业呢？然而想法刚刚出现，她又自己给自己打退堂鼓，自己一没文凭，二不是正式老师，三无教学设备，行动还不方便，试问哪个家长会请自己这个"三无"老师呢？一阵气馁，佟雪燕轻轻叹了口气。

"小姨，你怎么总叹气呀？是不是又想我小弟啦？"季心语懂事地问。

佟雪燕满怀期望地回答季心语："不是。心语啊，小姨问你个问题呗。如果小姨招收学生，给他们辅导课后作业，你看看……能不能有人来？"

"为什么不会呢？我们同学很多都上课后班的，因为有你辅导我作业，所以我就没报名。"季心语非常支持佟雪燕的想法。

"可是，小姨不是正规学校的老师，会有人相信我吗？"佟雪燕没有信心。

"小姨，你必须有自信。嗯，今天老师教了我们一句名人名言，我把它送给小姨：给自己一个希望，明天就会看到太阳！小姨，加油，我支持你！"季心语如今上四年级，说起话来有模有样，带着阳光般的力量。

"那……小姨可以试试？"佟雪燕一下子有了信心。

"不是可以，是必须！"季心语握紧拳头，为小姨打气。

佟雪燕盯着季心语的书包，调皮地说道："那么季心语同学，可不可以把你的水彩笔借燕子老师用一下？燕子老师要写一张招生广告！"

"当然可以。燕子老师，给你！燕子老师，心语有个小建议，如果你写广告，可不可以在旁边画一个太阳，因为太阳象征着光明和力量。"季心语全力配合自己的小姨，拿出水彩笔，一副恭敬的样子递到佟雪燕面前。

佟雪燕不由得在心里默默感激姐姐，自己虽然没生"小棉袄"，但姐姐给了自己一个如此可爱懂事的外甥女，跟"小棉袄"有什么区别呢？她——就是自己的一个太阳啊！

佟雪燕用水彩笔在烟盒上端端正正写上五个大字——"课后班招生!"然后按照季心语的建议,在字的旁边画了一个可爱的卡通太阳。季心语夸小姨画得好,字也漂亮,然后自告奋勇把广告贴在橱窗上最显眼的地方。

一切准备就绪,佟雪燕开始忐忑不安地有了期待。为了犒劳可爱的外甥女,佟雪燕让她自己到柜台上选吃的。不料小心语目光却定格在方便面上。佟雪燕明白,小家伙肯定又馋方便面了,因为姐姐平常不让她吃垃圾食品。

"心语,去拿一桶康师傅,小姨现在烧水。"为了满足外甥女卑微的愿望,佟雪燕决定给她吃店里最贵的方便面。

季心语梦想成真,开心极了,吃着小姨亲手泡的方便面,觉得那是世间最美味的食品。佟雪燕笑了,原来学会感恩就能享受到快乐,真好……

"请问,这里招收学生吗?"一个女高音伴随着敲玻璃的声音。

佟雪燕回头一看,忍不住笑了。"快进来,小白同学,你想学免费教你。"

"小心语怎么才吃饭?来,快吃肉串,刚烤的。"叶小白边说着边递过来一个塑料袋,里面装着诱人的肉串。

"谢谢小白阿姨,你怎么知道我们馋肉串了呢?"季心语对叶小白也相当熟悉,所以感觉非常亲切。

"呵呵,我和你小姨心有灵犀呗。"叶小白边说边指着橱窗上的招生广告,调皮又自豪地说,"大家都说咱俩臭味相投,看来不服气是不行了。连课后班的事都能不约而同。"

"你也这么想？小白，你觉得能有孩子来学习吗？"如此巧合，佟雪燕也觉得开心。

"你看看我这张广告，是不是比你那个水彩笔强多了？"叶小白说话间，从背包里拿出一个纸筒，里面是打印的几个大字"课后班招生"。

"嘻嘻，应该说各有特色。你的横平竖直的，我的活泼可爱，是不是，小心语？"叶小白想得这么周到，佟雪燕非常感动。

"心情不错啊燕子老师，真的不想孩子了？"叶小白看到佟雪燕这么快走出阴影，无比欣慰。

"你们一家分居三地，对我的触动很大。现在我能做的，就是努力做好自己，给老公一个好妻子，给儿子一个好母亲，其他的让时间慢慢改变吧。"佟雪燕微笑着诉说，带着平和的心态。

"不怪公婆抢你的孩子了？"叶小白还是有点儿不放心。

"有句话说：一只脚踩扁了紫罗兰，而紫罗兰却把香味留给那脚跟，这就是宽容。我想试着做紫罗兰。"佟雪燕如此说，其实也是用这句话鼓励她自己。

"你可行了吧，都被踩扁了，还怎么宽容？我觉得吧，还是先保住小命儿，再说别的。"叶小白认为宽容也是有原则的，提醒佟雪燕不要走极端，将来再受另一种伤害。

"对了，光顾着聊天，把正事给忘了。我一同事的小孩子，马上小学毕业，但学习成绩特别不好，我推荐他做你第一个学生，怎么样？"叶小白一拍脑门，语气兴奋而热情。

"热烈欢迎！不过，你同事家的小孩子，万一我辅导不合格，对你会有影响吧？"佟雪燕喜忧参半。

"小姨，给自己一个希望，明天就会看到太阳。"季心语一直听两位阿姨谈话，此刻终于找到机会，攥紧拳头为佟雪燕加油。

希望——明天——太阳？美丽的单酒窝露出久违的笑意，佟雪燕开始憧憬美好的明天。

## 第十章　华丽转身

第二天，叶小白就把同事家的男孩子带来了。孩子的家庭条件相当优越，父母都是跑生意的，没时间管他，所以成绩一塌糊涂。佟雪燕每讲解一道题，就要给他复习很多从前的知识，尽管如此，男孩大多时候还是听不懂。

佟雪燕开始着急了，离毕业考试还有两个月时间，每天只是辅导辅导作业，成绩根本无法提高。林枫建议她跟家长商量商量，或者让人家另觅名师，也免得误人子弟。结果，家长请求佟雪燕别赶孩子离开，因为其他课后班主要以接送和吃饭为主，并不认真给辅导功课。他们好不容易找到像雪燕这样负责的好老师，所以不想换别人。后来家长决定，让孩子暂时不去学校了，而是全天来佟雪燕家里补习，争取把成绩提高上去。

佟雪燕犹豫不决，征求叶小白的意见。叶小白认为佟雪燕缺少自信，因为凭佟雪燕的文化功底，辅导小学生可以说手到擒来。佟雪燕却不那么认为，学生成绩的提高，要师生配合共同努力才行。叶小白则觉得这肯定有难度，否则家长怎么可能花高价聘请你，因此你必须接过这个学生，当作对自己的挑战。佟雪燕答应试试，承诺如果成绩没什么提高，绝不收对方的辅导费。

叶小白说不只是辅导费的问题，是人家信任你，你必须对得起这份信任，全力以赴，不许再打退堂鼓！而且这第一个学生辅导成功，就是开门红，将来还会一传十十传百，生源滚滚而来。

佟雪燕笑了，说那我努力吧。

叶小白接着又给佟雪燕介绍了一名学生，不过这名学生有点儿特别，叶小白叮嘱佟雪燕一定要好好教。至于怎么特别，叶小白脸上泛起红晕，暂时没告诉佟雪燕。

佟雪燕在患得患失中，没有注意到叶小白脸上的红晕，暗暗鼓励自己一定善待每一位学生，帮助他们提高学习成绩。课后班是她的一个新起点，或许会带她实现一个全新的人生目标呢！为了那个全新的目标，佟雪燕开始全日制辅导那名男同学，为他制定了一系列学习方案，希望在这个被学校"判了死刑"的孩子身上，创造奇迹。

没有儿子在身边的日子，佟雪燕从抑郁中走出来，在知识的海洋中找到充实和力量。这其实可以说是她人生的一个华丽转身，是在"失去"后的一次最完美的"得到"。同时，佟雪燕又联想到公婆。公婆表面霸占着小浩楠,其实他们也在付出爱心，真心实意地疼爱着孩子。无论对林枫，还是对小浩楠，他们都是在付出爱,只不过表达方式不同罢了。那么究竟什么是得到?什么是失去? 其实根本没有太明确的定义。塞翁失马，也许福祸都潜藏在患得患失之间。

过去那些浮浮沉沉的日子，佟雪燕成为影响林枫情绪的因素。而今，佟雪燕重回阳光灿烂的"燕子"状态，林枫瞬间燃起新的希望。即使儿子依然不在身边，他也不再心烦意乱，每天努力地工作着，然后有时间就开三轮车去拉活。大约每半个月，他们就回一次乡下，第二天再匆匆赶回继续上班。

然而，命运像是不愿意轻易放过林枫，家里稍微安定了，单位又开始出现变动。有的说全省中小型企业要改制，所有员工都要下岗，然后重新回聘；有的说要实行股份制，投资以后年终会分到红利。然后单位三天两头开会，调研、民意测试、厂价评估等等，弄得人心惶惶。林枫面临失业的危机，因此忧心忡忡。

佟雪燕觉得如果投的资金不多，就入股吧，至少能有一份稳定的工作，家庭有个保障。林枫则想借此机会从单位出来，自谋出路。后来，单位忽然静下来了，工作又照常开展。工人问领导怎么决定的，领导说等上边消息，现在先继续原来的制度。大家的心还是悬着，时不时三五成群地议论一番，最后依然没有头绪，然后又各自散开。

单位效益越来越不好，林枫无心跟同事们讨论未知的事情，便把精力放在出租车生意上。慢慢地，他积累了一些经验，知道了出租车的高峰期和低谷期，因此在出车时间不增加的情况下，利润却比以前增多了。这段经历，让林枫看到了出租车美好的前景。

最近，林枫注意到一个新变化，那就是县城里新增很多双排电动车。经过人工加棚后，封闭特别好，基本能够做到冬天挡风、夏天遮阳的效果。而像他开的无棚单排电动车，生意越来越不好做。因此林枫心里有了方向，决定购买一台双排电动车作为退路。

## 第十一章　何如不见

"第一最好不相见，如此便可不相恋；/第二最好不相知，如此便可不相思；

第三最好不相伴，如此便可不相欠；/第四最好不相惜，如此便可不相忆；

第五最好不相爱，如此便可不相弃；/第六最好不相对，如此便可不相会；

第七最好不相误，如此便可不相负；/第八最好不相许，如此便可不相续；

第九最好不相依，如此便可不相偎；/第十最好不相遇，如此便可不相聚。

但曾相见便相知，相见何如不见时。/安得与君相诀，免教生死作相思。"

叶小白的手机，连续收到六条来自同一个号码的短信，几分温暖而又带着酸楚的情感，让她的心里一阵欣喜一阵迷惘。不知何时起，她已经习惯了翻阅手机短信箱，已经习惯了每天沉浸在不同的喜悦里。

和陈钊结婚后，叶小白也试着去爱自己的丈夫，特别是儿子出生后，她甚至已经相信，这就是属于她的实实在在的婚姻。

她不再有浪漫的幻想，逐渐向陈钊的平静踏实靠拢，强制自己从此无声无息，从此不再惊天动地。如果单位没有发布新体制，叶小白就没有机会参加集体旅游，她的生活可能一直平静下去，心海再也不会起任何涟漪。然而"如果"已经发生了，往事像一帧帧动画片，不停地在脑海上映，令叶小白流连忘返——

春暖花开的长白山，景色瑰丽。长白山是国家著名风景区，位于吉林省东南部，最高峰海拔 2749 米，山上终年积雪。这里不仅以雄伟壮观闻名于世，更有着得天独厚的自然环境：有一望无际的茫茫林海，有栖息林海间的珍禽异兽，还有从温带到寒带的不同类型的植被。

叶小白一行来到长白山的时候，漫山遍野盛开着各种颜色的野花，美景如画，昂扬着浪漫的春意。驱车进入长白山景区，最先看到的是著名景点睡佛。绿树繁花的烘托之上，蓝天白云映照之下，横亘着一尊浩大的、由天工造就的、由长白山几座高峰相连组成的睡佛造像，令人惊叹大自然的鬼斧神工如此神奇！大佛面对长天祥云，身铺大地鲜花，安然入睡。观者的心态也在瞬间，得到安然和休憩。导游在讲述睡佛的传说，并朗诵了一首偈句诗："峡谷源头缘生缘，天池飞瀑鲜花盘。指数松柏金刚座，守律贤洞法正传。众生得渡生极乐，示法出世小洞天。"

听说在云里雾里观佛，能了却一段佛缘夙愿，同事们纷纷虔诚跪拜，为亲人们祈福。叶小白也模仿大家的样子，闭上眼睛真诚祈祷。忽然同事中有好事者，莫名其妙地喊了一句："大家快看啊，有人拜天地了！"

叶小白睁开眼睛也想看个究竟，却发现所有的目光都投注在自己的身上，再看看身边，跪着一位男同事。此人是财务科的会计员庞博，英俊帅气，人品也不错，是许多女同事心中的白马王子。可惜庞博早已"名帅有主"，仰慕者只能望"君"兴叹了。不过叶小白对他的印象更深刻，因为第一次见到他时，便觉得他酷似尚青杨，还因此吓了一跳，只不过没有交流过。

被同事们开了个莫名其妙的玩笑，叶小白感觉有点儿难堪，脸一下子红了，准备站起来。

"小白，怎么害羞了呢？来，给你们的精彩瞬间留个纪念吧。"同事们也许是出于无意，因为在美丽的传说面前，总会让人们产生一些美丽的向往，叶小白和庞博在恰当的时间恰当的地点，做了最恰当的动作，因此也恰当地成了大家的开心果。

"不行……别拍……"叶小白还没说完，闪光灯亮过后，叶小白和庞博双双跪着的照片便定格在美丽的睡佛前。

"你们怎么这样啊？"叶小白有点儿生气了，自己是有老公有孩子的人，她不想让陈钊误会。

"随他们去吧，大家也是图个开心。"庞博有着陈钊一样的温文尔雅，讲起话来，却带着尚青杨般的魅惑。

"你……我……"叶小白看着大家开心地哄堂大笑，再看看庞博投向自己的目光中，似乎带着一种莫名的暧昧，叶小白不禁语无伦次，脸更红了。

"睡佛是有灵性的，也许真的是我们有缘分吧。"庞博的眼神中分明带着一种期待。

"缘分？"叶小白忽然意识到，这种情形对自己很危险，因为一瞬间，她分不清对方是庞博还是尚青杨。赶紧起身离开庞博的视线，叶小白匆匆随大家去别的风景区游览。

一路的佳景美不胜收，叶小白的心却狂跳不止。她刻意回避着庞博，却又不知不觉地找寻他的身影；四目相对，她又逃也似的移开目光，生怕对方发现自己的存在。自己到底怎么了？为什么如此慌乱，如当年遇尚青杨的感觉……

接下来的旅游，叶小白一路随着大家前行，却一片风景也没记住。她只想尽快返回，让自己冷静冷静！可是返回的车上，一件令她面红心跳的事情意外发生了——庞博主动和叶小白的邻座换了座位，一路上对她呵护备至。

叶小白矛盾纠结着，一方面警告自己离庞博远点，另一方面，却不可抗拒地留在了庞博的身边。几个小时的行程，虽然没有过多的交流，两颗心却在暗自悸动。多久没有这种怦然心动了？叶小白不敢回想，却还是对尚青杨的影子挥之不去。命运为什么如此捉弄人，难道是有意用庞博来替代尚青杨吗？

中途，有敏感的人似乎发现了他俩的异常，时不时地开他们的玩笑。甚至有人制造了一次"意外"，故意在两个人面前晃来晃去，结果一个不注意，把庞博挤到了叶小白的身边。身体的近距离接触，带来一阵更莫名的心跳，叶小白正在心慌意乱的时候，庞博趁机大胆地在她的香腮上留下轻吻！被人吃了"豆腐"，本应该甩给庞博一个耳光，骂他流氓混蛋；可她心里是那么想的，手却抬不起来……

叶小白正在回忆，手机又收到一条新短信："月上柳梢头，人约黄昏后。等你，老地方。"叶小白望着短信发呆。

那次旅游回来，叶小白给自己放了两天假。冷静下来后，告诉自己要安守本分，切不可做出对不起陈钊的事。虽然怎么努力也无法找到爱情的感觉，但陈钊是自己的丈夫，无论如何都要尊重他。庞博的出现只是一个小插曲，完全可以忽略不计。

然而树欲静而风不止，叶小白回到医院后，庞博就展开了强烈的攻势。他相信缘分，告诉自己要珍惜。不过，发出去的短信都石沉大海，叶小白就像没有收到过似的，根本不为所动。庞博没有灰心，他相信叶小白对自己是有感觉的，所以一如既往地给她发短信。叶小白提醒自己千万不能赴约，心底却有另一个声音在诱惑着她，说向前一步是幸福！

"第一最好不相见，如此便可不相恋……但曾相见便相知，相见何如不见时。"患得患失的遗恨中，长白山的恶作剧之吻，令一颗少妇的心驿动了……

## 第十二章 各有不幸

淡淡的咖啡飘着淡淡的香，叶小白不停地搅动着杯里的咖啡，来掩饰心中的紧张。庞博则凝视着叶小白美丽的脸庞，解读着脸颊上两朵妩媚的红云。害羞的女人是最诱人的，庞博陷入那两朵红云中不能自拔。

叶小白开始后悔来赴约。唉！如果不是昨天和陈钊吵了一架，她绝不会赌气答应庞博的约会，结果弄得自己如此难堪。耳边有个声音一直在说：叶小白，赶紧起身离开吧，远离这个庞博，其实他的魅惑不是尚青杨，他的文质彬彬也不是陈钊！因此你必须远离他……

"你有什么压力吗？为什么叹气？"庞博磁性的声音关切地问。

"我……没什么。"叶小白没有抬头，仿佛是尚青杨久违的问候，立刻勾起她眼底湿润的泪珠。

"那，是对我有意见？"庞博有些疑惑，叶小白的眼中为何似有泪光。

"哦？不是，你……别误会。"叶小白更加慌乱，自己到底在做什么啊，跟老公以外的男人约会，心中想的却是初恋情人，天啊，疯了吧？

"小白，可以对你说说我的感觉吗？"庞博轻轻地说着，许是因为叶小白眼里的泪花，他的语音忽然变得温润如玉。

"你，说吧。"叶小白终于抬起头，迎向庞博关切的目光。

"从看到你的第一眼起，就觉得你是一个有故事的人。你有很多不为人知的往事，需要一个懂它的人去解读。"庞博认真地讲述自己的第一印象。

叶小白没有回应，自己的故事又如何对他人言说？那是一道永远无法愈合的伤口，想忘记却无法忘记的印痕。也许爱有多深、恨就有多深吧？

"对不起，引起你的伤心事。"庞博很自然地握住了叶小白的手，眼中是真诚的痛。

叶小白叹息道："我的故事不值得一提，说说你吧——"

庞博脸上微微呈现出一种感伤，像被冰冻的蝴蝶，翅膀瞬间僵住："我……我的故事很长，你真的想听吗？"

叶小白点了点头。

"好吧，那我就讲给你听。我原是个农村孩子，大学毕业后分配到医院工作，工作上挺顺利的。婚后，妻子主动辞去了原来的工作，开始经商，生意做得像模像样，人人都叫她女强人。呵呵，女强人的另一个意思，就是工作狂，特别是生意越做越大之后，几乎很少回家了，对孩子也漠不关心。直到有一天，看到她和别的男人相拥着从大酒店出来，我才知道她不是工作狂，而是背叛了我们的婚姻……"庞博讲到这里，喝了口咖啡，让情绪暂时得以缓解。

叶小白很意外，真是各人有各人的不幸啊。不过她又很奇怪，对于这样的老婆，庞博为什么不离婚，因为爱着她，还是另有苦衷？

"我们俩是别人介绍才结婚的，根本没有你说的爱情。我提出过离婚，要知道，我也有尊严……然而现实中很多无奈，有时候我都不明白为什么还能走到今天。你知道我提出离婚后，妻子的态度吗？她像疯了一样，说她爱我，爱这个家，她所做的一切都是为了将来这个家。她坚决不离婚，说这几年的风花雪月，知道外面的男人根本没一个好东西。她和他们只是交易，男人们给她方便之路，她献出自己的身体，就这么肮脏又简单……"庞博一脸的迷惘，看得叶小白有点儿心酸。"我最见不得女人哭，便劝她不要再这样去拼命了。可是她现在身不由己，不是她想退就能退出的。然后脱掉衣服，洁白如玉的肌肤上布满了伤痕，有烟头烧伤的，有皮带抽打的……让人惨不忍睹……我们好久没在一起了，我竟然不知道她受过那样的摧残……"

叶小白问："怎么会这样？难道有人威胁她？"

"是啊，原来她一不小心入了黑道的陷阱，被强迫做非法生意，否则就以我们全家的生命为代价……"庞博悲愤地攥住了拳头。

"为什么不报警？你可以去报警啊？"叶小白很震惊，眼前这个男人竟然承受如此痛苦。

"报了，可是我刚刚报警，儿子就被绑架了。是她苦苦哀求，那些人才暂时放了儿子，但是放下狠话：再报警就让儿子死无全尸！"往事不堪回首，庞博声音哽咽。

叶小白吓得脸都白了，这件事情太混乱了。"那……那怎么办啊？"

"我也不抱任何希望了，她说也许等她老了或者没有利用价值了，就会被放回来。可是我担心，会是被灭口的下场……"庞博再也忍不住泪水，伏在茶案上啜泣。

"你们……太不容易了。"望着庞博无助的样子，叶小白一阵心痛，她轻轻把手伸过去，爱怜地抚摸着庞博的头。

此刻，陈钊的脸庞在面前闪过，尚青杨的样子稍纵即逝，但都没有庞博泪眼蒙眬的脸庞来得更真实，令人不忍放下，她很想抚慰庞博脆弱的灵魂。

## 第十三章　不幸遭遇

虽然林振远夫妇对佟雪燕他们嘴硬，但不得不承认，最近小浩楠的状态确实有点儿反常。冬天还情有可原，外面冰天雪地的，太小的孩子都待在屋子里。可如今已是夏天，外面阳光明媚的，小浩楠还是不喜欢出去；偶尔刘馨宜过来，他也只是坐在那里静静地瞅着，不能很快和刘馨宜一起游戏。

更明显的是，孩子对爷爷奶奶也爱理不理的，问什么话也不吭声，实在急了，就没头没脑地说一句："我要找妈妈。"有一次邢巧云气得吼他："妈妈，妈妈！就知道妈妈！你妈妈死了！"小浩楠对此反应强烈，号啕大哭，连续几晚都从梦中惊醒，哭闹不停。林振远埋怨邢巧云不应该发脾气，邢巧云不服气，老两口又吵了一架，结果小浩楠又吓哭了。邢巧云也心疼孩子，抱着小浩楠掉眼泪，说奶奶错了，大孙子千万别再哭了。

面对如此状态，老两口想起佟雪燕和林枫的话，惊恐不已，难道小浩楠真患了心理疾病？他们再也坐不住炕了，想办法哄着小浩楠走出屋子，然后带着他去林慧家串门。两家一个在村东头，一个在村西头，一路上乡里乡亲碰到了，都打个招呼，有的还热情地逗小浩楠两句。结果小浩楠吓得直躲闪，谁问啥话也不回答，气得林振远在心里骂了一句："熊样，一点儿出息也没有！"

林慧正在院子里喂鸡，刘军在修昨天倒塌的那截院墙。一群新孵出的小鸡崽儿随着鸡妈妈来回跑，引起了小浩楠的兴趣，不知不觉跟着这群小鸡玩了起来，脸上露出好久不见的笑模样。

林振远和邢巧云感觉挺开心，便问大女儿："林慧，看他这样子也不像有啥心理疾病啊？"

"啥心理疾病病？我看就是心病！孩子就是想爸妈了，可你们总这样霸着，早晚折腾出病，后悔就晚了！"林慧向来心直口快，每次看到林枫和佟雪燕哭着离开，她都会跟着抹几滴眼泪。

"你不明白，我非得置置这口气！"邢巧云心理还是不平衡。

"说多少回了，你就是不听。你这是跟谁置气呢？佟雪燕是很伤心，那么你亲生儿子呢，难道他就不伤心吗？口口声声说心疼你儿子，我怎么没看出来你哪里心疼他了！"林慧一边说一边忙着她的活儿。

旁边的刘军没有插嘴，其实他和林慧的意见一样，既然同意了婚事，就要接受儿媳妇，不然最受夹板气的，是林枫。

"我还得咋心疼他？婚让他结了，孩子帮他带着，我还得怎么做才算心疼他？"邢巧云感觉自己比窦娥还冤，开始数落自己承受的和付出的。

"婚是结了，可是问问你自己，是不是从心往外不愿意？孩子都这么大了，你们竟然还挑拨儿子离婚，真不知道你们怎么想的。早知今日，何必当初？人家两口子也能带孩子，是你们霸着不让带，结果把你们自己累够呛，我和刘军也跟着操心上火的。"林慧特别公正，不管是谁错了，她都敢批评。

"看看你这脾气，我们到你这里来是商量解决问题的，不是受你数落的。不过听你的意思，我跟你爸帮着带孩子也错了？"邢巧云虽然了解自己的女儿，但忠言逆耳，还是不太容易让人接受。

"我就事论事。你们带着小浩楠挺辛苦，可这也是你们自找的。人家三口人互相想念，牵肠挂肚的，你们再这样霸着，就等于横刀夺爱，挨累也不会有人领情的。"林慧觉得有些话不说不行了，父母在此事上是有些自私的。

"你是说我们自讨苦吃呗？养你们这些孽障有什么用？不是气人就是数落人，一群忘恩负义的家伙！"林振远实在忍不住了，冲林慧发起火来。

"不是我数落你们，你看看这孩子都变成什么样子了？非得把他弄傻了，你们才甘心吗？我好心好意劝你们，现在孩子正是上幼儿园的年龄，你们主动给送回去吧。佟雪燕那么善良懂事，可能还会感激你们这十八个月来的辛苦……"林慧不怕父亲骂，就怕他不懂这个理儿。

"傻了我养活，跟你们都没关系！"林振远的倔脾气怎么肯在女儿面前服软？边骂边冲过去拉住小浩楠的手，准备回家，"回家，不在这里受冤枉气！"

小浩楠正玩得开心，瞅着那些小鸡崽不肯走。林振远气急了，便使劲拽小浩楠："都是因为你，一点儿也不让人省心！真不知上辈子造了什么孽？走，回家！"

听到爷爷大发雷霆，小浩楠立刻吓得大哭起来。

刘军看不得孩子哭，便忍不住劝了一句："他没玩够，就让他再玩会儿吧。"

邢巧云也马上过来劝阻道："刚刚这两天不哭夜了，你别再吓着他。松开手，让他自己走。"

林振远想想有道理，便把手松开了。若是把这个小祖宗得罪了，那么接下来遭罪的还是他们老两口。

小浩楠舍不得那些小鸡崽，如今重获自由，就一点点向后撤，天真地想抓住机会逃到爷爷抓不到的地方。

"往哪走呢？大门在那边！"林振远大声呵斥着。

小浩楠以为爷爷又要抓他，吓得一哆嗦，扭身就往刘军那里跑。孩子虽然小，但已能分辨出最简单的善恶了，他认为爷爷总吼他，就是坏人；而刘军总呵护他，刚刚还帮他说情了，那必是好人。只有好人能保护他，孩子的世界就是如此简单。

"回来！这不听话的孩子！平时叫你一声，啥反应没有，跟聋子似的。今天怎么像耗子见了猫，躲什么躲？"林振远并没有追过去，只是被大女儿的话刺中要害，胸中愤愤不平，嚷嚷两句撒撒气罢了。

小浩楠哪里能知道爷爷的心思呢？边跑边回头看爷爷追上来没有，然而就是一眨眼的瞬间，绊到了刘军修墙的一小块砖头上，小浩楠毫无防备，重重地摔倒在地，头不偏不倚磕到另一块砖上。

"哇……哇……"小浩楠疼得痛哭起来。

大家反应过来，第一时间把小浩楠抱起来，只见小浩楠的后脑勺一个劲地流着血，转眼间那油黑的头发都被染红了。林振远当时就懵了，那刺目的血色让他一阵头晕目眩，声音颤抖着喊："大孙子，大孙子，你可不能有事啊！大孙子，快说句话啊！"

"这可怎么办啊？这可怎么办啊？"邢巧云除了哭，还是哭。

刘军顾不得手上的泥了，边启动摩托车边交代林慧："快！把孩子的伤口先包扎起来，马上去县城医院！脑袋受伤是大事，千万别耽误！"

林慧拿来干净的布条，手忙脚乱地包扎着，真不敢想象，万一小浩楠有个三长两短的，这个家怎么办？包扎完毕，刘军骑上车带着林慧和小浩楠飞驰而去。

林振远跪倒在地，泣不成声："老天爷啊，救救我的孙子吧！

我给你磕头了，我，给你磕头了……"

## 第十四章　扪心自问

上午，林枫正在单位上班，传达室让他去接电话，刘军说小浩楠受伤了，让他速速去医院挂号，他们正在往县城里赶。林枫大脑"嗡"的一声，一下子变得空白了，愣愣地好一会儿，才缓过神来，发疯一样地向医院跑去。

林枫模糊记得，好像在路上撞到了几个人，还撞翻了一个街边的水果摊，大家对他破口大骂，还有一个人拉住他打了一拳。可是林枫顾不了疼，你们骂吧，你们打吧，别拦着我去医院救儿子就行！被撞的人不依不饶的，揪住林枫不放。正巧这时季平和佟雪梅路过，本来想看看热闹，却发现主角是自己的妹夫。季平当即掏钱赔了水果摊，然后三人一起往医院跑……

此刻，再一次守候在急救室门前，林枫双腿发软，浑身颤抖。儿子受伤，他没敢告诉佟雪燕，担心她承受不了刺激。而他自己，也已经对医院产生了条件反射，恐惧至极，真担心守候的结果，会是生离死别。来一次，就要承受一次心灵折磨，他又不得不在绝望中满怀希望，企盼每一位医护人员都是华佗，挽留住每一个值得挽留的生命。"儿子，你一定要挺住！一定要挺住！"林枫反复叨念着，多么希望受伤的是自己，而不是那可怜的小浩楠啊！

林慧一直坐在椅子上哭，衣服被小浩楠的血染得通红，不敢看林枫痛苦的表情。她心疼自己的大侄子，心疼自己的亲弟弟，因此暗暗埋怨父母太固执，如果他们能早日听自己的话，何苦出这么大险情？刘军一路颠簸，此刻把手上的泥洗干净了，坐在椅子上休息。说实在话，他对林振远夫妇早就有意见了，尤其是刚才目睹孩子受伤的经过，刘军有点儿愤怒。他暗下决心，等小浩楠平安无事后，一定说服他们把孩子还到佟雪燕身边。

季平衣服也染上了血迹。刚才林慧抱着孩子下车，已经累得没了力气，而林枫见到儿子满头鲜血，当即虚脱了。季平二话没说，抢过孩子就往急诊室里跑，大声喊着："大夫，大夫！"佟雪梅则赶紧扶住林枫，让他坐下来缓缓神，又跑去医生那里开了定神的药，林枫才算慢慢镇定下来。

如此紧张混乱的场面，佟雪梅既心疼又生气，暗怪林氏夫妇没正事，把家里闹得一波未平一波又起的，什么时候才能是个头儿啊？自己的妹妹还不知道儿子受伤，如果知道，肯定会像林枫一样心痛欲裂。唉，可怜的一家人……

县城医院里一片紧张，乡下的邢巧云也焦头烂额。因为林振远受不了打击，心脏病犯了，邢巧云帮着他服下救心丸，又找来大夫给打了吊瓶，总算平稳下来了。邢巧云什么也不敢说，这么多年了，只要林振远犯心脏病，她都得小心翼翼。

"现在，应该到医院了吧？"林振远喘着气说。

"到了到了，到医院就没事了，你别惦记着了，医院啥设备都有，一定没事的。"邢巧云这样安慰着老伴，其实也是在安慰自己。

"可别有个三长两短的，那咱们可咋活呀……"一向以倔强自居的林振远，此刻老泪纵横，没有了斗志。

"呸呸呸，尽说丧气话。咋就啥倒霉事儿，都能让咱摊上？"邢巧云说是这样说，其实比林振远还没底气。

"是不是咱俩……真的错了？现在连老天爷，也在惩罚咱们……"林振远从没有这样悲痛过。少年时初恋离开了，青年时妻子去世了，中年时母亲去世了，感觉都没有今天的痛来得剧烈。想到白发人送黑发人，他的心脏就不由得搅在一起，拧着劲儿地疼。

"别胡思乱想，身体要紧。"邢巧云带着哭腔。

"身体，身体，我身体好不好有啥用？孙子如果没了，我活着有啥用？……这辈子，听你一回错一回！"林振远的心里乱七八糟的，又开始把责任往邢巧云身上推。

"把孩子抱回来，你也是同意的，怎么尽埋怨我？"邢巧云实在忍不住，小声嘀咕了一句，以示不服。

"还不是让你给逼的？你成天搬弄是非，鸡犬不宁的！"有了药物的支撑，林振远语调又高了一些。

邢巧云见林振远病情稳定，胆子也大了起来："跟我没啥关系，你当初不卖房子，为的就是把孩子抱回来，逼儿子离婚。如果要怪，就怪你自己。从订婚时就说什么缓兵之计，好啊，缓吧，缓到现在把自己给缓得没退路了吧？小浩楠如果有个闪失，就算死，我们也闭不了眼啊……"

林振远被邢巧云揭了老底，一时语塞，喘着粗气，沉默下来。他不禁扪心自问，或许真的是自己错了？从最初对佟雪燕的不公平待遇，到设计抢走小浩楠，或许真是有些过分了吧？老天爷，如果你惩罚我，那就直接冲我来吧，请别伤害我的大孙子，他可是我们林家的命根子啊……

## 第十五章　回归母爱

佟雪燕忙了一整天，送走学生，感觉有点儿累。

以前没事的时候，姐姐佟雪梅总会过来帮忙，今天一直没见到人影。佟雪燕本来想叫姐姐过来，但转念一想：姐姐也有自己的生活，没理由总守在小店里。所以把电话又放下了，自己一个人撑着。顾客虽然不多，但课后班的情况越来越好，有几位家长来询问课后班的事，看到佟雪燕对学生如此负责，直接把孩子留下请她辅导。如此被信任和认可，令佟雪燕浑身充满力量，心情也开朗起来。

直了直腰，佟雪燕看看表，快五点了林枫还没有下班。以往这个时候早回来了，今天很反常，中午不但没回来，而且连个电话也没有。想来是单位工作忙吧。佟雪燕把做好的饭菜盖好，然后又拿起毛活儿开始给儿子织毛衣，准备在第一片落叶飘下之前完成。

想起儿子，佟雪燕的心里说不清是什么滋味，酸甜苦辣的。儿子俊俏可爱的模样在眼前晃来晃去，胖嘟嘟的脸蛋，白皙皙的皮肤，嫩滑滑的感觉，令人无限爱怜。那稚嫩的声音更是甜甜的，总在耳边回荡——"妈妈，浩楠想你了！"佟雪燕的眼睛湿润了，不由得加快编织速度，像把所有对儿子的爱都要编织到衣物里，穿在儿身上，温暖在妈心里……

"妈妈，浩楠想你了！"一个天真的童音从小窗口飘进来，佟雪燕以为是自己的幻觉，所以依然低头编织着。

"妈妈，妈妈！"

这分明是儿子真实的声音！佟雪燕回过头，小窗外站着林枫、林慧、刘军，还有季平和佟雪梅，儿子浩楠正在林枫的怀里喊自己。

"儿子？"佟雪燕揉了一下眼睛，"真的是儿子？小浩楠，是你吗？"

"妈妈！"小浩楠急着见妈妈，挣扎着想从小窗口爬进屋子。林枫没有制止孩子的思母情怀，赶紧护住孩子的头，小心翼翼把他送进窗子里。

佟雪燕抱着自己的孩子，无比激动！这是小浩楠第一次回家，怎不令她百感交集？可是儿子的头怎么了？为什么缠着纱布？"林枫，怎么回事？儿子这是怎么了？"

"燕子你别着急。没什么大事。上午不小心摔了一跤，医生看过了，说不要紧。"林枫几人走进房间，故意轻描淡写小浩楠的伤情。

"摔跤？怎么摔的？为什么不早告诉我？"佟雪燕如此焦急，却发现儿子小脸上带着笑容，显然因为年龄太小，根本不明白脑部受伤会带来什么后果。佟雪燕紧紧搂住儿子，眼泪夺眶而出。

林枫简单讲了事情的经过，安慰道："现在已经没危险了，医生说只是伤到了骨膜，并无大碍。就是流了一些血，需要你这个当妈的给好好补充补充营养。"

"爷爷坏，打浩楠……浩楠害怕……"小浩楠喃喃着，然后用胖胖的小手为佟雪燕擦拭泪水。

"爷爷……竟然是……爷爷打你！爷爷为什么打你？楠楠做错了什么事吗？"佟雪燕震惊加愤怒，不明白林振远为什么要打孩子，孩子才这么小，根本不明白什么是对是错，当爷爷的于心何忍？

"爷爷……奶奶……都骂浩楠，还说……呜呜……说妈妈死了……浩楠想妈妈……爷爷奶奶，不让浩楠想妈妈……"小浩楠断断续续地说着，说到伤心处，小眼泪吧嗒吧嗒往下掉，可怜极了。

"儿子，别说了！"林枫实在受不了了，把佟雪燕和儿子一起拥进怀里，非常难过。他只知道父母对佟雪燕有怨气，没想到竟然会牵连到孩子身上。一个天真无邪的小孩子想妈妈，那是人之本性，父母实在不应该以此吓唬他。

林慧脸红了。是啊，这是自己亲眼看到的，不然她也不会相信——林振远差点让小浩楠送了性命！刘军不忍心听下去，走出了小店，去外面呼吸一下新鲜空气。唉！好在孩子没有生命危险，否则岳父岳母就酿成大错了。

"这是什么老人？到底是什么老人？即便我真的错了，也不应该施加在孩子身上啊！姐，你回去告诉他们，他们怎么对待我，我都能承受，但不能这样对待孩子！"佟雪燕哭红了眼睛，向林慧表明自己身为母亲的态度。

"对不起，雪燕！对不起，是我们不好！我们没有看护好孩子，对不起！"林慧连连道歉，她是替父母向佟雪燕道歉。

"你知道他们以前是怎么对待我的吗？我从来没对你们说过，我宁愿永远不对你们说……我知道，自己坐着轮椅，无论在形象上还是人格上，都被看成低人一等。所以无论他们是指责还是批评甚至谩骂，我从来不还嘴。我试着站在他们的角度，试着原谅！其他的事都不提了，只说我儿子的事……明明是故意抢走孩子，可他们担心外人批评他们，便威胁我替他们圆谎，说是他们心疼我们才帮着照看孩子。"积压在胸中的很多委屈，因为儿子的受伤而爆发，佟雪燕和盘托出，句句哭诉令听者动容，"我讲的是实情，这句话是孩子爷爷说的，他说否则就强迫林枫跟我离婚……不信你回去问问吧！与他们相处十八个月，简直等于十八年……姐，说这么多，我只是想让儿子回到我身边。否则，我……也不想替他们圆谎了……"

林慧心里明镜似的，即使没得到父母的证实，也知道佟雪燕讲的是实情。林慧想了想，向佟雪燕表态说："雪燕你放心，今天我替父母做主了，孩子从今后就留在你们身边，啥时候他们想孩子，就让他们来看看，或者你们经常回去……"

佟雪燕紧紧搂住儿子。孩子终于回归母爱的怀抱，一家三口再也不分开。

# 第八部分 婚姻之痒

## 第一章 婚姻之痒

2000 年的春节，比以往任何时候都充满温馨。阳光暖融融地照到炕上，带着灿烂的色彩，依然是那间屋子，却出奇地亮堂。

林振远照样屋里屋外贴他的对联，不知道一共贴了多少张，忙了半天看到炕沿边还有那么多。邢巧云照样一趟一趟地回屋来卷烟，然后又赶紧去厨房焖猪肘子；林枫刚把院子打扫了一遍，然后准备改刀切菜；佟雪燕依然坐在炕头上择菜，身边蹲着可爱的小浩楠。小浩楠不仅对择菜感兴趣，更对糨糊感兴趣，看到爷爷来回抹两下，对联就能稳稳地贴在门上，觉得好神奇。起初，爷爷让小浩楠弄了一会儿，结果他掌握不住分寸，弄得炕上身上都沾上糨糊了，因此被"遣送"到佟雪燕身边。

那次意外摔伤，小浩楠后脑勺留下两厘米长的疤痕，也因此获得了回归母爱的权利。伤口愈合后，小浩楠入了幼儿园，新鲜环境和可爱的小伙伴，令他欣喜不已。每天回家，都喋喋不休地给佟雪燕讲幼儿园里的事，说阿姨多喜欢他，小朋友们多可爱，怎么怎么好玩，滑梯上的人好多，中午睡觉时，老师教大家数一只羊、两只羊、三只羊……听着孩子的讲述，佟雪燕和林枫放心了，儿子已经融入一个新集体，不再是那个性格孤僻、躲在角落里哭泣的小孩了。

虽然儿子受伤了，虽然对林慧讲了很多委屈，但冷静下来，佟雪燕还是相信公婆是爱孩子的，孩子的受伤并不是他们的本意。因此，佟雪燕不仅放下过去，还担心公婆会自责内疚，便主动张罗带孩子回去看他们。佟雪燕如此善良，让林枫非常感动；而林振远和邢巧云也没料到佟雪燕如此宽容，尤其是看到佟雪燕从食杂店带来的物品，老两口简直有些无地自容。

这半年多，林振远和邢巧云也多次到城里来，最初邢巧云还想把孩子接回去，可是看到小浩楠不仅性格开朗活泼，还能背诵古诗，能画画讲故事，能唱歌跳舞，邢巧云知道自己应该放下了。林振远虽然计划失败，但不得不告诉自己：不能再让自己的爱变成伤害了，儿孙自有儿孙福，都由他们去吧。

更让林氏夫妇感慨的是，这次过年佟雪燕带来两件新毛衣，是她利用空闲时间躺在床上一针一线编织的。两个女儿的性格都像邢巧云，不喜欢做细致活儿，也不喜欢织毛活儿，因此能穿上儿媳妇编织的新毛衣，老两口的喜悦之情是掩饰不住的。邢巧云说自己最喜欢这种手织外套，看到别的老太太穿，羡慕极了。林振远则暗自感慨：这个佟雪燕能以德报怨，实在不简单啊，难怪林枫会死心塌地付出一生……

佟雪燕把蘑菇择干净，便对厨房喊："妈，我这里完成了。"

"奶奶，我们完成任务了！"小浩楠也跟着脆生生地喊。

邢巧云答应着走进屋，脸上堆满笑容，"还是我大孙子厉害，奶奶先奖励你一块肉。快吃吧，炸肉最香了！"

小浩楠站起来对奶奶鞠了个躬："谢谢奶奶！"

邢巧云更高兴了，一边端盆往厨房走，一边交代小浩楠："我大孙子开始讲礼貌了，就是比农村的孩子强。大孙子，去里屋拿橘子，跟你妈一起吃吧。"

儿子把橘子送到佟雪燕的嘴里，佟雪燕感到前所未有的幸福。婆婆不仅有笑脸了，还让儿子给自己拿水果，这简直是一个惊天动地的大飞跃！

五年来，第一次单纯地因为自己是林家儿媳妇而得到婆婆的关心，佟雪燕有些受宠若惊。而林枫在厨房里听到母亲的话，心里比吃到橘子还高兴。2000年是跨世纪的一年，那么也应该是林家崭新的开局之年吧。佟雪燕和林枫不约而同地憧憬着。

大年初二，又是姑娘们回门的日子。

林慧全家早早地就过来了，小浩楠和刘馨宜穿好棉衣去外面放小花炮，满院子充满了孩子的欢笑声。邢巧云屋里屋外看着，直担心小浩楠再伤着，一遍又一遍地叮嘱着，警告着。偶尔走出院门口，站在道边张望，看看林茹夫妇怎么还没到。林慧看到这样和谐的场面，不由得对弟弟林枫感叹："终于有家的样子了！"林枫点点头，无比欣慰。

中午时分，一辆车在林家门口停下，走下来的却只有林茹一个人，大家都很诧异。

　　林茹开始时还在掩饰，后来在大家的追问下，终于哭诉了实情——原来，结婚后表面风风光光，实际上林茹过得并不幸福。因为家境不如乔铭家，过门后不久，婆婆对她就不太友善了，所有的家务活儿都推给林茹，可以说林茹过的是保姆般的日子。最初的时候，乔铭对她还够体贴，所以她也像佟雪燕那样逆来顺受，希望有一天能打动婆婆的心。

　　乔铭有两个姐姐，趾高气扬的性格，对林茹指手画脚，呼来喝去，根本没把她当作兄弟媳妇看。只有乔铭的爸爸还算客气，觉得林茹是个持家的好手，但他经常不在家，所以林茹是在婆婆和大姑姐的压迫下走过来的。结婚这么久，林茹一直没有怀孕，检查结果什么病也没有，医生说是压力太大的缘故，建议她放松心情，注意休息。婆婆抱孙子心切，这才偶尔分担些家务，日子总算有了转机。

　　今年元旦的时候，林茹终于如愿以偿怀上孩子。她婆婆来了个天翻地覆的大转变，请了个钟点工做家务，林茹安心养胎。本以为幸福从此开始了，可是有一天林茹却在乔铭的手机里发现一条短信，丈夫乔铭不仅在外面包养了一个女人，而且已经生了个女儿，今天正商量满月酒的事。林茹终于明白了，为什么乔铭许久不碰她，最近却一反常态令她怀了孕——原因是对方正在坐月子！林茹感到可怜又可悲，自己只是人家的替补，怀孕了也不值得高兴。

　　林茹哭着和乔铭理论，乔铭却平静地说："这对你根本没有影响，你如果生个男孩，就永远是正房。"林茹找到公婆说理，婆婆先是骂了一句："真他妈随根！"然后恨恨地瞪了公公一眼。

林茹马上明白了，公公也是一个情况。结果是，林茹非但没有得到公婆的支持，反而见到他们因为意外有了孙女，难以掩饰的兴奋。最后婆婆丢下一句："现在的风气就是这个样子，不论男女，有钱就学坏。当初我们乔家选择你，就是觉得你安分守己，不会跟我儿子斤斤计较。认了吧，有能耐你就生个男孩，把对方比下去……"

两个大姑姐其实早就知道这件事，并且一直围前围后地伺候着。她们认为男人弄个三妻四妾的，太正常了。林茹如果聪明的话，就睁一只眼闭一只眼，老老实实地做大少奶奶；更何况林茹要家境没家境，要工作没工作的，根本没资格限制自己的老公！

情况摆明了，乔铭反而无所顾忌，三天两头不回家住。今天本来说好两个人一起回林家，却因为那边孩子发烧，乔铭二话没说抛下林茹就走了。后来林茹硬着头皮打电话，想催乔铭快点回来，结果是那个女人接的，说他们一家三口回娘家拜年，没时间伺候林茹……

"这个流氓！早知道他不是好鸟，没想到这么快就起了花花肠子，简直是畜生！"林振远又服下了一粒救心丸，自从决定不再挑拨佟雪燕和林枫，林振远已经好久没吃救心丸了，今天为小女儿又上了一股火。

"该死的乔铭，算我们林家看错人了！该死的季平，都是他多事，把我闺女活活往火坑里推啊！"邢巧云骂完乔铭，又把责任归结于季平身上，佟雪燕立刻胆战心惊，刚刚与公婆建立起来的良好局面，只怕又要功亏一篑了。

林枫虽然一开始就没看好乔铭，可是今天听到妹妹的讲述，还是非常震惊。他暗暗下定决心：回去后好好跟乔铭谈谈。一场不平等的婚姻不可避免地发生了危机，大家的心情再也无法轻松了。

## 第二章　有了外遇

转眼又是五月，春意融融。暖暖的风，轻轻地吹，不时传来几声飞鸟的啼啭。叶小白和佟雪燕坐在小窗前，一边吃着瓜子，一边有一搭没一搭地聊着。在这大好春光里，也许出去踏青才是最好的选择，叶小白却一点儿兴致也没有，只想懒懒地坐在佟雪燕的身旁，把心事从头细数。

佟雪燕这两天也心事重重。从1995年租住这个食杂店，如今已经五年整。平时感觉和房东大姐相处得不错，有时候房东还请她给孩子辅导辅导作业。可是眼见着佟雪燕的课后班越来越红火，房东竟然要提高房租。倒不单单是二三百块钱的事，只是佟雪燕觉得自己无偿辅导房东的孩子，却换不来将心比心。或许这个世界上，并不是真心就会换来诚意，在金钱和利益面前，有的人往往会放弃情谊。佟雪燕一分不少地交了房租，在情感上却与对方疏远了……

叶小白不以为然，说这点儿小事也值得郁闷，那么天天上班的话，岂不是要烦死啦？叶小白对如今的工作已经厌倦了，确切地说，是讨厌复杂的人际关系。普通同事还好说，见面打个招呼不远不近；如果是存在竞争的，那简直就像仇人，远了他说你清高，近了他说你想讨好他。处处尔虞我诈，钩心斗角，令叶小白心力交瘁。

"还是学生时代好，单纯得不懂什么是烦恼。"佟雪燕也不无感慨。

叶小白忽然叹了口气，其实今天她来找雪燕，就是想把自己的烦恼向好友倾诉倾诉，请她帮着出出主意——时间可以改变很多东西，这是任何人也无法扭转的。新婚时的纠结被孩子的到来淡化了，后又因工作关系分居两地。刚刚分开一年多，叶小白发现原本就不亲密的夫妻关系，不可避免地生疏了，甚至陈钊也少了最初的激情。偶尔有时间坐在一起，聊不上几句便会发生口角。尤其是最近，每次相见都以不欢而散告终……

佟雪燕有些不能理解，陈钊文质彬彬的，怎么也会与叶小白吵架？

叶小白说："正因为他文质彬彬的，当初才会选择和他结婚。没错，做朋友一定是最好的朋友，讲起理论来也头头是道。可是他偏偏不懂浪漫，我每次回去，不是给我讲一番大道理，就是读他的心理学，根本读不懂老婆的心。"

这样下去也不是个办法啊。佟雪燕有点儿担忧，便把小姑子林茹的事讲给了叶小白，让叶小白提高点儿警惕。

"呵呵，这方面我倒是不担心，陈钊是个不解风情的人，也是个有责任心的男人，不会朝三暮四的。"叶小白蛮有把握。

"那不一定，陈钊有才有貌，你又不在身边，万一被哪个小女子盯上，呵呵，小白，还是小心点儿好。"佟雪燕半真半假。

佟雪燕这么一叮嘱，倒是把叶小白的心弄乱了。不过她还是相信陈钊，担心的反而是自己。那个庞博的影子又浮上心头，叶小白突然问道："燕子，如果我有了外遇，你会怎么看我？"

"你说什么呢？小白？是不是发烧烧的？你根本不是那种人，可别开玩笑了。"佟雪燕感到莫名其妙。

"燕子，你太单纯了，整天待在家里，一尘不染的。殊不知社会是个大染缸，很多人都改变了，我也一样……唉，有些事情，你根本不懂……也无法想象……"叶小白让佟雪燕明白，一时又不知道如何解释，显得有些慌乱，有些紧张！

"小白，或许我不太懂，不过，你是不是说你……真的有情人了？"佟雪燕已经听懂了叶小白的意思，只是有些不能接受，这个世界变化快，快到让她措手不及。

"燕子，如果是真的，你会不会看不起我？"其实这才是叶小白最担心的。虽然只是精神出轨，但也感觉良心受到很大谴责。

"小白，难道真的……是真的？"佟雪燕看到叶小白迷惘的样子，不得不重视起来。

叶小白重重地叹了口气："燕子，我好烦啊！我最讨厌红杏出墙，可是我似乎已经出墙了；我最讨厌第三者，可不知不觉扮演着第三者……"

"小白，如果你想说，我很愿意听听。"佟雪燕一直以为叶小白婚后很平静，没想到又出了这档子事，一时间不知作何态度。

叶小白目光中充满了无奈："他和我，情感上都是孤独的，同病相怜。燕子，你说人的心究竟有多大，一个人，到底能爱多少次？曾经与尚青杨恩断义绝后，我认为再也没有能力去爱了，结婚后面对陈钊，也是如此。结果，结果事实不是这样子的，我竟然还会心生波澜，还会为别人牵肠挂肚……"

"小白，你确定吗？"佟雪燕不能理解，但主角是自己的好朋友，她又想试着去理解。

"燕子，你是不是看不起我？"叶小白定定地看着佟雪燕的眼睛，不知道佟雪燕心里怎么想的。

"不是……你别这么想……只是感觉有点儿突然……其实，只要你幸福，就好！"佟雪燕不想令好友尴尬，同时也感谢叶小白对自己的信任。但是心中的想法究竟是什么，却一时理不清，唯愿叶小白幸福，这是最真的也是最重要的。

叶小白感动于佟雪燕的单纯，她知道佟雪燕是爱护自己的。爱情屡屡失败，而得友如雪燕——也许，这才是她叶小白一生最大的收获！

## 第三章　珍惜拥有

晚饭后，佟雪梅全家去逛夜市，把小浩楠也带上了。小浩楠央求着爸爸妈妈同去，林枫没有同意，孩子有点儿失望，但还是跟着佟雪梅她们走了。林枫没有像以往那样立刻出车干活儿，而是一反常态，躺在床上想事情。佟雪燕知道一定有什么事发生了，便坐到林枫身边，等他自己说。

过了一会儿，林枫果然叹了口气说："林茹今天，离婚了。"

佟雪燕愣了下神，首先想到那个可怜的孩子："说离，就离了呢？没有缓和的余地了？那林茹的孩子，怎么办？"

"离了好，没有什么舍不得的。像乔铭那种人，林茹跟着他只能更操心。"话虽这样说，但林枫的心里还是很不好受，毕竟林茹在这场失败的婚姻中，受伤不小，作为哥哥，真心实意心疼妹妹，"哪里还有孩子了？林茹早做掉了……"

原来春节过后，婆婆开诚布公地对她说：乔家多的是钱，少的是花钱的人，一定要给乔家多添些人丁，家里家外，来者不拒，因此林茹你有能耐就使劲儿生，没能耐就受着，吵嚷打闹都没用。林茹不甘心这种"一夫两妻制"，不甘心做豪宅里的保姆和生孩子机器。最后跟乔铭郑重谈判：如果不能跟自己专心过日子，就一刀两断。

乔铭非常冷静，根本不相信从农村爬出来的林茹，能舍得下自己家如此优越的生活；更何况林茹已有身孕，为了孩子林茹也不会离婚的。所以乔铭毫不在意，轻描淡写地对林茹说："随你便吧，不过想以孩子为要挟讹诈生活费，没门！"从此后干脆不再回家，一连数日也看不到人影……

林枫也去找过乔铭，想好好规劝规劝他。可是乔铭目中无人，说他跟林茹已经没有关系了，林枫更没有资格说他，如果不是看在季平的面子上，今天他都不会来见林枫！林枫动手打了这个花花公子，告诉他林家人不是好欺负的；回来后对林茹说："人活着要有志气，是站着死还是跪着生，你自己选择吧！"

……

"林茹今后，有什么打算呢？"佟雪燕蜷缩在林枫的臂弯里，为小姑子的不幸遭遇而难过。

"她联系了几个在北京打工的老乡，也想出去闯闯。"林枫真的很心疼这个妹妹，可是自己却什么忙也帮不上，这让他更痛苦，"林茹让我代替她说句对不起。请你原谅她以前不懂事，一直欺负你，现在报应到头上了，她也知道错了……"

"唉，说什么对不起，都是年轻气盛，何况她也是心疼你这个哥哥。不过林茹出去见见世面也好，她还那么年轻漂亮，一定会好起来的。"佟雪燕安慰着自己的丈夫。

"当初我就不同意。婚姻像一辆前行的车，只有平等才能稳定前行。他们的婚姻基础根本不平等，所以走到这步，也是必然的。"林枫长叹了一口气，今天看到妹妹落寞地走向站台，踏上远行的列车，他再次感觉到无能为力。

佟雪燕点了点头，小姑子的婚姻确实不太平等的，金钱和地位在无形中将人分了等级，所以很多人讲究"门当户对"。而那些不平等的婚姻，往往都以失败告终。那么这个世界上，到底有没有坚不可摧的婚姻？"林枫，我的心里乱七八糟的。之前姐姐姐夫总吵架，然后叶小白为情所困，如今你妹妹又离婚了。唉，是不是每桩婚姻都要经过所谓的痒？难道经营一桩婚姻，真的这么难吗？"

"痒不痒的，我不清楚；但肯定难啊。正因为难，那些能走到最后的婚姻，才令人羡慕。"林枫知道佟雪燕肯定又联想到自己的婚姻了，赶紧安慰她。

"我想问个问题，但是你不许生气。"佟雪燕小心翼翼地说。

"说吧，什么问题？"林枫拍了拍佟雪燕的后背，静静地听着。

佟雪燕坐起身，盯着林枫的眼睛，好想问一句："池影那么追求你，你到底有没有过心动呢？"可是最终没有问出口。

"说啊，你想问什么？怎么不说话了？"看到佟雪燕吞吞吐吐的样子，林枫感到好奇。

"没什么啦。"佟雪燕亲吻了林枫一下，然后把头深深地埋在他的怀里。有些事，也许永远不必去追问的。人生，珍惜拥有的一切才是幸福！

## 第四章　脱轨之夜

盛夏的夜晚退却了一天的炽热，渐渐恢复宁静，满天星斗一闪一闪地眨着眼睛，仿佛在探究夜行者的心事。望着满天的星光，叶小白有了短暂的迷失。

从小她就喜欢数星星，可是数了这么多年，还是没有数清楚天上的星斗到底有多少。也没有找到属于自己的那颗星宿。这或许是自己的悲哀吧？叶小白沮丧地想着，不由得想起李清照的词——"寻寻觅觅，冷冷清清，凄凄惨惨戚戚……"

望着一路追随着自己的影子，叶小白苦笑了一下，踩着一路月光，忐忑不安地走向庞博的家。

这是一栋新建的住宅楼，据说是全市数一数二的高档住宅。如果不是因为庞博的妻子做着非法生意，庞博根本住不起这样的豪华小区。但是，又有谁能知道，如此豪华的家里深藏着一颗怎样孤独的灵魂呢？

今晚不知道为什么，叶小白鬼使神差答应了庞博的邀请。她明明知道，这一来就有无数种可能发生，可是双脚像是不受她的支配，一步步迈向庞博，迈向一个未知的世界。不过，她也一直在告诫自己：无论内心多么渴望爱情，都绝不能和庞博有肌肤之亲！然后她又安慰自己：不要想得太多，她和庞博只不过是相互寻找心灵的慰藉，就像密友、就像亲人，就像跟佟雪燕一样单纯而美好，绝不会对不起陈钊的。

想到陈钊，叶小白叹了口气，一个如此重情的男人，为何自己爱不起来？同时她又犹豫了，不知道是否应该按响门铃。儿子的脸适时在眼前浮现，仿佛正在定定地瞅着自己，喊着"妈妈，妈妈！"叶小白受不了了，为了孩子——至少为了孩子，她不应该踏进另一个男人的家！叶小白，赶紧掉头转身，离开这个是非之地吧，那样你才配做儿子的母亲……

门在这一关键时刻，"吱扭"一声开了，庞博笑容满面地出现在门口："来了怎么不按铃？快进来！"

叶小白最后的挣扎瞬间被瓦解，顺从地跟着庞博进了房门，然后发现自己置身于一间漂亮的三居室，像极了童话里的田园木屋：

宽大的落地窗透进朦胧的月光，一袭到地飘拂着轻柔的白纱窗帘，几处绿色盆景带着草木的气息，几朵淡粉色的小花点缀在绿叶间，更显得分外妖娆。叶小白特别喜欢白色的纱幔，这也许和她的名字有关吧。从小耳濡目染的生活氛围，让叶小白对自然闲散的生活方式更为热爱，也曾梦想着拥有一块自己的田地，种点儿花草果蔬，养儿只小鸡小鸭。但是这种梦想在城市里，很不容易实现，特别是对于上班族，可以说是一种奢望。而眼前处处是新鲜的花花草草，虽然它们都"长"在沙发上，坐垫上，"长"在床单、被罩上，却依然令人感到盎然的春意，空气里仿佛也弥漫着淡淡的花香。

"这里就是你的家吗？如此有情调？根本就应该是出自女人之手，可是你……"叶小白忍不住这样问道。

"为什么这样问？难道不像吗？"庞博今天穿着一件白色T恤，显出一种青春气息。

"是啊，你讲的故事，让我觉得你的生活不应该是这个样子，可是……总之，很难想象竟然如此诗情画意。"叶小白本来觉得庞博苦大仇深的，而眼前的生活环境却形成极大的反差。

"我原本生活在田园，从农村走进城市，我并不适应。这就是生活的无奈。"庞博请叶小白落座，然后给她倒了一杯红酒，"为叶小白女士的光临，庞博先干为敬。"

望着眼前的红酒，叶小白眼前竟然闪过多年前的镜头，也是这样的灯光，也是这样的大理石餐桌，也是这样的音乐，也是这样的红酒，也是这样的面庞，只是男人的名字不同而已……

"小白，小白。"庞博见叶小白走了神，不知道她在想什么。

叶小白赶紧收回思绪，甩了甩头："哦，呵呵，对不起。小白也感谢庞博先生的盛情，谢谢！"红色的汁液带着似甜似苦似辣的味道，刺激得叶小白有想哭的冲动。

"可以跳支舞吗？"

庞博绅士般地发出了邀请，灯光下的叶小白像一尊女神像，美丽端庄而又带着朦胧的诱惑，让庞博一点点陷入夜的浪漫。庞博选择的这首舞曲，竟然和当年尚青杨选择的是同一首，叶小白似梦似幻分不清今夕何夕。

曾几何时，叶小白以为那段往事已经放下了；可是今天，她还是会想起曾经的浪漫，曾经的痴迷，还是那么留恋。不太完美的舞步，跳跃着的却是叶小白纷乱的心绪。清楚记得与尚青杨的初相遇，清楚记得他朗诵的那首情诗——

"带着你旋转
用手心感知你的心跳
一起和着舞曲
踏出生命的韵律
最近距离聆听你的呼吸
真实感受爱的默契……"

魅惑的声音仿佛就在耳畔，一系列的故事就像在眼前，清晰可见。有温馨也有浪漫，如果没有最后一幕"捉奸"，叶小白完全有理由相信——她与尚青杨是天作之合！

叶小白的思绪飘啊飘的，而庞博的手开始不规矩地游走，碰触她每一处敏感的神经。叶小白不禁打了个冷战，提醒自己眼前的情况很危险，必须迅速撤离！可是由不得她逃离，庞博火热的唇却已吻向她的发间、脖颈，滑向耳畔。简直太像尚青杨了！英俊的脸庞，魅惑的眼神，磁性的声音，霸道的热吻——简直就是尚青杨！叶小白彻底迷失在现实与梦幻之间，彻底忘记了自己的老公和儿子，成为自己一直讨厌的而此刻又那么幸福的第三者……

激情过后，庞博伏在叶小白的身边，说感谢。多少个没有妻子的夜晚，他都独自挺过来了，而今当身边躺着一个心爱的女人，庞博才发现自己如此燃烧。

"何必说谢谢？"叶小白渐渐冷静，一句"谢谢"让她打了个冷战——自己究竟做了什么啊？

"你是不是怀疑我的真心？相信我，我并不是逢场作戏，这么长时间，也没碰过任何女人。"庞博看出叶小白的表情变化，赶紧表白自己的心迹："我其实一直在寻找一份真爱，可是始终没有找到，直到那次去旅游，在神奇的睡佛面前奇迹般地与人结缘……"

"可是，我们都是有家庭有孩子的人了，以后，我们应该怎么办？"叶小白喃喃着，尚青杨的魅惑，陈钊的无辜，孩子的天真，纠结使她烦恼起来。如此纠结，是因为她不确定自己的感情，到底是把庞博当成单纯的庞博，还是当成了尚青杨？如果是后者，那么除了陈钊，她又多了一个亏欠的人。

"别想那么多，只要在一起是幸福快乐的，就够了。"庞博也没想好将来的事，不过唯一敢确定的是，他并不是一个随便的男人，他对叶小白动了真情。

叶小白像一个做错事的孩子，激情过后的悔意越来越深，不知道如何面对老公和儿子，也不知道如何面对亲朋好友。她在心里质问苍天：为什么爱情对于自己，总是痛大于快乐！为什么？

## 第五章　众目睽睽

"江心横楫一叶扁舟 / 悄然飘落的一枚红叶 / 在初秋迷人的

夜色里／我摆下一碟秋风／一盘月色／一樽星汉／漂流在你秋色浓郁的情脉里……和着这迷人的秋风、明月、星汉／我醉了／醉倒在你无尽的秋波里／回首凝视你的眼眸／则心如坦原／捧起你的裙裾／则如捧起心香一瓣／……"

午休时分，收到庞博浪漫的短信，读着优美的文字，叶小白的心软软甜蜜着。爱情的力量是无穷的，而文字的力量更让人神往。自从和庞博心手相牵以后，叶小白觉得生活有了光彩，一切都是鲜艳的，带着欢笑。

如果不是经常回妈妈家看到儿子，如果不是陈钊偶尔有电话打来，叶小白竟然有种少女时代的感觉。想到陈钊，叶小白的热情一点点退却了，随之而来的是深深的自责和愧疚……

"叶小白，你这个狐狸精！给我滚出来！"办公室的门被一脚踢开，一阵女人泼辣的骂声，一群人瞬间挤满门口，伴着此起彼伏的议论。

"你是谁？来这里干什么？"办公室里的同事站出来，质问闯进房间的那个娇艳女人。

"谁叫叶小白？"娇艳女人的目光在所有人脸上扫视，然后定格在叶小白那张凄美的脸庞上，带着深深的仇恨。

"找我，有什么事？"感觉到对方嚣张的敌意，叶小白有点儿心虚。

"嗯，长得果然漂亮，一脸勾引人的媚相。"娇艳女人上下打量着叶小白，带着满脸的不屑。

叶小白已经认出来了——此人是庞博的妻子。

"是你勾引了我老公？"娇艳女人终于向叶小白展开攻势。

叶小白被质问得脸红一阵白一阵的："请你，说话尊重点儿。"

"哈哈？要想得到尊重，首先得自重！"娇艳女子一阵狂笑，趾高气扬，"告诉你，我是庞博的合法妻子，我今天来，就是要保护自己的利益！"

"你为什么这样霸道？难道只许你在外面乱来，就不许庞博寻找自己的生活吗？"叶小白渐渐恢复了平静，事已至此，回避也没用。

"他有什么资格寻找新的生活？他的一切都是我给的，我吃苦受罪，还不是为了这个家庭？大家看看我身上的伤疤，难道我的日子好过吗？"娇艳女子有点儿歇斯底里，竟然在大庭广众之下脱掉外衣，一道道伤疤直击人们的眼球，有几个好像还是新伤，正在向外面浸着血丝。

"怎么会……这样？"叶小白震惊得目瞪口呆，实在想不出对方过的是什么生活。

"怎么会这样？我也不想这样，可是我身不由己。我也想回归到家庭，可是那就要以儿子和老公的生命为代价！你懂吗？你懂吗？你知道什么是爱吗？你的爱有我的伟大吗？"娇艳女子整理好衣服，又恢复了那种趾高气扬的神情，"其实我们都一样，唯一不同的——你是自愿的，我是被迫的！但归根结底是一样的。我还要警告你：如果我得不到了，那我就毁了他，还有你！"

"不！不！"叶小白捂着脸，挤出人群，逃出睽睽众目。

## 第六章  亲情投资

又是一个金秋，想起两家人曾经的中秋大战，佟雪燕仍心有余悸。林枫也因为当年的事件，有点讨厌秋天了。不过这个秋天却又似乎不同，林枫帮父母秋收完毕，邢巧云特意选了一袋大土豆，说雪燕削土豆皮的时候方便些；同时还有二十个咸鸭蛋，让林枫给小浩楠带回去。

林枫顿时感觉很欣慰，母亲终于开始惦记着佟雪燕了，是主动的，而不是被动的，这样的转变令人惊喜。佟雪燕见到大土豆和咸鸭蛋，更是诧异。自从林茹发生婚变后，她一直担心婆婆又像从前那样看自己不顺眼，不料婆婆只说了一次"季平把林茹往火坑里推"之后，就再也没有抱怨过季平，更没有指责过佟雪燕。

其实也没什么奇怪的，邢巧云在自己的闺女受到婆家欺负后，开始在内心中真正反省了：她和林振远都觉得，如果当初对佟雪燕好点儿，老天爷也不会报应到林茹的身上。更何况佟雪燕现在越来越坚强，不仅开食杂店，还能辅导学生，还把小浩楠带得聪明懂事，这些邢巧云是看在眼里，记在心上的。还有一点，就是佟雪燕的亲情投资，每次回乡下，都会为公婆带上可心的礼物，春节时给公婆各织了件毛衣，这次秋收时又给婆婆织了条手裤，谁的心都是肉长的，穿在身上真暖和！再看看邻里街坊的，儿媳妇不孝顺公婆的比比皆是，哪个也没有佟雪燕孝顺啊。因此，邢巧云和林振远的心即便真是铁打的，也渐渐被融化了，开始向佟雪燕散发着热和爱……

"燕子，妈说你身体不好，这个咸鸭蛋腌得正是时候，给你和小浩楠补补钙。"林枫有些得意地向佟雪燕显摆着，家庭和睦的感觉，真好。

佟雪燕又萌生了一丝感慨。自己坐月子的时候，婆婆也没给自己攒一个鸡蛋；而今天，待遇提高了，实在应该是高兴的事啊。佟雪燕笑着摇了摇头。苦尽甘来的滋味，也挺好。

"姐夫也不知道怎么了，非得要个儿子。姐姐开始不同意，他就和姐姐找碴儿，三天两头吵。现在姐姐终于又有了，他也不吵了，整天把姐姐供起来，秋收也让姐姐下地干活。"想想刘军呵护姐姐的样子，林枫觉得又是一阵欣慰。

"真怀上了？但愿能真生个小子，圆姐夫的儿子梦吧。"佟雪燕对朴实的刘军印象非常好，觉得老天爷应该满足他的心愿。"又一个姐夫把希望寄托在儿子身上，生男生女，真的那么重要吗？如果当初我生的是女儿，你是不是也如此呢？"

林枫点了点头，又摇了摇头："不知道。刚结婚的时候，一直以为你不能生孩子，所以并不盼孩子。可是有了儿子后，感觉还是生个孩子更好，一家三口在一起，更有动力。至于男孩女孩嘛，可能我是饱汉子不知饿汉子饥，第一胎就是儿子，因此并不能完全理解姐夫们的心情。"

佟雪燕觉得林枫说得有道理，是他们创造了奇迹，不是吗？也许婚姻包含的内容太多，婚姻承受的压力也太多，金钱、地位、容貌、感情、公婆、子女，那么维系他们婚姻的，是什么呢？其实不管是什么，只要有幸福感，一切就值得追逐和珍惜。

## 第七章　试图挽救

　　每天生活在忏悔和痛苦中，叶小白被折腾得心力交瘁；而庞博在此之后，也蒸发了一般，不再联络她，也没来安慰过她。很明显，庞博不可能跟妻子离婚，用沉默向叶小白说分手。

　　佟雪燕劝叶小白放弃吧，与其这样痛苦下去，还不如回到陈钊和儿子身边，过平静的生活。叶小白真的累了，她想不顾一切地放弃，远离社会的压力，远离庞博的诱惑，然后到一个有山有水的地方，谁也不认识自己，终老一生。

　　"可是你还有一个儿子啊！那么小的孩子，不能没有妈妈！"想到自己的儿子曾经离开过自己，佟雪燕劝她赶紧放弃这个可怕的念头。

　　想到家庭，叶小白又不得不回到现实中。她发觉自己一直在迷宫里奔跑，每次都重重撞到墙上，才会感到痛；可是，痛过后，除了蹲下来哭泣，她还能做别的吗？也许，一切的痛，只是为了证明还活着，只是证明那些抹不去的烙印！除了伤痕累累，唯一陪伴她的就是悲哀了！叶小白只能自己对自己苦笑，意乱情迷时的话都是打赌的筹码，瞧着像是唯美的故事，最后的结果惊人相似。

　　叶小白的情感变故，令佟雪燕忧心忡忡。她不知道在未来的日子里，还会发生什么。叶小白会重新找回幸福吗？会找到美好的归宿吗？林枫劝雪燕不要担心，命运对每个人都是公平的，之前叶小白情感受挫，今后一定会开心幸福的。佟雪燕也只能默默为好友祈祷。

然而现实终归是现实，并没有佟雪燕想象得那么单纯美好。俗话说"唾沫星子也能淹死人"，同事们的议论纷纷，指手画脚，让叶小白在医院里根本没有立足之地。最后她做出无奈的选择——停薪留职，带儿子回到陈钊的身边，像佟雪燕那样，办一个课后辅导班。

陈钊并不知道之前发生的一切，但老婆孩子能回归身边，比什么都开心，于是举双手支持叶小白的英明决定。说起来，陈钊真是个办事干净利落的人，说干就干，还没等叶小白回来，就开始策划课后班的事。后来正好有私立学校聘请老师，陈钊立刻给叶小白报了名，他觉得比开课后班省心。

叶小白回到家，看到将近两年没有女主人的房间，还和自己走时一个样子；如果非要找不同的话，就是屋子里明显的零乱，缺少女人气息。叶小白歉疚地摇了摇头，安顿好儿子，投入到家庭大扫除。常年漂泊在外，本以为找到了心灵的归宿，可是如今才发现——原来自己还是孤独一个人！想到和庞博没指望的"爱情"，想到庞博妻子身上一块块伤疤，叶小白再也不去幻想什么浪漫，只想安心过日子，给孩子一个完整的家庭！

打理好一切，家里焕然一新。"有女主人和没女主人就是不一样。"叶小白这样骄傲地想着。接下来，叶小白要去准备一顿丰盛的晚餐，和丈夫分开这么久了，生疏感让彼此客气得像朋友。叶小白决定从今天起，努力努力再努力，要为自己的出轨负责，唯一能做的——就是补偿儿子、补偿陈钊、补偿这个家！

都说小别胜新婚，何况久别？叶小白决定借这个机会，改变她和陈钊之间的状况，让自己的婚姻再步入正轨。

## 第八章　梦与现实

2001 年的元旦，雪花纷纷扬扬地飘洒。佟雪燕坐在开往乡村的车上，望着车窗外的雪景，萌生很多感叹。连她自己都觉得感慨太多了，一滴雨珠、一阵微风、一缕阳光、一袭花香，都会在心底产生涟漪。或许是在室内待得太久的缘故，大自然对于一个双腿被禁锢的人来说，是一种可望而不可即的神圣。

春夏秋冬，时光走过的地方，能看见前面的道路，也能看见后面走过的脚印。春暖花开的季节，佟雪燕特别向往春天。向往暖风荡漾在心里，庄稼在田野里生长，小鸟在身边吟唱，花开了，树绿了，小河又在流淌。她渴望每一缕春光，渴望在心灵插上翅膀，然而现实中却无法迈动自己的脚步。

夏天的雨水诱惑着佟雪燕的思绪，幻想撑一把粉红色的小伞，拥有一方自己的晴天，脚下溅起的水花是浪漫的语言，所有的热情和所有的希望在雨中牵引着她的脚步，倒流回身体，浇灌自己，让花儿渐渐开成果实。她渴望雨露，就像麦苗渴望成长，然而一切都只是渴望。

秋季到来时，佟雪燕又期待南飞的雁阵承载着她的愿望，她可以让自己幻化成雁阵中的一员，在万里碧空飞翔。落叶翩翩起舞，桂花枝头飘香，书写着收获，一切都在爽爽的秋风里歌唱。可是，这些也只是她的梦想，当高飞的雁阵没了踪影，她发现自己还在北方的天空下张望……

那么，只能让此刻的雪花，指引佟雪燕的美丽幻想吧。曾经，她那么喜欢晶莹的树挂，喜欢在厚厚的雪地上留下长长的脚印，喜欢在圣诞树上挂满祝愿，不惧怕凛冽的北风刮走夕阳。洁白是她最美好的理想，雪地中的嬉戏，更是儿时难忘的时光……

车子平缓地向前行驶，近乡情更切，佟雪燕不禁轻轻叹了口气。

"怎么了？"佟雪梅看到妹妹一直不吭声，知道她一定又有了心事。

"看到这熟悉的道路，想起了小时候。"佟雪燕幽幽地说。

"是啊，我也挺怀念的。那时候咱家和三姨家住在一个村子，想起来就温暖。"佟雪梅也被妹妹的情绪感染了。

季平很是不以为然："你们就知道多愁善感。怀念，那就搬回来住吧，在乡下弄个小房子，种点儿地，过你们的田园生活。我呢，等将来我闺女儿子都考上大学，我就离开榆恩县，彻底告别农村。"此时的季心语已经是初中生，学习成绩一直名列前茅，所以季平对她抱着很大期望。佟雪梅笑了。

佟雪燕也笑了，然后想想又有些伤感，孩子们总有一天会长大，将来也会像自己一样，离开父母的家，再拥有一个独立的小家。祖祖辈辈就这样一代承载着一代的希望，繁衍生息……

车窗外的雪越来越小，佟雪燕三姨家的村子隐约可见。

今天是小表妹甄真的新婚之喜，也是佟雪燕出嫁后第一次回三姨家。亲戚见面，有太多的感伤，但三姨和三姨父只是说："来了就好，来了就好。"然后特意为佟雪燕腾出一间小屋，三姨父说："谁没地方待，也得给我们燕子腾出个好地方，燕子是我们的心头肉啊！"

佟雪燕除了感动的泪光，便什么话也说不出来。甄真拉着佟雪燕的手，要出嫁了，小姑娘仿佛瞬间成熟了，轻声对佟雪燕说："燕子姐，我有点儿怕。"

佟雪燕很理解甄真的心情，记得自己出嫁前也是忐忑不安的。于是安慰甄真不要怕，她和王明那么深的感情，三姨和三姨父又那么喜欢王明，所以他们一定会幸福的。

但是甄真很烦恼："喜欢是喜欢，但我爸妈还是有些不开心。主要因为王明家条件太差了，担心我以后会过苦日子。"

"是啊，父母都希望女儿嫁得条件好些的，完全可以理解，你别怪他们。他们并不是贪图富贵，只是心疼你。"佟雪燕想到自己和林枫这么多年吃的苦，不得不承认，其中一个原因跟钱有关。

其实甄真对父母的态度也理解，如今的社会，没有经济实力确实很难立足。记得参加工作后，因为相貌出众又有工作能力，顶头上司便开始追求她。最初，那每天一束的鲜花，确实很令人心动。不过，与顶头上司的一次谈话，让甄真彻底看清了社会的真实嘴脸。那次顶头上司喝醉了，搂住甄真说着许多爱慕的话，最后见甄真完全不配合，便酒后吐真言，说自己已经阅人无数，就不信你一个小黄毛丫头能逃得了我的手掌心！一句话震醒了甄真。她明白，灰姑娘的故事只在童话里有，而现实不是童话。于是，甄真毅然决然地甩给顶头上司一个耳光，然后和王明登记结婚⋯⋯

见甄真深思不语，佟雪燕便鼓励她坚定自己的选择，勇敢走下去："林茹的例子就是很好的证明，建立在金钱上的婚姻是不可靠的，两个人，真的平等才行。也许最初的日子会苦一些，但只要两个人劲儿往一处使，再多的风雨都能闯过去的。"

"燕子姐，姐夫对你好吗？你过得怎么样？"甄真还是担心自己当初的告密，是否达到理想中的效果。

"嗯，他是真的对我好。这辈子我满足了。这应该谢谢你，是你带我走进了幸福的港湾哦。"佟雪燕调皮地对甄真说着感激，脸上带着一抹红晕。

"孩子都能打酱油了，还害羞？看来爱情的力量真是无穷大啊！"甄真看到佟雪燕幸福的模样，这次是真的放心了。

佟雪燕也很安慰。她其实更佩服小表妹，在金钱占第一位的现实社会，能像她这样勇敢选择爱情安贫乐道的女孩，实在是不太多。

身边的亲朋好友，上演着不同的婚姻模式，例如佟雪梅和季平，叶小白和陈钊，林慧和刘军，林茹和乔铭，林振远和邢巧云，自己和林枫，还有今天的甄真和王明……形形色色的模式里有不同的喜怒哀乐，而共同的目标是——幸福。希望每个家庭都幸福，佟雪燕在心底真诚地祝愿着。

## 第九章　围城内外

有人说婚姻就是一座围城，进去的人想爬出来，没进去的人却挤着要进去。婚姻神圣又脆弱，在时间的长河里，有多少婚姻被淘汰？有多少家庭支离破碎？谁也不知道。

转眼，佟雪燕和林枫结婚已经七年。这七年说短不短，说长不长，但却充满坎坷充满荆棘，让爱情的花蕾险些凋谢，令人的意志险些被磨灭。总算，一切都成为过去，佟雪燕还顽强地活着，而且活得越来越有滋有味。

这个寒假，佟雪燕的课后班比以往更忙碌。可是偏偏这个时候，她的手却烫了。那天送走最后一个学生，佟雪燕为了省点儿电费，也学着林枫那样，用火炉子去做饭。她想把炉盖拿下来，可是那个炉盖今天却不听话，在不应该掉的时候掉了下来，砸到了佟雪燕的脚上。本来是穿的厚棉鞋，碰上一下立刻移开应该不会烫伤，但人都是有本能的，佟雪燕下意识地躲了一下，结果却从椅子上摔了下来，左手碰到烧得滚烫的炉盖上——佟雪燕以最快的速度把手拿开，但无名指和小指还是被烫伤了，火烧火燎地疼……

而林枫此时接完儿子，正开车往家走。刚刚因为价钱问题，他和乘客吵了起来，心情糟糕透了。乘客不屑一顾的眼神，蛮横无理的辱骂，让林枫感觉自己像个要饭的。当时真的想把那名乘客摁到地上暴打一顿；然而想到家里的老婆孩子，他只能选择"忍一时风平浪静"，可是心情却久久不能平复。无心干活儿，便提前收车回家。

林枫一进门，见到佟雪燕举着手到处找药，心里就"咯噔"一下紧张起来："叮嘱你要小心，怎么就烫了？告诉你不用你做饭，怎么不听话？现在手烫了，明天还逞能不逞能了？"

佟雪燕分辩说："想让你们爷俩回来，就能吃口热乎饭……"

小浩楠扑到佟雪燕身边，用小嘴帮她吹伤口，眼泪汪汪地问："妈妈，疼不疼啊？浩楠帮你吹吹，就不疼了。"

佟雪燕的眼泪被儿子给吹了下来，手上疼，心里暖。

林枫脸色还是阴沉着，在外面受的窝囊气还没发完："我明白，可是你也要量力而行。有些事不是你想做就能做成的，你想做到尽善尽美，可是，世上哪有那么多完美？你看看，今天这不适得其反了吗？"林枫也是有感而发，现实的压力让他力不从心。

佟雪燕不说话了。在林枫的埋怨声中，她再次感觉自己很没用，连顿饭都做不好。

小浩楠见妈妈受委屈，非常不开心："爸爸不应该乱发脾气。妈妈烫伤了，肯定非常疼，你应该先帮妈妈包扎伤口才对。"

小浩楠的话点醒了林枫，马上意识到自己的语气有点儿重了，赶紧解释："也是跟你着急，受伤不光是你自己遭罪，我也跟着心疼……"

佟雪燕的眼泪总是很容易流下来，她知道林枫心疼自己，可是这样的语气这样的用词，还是令她有些难过。正如儿子所说，十指连心，被烫伤的手指正火辣辣地疼，此刻需要的不是埋怨和数落，而是药物是包扎。

"妈妈不哭，小浩楠帮妈妈上药，上了药就不疼了。"小浩楠伸出小手，先给佟雪燕擦眼泪，然后拿起药，像模像样地却又不知道如何下手，最后皱着小眉头向林枫求助。

"你怎么又哭了？好了好了，不说你了，我害怕你的眼泪了。求求你别哭了！"林枫不知道怎么了，心情特别烦躁。他也想安慰安慰佟雪燕，可是说出的话，就特别不顺，"干不了，明天把学生都辞了吧，咱也不挣那个钱了。今天这是幸运，只烫了两个手指，说不定哪天再弄个大伤，挣那么点儿钱，还不够住院看病的呢！"

佟雪燕感觉很委屈，自己究竟是为了什么呢？简直是费力不讨好。经营着小店，辅导着学生，还不是为了这个家吗？很多时候真的感觉很累，可是想到儿子和老公，脊柱里的钢板仿佛也不那么疼了……可是林枫却讲出这样不理解的话，让佟雪燕很费解。托着那两根受伤的手指，她觉得心里比伤口还要疼。佟雪燕敏感地认为，林枫没有以前的耐心了，她仿佛看到婚姻就像一只花瓶，不经意间有了一道裂痕，她很害怕那道裂痕会"啪"的一声断开，然后，婚姻就支离破碎了……

接下来的几天，佟雪燕的心情一直很低落，对什么事情都提不起兴趣。不过，低落不等于放弃，她仍然经营着食杂店，辅导着学生，脊柱累了也咬牙挺着。佟雪燕鼓励自己绝不能自暴自弃，把不开心的情绪都压在心底深处，不能哭泣——就微笑。

由于学生成绩提高了，这为佟雪燕做了无形广告，又陆续有人前来报名。开始时，有学生报名佟雪燕就高兴地接收，收着收着犯愁了：学生倒是多了一倍，但工作量也同时成倍增加。主要原因是，这些学生不是同一个年级的，需要辅导的内容也不相同，令佟雪燕头疼不已。有一次忙得她晕头转向，在给顾客的一百元钱找零时，迷迷糊糊被拐走了五十块钱。为此，佟雪燕心疼了好多天。

后来，佟雪燕把这些学生分成上下午两个班，但还是感觉手忙脚乱。也有家长提出意见，说孩子反映老师精力不够，根本没有预期中的效果。佟雪燕特别着急，可人的精力确实是有限的，她既要经营小店，还要照顾学生，每天下来都是腰酸背痛的。但是为了多挣点儿钱，也只能这样挺着维持了。幸好姐姐雪梅能时常帮着经营小店，让她有喘息的时间。

再后来，有家长说学习环境太乱，耽误孩子的学习，因此提出退学。临走时给佟雪燕提了个建议：人要学会取舍。很多东西不是想做就能做到，不可能尽善尽美的。在小店和课后班之间，在学生和学生之间，必须做个选择，否则只能是适得其反……

不能尽善尽美，让佟雪燕又感慨起来。自己想要一个美好的未来，可是没了；自己想要一个健康的身体，也没了；自己想过平淡温馨的生活，也即将没了……抚摸着手指上的伤痕，佟雪燕不知道如何取舍。

而更令她焦灼不安的，是跟林枫的婚姻。都说婚姻有"七年之痒"，现在他们结婚正好七年了，难道也躲不过这条规律吗？最苦最难的日子都走过来了，如今生活刚刚有转机，林枫怎么好像变了呢？佟雪燕不知道，自己的"不平等婚姻"能否躲过七年之痒？

## 第十章　想有个家

2001 年春节刚过，改革的春风吹进了县城。先是变县为市，从此这里就叫榆恩市了。然后按榆恩市新拟定的城市规划，要修建许多高层住宅，同时也要有许多处平房面临拆迁。佟雪燕所租住的门市房被列入拆迁范围，这样导致林枫必须重新去租房子。

这些年虽然房租很贵，但他们一直在一处住着，因此感觉相对稳定。如今突然要搬家，才蓦然想起，原来自己一直漂泊着，居无定所。望一眼万家灯火的城市，林枫徒增凄凉之感。"想要有个家，不需要太大的地方"，林枫强烈渴望拥有一间真正属于自己的房子，这样就不用担心随时被涨价、随时被赶走了。

在城市里四处转了几圈后，林枫和佟雪燕商量想买房子，不论大小好坏，只要属于自己就行。俗话说："金窝银窝，不如自己的狗窝"，有了自己的家，粗茶淡饭也会踏实。佟雪燕当然也希望有属于自己的房子，甚至常常梦到有很大落地窗的房间，阳光毫无保留地照进来，洒在每一个角落；然后养两盆冬夏常青的植物，让屋子里四季常春……

可是回到现实，佟雪燕的热情就被冲淡了，满脸忧愁地说："现在到处拆迁，最普通的平房也在涨价，我们哪有钱啊！"

林枫捧起佟雪燕的左手，抚摸着上面的伤痕，心疼地说："我不想买平房，再也不想让你生炉子了……你的身体适合住楼房，房间有上下水有暖气，这样你多方便啊。"

"好是好啊，可是我们拿什么买？再说了，买完以后我们做什么，楼房不能开食杂店，就没有收入了；而且楼房的费用也大，咱们将来靠什么生活啊？"佟雪燕觉得太难实现了。

"听我的，房子一定要买，没钱咱们就先借，然后再慢慢还。老话说，欠债的日子才能攒下钱呢。再说了，咱们不能一辈子开食杂店，我觉得课后班更适合你。"林枫主意已定，做佟雪燕的思想工作，"孟母三迁的故事是个好榜样。明年孩子就上小学了，应该给孩子创造一个良好的学习氛围。我建议你在食杂店和课后班之间做个取舍，这样我寻找房子就有明确的方向了。"

佟雪燕被林枫说得心活了，前景是有了，如何创造那个前景才是最关键的："嗯，如果要我选择，自然是开课后班。可我们去哪里借钱呢？像咱们这样的家庭，两个人都没有固定工作，没有任何经济保障，别人会信任吗？"

"我也在考虑这个问题。我家那方面的亲戚，一处也不想去借，恐怕也借不来。包括我的父母。燕子，你能理解吗？"林枫还记得父母骂自己的那些话，他不是记父母的仇，而是要争口气，向父母证明自己是个男人。所以,他不想对父母提钱的事，一次也不想再提。

"我明白。我会尽量去亲戚家借的。"佟雪燕其实更不想向公婆张口，"账本事件"还让佟雪燕心有余悸，她绝对不想因为钱的事，再引起公婆的猜疑和误会，让刚刚缓和的家庭关系再度陷入僵局。

"借钱的时候咱们一起去，对你的亲戚讲清楚，我们一定在承诺的时间内还清。"林枫对房子充满期待，但是对现实又充满无奈。在现今物欲横流的社会，他最担心的是：以他和佟雪燕的现状，会不会借到钱？

在林枫和佟雪燕商量买房子的同时，佟雪梅和季平正在新落成的豪华小区购买新住房。

季平去年生意一直很顺，存折上的数字也不断攀升。看到同事纷纷乔迁了新居,季平也决定换个好环境。他的消费主张是：挣钱为了消费,挣钱不花等于白挣。但佟雪梅是个精打细算的人，凡事做到有备无患，认为存折上有钱过日子才有底。这也是侯贵芝对佟雪梅唯一满意的地方。俗话说："男人是挣钱的耙子，女人是装钱的匣子"，侯贵芝说佟雪梅这个"装钱匣"还算称职。

置身于带有大落地窗的新居，季平和佟雪梅的心里都觉得分外亮堂。他们开心地设计着，儿子一间，女儿一间，他们睡大卧室。这是全市首家地热供暖，带给佟雪梅许多新奇的感受。如今自己的日子好了，可是比自己更需要照顾的妹妹，却还住在低矮寒冷的小门市房里，冬天要生炉子取暖。尤其看到林枫在为找房子奔波，佟雪梅很想帮助他们渡过难关，把自己的旧房子给他们住！

看着佟雪梅刚刚还兴高采烈的，这时候忽然又沉默了，季平奇怪地问道："想什么呢？买了新房子，怎么反倒不高兴了呢？"

佟雪梅想了想，便讲出了自己的想法："我想把咱们的房子先借给雪燕，等他们生活好起来了，如果愿意买，就给咱们钱；如果想买别的，咱们到时候再卖掉。行不行？"

"你是不是开玩笑呢？那么大房子，能说给人就给人吗？你再心疼妹妹，也没义务那么做。"季平脑袋摇得像个拨浪鼓似的。

"我说的是借，不是给。我自己住进这么好的房子，眼睁睁看着自己的妹妹受罪，我做不到。或者租给他们也行，让他们象征性地给些房租。"佟雪梅眼睛湿润了。

"雪梅你要明白，亲是亲财是财，亲兄弟也得明算账，不然就会产生不必要的纷争。作为姐夫，我也挺心疼他们的……"季平是刀子嘴豆腐心，看到佟雪梅要掉眼泪，心里也不好受。

"光嘴上心疼有什么用？在他们最需要帮助的时候，拉他们一把，这叫雪中送炭，明白吗？亲戚间需要的就是雪中送炭，而不是锦上添花！再说了，雪燕身体那样，咱们更应该善待林枫，让他对生活增加信心。否则社会上诱惑那么多，如果林枫禁不住诱惑，出轨怎么办？"佟雪梅说着说着，泪水夺眶而出。

季平被佟雪梅的话深深触动了，不由得想起当初自己"意外出轨"的事，觉得特别对不住雪梅。雪梅一直死心塌地跟自己过日子，自己也应该让她高兴才对。"林枫也实在不容易，这样吧，咱们把房子卖给林枫吧，价格便宜点儿；他们手里有多少钱给多少；剩下的，啥时候有啥时候给。好歹有个房子，他们也算有家了。"

佟雪梅这回开心了。自己有了新家，妹妹也有了新家，这回父母也会放心多了。

## 第十一章　岁月静好

漂泊的心就像无根的稻草，总也不稳定，不知道哪阵风吹过来，就会随风摇曳，甚至被狂风吹走，再也无处落脚。林枫和佟雪燕过了多年的漂泊生活，总算在亲人们的帮助下，拥有了属于自己的房子，再也不是无根的稻草了。他们的家搬得很轻松，除去房东的货架和柜台，他们只有一床、一桌、一椅、一锅、一灶了。想想风风雨雨整七载，竟然还是如此简陋如此单薄。

从十平方米出租房搬至八十平方米的楼房，空间显得那么宽敞。知道妹妹没什么家具可摆，佟雪梅把大部分家具都留了下来，大到床铺、沙发、桌椅，小到碗筷茶杯水壶，甚至窗帘床罩等也没动，基本保持雪梅居住时的模样。

姐姐姐夫的情意，让佟雪燕和林枫打心眼里感激。三室一厅的房子，不仅让儿子浩楠可以拥有自己的小天地，还可以腾出一间屋子专门作教室用，再也不会有家长提出环境问题了。是啊，人不可能面面俱到，最忌讳的就是多而不精，佟雪燕决定今后全心致力于辅导学生的工作，伴随儿子读完小学读完初中，共同成长。

林枫推着佟雪燕来到他们的卧室，佟雪燕惊呆了——这间卧室的床单、被褥和窗帘全是崭新的，满眼的淡紫色中绽放着洁白的百合花，流淌着温馨浪漫。佟雪燕的眼睛瞬间湿润了，姐姐、姐姐——亲爱的姐姐啊，有姐姐的人多么幸福！

望着这充满阳光的大房间，佟雪燕和林枫一时之间感觉很不真实，这里以后就是自己的家了，是属于自己的一方空间，天大地大，他们不再是无根稻草！林枫把佟雪燕抱到床上，两个人就这样静静地坐着，静静地凝望，品味着家的味道，仿佛阳光都变得不同了。

"结婚这么多年，总算扎根了。"林枫轻轻地搂住佟雪燕，内心被温暖的情绪感动着。佟雪燕斜倚在林枫的肩上，感觉世界如此美好。"我们有家了，这里就是我们的家啦。"佟雪燕喃喃着，声音轻柔得像云飘过。

"是啊，这就是我们的家了，属于我们的家。"林枫热泪盈眶。

林枫感慨万千，在那间简陋的出租房里，他们其实就是将就着过来的；结婚时答应给佟雪燕的幸福，经过这么多的磨难才一步步实现，林枫感到很内疚。"燕子，这么多年，你受苦了……"

"其实，你更苦……我知道，你比我苦……"佟雪燕也在回忆，从订婚到结婚到公婆同住再到儿子被抢，简直像一部电视剧，带着离奇的色彩，幻化着悲欢离合；回味中还带着痛楚；痛楚中流淌着快乐；绝望中深藏着希望。

"我不苦,真的,只要有你需要我,我就有动力。一路上有你,这风风雨雨又算得了什么呢？"林枫说到这里，忽然变得严肃起来，"反倒是你，竟然轻生过……你有没有想过我的感受？如果你不在了，我还会独活吗？燕子，其实你的心，够狠的。"

"对不起，林枫。原谅我当时的脆弱吧，以后再也不会了，只要你需要，我会努力活下去，一路陪你……"佟雪燕深情地说着，她看到林枫眼中一如既往的真诚。

"答应我：谁也不许抛下另一个人先离开，死的时候——我们也要一起死……"林枫想到了佟雪燕当年与死神的抗争。

"嗯，谁也不许先离开……"佟雪燕忽然感动得想哭，这段时间一直在怀疑什么"七年之痒"，此刻却真真切切地感觉到——林枫还是当年的那个林枫，林枫的爱还在！

阳光透过淡紫色的窗帘，在佟雪燕的脸上蒙了一层朦胧的面纱。林枫看着这张熟悉的脸庞，看着那美丽的单酒窝，忍不住深情地吻了一下。淡紫色的窗帘轻轻滑落，一垂到地；两颗心贴得更近了。气氛晴好，心情安好，感动恰好，轻吻姣好，岁月静好。

# 第九部分　涅槃重生

## 第一章　藕断丝连

佟雪燕乔迁新居的第一个星期天，叶小白意外来了，佟雪燕惊喜不已。

"小白，你怎么来了？"佟雪燕实在是惊讶，因为叶小白在培训学校任教，双休日是最忙碌的时候。

"好了，先放在这里吧。"叶小白请搬运工人把几个大大小小的箱子放好，这才顾得上跟佟雪燕说话，"亲爱的，我给你送礼物来了，祝贺你的乔迁之喜。"

"什么礼物？电视机？"佟雪燕瞅着那几个箱子，看着像电视。

"电视机还是你老公负责吧。现在我决定带你走进更先进的电子时代。你的生活太封闭了，我要让你见见世面，了解一下外面的世界。"叶小白边说边动手忙活起来。

"这是什么啊？"佟雪燕瞅瞅箱子上的字，不过角度不对，看不清楚。

"燕子，这次你应该感谢我们家陈钊了。陈钊这几年边工作边学习，如今在电脑方面很精通哦。"叶小白对陈钊的能力给予充分肯定，"看看，这是他自己组装的电脑，专门送给你的。虽然老旧些，但他说完全够你用了。怎么样，小燕子，这个礼物满意不？"

陈钊真的是个特有天赋的人，勤奋好学，善于钻研，自学电脑课程，从软件到硬件到程序设计，如今已是样样精通。眼前这台电脑，就是陈钊的"处女作"。

事情的起因是这样的：叶小白认为佟雪燕的生活太闭塞了，每天生活在自己的小圈子里，对外面的世界一无所知，因此想帮她融进社会，看看外面的世界。陈钊非常支持叶小白，提出了送电脑给佟雪燕的想法。自从见过佟雪燕一面后，陈钊很为她的才华惋惜。他觉得佟雪燕应该有更好的发展，而不只是在柴米油盐中转来转去。

这个世界，其实没有谁一定要对谁好的，亲戚朋友也是一样。多少兄弟姐妹成了陌路？多少朋友反目成仇？佟雪燕却如此幸运，命运一次次折磨，她仍然收获着亲情、友情、爱情，帮助她重拾梦想，走向希望。

"谢谢你们，亲爱的小白！"虽然谢谢不足以表达感激之情，但佟雪燕除了谢谢，不知道还能说什么。

"亲爱的，不必客气。你好好学习吧，将来肯定用得上。"看到好朋友高兴，叶小白感到很欣慰。

"可是……我对电脑一窍不通，岂不是白白浪费了？"佟雪燕欣喜之余便是一脸的迷惘。

"呵呵，这个你别担心，陈钊会找时间来教你。以你的聪明劲儿，很快就能学会。"叶小白和陈钊已经商量好了，先教佟雪燕一些电脑常识，等她掌握差不多了，再申请联网。夫妻二人真心希望佟雪燕能够走出闭塞的生活，在网络的世界里找到自己的天空。

然而吃过午饭，两位好友躺在床上休息，叶小白的情绪忽然低落了，嘤嘤地哭了起来："燕子，我要疯了……"

"怎么了，小白？你别吓我呀！"佟雪燕慌了神，不知道叶小白发生了什么状况。

"燕子，我要疯了，我要疯了……"叶小白只是重复着这句话，一头扑倒在床上，放声痛哭。

佟雪燕坐在叶小白旁边，拉着叶小白的手，让她先哭个够再说吧。有时候朋友间，并不一定非要问，而是不问。

"燕子，你会不会看不起我？"叶小白忽然坐了起来，红肿着眼睛问佟雪燕。

"怎么了？你怎么这样问？又出什么事了？"佟雪燕被问得莫名其妙。

"燕子，别的我什么也不在乎，我最怕你看不起我，真的，燕子。"叶小白很无助，跟刚刚进门时判若两人。

"我是你最好的姐妹，永远都是。"佟雪燕还是握着叶小白的手，她知道叶小白需要的，其实只是自己的一份理解，或者说是谅解。虽然不知道什么事，但佟雪燕知道，什么事她都能谅解。

叶小白用乞求的眼神望佟雪燕，然后开始讲述最近的生活——

原来，叶小白回到陈钊的身边后，真心希望能和他重温旧梦，至少为了孩子，也为了维系婚姻。首先，叶小白改变了对陈钊的态度，凡事包容凡事忍让；然后，叶小白换掉手机号，断绝了和庞博的联系；甚至很长时间也不回榆恩市的娘家，不来看望佟雪燕，为只为回避与庞博有关的记忆……

起初的日子还好，辅导学生和照顾孩子，占据了叶小白的大量时间，让她很坦然也很充实；可是日子久了，一些记忆就会再次萌芽，刺激着叶小白敏感的神经。偏偏陈钊是不解风情的男人，前几年的分居生活，让他养成读书学习的良好习惯，同时也忽略了男女之情。如果放在以前，没有陈钊的纠缠叶小白会觉得很轻松；可是如今情况恰恰相反，单调的生活令她无比思念庞博，甚至超过了对尚青杨的怀念。终于，叶小白又拨通了庞博的电话；终于，婚外情的故事继续上演了……

佟雪燕愣愣地听着，没料想叶小白跟庞博竟然藕断丝连："陈钊知道吗？"

"我不知道，应该不会发现……今天是庞博的生日，他说希望我能陪他度过。"叶小白不敢看佟雪燕的眼睛，泪水再次滑落，"燕子，你是不是讨厌我啦？燕子，你如果不同意，那我就不去了。"

佟雪燕感觉自己的腮边也湿湿的，为叶小白婚姻中的苦涩，也为叶小白爱情中的艰难。正在这时，叶小白的手机响了，叶小白看了看，没接，然后无助地望着佟雪燕。

一直以来最讨厌的就是婚外情，可是面对叶小白的眼睛，佟雪燕只有心在疼。她想劝说叶小白，又不知道怎么劝："小白，这对陈钊很不公平……可是，我又如此希望你幸福……"

叶小白拥住佟雪燕，然后披上风衣，离开了。佟雪燕一时之间没了思想，不知道是应该叫住她，还是应该让她去追求片刻的欢娱。叶小白与陈钊之间，从最初的无爱婚姻，已经演变成无性婚姻，那么这样的不平等婚姻——会维系多久？

## 第二章　星语心愿

因为买房子欠下三分之二的外债，佟雪燕和林枫很快冷静下来，这么多债务应该如何还啊？佟雪燕因为有了独立的教室，先前的学生总算稳定住了。然后她广开生源，又收来了一些学生，每个月的收入也增加了不少，但是离还债还差得远呢。

林枫单位的改制总不见动静，如此关键的时候又不能放弃，所以林枫还是每天上班，然后出车贴补家用。后来，季平的单位招收更警，每天四班倒，林枫报了名，收车后去粮库站岗值班。

这样每天忙碌起来，其实佟雪燕和林枫见面的机会，也就是来回接送孩子的时间，所有的交流也都集中在饭桌上。然后林枫开始一天不停歇的工作，佟雪燕除了给学生上课外，便是学习电脑；后来她想多挣点儿钱，于是又捡起了编织的工作，唯一不同的，现在是给付费的顾客织毛衣，只为多一份收入。

因为林枫整天在外面，为方便与佟雪燕联络，他便买了一部旧手机。每天晚上把小浩楠安顿好,佟雪燕就会在电脑前学习;要是累了,就开始编织。没想到编织反倒成了一种消遣。实在想念林枫了,她就打个电话。为了省电话费,两人约定,第一次电话不用接,那只是道个平安,诉声思念;电话响第二遍的时候一定要接,也许有什么事……

时值小年夜,林枫把家里的事情安排妥当,叮嘱老婆孩子锁好门,便在午夜十二点准时来到值班的岗位。

虽然只是小年夜,单位还是很重视,在零点来临之时,举行了短暂的焰火燃放仪式。由于更警不能擅自离岗,所以林枫选择一个制高点,坐到高高的粮垛上,孤独地欣赏这别具意义的焰火。五颜六色的焰火伴随着"乒乓"的爆破声,腾空、绽放,瞬间点亮黑暗的夜空,然后幻化成一道烟雾,消散、陨落;接着另一阵焰火升空,绽放,然后又瞬息消失。

记得小时候,他对焰火有一种新奇的感觉,搞不明白为什么一支小小的纸筒里,竟会绽放出五六十个颜色各异的"花朵"?也不明白那些花朵开放以后,为什么转瞬消失?林枫把焰火比作"昙花一现",觉得如此美丽的花儿生命太短暂,未免可惜;渐渐长大,弄懂了焰火的奥秘后,再次燃放时竟然没有了儿时的兴奋感。不过他还是喜欢看焰火,那一次次飞向月亮的绽放,就好似一个个梦想在夜空中闪亮,短暂的瞬间让生命力得到最完美的诠释。如果人生能有片刻的辉煌,也就不愧于来人世这一场……

后来,居住在榆恩县城,每逢节日都会有比较大型的焰火晚会,各种新型的焰火把城市的夜空映得亮如白昼,只是那如雷般的轰响，却震得人不敢近前。于是，当超豪华的焰火把城市变成不夜城时，林枫反而喜欢躲在自己的蜗居里，享受同佟雪燕在一起时的那份安静祥和。

今天，独自坐在凄冷的夜空下，有风夹着稀疏的雪花吹过脸庞，林枫感觉这焰火别有一番韵味。每一次的焰火绽放过后，都会有无数的火花与星光交相辉映，他把这理解成是两种生命的对话。都说星与星的守候是亘古不变的情怀，那么在这遥遥河汉，是否也有属于他和佟雪燕的星宿？

想到佟雪燕，林枫的心里又荡起一阵温暖的涟漪。

今晚收车回家，一碗香喷喷的饺子已经准时摆在桌子上。自从林枫上这个夜班以后，佟雪燕坚持让林枫吃了夜宵再走。其实佟雪燕的厨艺算不上太好，可是无论她做什么食物，林枫都觉得好吃。能有人实心实意地惦记自己，林枫觉得很满足。

刚才临出门前，佟雪燕拉住林枫的手，目光中充满温柔，充满不舍。林枫当然懂得那目光的含义，这么久了，每天只顾着挣钱挣钱再挣钱，夫妻之间几乎没有时间卿卿我我，没有时间柔情蜜意……

林枫的意志有些动摇，想向季平请假，至少今天是小年，让自己休息一下也未尝不可；但是，正因为今晚是小年夜，大多数人都请假了，上岗的人会有三倍的加班费。面对着金钱的"诱惑"，林枫还是假装不懂佟雪燕的心思，坚定地出了家门……

一阵北风吹来，林枫不禁打了个冷战。有雪花被风吹到脸上，瞬间融化了，沾湿了林枫的双眸。透过模糊的视线，最后一朵焰火绽放成无数颗星光，升入到夜空中，林枫看见星星在向他眨着眼睛。于是，林枫对着星光许下了愿：

——燕子，明年的这个时候，一定带你出来看焰火，看星星！！！

而此时的佟雪燕，正孤独地躺在席梦思床上，没有睡意。今天是小年夜，林枫依然要在寒风中坚守岗位，想起来就让人心疼。不知道他冷不冷，是不是也在想自己呢？佟雪燕盯着电话机，忍不住想听听林枫的声音。

电话只响了一声，那边就传来林枫紧张的声音："燕子吗？是不是发生什么事啦？"

"没有，就是……想你了……"佟雪燕的声音，有点儿哽咽。

"我也睡不着，想给你电话，又怕你睡了……"林枫其实也想说"想你了"，可是没好意思说。今晚的烟火真的太漂亮了，透过烟火林枫想了很多心事，而想得最多的，就是要带佟雪燕看烟花，他甚至能想象得出佟雪燕兴奋的表情。

"新年快乐！老公！"佟雪燕第一次这样叫他，平时总是直呼其名，也许只有在电话里，才会这么容易喊出来。

"新年快乐，燕子。"林枫猛然想到自己就要满三十岁了，都说"三十而立"，自己的生活却刚刚起步，不免有点落寞。

"老公，谢谢一路上有你。我很幸福。我——爱——你！"佟雪燕说出了平时不好意思说的、也是最想说的话。

林枫的心被温暖了，自己这么多年追求着的和坚守着的，其实就是这句"我爱你"吧。"我，也很……幸福……"

"今晚特别想你……"佟雪燕想落泪。

林枫想起汪国真的那首诗，当年流行一时，此刻应该最符合两人的心境："如果你要想念我，就望一望天上的繁星，那里有我、寻觅你的目光……"

"星星知我心……"温馨浪漫的情愫悄然升起，佟雪燕感动得心疼。

两个人同时望向夜空，星星眨着眼睛，是否听懂了切切的心语？

放下电话，佟雪燕轻轻地擦去泪痕，麻利地织完最后几针，一件新毛衣又可以交工了。然后她披衣下地。六点钟林枫下班了，她要从现在开始忙碌，为老公做一顿可口的饭菜……

## 第三章　男儿有泪

2002 年的北方四月天，乍暖还寒。陈钊给自己放了个假，来到榆恩市佟雪燕家。这已经是他第三次来教佟雪燕电脑课了。陈钊之所以不让佟雪燕立刻联网，就是希望佟雪燕能静下心来，专心学习电脑课程，等把应该掌握的知识都弄通，再接触网络世界也不迟。

每次佟雪燕认真地听着，因为陈钊既有工作又要兼职教学，能抽空来教她实属不易，她必须抓住机会，多学习一些电脑知识。陈钊的讲解仔细又耐心，而佟雪燕接受能力也快，前两次的功课完成得很不错，令陈钊刮目相看了。

很快，新的课程讲完了，佟雪燕亲手操作电脑，巩固刚刚学的知识。而陈钊则拿出一本书看了起来。

"你喜欢佛学吗？"佟雪燕瞥一眼书的封面，那是一本研究佛学的书，禁不住好奇地问。

"为了静心。"陈钊只说了这四个字，然后目光收回，定在书上。

"为了静心？"佟雪燕懂了这四个字蕴藏的苦涩和凄凉，难道，陈钊知道了叶小白与庞博的事？忽然，佟雪燕觉得对不起陈钊，仿佛做错事的是她一般，不敢面对陈钊，赶紧转过头，继续学电脑。

"是静心。"陈钊莫名地叹了口气，带着难言的落寞和感伤。

"你……有心事？……啊，没事，你看书吧，我复习功课……"佟雪燕小心翼翼地问，问完又立刻后悔起来，如此敏感的话题，要如何继续？一面是闺蜜叶小白，一面是这样一个真诚的朋友，自己如何安慰他们？

"是人，就会有心事的；只是有的人喜欢倾诉，而有的人独自问心。"陈钊合上书本，忽然有一种想倾诉的欲望，胸中压抑的情愫已经持续太久，他几乎喘不过气来。

"嗯……"佟雪燕自责不已，实在不应该提起人家的伤心事。

"燕子，你说我是不是很傻？"陈钊抬起头，眼中满是迷惘。

"你……为什么这样说？"佟雪燕震惊，陈钊的语气和表情分明是知道了叶小白的外遇，这该如何是好？

陈钊苦笑了一下，有些自嘲："你明白我的意思，不过小白是你最好的朋友，你不好参与而已。我其实是个相当矛盾的人，既不想限制她的自由，也无法接受她心里装着别人；心中的痛苦想找个地方倾诉，但又不相信身边任何人。之前学心理学，我其实是想多了解她的心理，然后试着去宽容她……"

　　原来如此。佟雪燕再次惊讶得不知道说什么。陈钊或许一直知道叶小白的心思不在他那，自始至终，他都想用爱包容她的一切。怎么会有如此广博的胸怀，叶小白何其幸运？

　　"你想得不错，小白遇到我应该是幸运的，但她不幸福。男人爱上一个女人，是要给予她幸福的，我想给，可她不要。燕子你知道吗，人生最残酷的事情，其实不是太傻，而是太聪明。我非常后悔学了心理学，非常后悔能看懂她的内心世界……当你将她的心一层层剥开，却发现在里面根本没有你的时候，那种痛苦是无法言表的……"陈钊把心事娓娓道来，令听者动容。

　　佟雪燕为叶小白心疼，也为陈钊心疼。爱是一种给予，但别人不要，这跟自己与婆婆之前的关系何其相似？无论是哪种爱，即使不希望得到回报，也应该是渴望得到回应的，陈钊跟当初的自己一样，承受的委屈太多了。

　　"有人说，佛学能够令人心胸宽广，心平气和，能容天下难容之事，所以我放下心理学，开始研究佛学。我想静心，但我的心……还是不能静下来……"陈钊很苦恼，他想到很多办法自己超脱，可是最终还是陷入痛苦的深渊。

　　"为什么不试试去改变？也许，爱能融化一切。"佟雪燕真的希望陈钊能用爱唤醒叶小白的心，最终来个大团圆。

　　"我怎么没试过？可是她根本不是真心接受我。更悲哀的是，我发现自己已经无力去爱。这种滋味很纠结，我终于尝到了叶小白对我的感觉……不是不想爱，而是怎么努力，也燃不起激情了……"陈钊凄惨一笑，笑容比哭还让人心疼。

　　佟雪燕真的无话可说了，原来经过时间的推移，陈钊对叶小白的感情也发生了变化。这种变化应该是最正常的，面对一个精神和肉体双重出轨的妻子，任是谁也不能做到一如既往吧？情感上，她希望叶小白找到幸福；而道德上，她站在陈钊一边。两个善良的好人却无法相爱，到底谁对谁错？到底谁比谁更痛苦？

"燕子，不怕你笑话，最近我们常常吵架，我想像以前一样包容她，但是无法做到了。我不在乎她的从前，谁没有过去？我最不能忍受的，是她跟我结婚后的背叛！她太不公平了，至少应该在婚后，给我一个完整的她……可是她太过分了，真的太过分了！"陈钊越说越激动，所有的烦恼和盘托出，然后控制不住情绪，趴在电脑桌旁边哭了。

都说男儿有泪不轻弹，其实是未到伤心处。看着一个七尺男儿哭得如此伤心，佟雪燕的眼圈也红了。想到乔铭的外遇让林茹痛不欲生，想到林振远的初恋让邢巧云如惊弓之鸟，再想到池影的出现带给自己的困惑，佟雪燕怎么能不理解陈钊撕心裂肺的痛楚？！

陈钊讲的都是实情，这两天他和叶小白正在冷战中。虽然叶小白在尝试改变夫妻关系，但陈钊无法说服自己配合，怪只怪他在无意间知道了庞博的存在！

陈钊震惊，愤怒，痛苦，彷徨，甚至想去找庞博决斗；但最后他什么也没做，而是每天一有时间就守在电脑前，以冷漠的方式对待叶小白的背叛。不仅是叶小白感到悲哀，陈钊同样感觉到悲哀，都说没有爱情的婚姻是残酷的，没有性生活的婚姻是犯罪，那么他们的——岂不是最残酷的犯罪？

每每想到这些，叶小白心如刀割，怪只怪她与庞博错过了最美丽的相遇，相见恨晚;而陈钊每每想到这些，也是心如死灰，觉得生活没有任何希望和期待了，除了警告叶小白自重，别让自己的儿子瞧不起她，就是潜修佛学，让疼得流血的心渐渐麻木，最后安静……

此刻，陈钊还在流泪，肩头一起一伏，像委屈而又无助的婴孩。佟雪燕暗暗下定决心，必须再做一次努力，劝叶小白早日回归家庭，千万别再跟陈钊互相折磨互相伤害了。

## 第四章　殷殷期望

2002年9月，六岁的林浩楠背上崭新的书包，就要步入小学校的大门了。这几年在幼儿园，小浩楠已经慢慢适应了集体生活，性格不再孤僻内向，对小学生活也充满了无比期待。儿子成为小学生，对佟雪燕和林枫来说是特别重大的事情。

然而，喜悦背后是隐隐的担忧:崭新的环境，一切都需要自理，自己的小浩楠能适应吗? 牵着孩子的手走在上学的路上，林枫想起多年前，自己也是这样由爸爸送进小学，开始了人生第一个求学阶段。今天牵着儿子的手，仿佛他多年前的梦想，又在儿子身上扬帆起航了。

林浩楠对一切充满好奇，站在新学校的大门口东张四望，目光中有紧张有期冀。林枫摸摸孩子的头，鼓励道:"从今天起，浩楠就要开始接受正规教育了，会戴上红领巾，再戴上团徽，然后慢慢长大，直到考上大学，成为顶天立地的男子汉!"

小家伙似懂非懂地点了点头，忽然有点不放心："爸爸爸爸，这里挺好的，不过我一个小朋友也不认识，那多孤独啊？"

林枫最担心的，就是换了环境，儿子产生孤独感，赶紧耐心地告诉儿子："浩楠，记不记得刚上幼儿园的时候了？那么多陌生的小朋友，后来都成了你的好伙伴，多开心啊。现在上小学也一样，只要你主动和同学打招呼，好好和他们相处，将来都会是好朋友的。"

"我明白了，是不是像小白阿姨跟妈妈一样？"小家伙最担心老师不喜欢他了。

"对，浩楠真聪明。现在放心去上学吧，爸爸就在这里等着你！"林枫攥紧拳头，给儿子打气。

林浩楠立刻信心倍增，对林枫说了声"爸爸再见"，然后背着书包，勇敢地走进校门。临进教学楼的瞬间，他忍不住回头向大门口张望一下，看到林枫果然站在那里，这才快乐地挥了挥手，随着班级的队伍走了。

儿子回眸时的一挥手，让林枫心里有酸酸的感动。儿子，一个烙在心坎的最柔软的字眼儿，因为这个字眼儿的存在，很多事情都变得生动又温暖。他吸了吸鼻子，试图把涌出眼眶的热泪憋回去，儿子正在一步步成长，这是多么开心的事啊，因此不能掉泪。

就这样，林枫和其他家长一样，上课铃声响了好久，还是不舍得离开校门，仿佛这样守着，就是在为自己的儿子守护。

而守在家里的佟雪燕，也久久地待在阳台上，目送着林枫和儿子走远，心里既高兴又失落。她多么希望像其他家庭一样，父母分别牵着孩子的两只手，共同送孩子去上学啊……

返回房间，佟雪燕打开电脑，今天是儿子第一天上学，这样的重大事件，这样复杂的心情，实在应该记录下来。她首先翻阅了几年前的日记，那次中秋大战后自己写给儿子的"遗书"——当时的心境确实悲凉，现在读来竟然也让佟雪燕泪水涟涟。不过，幸好一切都过去了，而今天给儿子写信的心情，又是多么的不同啊！

亲爱的儿子：

今天是你人生的一个里程碑，想象着你走进小学大门，妈妈真的很高兴……

不过从现在起，妈妈在爱你宠你的同时，会对你更严格了。因为你是一个聪明、上进、有责任心的孩子，妈妈希望你能更优秀。这也许会给你带来很大压力，让你承受同龄孩子没有的负荷。孩子，妈妈首先对你说句对不起。父母都是疼爱子女的，请理解妈妈的良苦用心，因为只有你做得更好，将来才能在社会上有立足之本，才能独立而坚强！

孩子，可能以后妈妈偶尔会责备你。其实每当责备你的时候，妈妈也在责备自己。因为妈妈不能给你完整的母爱，虽然妈妈在尽力做一切，却不能牵你的手陪你走一走；当你跌倒的时候，妈妈不能第一时间跑过去，将你扶起；当你生病的时候，妈妈不能第一时间抱着你去看医生。这是妈妈今生最大的遗憾，也是妈妈深感对不起你的地方……

好了，孩子，妈妈不再说自卑的话，因为有了你，我的孩子，是你让妈妈感到骄傲。你的每一步成长都让妈妈欣喜若狂，无论何时何地何种境遇，只要想到还有你，妈妈的心中就充满了力量。所以，再多的苦难，又算得了什么呢？因为在妈妈心里一颗种子在萌芽在长大，那就是孩子你啊，我的儿子！所以，妈妈什么也不怕，真的，孩子，有了你和爸爸，再艰难的轮椅岁月，妈妈也不会害怕。妈妈骄傲着，在我的身后站着两个"男人"，一个是我的"天"，一个是我的"地"——有了天和地，妈妈就有了完美的世界！

孩子，妈妈真的要谢谢你！知道吗？你的爱给了妈妈莫大的鼓励。妈妈只带给了你生命，你却带给妈妈生活的勇气。妈妈能体会到：你因为妈妈的存在而幸福，甚至是自豪。知道吗，我的孩子？当你把心事诉说给妈妈听，当你高兴地讲述小伙伴们对妈妈的评价，当你用含泪的双眼说妈妈我爱你的刹那，妈妈同样幸福得一塌糊涂……

或许，妈妈以后不再总是温柔地对你，偶尔会因为你的小缺点而发脾气。甚至妈妈可能会抬起手打你，如果真的那样，请原谅妈妈的狠心吧，要知道，打在儿的身上，疼在妈的心上……妈妈如果打你，只是希望你在应该懂得的年龄，懂得应该明白的道理；只是希望你珍惜每一寸光阴，不要给未来留下遗憾和悔恨。

妈妈不能给予你奢华的生活，但妈妈有温暖的怀抱，有灿烂的微笑，这些——妈妈都愿意给你。也许有一天，你真的长大了，不再需要妈妈的叮咛，也不再需要妈妈的牵挂。也许有一天，你的身边多了一份关注你的目光，她会取代妈妈的爱，陪你走过更远的旅途。可是孩子，妈妈只想让你知道：无论你到了哪里，无论你是成功还是失败，无论你是欢喜还是悲伤，妈妈的爱都会在你的身旁。如果你愿意，即使妈妈满头白发，也愿意分担你的一切，包括你的忧伤和迷惘。

我的宝贝，我的希望，多年之后，当你终于成为男子汉，妈妈希望你的童年和少年不会有遗憾，你的青春和未来充满美好阳光。

我的宝贝，我的希望，总有一天你会有自己的孩子，妈妈希望你也能记录他的每一步成长，告诉他一定要健康快乐、一定要学会坚强……

## 第五章　涅槃重生

佟雪燕和林枫的日子是越来越好，两年多时间，还清了所有的债务，两个人的苦日子终于熬出头啦。

有一天林枫接孩子放学，兴冲冲地拿着一份报纸回来，说上面发表了她的散文《秋日私语》！佟雪燕以为自己听错了，自己根本没有投稿，怎么会发表？

但林枫说是真的，并像小学生一样摇头晃脑地朗读起来："没有了往日的风采，叶子并没有在萧条中哭泣，它选择的是在秋风中静静地飘落，如同一只只破茧而出的蝴蝶，把生命的意义延续……"

佟雪燕的眼泪随着微笑流下来，天啊，这真的是她的文字——真的是！这一刻她才明白，原来林枫一直悄悄在帮她投稿，只是石沉大海的，他从来没提过罢了。

那天晚饭，林枫给佟雪燕和儿子买了两只大大的烤鸡腿，做了四个小菜，举杯为她庆祝。儿子开心地啃着鸡腿说："祝妈妈成为大作家！"

佟雪燕笑了，然后深情地望着林枫，举起杯。她知道，儿子并不知道作家的含义是什么，一定是林枫教的，成为作家不仅是她自己的梦想——也是林枫的梦想啊！

林枫猜出了佟雪燕的心思，鼓励佟雪燕说："梦想有多大，心的舞台就有多大。燕子，飞吧，我会一直在你身旁！"林枫是一个内敛的男人，一直以来都是行动更胜于言语；而此刻，佟雪燕融化在林枫的话语里，幸福地落泪了。

可是命运就像一个最冷酷的魔术师，只要它一翻脸，生活就会变样子。

在一次盛菜的时候，佟雪燕忽然手一软，盘子掉到了地上，当时也没太在意，还直怪自己粗心。后来，接二连三发生类似的事件，常常是手一麻，东西就掉了。最近，右手麻木的次数增多，有时候即使什么也不做，也会抽筋；更可怕的是，对冷热的灵敏度也明显下降。佟雪燕不得不重视起来，林枫更是着急，马上把她送进了医院。

县城里的医生检查后，建议他们去省城大医院看看。来到省城，医生诊断为：脊柱里那两根钢板因为压力过大，向内发生侧弯，形成椎间管狭窄压迫神经，所以才会导致病情加重，双手也出现麻痹症状。恶化下去，很可能造成更高位的截瘫，佟雪燕的双手也会不听使唤……

林枫懵了！一直以来，他最担心的就是这个情况，如今不可避免地发生了。接下来怎么办？

医生提出两个方案：一是手术取出钢板；二是保守疗法，牵引加物理治疗，争取让钢板复位。医生强调，手术不能保证是否再伤害神经，如果不幸伤到的话，病人可能一辈子也不能再坐了。林枫再一次陷入极度的恐慌之中，不知道如何选择。

然而佟雪燕果断做出选择：保守疗法！之所以这样决定，是因为她首先想到了自己的儿子。医生把手术风险说得那么大，让佟雪燕胆怯了，如果自己再也坐不起来，儿子怎么办？至少维持现状，她可以给儿子做做饭，陪儿子写作业做游戏，至少能给儿子一个精神上的依恋。

林枫犹豫不决中，接受了佟雪燕的选择。他也不敢这样冒险地做手术，至少现在佟雪燕还能自己照顾自己，那么她的心情就不至于太沮丧。如果保守疗法有效果，出院后一定让她好好休息，不再为生活所累，从而保护好身体，保护好自己的家庭……

一个月后，佟雪燕手部麻木的症状渐渐消除，医生说她又创造了一个奇迹，可以暂时出院回家。不过以后必须注意脊椎的保护，真的不能再久坐了；否则再出现类似情况，只能手术重新换钢板。

回到家的感觉，像是一次重生，佟雪燕躺在床上，再次体会到生命的可贵。活着，真好！

为减轻佟雪燕的压力，林枫遵照医嘱强制着把课后班停办了。虽然家里的收入骤然减少，但毕竟身体要紧，林枫不希望看到佟雪燕再进医院。林枫又借钱接通了宽带，这样佟雪燕便可以读读书，学学习，上上网，不至于那么寂寞了。进入网络世界，让佟雪燕惊喜和新奇，但也让她为经济压力犯愁，担心住院费和宽带费都无力支付。林枫乐观地安慰佟雪燕，说有人就有一切，只有她平安健康，才是最大的财富。

听林枫这么说，佟雪燕想想有道理，自己活着就是难得了，那么不开课后班，也不能让剩下的生命虚度。网络很神奇，自己一定要通过这个神奇的东西，找到生存的空间，实现人生价值。

想到就要做。佟雪燕躺在床上，很快熟悉了一些网络常识，并且开通了博客，把以前积累的文章陆续发到博客里。没想到这些文章竟会收到很多关注和好评。来自陌生世界的认可和鼓励，让佟雪燕体会到前所未有的平等和尊重，心情也激动极了。每当增加一个新读者，每当写一篇新文章，她都会第一时间告诉林枫，让林枫分享她的喜悦和快乐。后来，她在博客的主页郑重写下自己的座右铭——"没有翅膀，依旧可以飞翔；我的羽翼，扎根在心灵之上。"

看到佟雪燕极具创作热情，林枫便鼓励她试着写小说。佟雪燕觉得自己水平有限，没读完高中，没上过正规的中文系，如何写小说？即使写出来，能有人读吗？林枫说只要用心写，就肯定会有人被感动，哪怕没读者，自己可以做自己的读者啊。佟雪燕开始跃跃欲试，自己跟林枫的故事，不就是最好的小说素材吗？前些年就曾有过写小说的想法，只因为没有时间；如今时间充裕，或许是记录下来的时候了。

那么小说叫什么名字呢？回忆着与林枫的坎坷婚姻历程，

佟雪燕感慨万千，目光不由得落到左手上，当初林枫给她戴结婚戒指的情景历历在目。据说，结婚戒指戴在左手无名指上，是因为这里离心脏最近，最能与爱人灵犀相通。她又想起每次出去散步，林枫都习惯站在她的左手边，潜意识里，他是希望在右侧通行的交通法规下，尽可能把佟雪燕保护在相对安全的地方……

感动划过心田，佟雪燕迅速在电脑上敲出书名《左手爱》，同时引用冰心那段经典美文作为前言——

"爱在左，情在右，走在生命的两旁，随时撒种，随时开花，将这一径长途点缀得花香弥漫,使得穿花拂叶的行人,踏着荆棘,不觉痛苦,有泪可挥,却不是悲凉!"

## 第六章　关键选择

有人说：人生最关键的只有几步，关键的几步走好了，才能无悔于一生。在爱情这一步上，林枫选择与佟雪燕相牵，注定要经历比别人多的磨难。而如今在工作这一步上，他又面临新的选择，接下来的人生，或许还会经历几多坎坷。

2004年,单位的改制工作终于结束，林枫选择了下岗再就业，家庭再次陷入困境，亲人们都为他们捏了一把汗。不过林枫有自己的想法，这些年守着一份工资少待遇低没前途的工作，付出和回报根本不相应。因此必须有所突破，让佟雪燕和儿子过上相对舒适的生活。林枫也想出去学些技术，但眼下家里负债累累，急需买米下锅；所以当务之急是有收入，填饱肚子啊。如果选择一份打工的工作，再加上粮库的兼职，生活也可以暂时维持，但也只是维持，和原来的状况没什么区别。他也想过做生意，但最后自己就否决了，他觉得自身不具备做生意的素质。考虑再三，林枫决定购买一台新型夏利车，正式从事出租车营运业。

佟雪燕觉得可行是可行，最关键的是用什么买？新车就已经挺贵的，再加上各种手续费，对他们现在的情况来说，简直就是天价！

"我已经咨询过，拿房契作抵押可以贷款买车。用他们的话说，就是用明天的钱，办今天的事，享今天的福！"林枫早就做好了买车的准备。

"抵押房契？这怎么能行呢？咱们好不容易才有自己的家，抵押了，万一……"佟雪燕心头掠过一道阴影。养车的风险太大了，如果真的发生意外，他们一家三口连个容身之所都没有了。

"放心吧，我保证小心谨慎就是了。很多时候命运是公平的，我就不相信它会对咱们残酷到底！在国庆节买车有优惠，到时把新车接回来，开始我们全新的生活。"林枫安慰着佟雪燕。

正当林枫和佟雪燕对未来充满期冀之际，陈钊和叶小白却面临着另一个选择：继续过日子，还是离婚？说起来，叶小白和陈钊已经分居数日，只不过孩子和亲朋们还蒙在鼓里，始终以为他们是一对恩爱夫妻呢！

自从和佟雪燕倾心长谈后，陈钊感觉压力不是那么大了，也许是情感得到释放的原因吧。所以，偶尔有心烦的时候，他就用邮件的形式发给佟雪燕，换一种方式让自己的郁闷得到宣泄。

后来，即使没有心烦的事，陈钊也习惯了给佟雪燕写邮件，事无巨细地写给佟雪燕看，远到他和叶小白的初相识，近到前一秒钟发生的争吵，他都会一一在信中对佟雪燕讲述。人都是有同情心的，更何况陈钊展示的是一颗伤痕累累的心？所以，佟雪燕偶尔也给陈钊回信，讲一些开心的笑话，希望陈钊能得到暂时的放松。

这天，佟雪燕打开邮箱，陈钊的信件让她非常担心："燕子，我心情很坏，我想我是疯了……"

佟雪燕料想一定又发生了什么事。每次和叶小白谈话，佟雪燕都劝叶小白回归，可是有些事说起来容易做起来难，叶小白的心根本放不下庞博。了解得多了，苦恼也多，佟雪燕跟两位好友一起苦恼，她知道自己帮不了什么，只希望二人不要互相伤害，别牵连到孩子。

佟雪燕正琢磨怎么给陈钊回信，邮箱提示：收到叶小白的邮件。叶小白很少上网，平时两个人联络用电话的时候多些，今天怎么也发邮件了呢？佟雪燕有种不祥的预感，赶紧打开邮件，信的内容令佟雪燕震惊不已——

"燕子，我承认我是胆小鬼，我是懦夫，我是逃兵……我撑不下去了，暂时离开……勿念……你一定要保重，好好珍惜你的爱情。永远爱你并祝福你的小白。"

佟雪燕赶紧拿起电话打叶小白的手机，提示已关机。佟雪燕的泪水止不住地流，赶紧给叶小白回信："亲爱的小白，你要去哪里？你一定很伤心……你什么时候回来？你不要走，真的不要走……有些事，不一定非要离开才能解决……你独自在外面，我会惦记的，陈钊也会的，大家都会的……小白，别走，好吗？我在叫你，听见吗？"

然后邮件发出去后，再无任何回应。佟雪燕不知道叶小白是已经下线，还是正守在电脑前默默流泪。她又连续发送邮件，希望叶小白能有回应，内心深处佟雪燕有一种恐惧——担心叶小白会想不开，会做出傻事……

"陈钊，在吗？小白走了，你知道吗？"佟雪燕实在太担心叶小白的安全，主动敲响了陈钊的 QQ。

"燕子，我在。知道。她留下一纸离婚协议就走了，我们的家，散了。"陈钊很显然一直守在电脑前，佟雪燕的话刚发过去就收到回复了。陈钊此刻心情淡定了许多，刚刚下班时，看到叶小白的离婚协议，确实有些不知所措。可是渐渐地，他又有种解脱感。

陈钊承认，能和叶小白结婚是他一生的心愿，但婚后的状况并不是他想要的。他同样有浪漫情结，希望自己的娇妻能死心塌地地爱自己，偶尔撒个娇，让感情得到瞬间的升华。可是，美丽的梦遇到残酷的现实，经过几年冷战，陈钊终于想明白了：爱情不是一厢情愿；只有两情相悦才幸福。自己似乎没有必要，一个人去承担两个人的痛苦。

"你们，真的好聚好散了？小白不会想不开吧，我现在联络不到她了……"佟雪燕急得再打电话，可叶小白的电话仍然不通。

"放心吧，和平分手。小白不会想不开的，离开我，她也得到自由和解脱了，可以去追求她想要的爱情。"从婚姻的围城走出来，陈钊发现自己根本不懂爱情，于是问佟雪燕，"燕子，你说到底什么是爱情？"

"爱情？也许就是心灵的默契吧，无论何时何地，都能感受到彼此的心跳。"佟雪燕想了想，谨慎地回答着。

"我是不是很可悲？结了一次婚，却不是爱情。"陈钊自嘲地说。

"不要难过，陈钊。歌中说，有种爱叫作放手。"佟雪燕只能这样劝慰了。

"是啊，有种爱叫作放手，所以我放手，给她自由，让她飞吧……"不管怎么说，陈钊的心中还是有难言的酸楚，毕竟叶小白是他的初恋，他们一起走过大学五年，又同床共枕有了儿子。

"也许，她飞够了，就会回来了。"佟雪燕还是盼望叶小白和陈钊能够有明天。

"燕子，别傻了，当爱走了，就真的走了，找回来，也变了味道。大学毕业时，我以为爱可以重来，所以执着地跟她结婚了。现在我觉得自己错了，有时候无谓的执着，反而成为两个人的负累。也许我也变了，对于她的出走，我有种解脱的感觉。"陈钊在电脑那端，淡淡地感伤着。

"解脱？"佟雪燕没想到陈钊用这个词，想想，可能这个词又很合适他。

"没有想象中的难过，真的。"陈钊敲过来几个字。

"我不知道，说什么好……"佟雪燕真的不知道说什么好。

"都说真爱一个人，那人便会在你最难过最失落的时候，出现在心里。可是我最失落最难过的时候，心里却没有想到小白……"陈钊莫名其妙地说出这句话。

"那你想到谁了？"佟雪燕愣了一下，难道陈钊也跟叶小白一样，出轨了？那样一来，两个人真是同床异梦了，分手可能是最好的处理方式。

"我……我也不知道……我……"陈钊忽然语塞了。

"哦？如果你跟小白真的不再可能了，如果你真的遇到自己可心的了，或者……你可以大胆地去追求，这样小白也会少些愧疚。"佟雪燕认真分析了陈钊和叶小白的现状，叶小白是绝对不爱陈钊了，现在连将就都不想将就，那么如果再纠缠不清只能更痛苦。若是彼此找到各自的幸福，也行。

"我不能……即使真的是爱情，我也不能说……"陈钊语无伦次，很为难。

"哦，那一定是有苦衷了？无论如何，希望你能快乐起来。"佟雪燕觉得陈钊这么多年委曲求全，也应该有自己的生活了。

"她是个特别出色的女孩，我不能伤害她。只要她过得幸福，这就足够了……我会站在远处，默默守望……"陈钊话语中满是真诚。

佟雪燕不知道再说什么。陈钊从不幸的婚姻围城跳出来，可能又陷入另一段爱情的旋涡，这是幸运抑或是不幸？佟雪燕只能默默祝福：无论相爱还是分手，每个人都能找到心灵的归宿！

## 第七章　再见池影

2005 年的春节，在林枫和佟雪燕的忙碌中到来了，这一年，他们收获了很多前所未有的喜悦和希望。虽然今天是年三十，但也是出租车生意最好的时候，林枫还是坚持工作一上午，然后带上佟雪燕和林浩楠，准备回乡下过年。加油站里排满了车，林枫把车停下来排队。

"妈妈，你看看那辆车，多漂亮！"小浩楠充满惊叹。

顺着林浩楠的手指，佟雪燕看到一辆银灰色的小轿车正在加油。这辆车车身线条不拘一格，带着出乎人意料的怪异。最大的亮点在于它的尾部，宽大的玻璃尾门边上围着一圈造型独特的尾灯，整个凸出的下半部宽厚而有力量。

"这车是什么牌子啊？真好看。"佟雪燕一下子被吸引了。

"这是最新款的女性轿车沃尔沃。像这种独特的北欧简约风格，整个榆恩只有几辆，都是有钱的太太们开的。"林枫对车还是有一定了解的。

"哦，真漂亮，爸爸，你明天给妈妈也买一辆吧。"九岁的林浩楠对事物的认知也有了独特的见解。

林枫笑着拍了拍儿子的脸蛋："爸爸是想买啊，可是咱全部家当也不值那一辆车的！这个光荣的任务就交给你吧，等你挣钱了，买一辆全手动最新款轿车，给你妈妈开着玩。"

全家人正在说笑着，那辆车加完了油，然后开到他们旁边缓缓停了下来。

茶色的玻璃窗摇落下来，佟雪燕和林枫看到一张似曾相识的脸。"是她？"佟雪燕捂住嘴,小声嘀咕了一句。林枫也看清了,开车的是池影,副座上坐着一位蓝眼睛黄头发的外国人。

由于对方的车窗是暗色的,外面的人根本无法看清里面,没想到三个人研究半天,车主竟然是池影。再见池影,林枫也有点儿惊讶,一晃数年没见了,他几乎要把这个人忘记了。看到池影在对面定定地望向他们,林枫不知道自己是否应该打声招呼。

池影还是一身最时尚的装束,金黄色的波浪发与那个中年外国人很相配。池影就这样审视着佟雪燕,足足有一分钟,然后目光从林枫身上瞟过,落到林浩楠的身上。看到这个集中了林枫和佟雪燕优点的孩子,如此英俊健康,池影有种失败感。她收回了目光,摇上车窗,疯一样把车开走了。

林枫和佟雪燕还是愣在那里,这突然的邂逅,让他们有点儿回不过神来。佟雪燕忍不住问了一句:"嫁给外国人了？"

"不知道。几年前听说她在做毒品生意,不知道是真是假。人还是要走正路,燕子,你说呢？"林枫淡淡地笑着,其实他想说,几年前池影邀请自己参加她们的公司呢,多亏自己禁得起诱惑。否则,上"贼船"容易,下"船"就难啦。话到嘴边,又担心佟雪燕误会自己和池影藕断丝连,便忍住没说。

"她为什么那么看着儿子？感觉很受伤的样子？"刚刚池影审视她的时候,佟雪燕也审视了对方,感觉池影的目光深处隐藏着一种孤独幽怨的情愫。

"也许跟其他人的想法一样,没想到咱俩会过得这么长久,更没想到我们的儿子如此健康帅气。也许咱们的婚姻解体了,他们才会认为正常。"林枫分析着。

"这什么想法？难道我身体不好，我的儿子就不能健康成长吗？真是不可理喻！"佟雪燕搂住儿子，幸福地笑了。

"爸爸，那个阿姨是谁呀？她为什么不希望我健康呢？"小孩子还分不出大人间的恩恩怨怨。

"呵呵，那只是一个迟到的影子，长大后你就懂了。"林枫淡淡地说。

佟雪燕望着林枫，心里充满了无限的深情与感恩。

## 第八章　团团圆圆

这个除夕夜，是林家有史以来最热闹最团圆的夜晚了。

小女儿林茹因为婚变，这些年一直在外面闯荡，思想上成熟了许多，观念也很前卫。如今学艺成功，还领回来一个男朋友，从长相到人品都让大家很满意。两个人都是学美容的，计划春节过后开一家美容院。大家最关心林茹的婚事。林茹说自己对婚姻有了恐惧感，所以想学一回流行——试婚三年，如果合拍，再登记结婚。

邢巧云极力反对，认为试婚不可行，那是城里人的玩意儿，农村人不能学！

林茹认为城里人和农村人都是人，干吗自己先给自己降低一格？关键是自己愿不愿意，跟别人没啥关系！就像当初哥哥娶嫂子似的，谁也不看好轮椅上的佟雪燕，结果人家活得比谁都精彩！

邢巧云想想,点了点头:"也对。当初背后指指点点的那些人,现在都夸我儿媳妇是轮椅上的才女,真是此一时彼一时啊。行了,我谁也不管了,只要你们都平安健康快乐,我也无所求了。"说完,邢巧云露出了笑脸,忙里忙外张罗着包饺子。

林慧今年有幸被请回来过年,既感慨又激动。因为邢巧云一直信奉乡下的老传统,说出嫁了的女儿除夕夜不许看娘家的灯,否则对娘家不吉利。所以,这些年两家都是独立过年,一点儿热闹劲也没有。不过今年不同了,佟雪燕和林枫商量,大家聚在一起太不容易,必须把林慧一家也叫来。所以佟雪燕极力说服邢巧云,林茹也在旁边添油加醋,说自己其实也相当于出嫁了,难道今晚要在外面睡雪地不成?

邢巧云想想也有道理,年年过年缺大女儿了,是有点儿不公平,便说:"那就听我儿媳妇的吧,反正将来这个家都是她的。如果不在意,就都叫来过年,团团圆圆的,好啊!"话里话外,邢巧云已经完全接受佟雪燕这个儿媳妇了。

——就这样,林家人终于团圆了。

林振远坐在炕头上,心情从没像今天这样舒坦畅快过。大半辈子都过完了,看来下半辈子能过点儿安稳的好日子了。林振远边这样想,边看着身边晚辈,刘馨宜和林浩楠正在哄林慧的小儿子玩。孩子们脸上洋溢着天真的笑容,林振远满是皱纹的脸上,也堆满了笑容。

看到邢巧云如此开心,刘馨宜忍不住逗她:"姥姥,你包那个硬币的时候,别忘记做个记号。我想吃硬币,保佑我考上重点高中!"林浩楠也说要吃硬币,保佑将来他考上大学。孩子的话，逗得大家开怀大笑！

林家第一次如此其乐融融，佟雪燕望着林枫，感慨不已——

"十年携手共艰危，此中甘苦两心知"，指缝间流过多少岁月？秋雨中淋湿多少记忆？尘埃中湮没多少欢乐？微风中飘过多少故事？细数从爱情到婚姻这一径长途，佟雪燕悟出一个道理：再长的路都有尽头，千万不要回头；再沮丧的心都有希望，千万不能绝望！

十年了，这个家——终于像个家了！

## 第九章　圆梦之旅

佟雪燕的小说在文学网站刚一连载，就受到广大读者的关注，点击率在网站上遥遥领先，同时还收到很多催更的贴子和评论，说故事太感动了，是真实的吗？真的会有那么轰轰烈烈的爱情吗？作者请快快更新啊，急着读下文，等等。佟雪燕兴奋加激动，从没想过自己能写小说，更没想到会引起这么大的关注。林枫比她还高兴，鼓励她加油！一定要把这个故事写好，对得起读者！

创作热情前所未有的高涨，写作速度也提高了很多，佟雪燕想把故事快些讲给大家听。虽然每每回忆往事，那些酸甜苦辣就会一起涌上心头，写到动情处潸然泪下，但是双手触摸到键盘上就停不下来，有时候甚至通宵写作。腰疼时，她就拘着键盘躺在床上写；后来颈椎也被累疼了，她就趴在床上写。很多读者加了她的QQ，关注了她的博客，还自发成立了读者群。更让佟雪燕想不到的是，有一天网站突然联络她，商量这本小说的签约事宜。幸福来得太突然，佟雪燕常听说网络有骗局，一时分不清是真是假。直到网站把签约合同发过来，她还迷迷糊糊地以为在做梦……

得到第一笔稿酬，佟雪燕开心得哭了。虽然这么多年，她也一直在挣钱添补家用，但用文字换来的酬劳，却意义完全不同。它代表着一种认可，在茫茫网海，没有人知道她是谁，没有人在意她是健全人还是残障人士，读者关注的是她笔下的故事，关注的是人间最纯真最执着的爱情。林枫和儿子为了逗佟雪燕开心，便热烈而天真地向她索要礼物，佟雪燕也无比慷慨地满足了他们的愿望。文字带来的快乐，更胜过其他——佟雪燕在网络中，找到了自己的一片天空。

天道会酬勤，佟雪燕的勤奋和努力，得到网站领导和读者的认可，而她的创作更有动力了。突然有一天，意外收到中国作家协会鲁迅文学院的通知书，邀请她去参加第二届网络作家培训班。佟雪燕不相信这是真的，因为据不完全统计，网络作者上百万，而此次名额只有二十个，能在茫茫网海被鲁迅文学院选中，她何其幸运？

然而激动之余，佟雪燕又犹豫了，甚至想到了放弃。林枫问这么好的机会竟然放弃，为什么？佟雪燕掰着手指跟林枫摆出四条原因：

一是因为天冷。此时正是北方最寒冷的三九天，冻伤腿脚怎么办？

二是担心林枫辛苦。林枫背着她车上车下，还要带大包小包的行李，还有轮椅，佟雪燕想想就打怵。

三是心疼钱。通知书上说学员的全部费用由主办方负责，但他们并不知道佟雪燕是残疾人，更不知道她是需要陪护的重度残疾人。也就是说，至少目前为止，陪护人员的费用是自理的。佟雪燕掰手指头算算，往返路费吃的用的住的穿的，还有林枫在此期间的误工费，如此正反两方面叠加在一起，会给家庭带来新的经济压力。

四是因为自卑。迄今为止，网站和学院没有人知道她是残疾人，如果她贸然前去，会不会受到歧视？想到可能遇到的不平等待遇，佟雪燕不想自取其辱……

还没等佟雪燕讲完，林枫便攥住了她的手，说鲁迅文学院是作家们梦寐以求的文学殿堂，对于佟雪燕这样高中都没毕业的网络写手，简直是千载难逢的进修机会，因此背也要把她背去。佟雪燕还是摇头。林枫说也借机会带着儿子去北大和清华看看，鼓励浩楠努力学习！

就这样，佟雪燕被林枫成功说服了，在北方最寒冷的三九天，在亲人担忧的目光里，被林枫背上榆恩开往省城的那列老旧火车。

一上车，冷气立刻袭遍全身，让长时间生活在"温室"里的佟雪燕直打冷战。儿子林浩楠俨然是个小男子汉，紧张地问妈妈冷不冷。林枫赶紧将佟雪燕的双脚抬起来，然后帮她穿上亲戚们准备的厚厚鞋套，最后还是不放心，又小心翼翼捧在他的怀里，生怕那毫无知觉的两只脚被冻伤。而林枫自己则被冻得鼻子通红，直打喷嚏。佟雪燕瑟瑟发抖，将棉服的帽子又往上拉了拉，然后微笑着说不冷，可分明看到眼镜片已经蒙上了薄薄的一层雾。其实或许不是雾吧？佟雪燕掩饰着吸了吸鼻子，生怕林枫看到她镜片后的泪花……

好在全车最温暖的第八号车厢乘客最多，大家用呼吸当暖气把严寒一点点驱散；当八点后的太阳融化了车窗上的霜花，佟雪燕终于感受到了一丝温暖。林枫这才稍微松了口气，然后无限期待地鼓励她说："坚持住，到省城换乘动车就好了，听说座位都是软卧，舒适安全还暖和。"

是的，来到省城火车站，第一个感觉就是温暖多了。林浩楠第一次出远门，照顾妈妈的同时，对一切充满了新鲜感；林枫则紧张地盯着车次时间表，生怕出什么差错而耽误了北京行程。坐在宽敞明亮的候车大厅，耳朵里是嗡嗡的嘈杂声，佟雪燕的心开始有些紧张，车站这么大、站台这么长，林枫背她上车会更辛苦……

随着熙熙攘攘的人群绕过长长的站台，林枫步履越来越沉重，累得气喘吁吁，却还不时地询问佟雪燕冷不冷，叮嘱儿子一定要跟上，千万不要被人群冲散了。佟雪燕默默地伏在林枫的背上，有些后悔，或许不应该接受鲁迅文学院的邀请，不应该让林枫在这寒冬腊月天里受这么大的罪。然而，她一句话也说不出来，已经在路上，便不能再回头了。

"动车的感觉真爽！"——这是儿子放下重重的背包，说的第一句话。

林枫爱怜地摸了摸儿子的头，然后说："让妈妈挨着窗户坐，看看外面的风景。"

佟雪燕想为林枫擦擦额头上的汗水。林枫长长舒了口气，说没事儿，还好是冬天，若是夏天就会汗流浃背了。

佟雪燕的鼻子又是一酸，唉，其实冬天出门更累啊，厚厚的棉衣增加了很多分量。小浩楠懂事地递给林枫一杯水说："爸爸您再辛苦几年，等我长大了，我来背妈妈……"

省城开往北京的动车启动了，佟雪燕把感动的泪水渐渐抑制住，当列车员亲切悦耳的话语在车厢中回荡，她才真正确定：自己终于要去北京了，全家真的要去北京了！

北京，祖国的首都，这对于出生在 70 年代的东北农村孩子，实在是一个可望而不可即的向往。小时候有首儿歌总会在雨天唱起："大雨哗哗下，北京来电话，让我去当兵，我还没长大。"后来家里有电视了，她便会每天准时守候在新闻联播前，为只为听听那振奋人心的国歌，为只为看着军人叔叔英姿飒爽地将国旗升起，然后让一颗童稚的心灵跟着电视上的画面在天安门前、华表前、人民大会堂前飞过……

美好的向往啊，许多童年时代的梦想，都在学生时代积聚成一种强大的力量，希望将来考取首都某所高校，希望真正去天安门前看升国旗、奏国歌，那应该是多么自豪而神圣啊！然而，就在佟雪燕为目标而努力的时候，命运带给她一场天大的意外，她的世界塌了，北京的梦，灭了！从此，她只能坐在轮椅上，静静地幻想北京的天空会是什么颜色，故宫里可否还有帝工将相走过的痕迹？

"妈妈，北京到底什么样子？"儿子的呼唤，拉回佟雪燕飘远的思绪。

"北京，就是天安门的样子，还有升国旗的样子，还有长城的样子……其实妈妈也不知道，可能，就是梦中的样子吧。"儿时那个向往的北京，究竟是什么样子呢？佟雪燕跟儿子一样憧憬着……

首都的车站真是人性化啊，站里提供免费轮椅还有专用通道，林枫的压力减轻了许多。望着刚刚停下来的动车，儿子的小脸上绽放了灿烂的笑容："爸妈，咱们赶紧留个影吧，告诉北京——我们全家，胜利地来了！"

大约傍晚时分，他们终于怀着无比期待而又忐忑不安的心情，来到北京叫八里庄的地方。周围的街道有些陈旧，转了好几个弯儿，才看到鲁迅文学院的大门。大门给人的第一印象便是一种古色古香的感觉，高高的围墙挡住了大家的视线，也挡住了外面的尘土喧嚣和浮躁，彰显着一种幽静典雅的气息。

手握录取通知书，林枫推着佟雪燕来到了新生报名处。看着林枫忙忙碌碌办理入学手续，佟雪燕坐在轮椅上莫名地紧张。大厅里有些微凉，鲁迅先生和丁玲等大师的塑像就在身边，她怀着无比崇敬的心情仰视着，这么近啊，竟然这么近！虽然只是一尊尊雕塑，但佟雪燕深深感到正在接近一种巨大的东西，这种东西丰厚而有张力，强烈地震撼着她的心灵。她有些迷惘，有些胆怯，有些兴奋，有些期待——佟雪燕知道，这是文学大师们根植在人们灵魂深处的文学信仰。虽然无缘与鲁迅先生和丁玲先生生在同一时代，却有幸如此近距离地聆听他们曾经跳跃着的脉搏，寻找他们曾经走过的足迹，这必将是一生中最宝贵的记忆……

"妈妈，我终于看到鲁迅先生了，我们老师最崇拜鲁迅先生了，给我们讲过好多鲁迅先生的故事……"儿子浩楠显得比佟雪燕还要激动，伸手抚摸着那一尊尊雕像，带着少年的热情和纯真的敬仰。

这一刻，佟雪燕又很欣慰，在如今飞速发展的时代，至少自己的儿子对文学大师还能如此尊重；在心灵深处，她也隐隐地有些小小的骄傲，至少在她们东北那座小小的城市，能带儿子来鲁院学习的，她是第一人。或许最终，她也不会有什么建树，但至少她的文学梦想有了继承人，难道不应该庆幸吗？

"同学，你是本届培训班的学员吗？"忽然，一个男中音在耳边响起，蓦然回头，一位个子高高的老师正望着她的轮椅，关切的语气令人温暖："身体怎么了？你应该提前把你的情况告诉学院，这样院里会派专车去接站的……"

佟雪燕感激地笑了。说心里话，之所以没跟鲁院讲明自己的情况，还是自卑心理在作怪，她担心主办方知道她行动不方便，而取消她的入学资格——至少可能，会有些麻烦的。她实在太珍惜这次学习机会，不想因为身体的原因而错过。而此刻，面对老师亲切平和的笑容，佟雪燕情不自禁地直了直腰，虽然还没见到其他的师生，但她相信：只要投以微笑，收获的，肯定也是笑容！

晚上的新生联谊会上，气氛和谐而又热烈，由陌生到熟悉，一首首歌曲唱响了友情的旋律。在师生们的鼓励下，林枫把佟雪燕推到舞台中央，佟雪燕左手牵着林枫的手，右手牵着儿子浩楠的手，含泪演唱了她心中的那首《隐形的翅膀》。MV 大屏幕上，有两只翅膀正在湛蓝色的天空中飞翔……

# 第十部分　番外篇

## 番外之一　善良陈钊

人的心情总是在不知不觉中改变，从爱上叶小白的那天起，陈钊根本不会想到自己会爱上别人，甚至于叶小白婚后的背叛，都未曾动摇过陈钊的心。可是，就在这样的"根本不会想到"中，陈钊发现自己爱上了别人！这个发现，让他自己震惊——原来爱情走的时候，想留也留不住；而爱情来时，想挡也挡不住。

不知从什么时候起，陈钊开始恋上网络，盼望那个熟悉的QQ头像快快亮起，好像那个头标就是他的梦中天使，只有头标亮起的一刹那，一切才充满希望和意义。当这种盼望和依恋越来越浓，陈钊不得不承认——他已经从"恋网"变成了"网恋"，陷入另一个爱的旋涡！

原本，能重新开始一段新感情，对陈钊是最好的解脱；可不应该的，是爱上有夫之妇，偏偏这个人——是叶小白最好的姐妹佟雪燕！其实被佟雪燕的人格魅力所吸引，似乎是意料之中的事，如此温柔聪慧、善良坚忍又颇具才华，陈钊与佟雪燕接触越多越明白林枫执着坚守的真谛。

不过，陈钊非常清楚：佟雪燕和林枫的爱情是不容亵渎的。他们的爱情之路走得太不容易了，作为陈钊，怎么忍心去惊扰佟雪燕平静的生活？他只能把这份爱深藏在心里，希望佟雪燕每天过得很开心很幸福，就够了。

陈钊无数次做过同一个梦——春暖花开的时节，天空中有几只燕子掠过，带来勃勃生机。他幸福地推着佟雪燕去踏青，如莲的笑容像一幅最美画卷，盛开在陈钊眼里，铭记在陈钊的心灵深处。陈钊醉了，好想时间就停留在这一刻，伴着春风迎着春雨，听小鸟歌唱，看白云飘远。陈钊深情地凝望佟雪燕的双眸，可是那双眸深处清晰映射出林枫的身影！

每每从梦中惊醒，陈钊都带着深深的失落，点燃一支烟，任缥缈的烟雾缭绕迷茫的心事！然而，香烟并不能麻醉他的灵魂，当思念更深更强烈地袭来，陈钊就忍不住打开电脑，呆呆地看着佟雪燕头像中那两只伶俐的小燕子，幻想它们能真的飞来看看他，哪怕只是轻轻地呢喃……

有时陈钊一坐就是一夜，直到天亮，直到那个头像亮起来，他立刻精神振作，和佟雪燕聊一些无关风花雪月的话题。他甚至收藏了佟雪燕发在网上的所有诗作，最打动他的，是那首《只想静静地守望你》——

"只想静静地守望你

望瘦了那弯明月迢遥河汉

守望的目光依然是我的固执

最终的心愿满载着甜蜜的期许

只想静静地守望你

恣意地将我所有的柔情点燃

且听那歌声在荡起涟漪的湖面

把闲愁深处的伤感化成盎然的新绿……"

正是因为自己如此纠结，陈钊真正理解并原谅了叶小白。只是，理解归理解，原谅归原谅，这并不代表能重新接受叶小白。陈钊也没有太多奢求，只是希望做好本职工作，周末去父母那里看看孩子，剩余的时间就是守在电脑前，等待佟雪燕的出现……

有一次，陈钊多喝了两杯，忍不住对佟雪燕说——"恨不相逢未嫁时"。说完就后悔了，赶紧撒谎自己正跟别人聊天，发错对话框了。

佟雪燕一点儿也不怀疑，然后还提醒陈钊别搞三角恋，若真想重新开始，就找个"真未嫁"的。

陈钊庆幸自己解释得及时，从那以后再也不敢轻易开玩笑了，生怕失去这份隔屏守望眷恋……

这样的生活，陈钊不知道算不算幸福？只是他享受着与佟雪燕隔屏相望的快乐，珍惜着偶尔能与佟雪燕见面的机会。他在自己的日记中记下心情，记下自己的思念——

"只想静静地守望你

驻足在魂牵梦萦的心岸

任期冀的潮水流淌着深刻的眷恋

百转千回的柔绪走向你明丽的夏季


只想静静地守望你

我的心灵我的一切都请拿去

只求给我留下一双眼睛

让我还能如此深情地守望你……"


每次聊天后，陈钊都会送上最真的祝福，而在为佟雪燕和林枫祝福的同时，他发现自己的思念越来越浓了……

## 番外之二　迷惘小白

叶小白只身来到南方，想放下北方天空下的恩恩怨怨，开始全新的生活。可惜她错了，南方的烟雨并没有洗去心灵的尘埃，伤痕依然还在，每当北方吹来的风漫卷着如烟如雾的雨袭来，那些伤痕就会越来越清晰……

叶小白忘不了她的初恋。尽管初恋以失败而告终，但毕竟是她的第一次全身心地投入。她时常怪自己不争气，尚青杨欺骗了她，为何还要他入梦？

接着便是前夫陈钊。一个无可挑剔的好人，也是一个令她无论如何努力，也爱不起来的男人。无奈缘分已尽，唯有儿子的存在，证明彼此的世界曾经来过。有人说婚姻有两种选择：一个是选择所爱的，另一个是选择适合的，而陈钊两者皆不符合，因此注定分道扬镳。

只是可怜了孩子。陈钊认为她没有资格做母亲，她自己也觉得愧对儿子。来到南方后，她仍然选择教师工作，把对儿子的思念寄托在学生们身上。她常常想冲动地回去看看儿子，又没有勇气，担心婆婆当着儿子的面，骂她是狐狸精。

叶小白也放不下佟雪燕。她担心佟雪燕鄙视自己，所以选择不辞而别。尽管她一直不回复，但佟雪燕总会定时发来邮件，诉说对她的牵挂并汇报自己的近况。叶小白知道她现在坚强很快乐，真心为她高兴。

而庞博，却是叶小白心中最大的痛。她深爱庞博，即使天各一方，还是深爱着他。如果相爱不能够相守，真是很痛苦的事。叶小白不喜欢"两情若是久长时，又岂在朝朝暮暮"这个说法，她渴望朝朝暮暮，因此甚是羡慕佟雪燕和林枫。虽有挫折，虽很平凡，却摸得到，看得见，那才是真实的生活。她无比向往。

在南方的烟雨中，叶小白就这样毫无目标地生活着，只是她的心，留在了北方的天空下。